Diogenes Taschenbuch 20771

de
te
be

John Buchan

Grünmantel

Roman

Aus dem Englischen von

Marta Hackel

Illustrationen

von Topor

Diogenes

Titel der englischen Originalausgabe:
›Greenmantle‹, London 1916
Die deutsche Erstausgabe
erschien 1971 im Diogenes Verlag
Umschlagzeichnung von Topor

Veröffentlicht als Diogenes Taschenbuch, 1980

60/91/29/4
ISBN 3 257 20771 9

INHALT

I

EIN VORSCHLAG

Ich hatte gerade fertig gefrühstückt und stopfte mir die Pfeife, als ich Bullivants Telegramm bekam. Das war auf Furling, wo ich mich nach der Schlacht von Loos erholte, und Sandy, der in derselben Lage war wie ich, suchte auf dem Frühstückstisch nach Orangenmarmelade. Ich warf ihm den Wisch mit dem blauen Streifen hinüber, und er pfiff durch die Zähne.

»Hei, Dick! Jetzt wirst du Bataillonskommandeur. Oder vielleicht kommst du zum Generalstab. Und dann bist du ein hohes Tier, einer von denen, die ihre schlechte Laune an den kleinen Offizieren auslassen, die sich mit den Regimentern abplagen. Und als du selbst noch einer warst, wie hast du nicht auf die hohen Tiere geschimpft!«

Ich saß und dachte ein Weilchen nach, denn der Name Bullivant erinnerte mich an den heißen Sommer vor dem Krieg, vor achtzehn Monaten. Seitdem hatte ich den Mann nicht mehr gesehen, ich hatte nur manchmal in der Zeitung von ihm gelesen. Über ein Jahr lang war ich ein sehr beschäftigter Captain gewesen und hatte keinen anderen Gedanken gehabt, als guten Soldaten eine Menge gute Grundregeln beizubringen. Das war mir nicht schlecht gelungen, und stolzer als Richard Hannay konnte wohl niemand auf Erden sein, als er die Lennox Highlanders zum Sturmangriff aus den Schützengräben führte an jenem ruhmreichen und blutigen 25. September. Die Schlacht von Loos war kein Sonntagsausflug, und auch vorher schon hatte es ein paar unangenehme Scharmützel gegeben. Aber im Vergleich zu dem, was ich vor Beginn des Krieges mit Bullivant durchgestanden hatte, war selbst das Schlimmste[1], was

[1] Major Hannay hat ausführlich darüber berichtet in seinem Buch ›Die neununddreißig Stufen‹.

ich im Krieg erlebt hatte, ein Kaffeeklatsch gewesen. Damals hatten Bullivant und ich noch vor Beginn des Krieges zusammengearbeitet.

Sein Name auf einem Telegrammformular – das schien mir plötzlich ein ganz anderes Leben zu sein. Ich hatte gehofft, Bataillonskommandeur zu werden, und wollte unbedingt beim Endkampf mit Freund Boche dabei sein. Aber diese Nachricht brachte mich plötzlich auf ganz andere Gedanken. Möglicherweise gab es im Krieg noch andere Dinge als ehrliches Kämpfen. Warum, um Himmels willen, wollte wohl das Auswärtige Amt einen unbedeutenden Captain sprechen – und noch dazu allereiligst?

»Mit dem Zehnuhrzug fahre ich nach London«, erklärte ich, »zum Dinner bin ich wieder hier.«

»Geh mal zu meinem Schneider«, sagte Sandy. »Rote Schulterstreifen macht der sehr geschmackvoll. Du kannst dich auf mich berufen.«

Da fiel mir etwas ein. »Du bist eigentlich wieder gesund. Wenn ich dir ein Telegramm schicke, willst du dann deinen Kram und meinen packen und zu mir kommen?«

»Klar! Wenn die dir ein Armeekorps geben, übernehme ich gern einen Posten in deinem Stab. Solltest du jedoch heute abend wiederkommen, dann wäre es nett von dir, wenn du ein Fäßchen Austern von Sweeting mitbringen würdest.«

Im üblichen Novembernieselregen fuhr ich nach London; gegen Wimbledon klärte er sich auf zu wässerigem Sonnenschein. Während des Krieges konnte ich London einfach nicht ausstehen. Die Stadt schien aus dem Kurs geraten zu sein, sie hatte eine Art von Ausschlag bekommen: hunderterlei Abzeichen und Uniformen, die zu meinem Begriff von dieser Stadt überhaupt nicht paßten. In den Straßen spürte man den Krieg viel deutlicher als draußen im Feld; oder vielmehr: man spürte die Verwirrung, die der Krieg anrichtete, ohne doch seinen Sinn zu empfinden. Das war wahrscheinlich ganz in Ordnung; aber seit August 1914 hatte ich nie einen Tag in der Stadt verbracht, ohne zutiefst depri- miert nach Hause zu kommen.

Ich nahm ein Taxi und fuhr direkt zum Auswärtigen Amt. Sir Walter ließ mich nicht lange warten. Aber als sein Sekretär mich zu ihm hineinführte, erkannte ich den Mann kaum wieder, den ich vor achtzehn Monaten gekannt hatte.

Seine hohe Gestalt schien hager geworden zu sein, und die breiten Schultern waren gebeugt. Das Gesicht hatte seine frische Farbe verloren und wies rote Flecken auf, wie das bei Leuten ist, die zu wenig an die frische Luft kommen. Das Haar war viel stärker ergraut und an den Schläfen sehr dünn, und unter den Augen zeichneten sich die Linien der Übermüdung ab. Aber die Augen waren genau wie früher, scharf und freundlich und klug, und auch die entschlossenen Linien um Mund und Kiefer waren unverändert.

»Während der nächsten Stunde möchte ich auf keinen Fall gestört werden!« sagte er zu seinem Sekretär. Als der junge Mann gegangen war, ging er selber zu den beiden Türen und drehte die Schlüssel im Schloß.

»Nun also, Major Hannay«, sagte er und warf sich in einen Sessel neben dem Kaminfeuer. »Wie gefällt Ihnen das Soldatspielen?«

»Nicht schlecht«, erwiderte ich, »obwohl dies nicht gerade die Art von Krieg ist, die ich mir ausgesucht hätte. Es ist eine recht trostlose, blutige Angelegenheit. Aber wir wissen jetzt so ziemlich Bescheid über den alten Boche, und es kommt nur noch darauf an, wer's länger aushält. In einer Woche oder zwei bin ich bestimmt wieder an der Front.«

»Werden Sie das Bataillon kriegen?« fragte er. Er schien meine Tätigkeit genau verfolgt zu haben.

»Ich glaube, ich habe eine gute Chance. Allerdings kommt es mir nicht auf Ehre und Ruhm dabei an. Ich möchte mein

Bestes tun und wünsche mir, es wäre alles vorbei. Alles, was ich möchte, ist, mit heiler Haut davonkommen.«

Er lachte. »Sie tun sich selber unrecht. Wie war das mit dem Vorposten beim Lone Tree? Da haben Sie an die heile Haut nicht gedacht!«

Ich spürte, daß ich rot wurde. »Das war doch alles Blödsinn, und wer kann Ihnen das überhaupt erzählt haben? Ich hab's gewiß nicht gern getan. Aber ich mußte verhindern, daß meine Leute hopsgingen. Das waren solche Draufgänger. Hätte ich nur einen losgeschickt, so hätte er die Vorsehung angefleht, sich opfern zu dürfen.«

Sir Walter grinste immer noch. »Ich bezweifle Ihre Vorsicht nicht. Sie verstehen schon was davon, sonst hätten unsere Freunde vom Schwarzen Stein Sie bei unserem letzten fröhlichen Zusammensein mitgenommen. Ich würde Ihre Vorsicht so wenig in Frage stellen wie Ihren Mut. Was mich beschäftigt, das ist, ob Sie an der Front am richtigen Platz sind.«

»Ist das Kriegsministerium nicht zufrieden mit mir?« fragte ich scharf.

»Dort ist man mit Ihnen höchst zufrieden. Man schlägt vor, Sie zum Bataillonskommandeur zu ernennen. Sehr bald werden Sie, falls Sie nicht gerade eine verirrte Kugel trifft, Brigadekommandeur sein. Für junge und gescheite Leute ist dies ein großartiger Krieg. Aber ... ich nehme an, Sie sind doch dabei, um Ihrem Vaterland zu dienen, Hannay?«

»Ich glaube schon«, sagte ich. »Ich bin ganz gewiß nicht aus Gesundheitsgründen dabei.«

Er schaute auf mein Bein, aus dem die Ärzte ein paar Schrapnellsplitter herausoperiert hatten, und lächelte hintergründig. »Einigermaßen wieder fit?« fragt er.

»Zäh wie Leder. Tennis bekommt mir wunderbar, essen und schlafen tu ich wie ein Schuljunge.«

Er stand auf, blieb mit dem Rücken zum Kamin gewandt

stehen. Gedankenverloren sah er aus dem Fenster in den winterlichen Park hinaus.

»Es ist eine große Sache, und dafür sind Sie der rechte Mann. Aber es gibt auch andere, die was davon verstehen, denn zum Soldatsein bedarf es heutzutage eher der Durchschnitts- als der Ausnahmeleistung der menschlichen Natur. Das ist wie eine große Maschine, bei der alle Teile genormt sind. Sie sind nicht dabei, weil Sie arbeitslos sind, sondern weil Sie England beistehen wollen. Wie wäre es nun, wenn Sie England besser beistehen könnten als dadurch, daß Sie ein Bataillon oder eine Brigade oder sogar eine Division kommandieren? Wie wäre es, wenn es etwas gäbe, was nur Sie allein tun könnten? Nicht irgendein Druckposten in einem Büro, sondern etwas, wogegen Ihr Gefecht bei Loos sich wie ein Sonntagsschulausflug ausnimmt. Die Gefahr scheuen Sie nicht? Nun ja, in dieser Sache hätten Sie keine Armee hinter sich, Sie wären ganz allein. Wenn's schwierig wird, dann macht's Ihnen Spaß. Nun gut, ich kann Ihnen eine Aufgabe geben, die all Ihre Kraft auf die Probe stellt. Was meinen Sie dazu?«

Mein Herz fing an, etwas ungemütlich zu schlagen, Sir Walter pflegte nicht zu übertreiben.

»Ich bin Soldat«, sagte ich, »und habe Order zu parieren.«

»Das stimmt, aber was ich Ihnen vorschlagen möchte, hat mit Soldatenpflicht nicht das allergeringste zu tun. Ganz gewiß verstehe ich es, wenn Sie ablehnen. Dann tun Sie nur, was ich selber auch tun würde – was jeder vernünftige Mensch täte. Um keinen Preis möchte ich Sie dazu drängen. Wenn Sie wollen, rede ich gar nicht weiter davon, sondern lasse Sie gleich gehen, mit meinen allerbesten Wünschen für Ihre militärische Karriere. Ich möchte einen guten Soldaten nicht mit unmöglichen Entscheidungen konfrontieren.«

Das traf mich und brachte mich in Harnisch.

»Ich laufe nicht davon, ehe die Geschütze feuern. Bitte sagen Sie mir, was Sie vorhaben.«

Sir Walter ging zu einem Wandschrank hinüber, schloß ihn mit einem Schlüssel auf, der an seinem Schlüsselbund hing, und nahm ein Blatt Papier aus einer Schublade. Es sah aus wie ein ganz gewöhnliches halbes Stück Briefpapier.

»Ich nehme an«, sagte er, »daß Sie auf all Ihren Reisen nicht weit in den Osten gekommen sind.«

»Nein«, sagte ich, »abgesehen von einer Jagdexpedition in Ostafrika.«

»Sie haben sich wohl nicht zufällig über die Kämpfe orientiert, die jetzt dort vor sich gehen?«

»Seit ich ins Krankenhaus kam, habe ich ziemlich regelmäßig die Zeitungen gelesen. In Mesopotamien habe ich ein paar Freunde, und natürlich möchte ich gern wissen, was in Gallipoli und Saloniki passiert. Ägypten ist, glaube ich, einigermaßen sicher.«

»Wenn Sie mir zehn Minuten lang zuhören wollen, kann ich Ihre Zeitungsnachrichten ergänzen.«

Sir Walter lehnte sich im Sessel zurück und sprach zur Zimmerdecke hinauf. Das war die klarste, beste, ausführlichste Geschichte dieses Krieges, die ich je gehört habe. Er erzählte mir, wieso und warum und wann die Türkei abtrünnig geworden war. Ich erfuhr von ihrer Enttäuschung, daß wir ihre Panzerkreuzer konfisziert hatten, von dem Schaden, den die ›Göben‹ angerichtet hatte, von Enver Pascha und seinem kostbaren Komitee und wieso jedermann, der auch nur halbwegs Lust dazu hatte, den Türken am Wickel packen konnte. Nachdem er eine Weile gesprochen hatte, begann er mich auszufragen.

»Sie sind ein gescheiter Mensch, und Sie werden jetzt fragen, wie es dazu kommen konnte, daß ein polnischer Abenteurer, nämlich Enver, und eine Anzahl Juden und Zigeuner sich einer so stolzen Rasse bemächtigen konnten. Der Mann auf der Straße wird Ihnen sagen, daß deutsche Organisation dahintersteckt und deutsches Geld und deutsche Waffen. Dann werden Sie fragen, wieso denn, da doch die Türkei eine vornehmlich religiös ausgerichtete Macht ist, der Islam in alledem eine so kleine Rolle gespielt hat. Der Sheik-ul-Islam wird übersehen, und obwohl der Kaiser einen Heiligen Krieg erklärt und sich selbst Hadji Mohammed Guillamo nennt und behauptet, daß die Hohenzollern vom Propheten abstammen, scheint das doch einigermaßen ins Leere gefallen zu sein. Der Mann auf der Straße wird antworten, daß der Islam in der Türkei keine große Rolle mehr spielt und daß es mehr auf Krupp-Kanonen ankommt. Aber – ich weiß doch nicht. Ich glaube nicht recht, daß der Islam keine Rolle mehr spielt.

Jetzt betrachten Sie mal die ganze Sache aus einem anderen Winkel«, fuhr er fort. »Wenn nun Enver und Deutschland die Türkei in einen Krieg verwickeln wollen aus Gründen, die keinen Türken im geringsten interessieren, in einen europäischen Krieg, dann könnten wir vielleicht auf die stehende Armee und Konstantinopel rechnen. Aber auf dem Lande, wo der Islam noch mächtig ist, da würde es Schwierigkeiten geben. Viele von uns haben damit gerechnet. Aber wir wurden enttäuscht. Das syrische Heer ist so fanatisch wie die Horden der Mahdi. Die Senussi haben sich eingemischt. Die persischen Moslems wollen uns auch nicht dulden. Ein trockener Wind bläst vom Osten her, und das trockene Gras wartet auf den zündenden Funken. Und der Wind bläst auf die Grenze von Indien zu. Woher kommt er, dieser Wind, was meinen Sie?«

Sir Walter sprach jetzt leiser, er sprach sehr langsam und deutlich. Ich konnte den Regen von den Fensterrahmen heruntertropfen hören, und weit weg hörte ich die Taxis in Whitehall tuten.

»Können Sie sich das erklären, Hannay?« fragte er wieder.

»Schaut so aus, als ob der Islam in der ganzen Sache eine größere Rolle spielt, als wir dachten«, erwiderte ich. »Ich glaube, daß eine Religion das einzige ist, was ein so zerschmettertes Reich noch zusammenhalten kann.«

»Sie haben recht«, sagte er, »Sie müssen ganz einfach recht haben. Über den Heiligen Krieg haben wir gelacht, über den Jehad, den der alte von der Goltz vorhersagte. Aber ich glaube, der stupide alte Mann mit der dicken Brille hat doch recht gehabt. Es kommt ein Jehad. Fragt sich nur: wie?«

»Hol mich der Kuckuck, wenn ich das weiß«, sagte ich, »aber ich wette, ein Rudel von dicken deutschen Offizieren mit Pickelhauben bringt das nicht zustande. Ich kann mir nicht vorstellen, daß man einen Heiligen Krieg nur mit Krupp-Kanonen und ein paar Generalstabsoffizieren und einem Schlachtschiff mit geplatzten Heizkesseln organisieren kann.«

»Stimmt. Die sind nicht dumm, so sehr wir auch versuchen, uns das Gegenteil einzureden. Aber nehmen wir mal an, sie haben irgendeinen höheren Auftrag – irgend etwas Heiliges, irgendein Buch oder Evangelium oder einen neuen Wüstenpropheten, etwas, was dem scheußlichen Mechanismus deutscher Kriegsführung den Glanz der alten unaufhaltsamen Angriffe verleihen würde, die Byzanz zu Fall brachten und die Mauern von Wien erzittern ließen. Der Islam ist eine kriegerische Religion, und seine Verkünder stehen immer noch mit dem Koran in einer und dem Schwert in der anderen Hand am Pult. Wenn es nun wie für Noah einen Bündnisregenbogen gibt, der auch den fernsten Mohammedaner mit Träumen vom Paradies fanatisiert? Was dann, mein Freund?«

»Dann wird dort sehr bald die Hölle los sein.«

»Und die Hölle mag um sich greifen. Bedenken Sie: Gleich hinter Persien liegt Indien.«

»Sie reden immer von Möglichkeiten. Was wissen Sie eigentlich?« fragte ich.

»Außer der Tatsache selbst sehr wenig. Aber die Tatsache steht eindeutig fest. Von überallher habe ich Berichte unserer Agenten – Hausierer in Südrußland, Pferdehändler in Afghanistan, algerische Kaufleute, Pilger auf der Straße nach Mekka, Scheiks in Nordafrika, Matrosen auf den Küstenbooten im Schwarzen Meer, Mongolen in Schafspelzen, Hindufakire, griechische Kaufleute im Golf und auch angesehene Konsuln, die im Code berichten. Alle sagen dasselbe. Der ganze Osten wartet auf eine Offenbarung. Die ist ihm verheißen worden. Irgendein Stern – ein Mann, eine Prophezeiung, ein Geschmeide – soll aus dem Westen kommen. Die Deutschen wissen davon, und das ist der Trumpf, mit dem sie die Welt überraschen werden.«

»Und meine Aufgabe, von der Sie sprachen: ich soll's herausfinden?«

Er nickte sehr ernst. »Das ist der verrückte und völlig unmögliche Auftrag.«

»Sagen Sie mir eins, Sir Walter«, sagte ich, »ich weiß, es ist in diesem Lande üblich, daß man einem Mann mit Spezialkenntnissen auf einem Gebiet eine genau gegenteilige Aufgabe stellt. Über Damaraland weiß ich genau Bescheid, aber statt daß man mich Bothas Stab zuteilte, worum ich mich beworben hatte, mußte ich im Hampshire-Dreck bleiben, bis die Kampagne in Deutsch-Südwest vorüber war. Ich kenne einen Mann, den man für einen Araber halten könnte, aber meinen Sie, der würde in den Osten geschickt? In meinem Bataillon ließen sie ihn – zu meinem Glück, denn bei Loos hat er mir das Leben gerettet. Diese Art, zu disponieren, ist mir ganz vertraut. Aber finden Sie nicht, daß sie's allmählich ein bißchen zu weit treiben? Es gibt Tausende von Leuten, die jahrelang im Osten gelebt haben und jede Sprache sprechen. Das wären die richtigen Leute für diese Aufgabe. Ich habe in meinem Leben noch keinen Türken gesehen außer einem Burschen, der in einem Varieté in

Kimberley als Ringkämpfer auftrat. Sie haben sich so ungefähr den unbrauchbarsten Mann für diese Aufgabe ausgesucht.«

»Sie waren mal Ingenieur bei den Goldminen, Hannay«, sagte Sir Walter. »Wenn Sie einen Mann brauchten, der in Barotseland nach Gold suchen sollte, würden Sie natürlich gern einen nehmen, der das Land und die Leute und die Sprache kennt. Aber am meisten Wert würden Sie darauf legen, daß er eine Spürnase für Gold hat und sein Handwerk versteht. Und eben darum dreht es sich jetzt. Ich bin davon überzeugt, daß Sie die Spürnase dafür haben, herauszufinden, was unsere Feinde zu verbergen suchen. Ich weiß, daß Sie tapfer, kaltblütig und findig sind. Deshalb erzähle ich Ihnen dies alles. Außerdem ...«

Er entrollte eine große Landkarte von Europa, die an der Wand hing.

»Ich kann Ihnen nicht sagen, wo Sie dem Geheimnis auf die Spur kommen werden, aber ich kann Ihren Bemühungen gewisse Grenzen setzen. Östlich vom Bosporus werden Sie die Spur nicht finden, jetzt noch nicht. Sie ist noch in Europa oder in Thrazien. Vielleicht auch weiter westlich. Aber sie bewegt sich in Richtung Osten. Wenn Sie rechtzeitig dazu kommen, könnten Sie sie auf dem Weg nach Konstantinopel abfangen. So viel kann ich Ihnen sagen. In Deutschland wissen alle Bescheid, die damit zu tun haben. Im Augenblick muß, wer auf die Spur kommen will, in Europa suchen.«

»Sagen Sie mir doch mehr«, bat ich. »Einzelheiten und Instruktionen können Sie mir nicht geben. Offensichtlich können Sie mir auch nicht zu Hilfe kommen, wenn mir etwas passieren sollte.«

Er nickte. »Sie würden ganz außer Reichweite sein.«

»Es bleibt also alles mir überlassen.«

»Vollkommen. Sie können so viel Geld haben, wie Sie wollen, und jede Unterstützung, die Sie wollen. Sie können Ihre

Pläne nach Belieben machen und überall hingehen, wo Sie etwas zu erreichen hoffen. Anweisungen können wir Ihnen nicht geben.«

»Noch eine letzte Frage. Sie sagen, die Sache ist wichtig. Sagen Sie mir genau, wie wichtig sie ist.«

»Es ist eine Sache auf Leben und Tod«, sagte er feierlich. »Ich kann das weder deutlicher sagen noch einschränken. Wissen wir einmal, worin eigentlich die drohende Gefahr besteht, dann können wir ihr begegnen. Solange wir im dunkeln tappen, nimmt das Unheil seinen Lauf, und wir kommen vielleicht zu spät. Der Krieg muß in Europa gewonnen oder verloren werden. Jawohl: aber wenn der Osten explodiert, dann wird unsere Schlagkraft von Europa abgelenkt, und der große Coup schlägt vielleicht fehl. Es handelt sich um nicht weniger als um Sieg oder Niederlage, Hannay.«

Ich stand aus dem Sessel auf und ging zum Fenster. Es war ein schwieriger Augenblick in meinem Leben. Soldat zu sein, dabei war ich glücklich; vor allem war ich glücklich in meiner Kameradschaft mit anderen Offizieren. Nun wurde von mir verlangt, daß ich ins Feindesland ging mit einem Auftrag, für den ich mich offensichtlich überhaupt nicht eignete – das würde einsame Tage und Nächte geben, nervenzerrüttende Anspannung; tödliche Gefahr würde mich so eng umhüllen wie mein eigenes Hemd. Ich blickte in das unwirtliche Wetter hinaus und fröstelte. Das war eine allzu grausame Sache, zu unmenschlich für einen Menschen aus Fleisch und Blut. Aber Sir Walter hatte gesagt, es sei eine Sache auf Leben und Tod, und ich hatte ihm gesagt, daß ich meinem Vaterland dienen wolle. Er konnte mir nicht befehlen, aber stand ich nicht unter einem Befehl – einem höheren als dem meines Brigadekommandeurs? Ich selbst hielt mich für ungeeignet; aber gescheitere Leute als ich hielten mich für geeignet, wenigstens so geeignet, daß sie es mit mir wagen wollten. Ich wußte in der Tiefe meines Herzens:

würde ich ablehnen, so würde ich nie mehr Ruhe und Frieden haben. Und trotzdem hatte Sir Walter den ganzen Plan verrückt genannt und gesagt, er selber hätte sich niemals darauf eingelassen.

Wie trifft man eigentlich eine schwerwiegende Entscheidung? Ich beschwöre hiermit, daß ich, als ich mich umdrehte, entschlossen war, abzulehnen. Aber meine Antwort lautete »Ja«, und damit war der Rubikon überschritten. Meine Stimme klang gebrochen und kam wie von weither.

Sir Walter gab mir die Hand, seine Augen blinzelten ein wenig.

»Vielleicht schicke ich Sie dem Tod in die Fänge, Hannay. Mein Gott, welch grausame, geliebte Herrin ist doch die Pflicht! Sollte es dazu kommen, so werde ich mir zeitlebens Vorwürfe machen, aber Sie selber werden nichts zu bereuen haben. Davor brauchen Sie keine Angst zu haben. Sie haben die steilste Straße gewählt, aber sie führt ohne Umweg zum Gipfel.«

Er gab mir einen halben Zettel von einem Notizblock. Darauf standen drei Worte: ›Kasredin‹, ›cancer‹ und ›v. I.‹.

»Das ist der einzige Hinweis, den wir haben«, sagte er. »Ich kann mir keinen Reim darauf machen, aber ich kann Ihnen sagen, wie wir dazu gekommen sind. Unsere Agenten arbeiten seit Jahren in Persien und Mesopotamien – hauptsächlich junge Offiziere des indischen Heeres. Ob sie am Leben bleiben, ist nur ihre Sache. Hie und da verschwindet einer, und die Kellerverliese in Bagdad könnten wohl einiges erzählen. Aber sie bringen doch allerlei heraus und finden, daß es der Mühe wert ist. Sie haben uns von dem Stern berichtet, der im Westen aufgeht, aber Näheres wußten sie auch nicht zu sagen. Nur einer – der beste von allen. Der steckte zwischen Mosul und der persischen Grenze als Maultiertreiber und geriet südlich bis in die Bakthiarie-Berge.

Dort hat er etwas herausgefunden, aber seine Feinde wußten, daß er etwas wußte, und waren ihm auf der Spur. Vor drei Monaten, gerade vor Kut, wankte er ins Delamarius-Lager hinein, zehn Kugeln hatten ihn getroffen, ein Messer hatte ihm die Stirn gespalten. Er murmelte seinen Namen, aber darüber hinaus und daß irgend etwas vom Westen herkomme, sagte er nichts. Nach zehn Minuten war er tot. Dieses Stück Papier hat man bei ihm gefunden, und weil er im letzten Augenblick, ehe er starb, noch das Wort »Kasredin« ausgerufen hat, so hat das ja wohl etwas mit seinem dringenden Anliegen zu tun. Das müssen Sie nun herausfinden.«

Ich faltete den Zettel und legte ihn in mein Notizbuch.

»Was für ein großartiger Mann! Wie hieß er?«

Sir Walter antwortete nicht gleich. Er sah aus dem Fenster. Schließlich sagte er: »Er hieß Harry Bullivant. Er war mein Sohn. Sein tapferes Herz ruhe in Frieden.«

2

DER SPÄHTRUPP SAMMELT SICH

Ich schickte Sandy ein Telegramm und bat ihn, mit dem Zwei-Uhr-Fünfzehn-Zug nach London zu kommen und mich in meiner Wohnung zu treffen.

»Ich habe meinen Kameraden gewählt«, sagte ich.

»Den Sohn von Eddy Arbuthnot? Sein Vater war mit mir in Harrow. Ich kenne den Mann – Harry brachte ihn oft zum Angeln mit –, ziemlich groß, mit einem schmalen Gesicht, hohen Backenknochen und zwei braunen Augen wie ein hübsches Mädel. Ich kenne auch seine Karriere. Hier im Amt wissen wir ziemlich genau über ihn Bescheid. Er ist durch Jemen geritten, das hat vor ihm noch kein Weißer getan.

Die Araber ließen ihn in Ruhe, sie glaubten, er sei völlig verrückt, und fanden, die Hand Allahs laste auch ohne ihre Beihilfe schon schwer genug auf ihm. Mit jeder Sorte albanischer Banditen hat er Blutsbrüderschaft geschlossen. Auch hat er in der Politik der Türkei eine Rolle gespielt und sich dabei einen außerordentlichen Ruf erworben. Irgendein Engländer hat einmal dem alten Mahmoud Shevkat vorgejammert, es gäbe so wenige Staatsmänner in Westeuropa, und Mahmoud unterbrach ihn: ›Habt ihr denn nicht Seine Wohlgeboren, den Herrn von Arbuthnot?‹ Sie sagen, er ist in Ihrem Bataillon. Ich habe schon manchmal gedacht, was wohl aus ihm geworden ist, denn hier vom Amt aus hätten wir gern mit ihm Fühlung genommen, aber er hatte keine Adresse hinterlassen. Ludovick Arbuthnot – ja, das ist er. Und da steckt er als Offizier von niederem Rang in unserem neuen Heer? Na ja, da werden wir ihn schnell genug herausholen!«

»Ich wußte wohl, daß er sich im Osten herumgetrieben hat, aber ich wußte nicht, daß er so fabelhaft war. Sandy ist nicht so, der prahlt nicht.«

»Der nicht«, sagte Sir Walter. »Er war immer schon mehr als orientalisch zurückhaltend. Ich habe noch einen anderen Kameraden für Sie, falls Sie ihn mögen.«

Er sah auf die Uhr. »In fünf Minuten können Sie mit dem Taxi von hier im Savoy-Grillroom sein. Gehen Sie vom Strand her hinein, dann links ab, und dann sehen Sie in einer Nische rechter Hand einen Tisch, an dem ein großer, breiter, dicker Amerikaner sitzt. Er ist dort gut bekannt, deshalb wird er den Tisch für sich allein haben. Ich möchte, daß Sie hingehen und sich zu ihm setzen. Sagen Sie ihm, daß Sie von mir kommen. Er heißt Mr. John Scantlebury Blenkiron; jetzt wohnt er in Boston, Massachusetts, aber geboren und aufgewachsen ist er in Indiana. Stecken Sie diesen Briefumschlag in die Tasche, aber lesen Sie den Inhalt nicht, ehe Sie mit dem Mann gesprochen haben. Ich möchte, daß Sie sich Ihre eigene Meinung über Mr. Blenkiron bilden.«

Ich verließ das Auswärtige Amt so perplex wie nur je ein Diplomat, hinter dem das Portal sich schloß. Ich war verzweifelt deprimiert. Zunächst einmal: ich hatte ganz scheußliche Angst. Ich hatte immer geglaubt, ich sei etwa so tapfer wie jeder Durchschnittsmensch; aber es gibt verschiedene Arten von Mut, und der meine war sicherlich nicht aggressiver Natur. Man stecke mich in einen Schützengraben: dort erschossen zu werden, würde ich so gut aushalten wie die meisten Leute; und mein Blut konnte auch ganz schön in Wallung kommen, wenn die Gelegenheit sich ergab. Aber ich glaube, ich hatte zuviel Phantasie. Ich konnte die gräßlichen Vorstellungen nicht abschütteln, die sich mir immerfort aufdrängten.

In etwa vierzehn Tagen, so rechnete ich mir aus, würde ich tot sein. Als Spion erschossen – ein unrühmliches Ende. Im Augenblick war ich nicht in Gefahr, da ich mitten in Whitehall nach einem Taxi ausschaute, aber der Schweiß stand mir auf der Stirn. Es war dasselbe Gefühl, wie ich es während meines Abenteuers vor dem Krieg hatte. Aber dies war viel schlimmer, weil es kaltblütiger war und vorausberechnet, und ich schien nicht die geringste Chance zu haben, mit dem Leben davonzukommen. Ich sah nur die Leute in den Khakiuniformen, die auf dem Bürgersteig vorübergingen, und dachte, welch herrlich sichere Aussichten sie doch hatten, verglichen mit den meinen. Ja, sogar wenn sie nächste Woche in der Hohenzollernstellung waren oder im Serpentinengraben am Steinbruch oder in der scheußlichen Ecke bei Hooge. Ich wunderte mich, daß ich am Morgen nicht glücklicher gewesen war, ehe ich das verfluchte Telegramm bekam. Plötzlich erschienen mir alle die alltäglichen Kleinigkeiten des Lebens in England unaussprechlich teuer und schrecklich weit von mir entfernt. Ich war furchtbar böse auf

Bullivant, bis mir einfiel, wie anständig er gewesen war. Ich hatte mir mein Schicksal selbst gewählt.

Als ich hinter dem Schwarzen Stein her war, hatte das Interesse an dem Problem dazu beigetragen, mich in Gang zu halten. Aber jetzt sah ich nicht einmal ein Problem. Mein Verstand sollte sich mit drei Worten Kauderwelsch auf einem Zettel befassen und mit einem Geheimnis, von dem Sir Walter überzeugt war, das er aber nicht benennen konnte. Ich mußte an die Geschichte denken, die ich einmal gelesen hatte: wie die heilige Therese sich im Alter von zehn Jahren mit ihrem kleinen Bruder aufmachte, um die Mauren zu bekehren. Zusammengekauert, das Kinn auf der Brust, saß ich im Taxi und wünschte, ich hätte bei Loos ein Bein verloren und wäre für den Rest des Krieges gemütlich irgendwo untergebracht.

Natürlich fand ich den Mann, mit dem ich sprechen sollte, im Grillroom. Da saß er und futterte in aller Gemütsruhe, die Serviette hatte er unterm Kinn in den Kragen gesteckt. Er war groß und hatte ein dickes, blasses, glattrasiertes Gesicht. Ich kümmerte mich nicht um den Kellner, der dort herumstand, sondern zog mir einen Stuhl herbei und setzte mich neben den Amerikaner an den kleinen Tisch. Er sah mich mit vorstehenden, schläfrigen Augen an wie ein wiederkäuender Ochse. »Mr. Blenkiron?« fragte ich.

»Der Name stimmt, mein Herr«, antwortete er. »Mr. John Scantlebury Blenkiron. Ich würde Ihnen einen guten Morgen wünschen, wenn ich an diesem verflixten britischen Wetter irgend etwas Gutes finden könnte.«

»Ich komme von Sir Walter Bullivant«, sagte ich leise.

»So?« sagte er. »Sir Walter ist ein sehr guter Freund von mir. Freut mich, Sie kennenzulernen, Herr – oder wahrscheinlich Herr Oberst –«

»Hannay«, erwiderte ich. »Major Hannay.« Ich fragte mich, wie dieser schläfrige Amerikaner mir wohl helfen sollte.

»Erlauben Sie mir, Sie zum Lunch einzuladen, Herr Major. Hallo, Kellner, die Speisekarte. Es tut mir leid, daß ich nicht mit Ihnen die Errungenschaften dieser Hotelküche ausprobieren kann. Ich leide nämlich an Dyspepsie – Duodenaldyspepsie. Zwei Stunden nach jeder Mahlzeit packt es mich, das tut höllisch weh hier unterm Brustbein. Deshalb muß ich mich an eine Diät halten. Ich ernähre mich von Fisch, gekochter Milch und ein bißchen trockenem Toast. Ein trauriger Abstieg seit den Tagen, da ich einem Lunch bei Sherry und abends noch Austern und einem gepfefferten Gulasch alle Ehre angetan habe.« Er seufzte aus der Tiefe seines geräumigen Brustkastens.

Ich bestellte ein Omelett und ein Kotelett und sah ihn mir noch einmal an. Seine großen Augen schienen mich ständig zu betrachten, ohne mich zu sehen. Sie waren so ausdruckslos wie die eines verträumten Kindes; aber ich hatte das ungemütliche Gefühl, daß sie mehr sahen als die meinen.

»Sie waren an der Front, Herr Major? In der Schlacht von Loos? Das muß ja wohl eine Schlacht gewesen sein. Wir in Amerika haben alle Achtung vor dem Kampfgeist der britischen Soldaten, aber was die britischen Generäle tun, begreifen wir nicht recht. Wir finden, daß eure Theoretiker mehr Draufgängertum als Wissenschaft haben. Stimmt das? Mein Vater kämpfte bei Chattanooga, aber diese meine Augen haben noch nichts Blutigeres gesehen als eine Präsidentenwahl. Sagen Sie mal, gibt es vielleicht eine Möglichkeit, daß ich mal bei einem richtigen, soliden Gemetzel dabeisein kann?«

Ich mußte über seinen ernsthaften Ton lachen. »Viele Ihrer Landsleute sind jetzt dabei«, sagte ich. »Die französische Fremdenlegion ist gesteckt voll von jungen Amerikanern und unser Etappendienst auch. Die Hälfte der Fahrer, die man in Frankreich antrifft, kommt aus den Vereinigten Staaten.«

Er seufzte. »Vor einem Jahr dachte ich wirklich an irgendeine kriegerische Unternehmung. Aber dann überlegte ich, daß der liebe Gott John S. Blenkiron nicht die martialische Figur geschenkt hat, die einem Feldlager wohlanstehen würde. Ferner fiel mir ein, daß wir Amerikaner ja neutral sind – wohlwollend neutral – und daß es mir nicht zustand, mich in den Kampf zwischen den abgenutzten Monarchien Europas einzumischen. Also blieb ich zu Hause. Es war ein großer Verzicht, Herr Major, denn während der Sache mit den Philippinen war ich krank, und noch nie habe ich die menschlichen Leidenschaften beobachten können, wenn sie hemmungslos auf dem Schlachtfeld losgelassen sind. Und da ich das Wesen der Menschheit studiere, lag mir sehr viel an dieser Erfahrung.«

»Was haben Sie also getan?« fragte ich. Dieser Phlegmatiker interessierte mich allmählich.

»Nun ja«, sagte er, »ich habe einfach gewartet. Der Herr im Himmel hat mich mit so viel Geld gesegnet, daß ich es zum Fenster hinauswerfen kann, also brauchte ich nicht wie eine Wildkatze hinter Verträgen für Kriegsmaterial herzusein. Aber ich glaubte, auf irgendeine Weise würde ich schon mitmachen können, und so kam es auch. Da ich ja neutral war, hatte ich den Vorteil auf meiner Seite. Eine Zeitlang ging es etwas hektisch zu, und dann schien es mir doch geraten, Gottes eigenes Land zu verlassen und mich mal umzusehen, was eigentlich in Europa los ist. Am blutigen Kampf kann ich sowieso nicht teilnehmen; aber einer eurer Dichter sagt: Der Friede siegt nicht schlechter als der Krieg, und soviel ich beurteilen kann, bedeutet das, daß ein Neutraler ebensowohl seinen Anteil am Kampf nehmen kann wie einer, der mittendrin ist.«

»Das ist die beste Interpretation von Neutralität, die mir je zu Ohren gekommen ist«, sagte ich.

»Sie ist die einzig richtige«, erwiderte er nachdrücklich. »Sa-

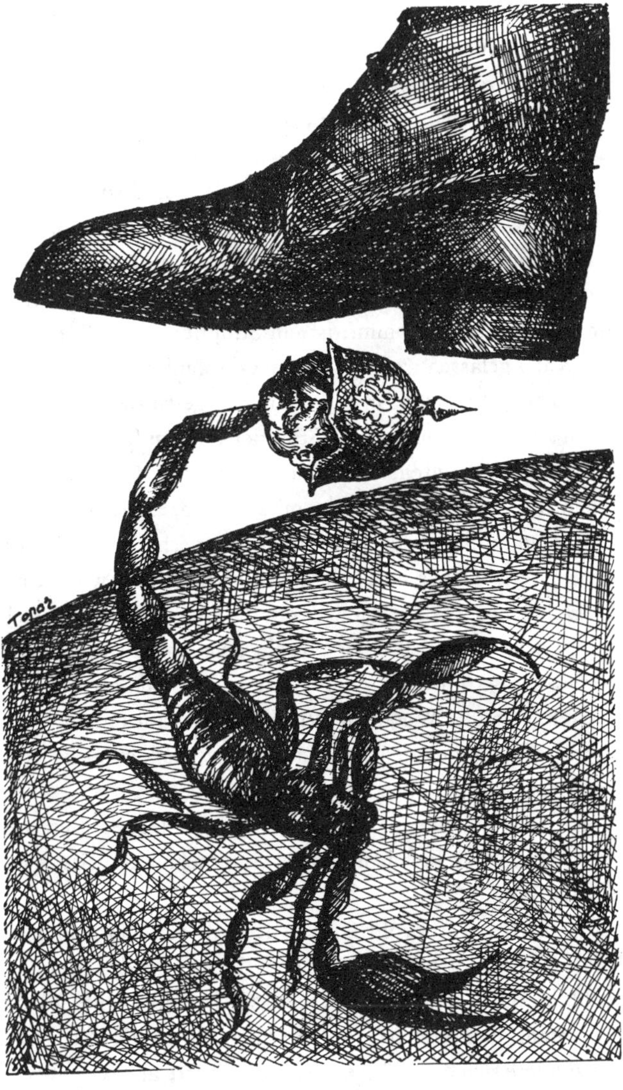
Topor

gen Sie, Herr Major, wofür kämpfen Sie alle eigentlich? Für die eigene Haut, für das Empire, für den Frieden in Europa? Wir sind keine Europäer, und bis jetzt gibt es keine deutschen Schützengräben auf Long Island. Ihr habt das in Europa angezettelt, und wenn wir uns einmischen, so wäre das gegen die Spielregeln. Wir wären euch nicht willkommen, und damit hättet ihr wohl recht. Wir sind so empfindlich, daß wir uns nicht gern einmischen – genau das meinte mein Freund, Präsident Wilson, als er äußerte, Amerika sei zu stolz zum Kriegführen. Darum sind wir also neutral. Wie mir das alles so vorkommt, ist ein Stinktier in der Welt aus dem Käfig gelassen worden, und der Gestank vergiftet einem das Leben, bis man mit ihm fertig geworden ist. Wir waren's nicht, wir haben das Stinktier nicht aufgestört; aber wir müssen mithelfen, den Planeten zu desinfizieren. Verstehen Sie? Wir können nicht mitkämpfen, aber, bei Gott! manche von uns werden Blut und Wasser schwitzen, bis der ganze Dreck wieder aufgeräumt ist. Offiziell tun wir nichts als Depeschen loslassen, wie ein leckender Dampfkessel Dampf von sich gibt. Aber einzeln genommen stecken wir bis zum Halse mit drin. Also werde ich, im Sinne von Thomas Jefferson und Woodrow Wilson, die neutralste Sorte von neutral sein, bis es dem Kaiser leid tut, daß er nicht von vornherein Amerika den Krieg erklärt hat.«

Jetzt war ich wieder bei bester Laune. Dieser Bursche war wirklich ein Juwel, und sein Unternehmungsgeist wies mir den Weg.

»Ihr Briten wart wohl ebenso neutral, als euer Admiral die deutsche Flotte daran hinderte, Dewey in der Manila-Bucht im Jahr 1898 in die Quere zu kommen.« Mr. Blenkiron trank den letzten Tropfen seiner gekochten Milch aus und zündete sich eine dünne schwarze Zigarre an.

Ich beugte mich vor. »Haben Sie mit Sir Walter gesprochen?« fragte ich.

»Ich habe mit ihm gesprochen, und er hat mir zu verstehen gegeben, daß es etwas zu erledigen gibt, wobei Sie der Hauptverantwortliche sind. Der ist von solchem Format, dieser Mann – keine Fliege würde wagen, ihn zu belästigen. Und wenn er sagt, daß dies eine gute Sache ist, dann können Sie auf mich zählen.«

»Sie wissen, daß es sich um eine außergewöhnlich gefährliche Sache handelt?«

»Das habe ich mir gedacht. Aber es taugt nichts, wenn man am Anfang schon das Risiko kalkuliert. Ich glaube an eine allweise und gütige Vorsehung, aber man muß ihr auch vertrauen und freie Hand lassen. Was ist denn eigentlich das Leben? Für mich: strenge Diät und häufige Magenschmerzen. Es ist nicht so fürchterlich schlimm, wenn man's aufgeben muß, solange man nur einen guten Handel damit macht. Außerdem: wie groß ist denn das Risiko? So um ein Uhr morgens, wenn man nicht schlafen kann, dann sieht's so groß aus wie der Mount Everest, aber wenn man losgeht und sich ihm stellt, dann ist's ein Hügelchen, über das man mit einem Satz hinüberkommt. Der Grizzlybär kommt einem recht gefährlich vor, wenn man die Fahrkarte nach den Rocky Mountains löst und denkt, ob man wohl jemals wiederkommt; aber wenn man ihn mal im Visier hat, dann ist er ein Bär wie jeder andere. Risiko – daran denke ich nicht mehr, bis ich mitten in der Patsche bin und keinen Ausweg mehr sehe.«

Ich kritzelte meine Adresse auf einen Zettel, den ich dem beleibten Philosophen gab. »Kommen Sie heute abend um acht zum Dinner«, sagte ich.

»Vielen Dank, Herr Major. Ein wenig Fisch, bitte, ganz einfach gekocht, und etwas heiße Milch. Verzeihen Sie, wenn ich nach der Mahlzeit von Ihrer Chaiselongue Gebrauch mache und den Abend über auf dem Rücken liegen bleibe. Das hat mir mein neuer Arzt geraten.«

Ich nahm ein Taxi und fuhr zu meinem Klub. Unterwegs öffnete ich den Briefumschlag, den Sir Walter mir gegeben hatte. Er enthielt eine Anzahl Notizen: das Dossier des Mr. Blenkiron. Er hatte in Amerika für die Alliierten wahre Wunder getan. Er hatte die Dumba-Verschwörung aufgedeckt, er hatte dabei geholfen, das Portefeuille des Dr. Albert zu erwischen. Von Papens Spione hatten versucht, ihn zu ermorden, nachdem er einen Versuch, eine der großen Kanonenfabriken in die Luft zu sprengen, vereitelt hatte. Zum Schluß hatte Sir Walter noch geschrieben: »Er ist der beste Mann, den wir je gehabt haben; besser als Scudder. Der würde mit einer Schachtel Wismuttabletten und einem Päckchen Patiencekarten durch die Hölle spazieren.«

Ich ging nach hinten in den kleinen Rauchsalon, holte mir einen Atlas aus der Bibliothek, schürte das Feuer und setzte mich hin, um nachzudenken. Mr. Blenkiron hatte mir den Auftrieb gegeben, den ich brauchte. Jetzt regte sich allmählich auch mein Verstand und umkreiste mit Siebenmeilenstiefeln diese ganze Sache. Nicht daß ich mir von dieser Grübelei etwas versprochen hätte. Im Lehnstuhl sitzen und darüber nachdenken – das würde das Geheimnis nicht lösen. Aber ich kriegte die Sache zu fassen und auch einen Plan, wie man's machen könnte. Und zu meiner Erleichterung dachte ich überhaupt nicht mehr an irgendein Risiko. Dafür hatte ich mich vor Blenkiron zu gründlich geschämt. Wenn ein herumhockender Magenkranker so viel unverschämten Mut aufbrachte, dann wollte ich ihm nicht nachstehen.

Etwa um fünf Uhr ging ich zu meiner Wohnung. Mein Diener, Paddock, war schon länger zum Heeresdienst eingezogen. Darum war ich in ein neues Hochhaus in Park Lane übergesiedelt, wo man Verpflegung und Bedienung hat. Die Wohnung hatte ich beibehalten, weil ich ein Heim haben wollte, wo ich meinen Urlaub verbringen konnte. In einem Hotel den Urlaub zu verbringen, ist nicht sehr schön.

Sandy verschlang Teegebäck, fest entschlossen, sich zu erholen.

»Nun, Dick, was gibt's? Beförderung oder den blauen Brief?«

»Keins von beidem«, antwortete ich. »Aber du und ich, wir verschwinden aus den Diensten Seiner Majestät. Zu einem Sonderauftrag.«

»Ach du heiliger Bimbam!« sagte Sandy. »Was denn? Ums Himmels willen, quäle mich nicht so. Sollen wir Abgesandte von verdächtigen Neutralen ausspionieren von wegen Munitionsherstellung oder einen schlotternden Journalisten im Auto dahin fahren, wo er sich einbilden kann, mal einen Boche zu sehen?«

»Das hat Zeit. Aber so viel kann ich dir sagen: es wird so ungefährlich und so einfach sein, als ob du mit dem Spazierstock in der Hand die deutsche Front durchquerst.«

»Hör mal, das klingt nicht schlecht«, sagte Sandy und machte sich vergnügt über die Waffen her.

Ich muß einen Augenblick innehalten, um den Leser mit Sandy bekannt zu machen, denn er soll nicht durch eine Seitentür in diese Geschichte hineinschlüpfen. Wenn man im ›Peerage‹[1] nachschlägt, wird man feststellen, daß im Jahr 1882 der zweite Sohn Edward Cospatricks, des 15. Barons Clanroyden, geboren wurde: Ludovick Gustavus Arbuthnot, gemeinhin als der Ehrenwerte etc. angeredet. Dieser Sohn wurde in Eton erzogen und im New College in Oxford, war Hauptmann in der ›Tweeddale‹-Mannschaft und diente einige Jahre lang, ehrenhalber, als Attaché bei verschiedenen Gesandtschaften. Damit schließt der Bericht des ›Peerage‹, aber das ist keineswegs das Ende vom Lied. Für das, was danach geschah, muß man sehr verschiedene Quellen konsultieren. Auf den Straßen von London sieht man hin und wieder magere, braunhäutige Männer, die weiß Gott

[1] der englische ›Gotha‹

woher kommen, in zerdrückten Anzügen, sie gehen mit leichtfüßigem, ausländischem Gang, sie schlängeln sich in irgendeinen Klub hinein, als wüßten sie nicht mehr recht, ob sie dazugehören oder nicht. Die könnten einem etwas von Sandy erzählen. Besser noch: man könnte etwas über ihn erfahren in den kleinen, gottverlassenen Fischerdörfern, wo die albanischen Berge steil in die Adria abfallen. Träfe man auf einen Pilgerzug nach Mekka, so würde man wahrscheinlich ein Dutzend Freunde von Sandy dabei treffen. In Hirtenhütten im Kaukasus findet man irgendwelche abgelegten Kleider von ihm, denn er versteht sich darauf, seine Sachen irgendwo unterwegs liegenzulassen. In den Karawansereien von Bokhara und Samarkand kennt man ihn, und im Pamir gibt es Shikaris, die immer noch von ihm reden, wenn sie um ihre Feuer sitzen. Wollte man nach Petersburg oder Rom oder Kairo, so hätte es keinen Sinn, ihn um Empfehlungsschreiben zu bitten; gäbe er sie, dann würden sie zu seltsamen Winkeln führen. Wollte es aber das Schicksal, daß man nach Lhasa oder Yarkand oder Seistan reisen müßte, dann könnte er einem die Reiseroute genau beschreiben und einen bei mächtigen Freunden einführen. Wir nennen uns Insulaner, aber in Wirklichkeit sind wir das einzige Volk auf Erden, das Männer hervorbringen kann, die fähig sind, in die Haut ganz andersartiger, ferner Menschen hineinzuschlüpfen. Vielleicht können die Schotten das noch besser als die Engländer, aber wir sind alle tausend Prozent begabter als irgend jemand anders. Sandy war der wandernde Schotte – sozusagen auf die Spitze getrieben. Früher hätte er wohl einen Kreuzzug angeführt oder einen neuen Seeweg nach Indien entdeckt. Jetzt stromerte er so herum, wie ihn die Laune trieb, bis der Krieg ihn erwischte und in mein Bataillon verschlug.

Ich holte Sir Walters halbes Blatt Briefpapier hervor. Es war nicht das Original – natürlich wollte er sich davon nicht trennen –, aber es war eine sehr gute Abschrift. Ich nahm an, daß Harry Bullivant diese Worte nicht als Notiz für den eigenen Gebrauch niedergeschrieben hatte. Leute, die seine Art von Karriere im Auge behalten, müssen schon ein gutes Gedächtnis haben. Zweifellos schrieb er sie, damit seine Freunde, im Falle ihm etwas zustieße und seine Leiche gefunden würde, einen Anhaltspunkt hätten. Deshalb, so folgerte ich, müßten diese Worte dem einen oder anderen auf unserer Seite verständlich sein und ebenso unverständlich irgendeinem Türken oder Deutschen, der sie fand.

Das erste Wort ›Kasredin‹ war mir ganz rätselhaft.

Ich fragte Sandy.

»Du meinst Nasr-ed-din«, sagte er mit vollem Mund Hörnchen kauend.

»Wie war das?« fragte ich erregt.

»Das ist der General, der angeblich die Truppen befehligt, denen wir in Mesopotamien gegenüberstehen. Vor vielen Jahren war er, soweit ich mich erinnere, in Aleppo. Sein Französisch war miserabel, und er trank den süßesten aller süßen Schaumweine.«

Ich sah mir den Zettel genau an. Das ›K‹ war unmißverständlich.

»Kasredin bedeutet nichts. Auf arabisch bedeutet es ›Haus des Glaubens‹ – darunter kannst du alles verstehen, von der Hagia Sofia bis zu einer Vorortsvilla. Was weiter, Dick? Beteiligst du dich an einem Wettbewerb in einer Wochenzeitschrift?«

»Cancer«, las ich vor.

»Das ist das lateinische Wort für Krebs. Zugleich der Name einer schmerzhaften Krankheit. Ferner eines der Zeichen im Tierkreis.«

»v. I.«, las ich weiter.

»Jetzt bin ich festgefahren. Klingt wie eine Autonummer. Die könnte dir die Polizei herausfinden. Das scheint mir ein etwas schwieriger Wettbewerb zu sein. Was kann man denn dabei gewinnen?«

Ich gabe ihm den Zettel. »Wer hat das geschrieben? Sieht aus, als hätte er's sehr eilig gehabt.«

»Harry Bullivant«, antwortete ich.

Sandys Gesicht wurde sehr ernst. »Ach, Harry. Wir waren in derselben Schule. Der beste Bursche, den Gott je erschaffen hat. Ich fand seinen Namen in der Verlustliste vor Kut ... Harry hätte nie etwas Sinnloses getan. Was hat es mit diesem Zettel auf sich?«

»Warte bis nach dem Essen«, sagte ich. »Ich ziehe mich jetzt um und bade. Zum Essen kommt ein Amerikaner, der gehört auch dazu.«

Mr. Blenkiron erschien, auf die Minute pünktlich, in einem Pelzmantel, der einem russischen Fürsten hätte gehören können. Nun, da ich ihn aufrecht vor mir stehen sah, konnte ich ihn besser einschätzen. Er hatte ein fleischiges Gesicht, war aber keinesfalls zu dick, und unter seinen Manschetten zeigten sich recht kräftige Handgelenke. Ich konnte mir vorstellen, daß er – wenn nötig – mit seinen Händen allerhand ausrichten könnte.

Sandy und ich ließen es uns schmecken, aber der Amerikaner stocherte an seinem gekochten Fisch herum und schlürfte die Milch tropfenweise. Als der Diener abgeräumt hatte, streckte sich Blenkiron wortgetreu auf meinem Sofa aus. Ich bot ihm eine gute Zigarre an, aber er nahm lieber eine seiner dünnen, schwarzen Scheußlichkeiten. Sandy dehnte sich der Länge nach in einen Klubsessel und zündete sich die Pfeife an. »Also, jetzt erzähle mal, Dick«, sagte er.

Ich fing damit an, womit Sir Walter bei mir angefangen hatte: ich berichtete über das Rätsel im Nahen Osten. Ich erzählte einigermaßen anschaulich, denn ich hatte viel darüber nachgedacht, und das Ungreifbare an der ganzen Sache hatte meine Phantasie erregt. Sandy wurde ziemlich aufgeregt.

»Das ist sehr wohl möglich. Im Grunde habe ich so etwas erwartet, obwohl ich ums Verrecken nicht weiß, welche Karte die Deutschen jetzt ausspielen. Da gibt's mindestens zwanzig Möglichkeiten. Vor dreißig Jahren zirkulierte geradezu teuflisch eine gefälschte Prophezeiung im Jemen. Oder vielleicht eine Flagge wie die von Ali Wad Helu oder ein Juwel wie Salomos Halsschmuck in Abessinien. Nie kann man wissen, was einen Kreuzzug auslöst. Aber ich glaube doch, daß es ein einzelner Mensch ist.«

»Aber wie kann er das finanzieren?« fragte ich.

»Schwer zu sagen. Wenn sich's nur um wilde Stämme handelt wie zum Beispiel die Beduinen, hat er sich vielleicht einen Ruf als Heiliger und Wundertäter erworben. Oder vielleicht gehört er zu denen, die eine reine Religion predigen wie jener, der die Senussi-Religion verkündigte. Aber ich glaube eigentlich, er muß wohl ein ganz Besonderer sein, wenn er seinen Zauber über die ganze mohammedanische Welt ausübt. Türken und Perser würden sich auf keine neue einleuchtende Theologie einlassen. Er muß jemand sein, der daher stammt. Die Mahdis und Mulleks und Imams, die waren ja nichts – wo sie gerade waren, an ihrem Ort, galten sie vielleicht etwas. Um den ganzen Islam einzufangen – und ich glaube, das ist es, wovor wir Angst haben –, muß er vom Koreish herkommen, vom Stamm des Propheten.«

»Aber wie könnte ein Betrüger das je nachweisen? Und ich glaube, er ist ein Betrüger.«

»Er würde eine ganze Reihe von Beweisen vorbringen müssen. Zunächst einmal müßte seine Abstammung einwandfrei erwiesen sein, und es gibt – wenn du dich entsinnst – Familien, die die Abstammung vom Koreish für sich in Anspruch nehmen. Ferner müßte er, von sich selbst aus, eine Art von Wundertier sein – ein Heiliger etwa, beredsam und so weiter. Und ich glaubte, er müßte auch so etwas wie eine Erkennungsmarke vorweisen, obwohl ich mir nicht im geringsten vorstellen kann, wie sie aussehen sollte.«

»Du kennst den Osten so gut wie irgendeiner. Glaubst du, daß so etwas überhaupt möglich ist?« fragte ich.

»Aber ja«, sagte Sandy mit ernstem Gesicht.

»Also, nun wissen wir, wo wir einhaken müssen. Außerdem haben wir die Berichte fast aller unserer Geheimagenten. Alles das scheint die Tatsache zu bestätigen. Aber wir wissen keinerlei Einzelheiten und haben keinen Hinweis als diesen Zettel hier.« Ich berichtete ihnen, was ich über den Zettel wußte.

Sandy sah sich mit gerunzelten Brauen den Zettel an. »Ich werde daraus nicht klug. Trotzdem kann es sein, daß wir hier den Schlüssel zu alledem haben. Es passiert schon, daß eine Spur sich in London verliert, aber in Bagdad einem in die Ohren gellt.«

»Genau darauf wollte ich hinaus. Sir Walter sagt, daß dies für uns so wichtig ist wie großkalibrige Kanonen. Befehlen kann er mir nicht; aber er hat mir die Arbeit angeboten, herauszufinden, was da eigentlich im Gange ist. Wenn er das erst mal weiß, sagt er, dann kann er auch Schachmatt sagen. Aber es muß bald entdeckt werden, denn die Mine kann jeden Augenblick explodieren. Ich habe die Aufgabe übernommen. Wollt ihr mir helfen?«

Sandy starrte die Zimmerdecke an.

»Ich sollte noch hinzufügen: es ist etwa so gefährlich wie ›chuck-farthing‹[1] am Kreuzweg von Loos – weißt du noch den Tag, als du und ich uns da hineinstürzten? Und wenn wir versagen, kann uns niemand helfen.«

»Ach, klar wie dicke Tinte«, sagte Sandy – ganz in Gedanken.

Mr. Blenkiron, der seine Siesta hinter sich hatte, setzte sich auf und zog einen kleinen Tisch zu sich heran. Er hatte

[1] Anm. d. Übers.: etwa das russische Blindschießen

Patiencekarten aus der Tasche gezogen und schon angefangen, die Doppelte-Napoleon-Patience zu legen. Unsere Unterhaltung schien er völlig vergessen zu haben.

Plötzlich hatte ich das Gefühl, die ganze Sache sei völlig verrückt. Hier saßen wir, drei einfältige Leute in einer kleinen Wohnung in London, planten ein Unternehmen gegen des Feindes Hauptquartier und hatten keine Ahnung, was wir tun sollten oder wie. Und einer von uns dreien starrte die Decke an, einer pfiff sachte durch die Zähne, und der dritte legte eine Patience. Das Ganze kam mir plötzlich so komisch vor, daß ich laut lachte.

Sandy sah mich scharf an.

»So kommt's dir vor? Mir auch. Das Ganze ist verrückt, aber jeder Krieg ist verrückt, und wer am verrücktesten ist, wird wahrscheinlich siegen. Wir gehen dieser irren Spur nach, wo immer wir hoffen, auf sie zu treffen. Nun ja, auf mich kannst du zählen. Aber lieber möchte ich zugeben, daß ich ganz einfach blaßblaue Angst habe. An das Leben im Schützengraben hatte ich mich schon einigermaßen gewöhnt, das fand ich ganz schön. Und jetzt hast du mich da herausgerissen, und ich hab' Angst.«

»Ich glaube nicht, daß du weißt, was das ist: Angst haben«, sagte ich.

»Da täuschst du dich aber, Dick«, sagte er ernsthaft. »Jeder Mensch, der nicht verrückt ist, weiß, was es bedeutet, Angst zu haben. Ich habe schon mancherlei Blödsinn gemacht, aber noch nie habe ich mich drangemacht, ohne zu wünschen, es wäre alles längst vorbei. Wenn ich mal mitten drin bin, dann ist es einfacher, und wenn ich dann heil herauskomme, tut's mir beinahe leid. Aber wenn's losgeht, hab' ich erst mal fürchterliche Angst.«

»Also machst du wohl mit?«

»Wahrscheinlich«, antwortete er. »Könntest du dir vorstellen, daß ich dich im Stich lasse?«

»Und Sie, Sir?« wandte ich mich an Blenkiron.

Seine Patience schien aufzugehen. Mit zufriedenem Grunzen sammelte er acht kleine Kartenpäckchen ein. Während ich sprach, hob er die schläfrigen Augenlider und nickte.

»Natürlich, klar«, sagte er. »Ihr beiden Herren müßt doch nicht denken, daß ich eurer höchst interessanten Unterhaltung nicht zugehört habe. Ich glaube, keine Silbe ist mir entgangen. Meiner Erfahrung nach ist eine Patience nach einer Mahlzeit der Verdauung zuträglich und verhilft zu ruhiger Überlegung. John S. Blenkiron ist immer dabei.«

Er mischte die Karten und legte sie wieder aus.

Ich glaube nicht, daß ich je ein Nein von ihm erwartet hatte; aber diese selbstverständliche Zusage ermutigte mich ungeheuer. Ganz allein hätte ich diese Sache nicht in Angriff nehmen können.

»Nun ja, abgemacht. Das ist in Ordnung. Also jetzt: wie machen wir's? Jetzt müssen wir drei uns daranmachen, das Geheimnis der Deutschen herauszufinden, und wir müssen dorthin gehen, wo es Leute gibt, die es kennen. Auf irgendeine Weise müssen wir nach Konstantinopel gelangen, und um das Land so gründlich wie möglich zu durchsuchen, müssen wir verschiedene Reiserouten wählen. Sandy, mein Lieber, du mußt in die Türkei. Du bist der einzige von uns, der dieses liebenswerte Volk kennt. Von Europa aus kannst du nicht so leicht dorthin kommen, also mußt du es von Asien her versuchen. Wie wär's mit der Küste von Kleinasien?«

»Das ginge schon«, antwortete er. »Aber überlaß das nur mir. Ich werde schon die beste Möglichkeit herausfinden. Ich nehme an, das Auswärtige Amt wird mir dabei behilflich sein, zu der Stelle zu kommen, von der aus ich dann loslegen kann?«

»Vergiß nicht«, sagte ich, »daß es keinen Sinn hat, zu weit nach Osten zu gehen. Das Geheimnis, hinter dem wir her sind, befindet sich immer noch westlich von Konstantinopel.«

»Das weiß ich wohl. Auf dem kürzesten Weg werde ich in den Bosporus hineinsausen.«

»Was Sie betrifft, Mr. Blenkiron, so würde ich eine direkte Reise vorschlagen. Sie sind Amerikaner und können unbehindert durch Deutschland fahren. Ich mache mir nur Gedanken, ob Ihre Tätigkeit in New York es Ihnen möglich machen wird, als Neutraler zu passieren?«

»Das habe ich mir auch überlegt«, erwiderte er. »Ich habe ziemlich gründlich über die sonderbare Psychologie der großen deutschen Nation nachgedacht. Soweit ich es beurteilen kann, sind sie so schlau wie Katzen, und wenn man sich auf das Katzenspiel einläßt, sind sie einem jederzeit überlegen. O ja, mein Herr, was Detektivarbeit betrifft, da sind sie keine Pfuscher. Wenn ich mir einen falschen Schnurrbart kaufte und mir das Haar färbte und mich als Baptistenpfarrer verkleidete und nach Deutschland käme, um über den Frieden zu predigen, dann wären sie mir messerscharf auf der Spur, und binnen einer Woche wäre ich als Spion erschossen worden oder säße in Moabit in Einzelhaft. Aber sie haben keinen Blick für das Große, Ganze. Auf einen Bluff fallen sie herein. Mit Ihrer Genehmigung werde ich das Vaterland als John S. Blenkiron besuchen, der einmal ihren gescheitesten Leuten auf der anderen Seite des Atlantik ein Dorn im Fleisch war. Aber es wird ein anderer John S. sein. Wahrscheinlich hat er sich bekehrt. Endlich ist er so weit, daß er die erhabene, reine, edle Seele Deutschlands richtig einschätzt, und er bereut seine Vergangenheit wie ein bekehrter Gangster bei der Heilsarmee. Er ist das Opfer der Gemeinheit und der Treulosigkeit der britischen Regierung. Mit eurem Auswärtigen Amt werde ich einen Riesenkrach haben wegen meines Passes, und ich werde es in dieser Stadt öffentlich beschimpfen, wo ich nur kann. Eure Detektive werden mich nicht aus den Augen lassen bis zu dem Hafen, wo ich an Bord gehe, und wahrscheinlich werde ich Schwierigkeiten mit den britischen Gesandtschaften in Skandinavien haben. Wenn es so weit ist, werden unsere teutonischen Freunde schon angefangen haben, sich zu wundern, was eigentlich mit John S. los ist, und zu denken, daß sie sich vielleicht in diesem Kinde doch getäuscht haben. Wenn ich also nach Deutschland komme, werden sie mich ohne jedes Vorurteil empfangen. Dann, so nehme ich an, wird mein Benehmen sie überraschen und ihnen Vertrauen einflößen. Ich werde ihnen wertvolle britische Geheiminformationen mitteilen und den britischen Löwen zum gemeinsten Straßenköter degradieren. Sie können sich darauf verlassen, daß ich einen guten Eindruck machen werde. Darnach werde ich mich gen Osten begeben, um Augenzeuge der Zerstörung des britischen Empire in jener Gegend zu sein. Nebenbei: wo treffen wir uns eigentlich wieder?«

»Heute haben wir den 17. November. Wenn wir das, was wir brauchen, nicht innerhalb von zwei Monaten herauskriegen, können wir's aufgeben. Am 17. Januar sollten wir uns in Konstantinopel treffen. Wer von uns zuerst dort ist, wartet auf die anderen. Wenn wir dann nicht alle da sind, müssen wir annehmen, daß der fehlende Mann in Schwierigkeiten geraten ist und abgeschrieben werden muß. Wenn wir je hinkommen, dann kommen wir aus verschiedenen Richtungen und in verschiedener Aufmachung, also brauchen wir für unser Rendezvous einen Ort, wo allerlei sonderbare Leute auftauchen. Sandy, du kennst Konstantinopel. Sag du, wo wir uns treffen sollen.«

»Ich habe schon darüber nachgedacht«, sagte er, ging zum Schreibtisch und zeichnete einen kleinen Plan auf ein Blatt Papier. »Diese Gasse führt vom Kurdisch-Basar zur Fähre von Ratchik. Halbwegs ist linker Hand ein Café, das einem Griechen namens Kuprasso gehört. Hinter dem Café ist ein von hohen Mauern umgebener Garten, die Mauern waren früher einmal ein Teil des alten byzantinischen Theaters. Am

Ende des Gartens steht eine Art von Schuppen, den man das Gartenhaus Sulimans des Roten nennt. Man hat ihn auch schon ein Tanzlokal, eine Spielhölle und weiß Gott was noch genannt. Anständige Leute gehen nicht dorthin, aber von allen Enden der Erde laufen dort die Fäden zusammen, und kein Mensch stellt einem unbequeme Fragen. Das ist der beste Treffpunkt für uns, den ich mir denken kann.«

Der Wasserkessel summte am Feuer, die Nacht war naßkalt – es schien genau die richtige Stunde für einen Whiskypunsch zu sein. Also braute ich einen für Sandy und mich und kochte für Blenkiron etwas Milch.

»Und wie steht's mit der Sprache?« fragte ich. »Bei dir wohl gut, Sandy?«

»Deutsch kann ich ganz gut; und für einen Türken kann ich mich überall ausgeben. Das eine ist gut genug fürs Erlauschen von Information, die für uns wichtig sein könnte, und das andere als Umgangssprache.«

»Und Sie?« fragte ich Blenkiron.

»An Pfingsten wurde ich übergangen«, antwortete er. »Es tut mir leid, aber ich muß bekennen, daß die Gabe der Zungen mir nicht zuteil geworden ist. Aber für die Rolle, die ich zu spielen gedenke, brauche ich nicht polyglott zu sein. Vergessen Sie nicht: ich bin ganz einfach John S. Blenkiron, Bürger der großen amerikanischen Republik.«

»Du hast uns noch gar nicht gesagt, was du eigentlich vorhast, Dick«, sagte Sandy.

»Ich reise durch Deutschland zum Bosporus, und da ich kein Neutraler bin, werde ich nicht gerade auf Samtkissen reisen.«

Sandy wurde sehr ernst.

»Das hört sich ziemlich desperat an. Kannst du wenigstens genug Deutsch?«

»Einigermaßen; jedenfalls genug, um für einen Deutschen gehalten zu werden. Offiziell hingegen werde ich kein Wort

Deutsch verstehen. Ich bin ein Bure aus der westlichen Kapprovinz, einer von Maritzens alten Getreuen, der sich mit Müh und Not nach Angola durchgeschlagen hat und von dorther nach Europa gekommen ist. Ich werde Afrikaans sprechen und nichts anderes. Und beim Kuckuck! Über die Engländer werde ich mich reichlich bitter äußern. In der *Taal* gibt es eine Menge wunderbarer Fluchworte. In Afrika kenne ich mich sehr gut aus, und ich lechze nur darnach, den *verdommde rooineks*[1] noch mal eins auszuwischen. Wenn ich Glück habe, schicken sie mich nach Uganda, wo ja allerhand passieren soll, oder nach Ägypten, und dann werde ich's schon so einrichten, daß ich via Konstantinopel reise. Wenn ich's mit Mohammedanern zu tun kriege – die werden mir schon ihre Karten aufdecken. Jedenfalls – so ungefähr, stelle ich mir vor, wird die Sache verlaufen.«

Wir füllten die Gläser auf, zwei Whiskypunsch und ein Glas Milch, und stießen an auf unser nächstes fröhliches Wiedersehen. Dann fing Sandy zu lachen an, und ich lachte auch. Die Hoffnungslosigkeit unseres Unternehmens wurde mir wieder bewußt. Das Allerbeste, was wir ausrichten konnten, das war so wirksam wie ein paar Eimer Wasser in der Dürre der Sahara oder wie die alte Dame, die mit einem Besen die Flutwellen des Atlantik aufzuhalten versuchte. Liebevoll dachte ich an die junge heilige Theresa.

[1] = verdammte Rothälse, so genannt, weil die empfindliche weiße Haut der Europäer in Afrika leicht einen Sonnenbrand bekommt.

3

PIETER PIENAAR

Als wir abreisten, fielen wir niemandem weiter auf – nur der Amerikaner erregte Aufsehen. Sandy trieb sich auf seine unterirdische Art noch vierzehn Tage lang herum; bald war er im Britischen Museum, bald besuchte er irgendwo auf dem Land alte Kameraden aus seiner Forscherzeit; dann wieder war er im Kriegsministerium oder im Auswärtigen Amt. Meistens aber war er in meiner Wohnung, hockte tief in einem Klubsessel und dachte nach. Schließlich reiste er am 1. Dezember nach Kairo ab, als Kurier des Königs. Ich wußte, daß – wenn er einmal dort war – der Kurier verschwinden und statt seiner ein sonderbarer Orientale auftauchen würde. Ihn über Einzelheiten seiner Pläne zu befragen, wäre mir als höchst ungebührlich erschienen. Er war der Fachmann, ich war nur Dilettant.

Mit Blenkiron ging es ganz anders zu. Sir Walter sagte mir, ich solle mich auf allerlei gefaßt machen, und sein leichtes Augenzwinkern deutete an, was kommen werde. Zunächst einmal schrieb dieser Sportler einen Brief an die Zeitungen, den er mit vollem Namen unterzeichnete. Im House of Commons hatte es eine Debatte über Außenpolitik gegeben, und eine Rede, die irgendein Idiot bei dieser Gelegenheit gehalten hatte, gab ihm einen Anhaltspunkt. Er erklärte, daß er anfangs mit Herz und Seele auf der Seite der Engländer gewesen sei, sich aber jetzt leider gezwungen sehe, seinen Standpunkt zu ändern. Er schrieb ferner, unsere Blockade Deutschlands widerspreche allen Gesetzen Gottes und der Menschlichkeit, und seiner Ansicht nach sei England jetzt der schlimmste Exponent des Preußentums. Dieser Brief wirbelte viel Staub auf, und die Zeitung, die ihn druckte, bekam Krach mit dem Zensor.

Aber das war nur der Anfang von Mr. Blenkirons Feldzug. Er ließ sich mit irgendwelchen Hyde-Park-Leuten ein, die sich ›Liga der Antiaggressions-Demokraten‹ nannten und behaupteten, daß Deutschland völlig harmlos sei, solange wir es nicht herausforderten. Unter den Auspizien dieser Herren hielt er eine Rede, die er zwar wegen des Protestes der Menge abbrechen mußte, aber nicht, ehe John S. sich einen Haufen verblüffendes Zeug von der Seele geredet hatte. Ich war nicht dabei, aber jemand, der dabei war, erzählte mir, er habe noch nie solch himmelschreienden Unsinn gehört. Er hatte gesagt, Deutschland sei im Recht, wenn es die Freiheit der Meere verlange, und daß Amerika diese Forderung unterstützen werde und daß die britische Flotte eine größere Bedrohung des Weltfriedens sei als das Heer des Kaisers. Er hatte zugegeben, daß er einmal anderer Ansicht gewesen sei, daß er aber ein ehrlicher Mann sei und sich nicht davor fürchte, die Tatsachen beim rechten Namen zu nennen. Die Rede wurde plötzlich dadurch abgebrochen, daß er einen Rosenkohl ins Auge bekam, woraufhin – so sagte mein Freund – er in sehr unpazifistischem Stil fluchte.

Ferner schrieb er weitere Briefe an die Presse, in denen er behauptete, in England gebe es keine Redefreiheit mehr, und eine ganze Anzahl von Wirrköpfen unterstützten ihn dabei. Manche Amerikaner hätten ihn gern öffentlich zum Hanswurst erklärt, und aus dem Savoy-Hotel wurde er hinausgeworfen. Es waren Bemühungen im Gange, ihn des Landes zu verweisen; im Parlament wurden Fragen gestellt, und der Unterstaatssekretär des Auswärtigen Amtes erklärte, seine Abteilung befasse sich mit der Sache. Ich dachte allmählich, daß Blenkiron den Spaß zu weit treibe, und ging zu Sir Walter, aber er sagte mir, ich könne ganz unbesorgt sein.

»Das Motto unseres Freundes heißt ›Gründlich‹«, sagte er, »und er weiß genau, was er tut. Wir haben ihn offiziell aufgefordert, das Land zu verlassen, und er fährt am Montag von Newcastle mit dem Schiff ab. Bis dahin wird er auf Schritt und Tritt überwacht, und wir hoffen, noch mehr Protest zu provozieren. Er ist schon ein sehr gescheiter Bursche.«

Ich sah ihn zuletzt am Samstag nachmittag, als ich ihm in der St. James Street begegnete und ihm die Hand geben wollte. Er aber sagte zu mir, meine Uniform sei eine Beleidigung, und hielt eine Ansprache darüber an ein paar Leute, die Zeugen des Zwischenfalls waren. Sie zischten ihn aus, und er mußte schleunigst ein Taxi nehmen. Im Wegfahren zwinkerte er fast unmerklich mit dem linken Auge. Am Montag las ich, er sei abgereist, und die Zeitungen schrieben dazu, daß wir froh sein könnten, ihn los zu sein.

Ich ging am 3. Dezember in Liverpool an Bord eines Schiffes, das nach Argentinien fuhr, aber in Lissabon anlegen sollte. Natürlich mußte ich vom Auswärtigen Amt einen Paß bekommen, um England verlassen zu können, aber darnach hatte ich mit der Regierung nichts mehr zu tun. Alle Einzelheiten meiner Reise hatte ich sorgfältig durchdacht. Lissabon würde ein guter Startplatz sein, denn es war der Treffpunkt von allerhand Leuten aus allen Ecken und Enden von Afrika. Mein Gepäck bestand aus einem alten Handkoffer und meine Kleidung aus den Überresten des Inhalts meines Kleiderschranks in Südafrika. Ein paar Tage, ehe ich an Bord ging, rasierte ich mich nicht, und da mir der Bart schnell wächst, kam ich mit einem Stoppelkinn an Bord, wie es bei den jungen Buren üblich ist. Ich hieß jetzt Brandt, Cornelis Brandt – jedenfalls stand es so in meinem Paß, und Pässe lügen nicht.

Außer mir waren nur zwei Passagiere auf diesem widerwärtigen Schiff, und sie ließen sich nicht sehen, ehe wir nicht aus der Biskaya heraus waren. Mir selber war auch nicht gut, aber ich brachte es fertig, die ganze Zeit auf Deck herumzulaufen, denn der Gestank in meiner Kabine hätte selbst ein Nilpferd zum Kotzen gebracht. Der alte Kahn brauchte zwei Tage und eine Nacht, bis er von Ushant nach Finisterre gewackelt war. Dann schlug das Wetter um, und wir kamen aus Schneeböen heraus fast in einen Sommer hinein. Die Berglandschaft von Portugal sah blau und gelb aus wie die Kalahari, und ehe wir noch den Tagus hinauffuhren, hatte ich schon fast vergessen, daß ich jemals Rhodesien verlassen hatte. Unter den Matrosen war ein Holländer, mit dem ich in der *Taal* schwatzen konnte, und außer »Guten Morgen« und »Guten Abend«, in gebrochenem Englisch dem Kapitän geboten, sprach ich auf dieser Reise fast nichts.

An einem strahlend blauen Morgen ankerten wir vor den Kais von Lissabon; fast war es schon so warm, daß man Tennishosen hätte anziehen können. Von jetzt an mußte ich sehr vorsichtig sein. Ich benützte nicht die Barkasse, die zur Küste fuhr, sondern leistete mir ein ausgedehntes Frühstück. Dann schlenderte ich auf dem Deck herum, und da, genau in der Mitte des Stroms, ging ein anderes Schiff vor Anker mit dem blauweißen Schornstein, den ich so gut kannte. Meiner Ansicht nach hatte dieses Schiff noch vor einem Monat die Mangroven-Sümpfe von Angola beschnuppert. Nichts hätte mir gelegener kommen können. Ich sagte, ich wolle an Bord dieses Schiffes gehen, um nach einem Freunde Ausschau zu halten, und dann von da aus in Lissabon an Land gehen, so daß irgend jemand, der vielleicht neugierig war, denken mußte, ich sei direkt von Portugiesisch-Westafrika angekommen.

Ich rief einem der mit ihren Booten an unserem Schiff anlegenden Gauner zu und stieg samt Gepäck in sein Ruderboot. Wir erreichten das Schiff – es hieß ›Henry the Navigator‹ – in dem Augenblick, als das erste Boot zur Küste ablegte. Die gesamte Besatzung war portugiesisch, was mir gerade recht war.

Als ich aber die Schiffsleiter hinaufstieg, begegnete ich als erstem meinem alten Pieter Pienaar.

Das war wirklich ein unglaublicher Glückszufall. Pieter hatte Augen und Mund aufgerissen und war gerade so weit gekommen, »*Almagtig*«[1] zu schreien, als ich ihn zum Schweigen brachte.

»Brandt«, sagte ich, »Cornelis Brandt. So heiße ich jetzt, und bitte vergiß das nicht. Wer ist euer Kapitän? Immer noch der alte Sloggett?«

»Ja«, sagte Pieter und nahm sich mühsam zusammen. »Erst gestern hat er von dir gesprochen.«

Das wurde ja immer besser. Ich schickte Pieter nach unten, um Sloggett Bescheid zu sagen, dann hatte ich in seiner Kabine bei geschlossener Tür eine kurze Unterredung mit diesem Herrn.

»Sie müssen meinen Namen in die Passagierliste eintragen. Ich bin in Mossamedes an Bord gekommen, und ich heiße Cornelis Brandt.«

Zuerst war er dagegen und sagte, das sei Betrug. Ich antwortete, das könne man mit Recht behaupten, aber aus Gründen, die ich ihm nicht sagen könne, müsse er es tun, und diese Gründe seien für alle Beteiligten höchst ehrenwert. Schließlich stimmte er zu, und vor meinen Augen machte er die Eintragung. Ich hatte bei Sloggett einen Stein im Brett, denn ich hatte ihn schon gekannt, als er mit seinem jämmerlichen kleinen Schlepper die Delagoya Bay unsicher machte.

Dann gingen Pieter und ich an Land und schlenderten nach Lissabon hinein, als ob uns de Beers Diamantengruben in Kimberley gehörten. Wir buchten in dem großen Hotel gegenüber dem Bahnhof und sahen aus und benahmen uns wie zwei südafrikanische Hinterwäldler, die sich zu einem Vergnügungstrip in die alte Heimat aufgemacht hatten. Es war ein schöner, sonniger Tag, also mietete ich ein Auto und sagte, ich werde selber fahren. Wir fragten nach einem schönen Ausflugsort, wohin wir fahren könnten, und man nannte

1 Afrikaans für ›Allmächtiger‹

uns Cintra und erklärte uns den Weg dorthin. Ich suchte ein stilles Plätzchen, wo wir reden konnten, denn ich hatte Pieter eine Menge zu sagen.

Dieses Auto taufte ich den ›Lusitanischen Terror‹, und es war ein Wunder, daß wir nicht damit verunglückten. Mit der Steuerung war etwas hoffnungslos verkehrt. Wir schleuderten ein halbes dutzendmal quer über die Straße und kamen nur knapp davon. Aber schließlich erreichten wir unser Ziel und aßen in einem Hotel gegenüber dem Maurischen Palast zu Mittag. Dort ließen wir den Wagen stehen und stiegen eine Anhöhe hinauf; dann saßen wir in einem Gestrüpp, ähnlich dem auf unserem heimatlichen *Veld*, und ich erzählte Pieter die ganze Geschichte.

Aber erst muß ich noch ein Wort über Pieter sagen. Er war der Mann, der mir beigebracht hat, wie man sich im *Veld* verhält; außerdem hat er mich noch eine Menge über den Umgang mit Menschen gelehrt. Er stammte aus der Alten Kolonie – Burgersdorp, glaube ich –, aber er war ins Transvaal gekommen, als bei Lydenburg Gold gefunden wurde. Er war abwechselnd Goldgräber, Ochsenwagentreiber und Jäger, aber hauptsächlich Jäger. In jenen längst vergangenen Tagen war er kein allzu guter Staatsbürger. Er war mit Bob Macnab in Swasiland gewesen, und man weiß ja, was das bedeutet. Dann verlegte er sich darauf, an Magnaten in Johannesburg und Kimberley vorgetäuschte Goldminenprojekte zu verhandeln, und niemand konnte eine Mine besser tarnen als er. Darnach war er in der Kalahari, wo sein Name und der von Scotty Smith allbekannt waren. Als der Matabele-Krieg ausbrach, begann für ihn eine Zeit verhältnismäßiger Ehrbarkeit, da er sich als Späher und beim Nachschub besonders bewährte. Cecil Rhodes hätte ihn gern auf einer Rindviehfarm in der Nähe von Salisbury angesiedelt, aber Pieter war so versessen auf seine Unabhängigkeit, daß er niemandem etwas verdanken wollte. Er nahm die Großwildjagd auf, und genau dafür hatte Gott ihn geschaffen, denn er konnte mitten im dichten Buschland die Spur einer Tsetsefliege verfolgen und war der beste Schütze, den ich je in meinem Leben gesehen habe. Er führte Jagdgesellschaften in die Pungwe-Niederung und nach Barotseland und bis hinauf nach Tanganjika. Dann spezialisierte er sich auf Ngami, wo ich einmal mit ihm auf die Jagd ging, und er war dabei, als ich in Damaraland auf der Goldsuche war.

Als der Burenkrieg begann, schlug sich Pieter – wie viele der großen Jäger – auf die englische Seite und leistete den Hauptanteil unserer Spionagearbeit im nördlichen Transvaal. Beyers hätte ihn gehenkt, wenn er ihn erwischt hätte, und zwischen Pieter und seinen eigenen Leuten bestand lange Zeit überhaupt keine Verbindung mehr. Als alles vorbei war und man sich allerseits etwas beruhigt hatte, ließ er sich in Bulawayo nieder und kam immer mit auf meine Expeditionen. Als ich vor zwei Jahren Afrika verließ, hatte ich ihn seit Monaten aus den Augen verloren, hörte aber, er sei irgendwo im Kongo und jage unbefugterweise Elefanten. Seine Lieblingsidee war immer gewesen, in Angola so viel Unruhe zu stiften, daß die südafrikanische Regierung eingreifen und es annektieren müsse. Nächst Rhodes kannte sich Pieter südlich des Äquators am besten aus.

Er maß etwa fünf Fuß zehn, war dünn und lebhaft und so stark wie ein Büffel. Er hatte blaßblaue Augen, ein sanftes Mädchengesicht und eine leise, schläfrige Stimme. Jetzt sah er aus, als habe er eine Weile sehr knapp zu leben gehabt. Sein Anzug wirkte so, als hätte er ihn in der Lobito-Bay gekauft, er war mager wie eine Harke, tiefbraun sonnenverbrannt, und in seinem Bart waren viele graue Haare. Er war sechsundfünfzig Jahre alt und wurde immer für vierzig gehalten. Jetzt sah er ungefähr so alt aus, wie er war.

Ich fragte ihn zuerst, was er eigentlich gemacht habe, seit

dieser Krieg begann. Er spuckte aus, wie es die Kaffern tun, von denen hatte er das übernommen, und sagte, es sei ihm verteufelt schlecht gegangen.

»Ich blieb im Kafue hängen«, sagte er. »Als ich von Letsitela erfuhr, daß die Weißen untereinander kämpfen, kam mir die erleuchtete Idee, daß ich von Norden her nach Deutsch-Südwest hinein könnte. Weißt du, ich wußte, daß Botha sich nicht lange aus diesem Krieg heraushalten konnte. Also, es gelang mir, in das deutsche Gebiet hineinzukommen, und dann kam so ein *Skellum*[1] von Offizier und beschlagnahmte alle meine Maultiere und wollte auch mich für seine absurde Armee beschlagnahmen. Ein häßlicher Mann war das mit einem gelben Gesicht.« Pieter stopfte seine geräumige Pfeife aus einem Kuduhaut-Tabaksbeutel.

»Wurdest du gezwungen?« fragte ich.

»Nein. Ich schoß auf ihn. Es war kein tödlicher Schuß, aber ich wollte ihn kampfunfähig machen. Das war ganz in Ordnung, denn er hatte zuerst auf mich geschossen. Und er traf meine linke Schulter. Aber das war der Anfang von allerlei Unheil. Ich machte mich, so schnell ich konnte, nach Osten hin davon und kam zu den Owambas. Ich bin oft herumgezogen, aber das war wohl mein schlimmster Trek. Vier Tage lang ohne Wasser und sechs Tage ohne Essen. Dann hatte ich das Pech, auf 'Nkitla zu stoßen, weißt du noch, diesen Mischlingshäuptling. Er behauptete, ich schulde ihm Geld für Vieh, das ich gekauft habe, als ich mit Carowab dort war. Das war gelogen, aber er bestand auf der Lüge und verweigerte mir jeglichen Transport. Also habe ich die Kalahari-Wüste zu Fuß durchquert. Au, das ging so langsam wie eine *Vrouw,* die vom *Nagmaal*[2] nach Hause geht. Wochen und Wochen dauerte das, und als ich zu Lechwes Kraal kam, erfuhr ich, daß der Krieg zu Ende sei und

[1] Afrikaans = Schelm, Schurke

[2] Afrikaans = Abendmahl

Botha die Deutschen besiegt habe. Auch das war gelogen, aber ich ließ mich täuschen und reiste nordwärts nach Rhodesien, wo ich die Wahrheit erfuhr. Aber da war es schon so weit, daß ich nicht mehr glaubte, es hätte irgendwelchen Sinn, noch mitzumachen. Darum ging ich nach Angola, um mich nach deutschen Flüchtlingen umzusehen. Dazumal haßte ich die Deutschen schon mehr als die Hölle.«

»Aber was wolltest du denn mit ihnen machen?« fragte ich.

»Ich hatte das Gefühl, sie würden dort mit der Regierung in Konflikt kommen. Ich habe keine besondere Sympathie für den Portugänserich, aber jeden Tag ist er mir lieber als die Deutschen. Nun ja, es gab schon Schwierigkeiten, und einen Monat oder zwei ging es da ganz lustig zu. Aber nach und nach wurde es stiller, und ich dachte, jetzt haue ich lieber ab nach Europa, denn Südafrika beruhigte sich gerade, als das große Drama eben erst anfing, wirklich interessant zu werden. Deshalb bin ich hier, Cornelis, alter Freund. Wenn ich mir den Bart abrasiere, was meinst du, nehmen sie mich dann bei der Luftwaffe?«

Ich betrachtete Pieter, der da saß und rauchte, so unbekümmert, als hätte er sein Leben lang in Natal Mais angebaut und sei nur für einen Monat nach Peckham zu seiner Familie gekommen.

»Du kommst mit mir, mein Junge«, sagte ich. »Wir fahren nach Deutschland.«

Pieter war keineswegs überrascht. »Vergiß nur nicht, daß ich die Deutschen nicht leiden mag«, das war alles, was er sagte. »Ich bin ein friedlicher Christenmensch, aber ich habe ein teuflisches Temperament.«

Dann berichtete ich ihm die Zusammenhänge unseres Auftrags.

»Du und ich, wir müssen Maritz-Leute sein. Wir sind nach Angola gegangen, und jetzt trecken wir ins Vaterland, um uns an diesem englischen Gesindel zu rächen. Weder du noch ich können offiziell ein Wort Deutsch. Am besten einigen wir uns darüber, wo wir zusammen gekämpft haben – Kakamas zum Beispiel, und Schuit Drift. Du warst vor dem Krieg Jäger in Ngamiland. Dein Dossier haben sie nicht, also kannst du flunkern, soviel du willst. Ich spiele vielleicht besser den gebildeten Afrikaander, einen von Beyers hellen Burschen und einen Freund des alten Hertzog. Da können wir unserer Phantasie freien Lauf lassen, aber was die Gefechte betrifft, da müssen unsere Berichte genau übereinstimmen.«

»Ja, Cornelis«, sagte Pieter (seit ich ihm meinen neuen Namen gesagt hatte, hatte er mich immer ›Cornelis‹ genannt. Er machte großartig mit, sobald ein Spiel im Gange war.) »Aber wenn wir nach Deutschland kommen, was geschieht dann? Im Anfang kann es nicht viele Schwierigkeiten geben. Aber wenn wir dann mal bei den Biersäufern sind, dann weiß ich nicht recht, wie's weitergehen soll. Wir sollen etwas herausfinden, was in der Türkei vor sich geht? Als ich noch ein kleiner Junge war, predigte der Pfarrer manchmal über die Türkei. Ich wollte, ich hätte eine bessere Schulbildung und könnte mich erinnern, wo die überhaupt auf der Landkarte zu finden ist.«

»Überlaß das nur mir«, sagte ich; »ich erkläre dir das alles noch, ehe wir dorthin kommen. Wir haben zwar noch keine rechte Spur, aber wir werden linsen und lauschen, und wenn wir Glück haben, kommen wir drauf. Oft habe ich dir dabei zugesehen, wenn wir Kudus jagten auf der Kafue.«

Pieter nickte. »Müssen wir uns eine Weile in einer deutschen Stadt aufhalten?« fragte er besorgt. »Das tät' ich nicht gern, Cornelis.«

»Langsam und sachte ziehen wir ostwärts, nach Konstantinopel«, sagte ich.

Pieter grinste. »Dabei werden wir viele neue Gegenden sehen. Auf mich kannst du zählen, Freund Cornelis! Mich hat's schon immer danach verlangt, Europa kennenzulernen.«

Er stand auf und reckte seine langen Arme.

»Wollen wir mal gleich anfangen. Lieber Gott, was ist wohl aus dem alten Solly Maritz geworden mit seinem dämlichen Gesicht? Das war doch eine großartige Sache, als ich bis zu den Ohren in der Furt saß im Oranjefluß und nur betete, die Engländer möchten meinen Kopf für einen Stein halten.«

Pieter war genauso ein Schwätzer, wenn er mal anfing, wie Blenkiron selbst. Den ganzen Weg nach Lissabon ratschte er über Maritz und seine Abenteuer in Deutsch-Südwest, bis ich selber schon halb glaubte, daß er die Wahrheit erzählte. Aus unseren gemeinsamen Erfahrungen spann er eine wunderbare Geschichte. Und da er sie immerfort wiederholte, hatte auch ich sie mir bald eingeprägt. So war eben der Pieter. Er sagte: »Wenn du eine Rolle spielen mußt, mußt du dich hineindenken, dich davon überzeugen, daß du so wärest, bis du's wirklich bist und nicht schauspielern mußt, sondern dich ganz natürlich so benimmst!« Die beiden, die an diesem Morgen aus der Hoteltür hinausgingen, das waren schon abgefeimte Schwindler. Aber die zwei, die zurückkamen, das waren echte Desperados, und sie brannten darauf, England eins auszuwischen.

Den Abend verbrachten wir damit, aus unserer Erinnerung Beweise auszugraben, die uns nützen würden. In Portugal war inzwischen irgendeine Art von Republik zustande gekommen, und üblicherweise hätten in den Cafés lauter Politiker sitzen müssen; aber der Krieg hatte all diese Cafehausdebatten übertönt, und man sprach von nichts anderem als von dem, was sich in Frankreich und Rußland zutrug. Wir gingen in ein großes, hell erleuchtetes Lokal an einer

Hauptstraße, eine Menge scharfäugiger Burschen wanderte da herum – ich nahm an, daß sie Spione und Geheimpolizisten waren. Ich wußte, daß England das einzige Land war, das sich um solche Dinge nicht kümmerte, und daß wir deshalb ganz unbekümmert sein konnten.

Ich sprach ganz gut Portugiesisch, und Pieter sprach es wie ein Barkeeper aus Lourenço Marques und ergänzte es mit vielen Shangaan-Wörtern. Er fing mit Curaçao an, der ihm, glaube ich, neu war, und sehr bald lief ihm die Zunge davon. Ein paar Leute um uns herum horchten auf, und bald hatten wir eine interessierte Zuhörerschaft.

Wir unterhielten uns über Maritz und unsere gemeinsamen Erlebnisse. Das schien in diesem Café kein populäres Gesprächsthema zu sein. Ein großer Mann mit einem blaurasierten Gesicht sagte, Maritz sei ein Dreckschwein und werde bald gehenkt werden. Pieter griff schnell nach seiner Hand, die ein Messer hielt, und mit der anderen Hand nach seiner Kehle und verlangte, daß er sich entschuldige. Das tat er auch. Die Lissabonner Boulevardiers haben durch uns keinen Löwen verloren.

Danach gab's ein bißchen Gedränge in unserer Ecke. Die Leute, die nah bei uns standen, waren still und höflich, aber die am Rande herum machten freche Bemerkungen. Als Pieter sagte, wenn Portugal, das er zugegebenermaßen liebe, es mit England hielte, setzte es aufs falsche Pferd, da gab es ein unmutiges Gemurmel. Ein rechtschaffen aussehender alter Herr – er sah aus wie ein Schiffskapitän – lief über sein ganzes ehrliches Gesicht rot an, stand auf und blickte Pieter direkt ins Gesicht. Ich begriff, daß wir einen Engländer erwischt hatten, und sagte Pieter auf Afrikaans Bescheid.

Pieter spielte seine Rolle perfekt. Plötzlich hörte er mit seinem Gerede auf, und, sich furchtsam umblickend, begann er, mit leiser Stimme mit mir zu schwatzen. Er spielte ideal die Rolle des Verschwörers.

Der alte Herr stand da und starrte uns an. »Dies verdammte Lingo verstehe ich nicht sehr gut«, sagte er. »Wenn aber ihr Drecks-Afrikaander irgend etwas gegen England sagt, muß ich euch bitten, es zu wiederholen. Und wenn ihr's dann wiederholt, nehme ich euch einen nach dem andern und haue euch in die Fresse.«

Den mochte ich leiden. Aber ich mußte ja meine Rolle spielen, und auf Afrikaans sagte ich zu Pieter, daß wir in einem öffentlichen Lokal keinen Streit anfangen dürften. »Denk an die große Sache!« sagte ich geheimnisvoll. Pieter nickte, und der alte Herr spuckte, nachdem er uns noch eine Weile angestarrt hatte, verächtlich aus und ging fort.

»Mit der Zeit werden die Engländer etwas zurückstekken«, sagte ich zu den Leuten, die um uns herumstanden. Einem oder zweien spendierten wir einen Drink, und dann schlenderten wir auf die Straße hinaus. An der Tür griff plötzlich eine Hand nach meinem Arm. Ich sah einen kleinen Mann dastehen, er hatte einen Pelzmantel an.

»Wollen Sie, meine Herren, bitte, mit mir ein Glas Bier trinken?« sagte er in sehr unbeholfenem Holländisch.

»Zum Teufel nochmal, wer sind denn Sie?« fragte ich.

»Gott strafe England!« war seine Antwort; er drehte sein Revers um, und da war im Knopfloch eine Art von Abzeichen.

»Amen!« sagte Pieter. »Wir kommen mit, das macht uns gar nichts aus.«

Der Mann führte uns zu einer Hintergasse und dann zweimal zwei Treppen hinauf zu einer recht gemütlichen kleinen Wohnung. In der Wohnung standen viele wunderschöne rote chinesische Lackmöbel, und ich schloß daraus, daß er offiziell ein Kunsthändler war. Seit die Republik in Portugal die Klöster aufgelöst hatte, verkauften diese und die großen royalistischen Magnaten chinesisches Lackwerk und Kuriositäten weit unterm Preis.

Er schenkte uns zwei große Becher ein, ausgezeichnetes Münchner Bier. »Prosit!« sagte er und hob sein Glas. »Ihr kommt aus Südafrika. Was tut ihr in Europa?«

Wir sahen beide mürrisch und verschlossen drein.

»Das geht ja nur uns an«, sagte ich. »Sie glauben doch wohl nicht, daß wir auf ein Glas Bier hin Ihnen unser Vertrauen schenken!«

»Ach nein?« sagte er. »Dann will ich's mal anders sagen. Aus den Reden, die ihr im Café geführt habt, schloß ich, daß ihr die Engländer nicht besonders schätzt.«

Pieter sagte so was, als ob er gern auf deren Großmüttern herumtrampeln würde – eine Kaffernredensart, die auf holländisch unglaublich roh klang.

Der Mann lächelte. »Das wollte ich nur wissen. Also, ihr seid auf der Seite der Deutschen?«

»Das muß man noch abwarten«, sagte ich. »Wenn die mich gut behandeln, kämpfe ich für sie oder für irgend jemanden, der gegen die Engländer kämpft. England hat mein Land gestohlen und mein Volk verdorben und mich außer Landes getrieben. Wir Afrikaander vergessen nichts. Vielleicht sind wir unbeholfen, aber zum Schluß siegen wir doch. Wir beide, wir sind schon etwas wert. Deutschland kämpft gegen England in Ostafrika. Wir kennen die Eingeborenen, wie kein Engländer sie jemals kennen kann. Die sind so weich, so nachgiebig, und die Kaffern lachen einfach über sie. Aber wir, wir können mit den Schwarzen umgehen, daß sie sich wie die Teufel ins Zeug legen, weil sie vor uns Angst haben. Und jetzt, Sie kleiner Mann, was wollen Sie als Belohnung haben? Ich sag's Ihnen gleich: es gibt keine Belohnung. Wir wollen auch keine. Wir kämpfen aus Haß gegen England.«

Pieter grunzte tief seinen Beifall.

»So etwas höre ich gern«, sagte unser Gastgeber, und seine nahe beieinanderstehenden Augen blitzten. »In Deutschland kann man solche Leute wie Sie gebrauchen. Wohin fahren Sie jetzt, darf ich fragen?«

»Nach Holland«, sagte ich. »Und dann vielleicht nach Deutschland. Wir sind des Reisens müde und möchten uns ein bißchen ausruhen. Dieser Krieg dauert noch lange, und unsere Chance wird schon kommen.«

»Aber vielleicht versäumen Sie die Chance«, sagte er bedeutungsvoll. »Morgen geht ein Schiff nach Rotterdam. Wollen Sie meinem Rat folgen, dann fahren Sie mit diesem Schiff!«

Das war genau, was ich wollte! Denn wären wir noch länger in Lissabon geblieben, wäre vielleicht eines Tages jemand, der wirklich unter Maritz gedient hatte, eingetroffen und hätte den ganzen Schwindel aufgedeckt.

»Ich möchte Ihnen doch empfehlen, daß Sie mit der ›Machado‹ fahren«, wiederholte er. »In Deutschland gibt's Arbeit für Sie, o ja! sehr viel Arbeit! Aber wenn Sie zögern, ist's vielleicht zu spät. Ich werde dafür sorgen, daß Sie reisen können. Es ist meine Pflicht, den Verbündeten meines Vaterlandes zu helfen.«

Er schrieb sich unsere Namen auf und einen Bericht über unsere bisherige Tätigkeit, den Pieter beisteuerte, der noch zwei Maß Bier verlangte, um überhaupt damit zu Rande zu kommen. Anscheinend war er ein Bayer, und wir tranken auf die Gesundheit des Kronprinzen Rupprecht, auf ebenden Gegner, den ich bei Loos unterzukriegen versucht hatte. Das war eine Ironie, die Pieter leider nicht erfassen konnte. Hätte er es gekonnt, so hätte es ihn gefreut.

Der kleine Mann begleitete uns zu unserem Hotel zurück und kam am nächsten Morgen gleich nach dem Frühstück, um uns die Schiffskarten auszuhändigen. Ungefähr um zwei Uhr nachmittags gingen wir an Bord, aber auf meinen Rat hin kam er nicht mit, um uns adieu zu sagen. Ich sagte ihm, da wir britische Untertanen seien und obendrein Rebellen, wollten wir an Bord nichts riskieren – im Falle, daß ein britischer Kreuzer das Schiff anhalten und durchsuchen würde. Aber Pieter nahm ihm zwanzig Pfund ab für Reisespesen; für ihn war es selbstverständlich, nie eine Gelegenheit auszulassen, die Ägypter auszunutzen.

Als wir den Tagus hinunterfuhren, begegneten wir der alten ›Henry the Navigator‹.

»Heute morgen habe ich Sloggett auf der Straße getroffen«, sagte Pieter. »Und er sagte, ein kleiner Deutscher sei bei Tagesanbruch in einem Boot herübergekommen, um sich die Passagierliste zeigen zu lassen. Du hast schon recht gehabt, Cornelis; ich freue mich, daß wir nun endlich zu den Deutschen kommen. Das sind gewissenhafte Leute, mit denen hat man gern zu tun.«

4
DIE ABENTEUER ZWEIER STROMERNDER AFRIKAANDER

Die Deutschen sind, wie Pieter gesagt hatte, gewissenhafte Leute. In Rotterdam am Kai empfing uns ein Mann. Ich hatte ein wenig Angst, daß in Lissabon etwas herausgekommen sein könnte, was uns disqualifizierte, und daß unser kleiner Freund seine Freunde durch ein Telegramm gewarnt haben könnte. Aber anscheinend war alles bildschön in Ordnung.

Pieter und ich hatten während der Reise einen sorgfältigen Plan ausgearbeitet. Wir hatten nur Afrikaans gesprochen und miteinander die Rolle der Maritz-Leute weitergespielt; denn Pieter behauptete, das sei die einzige Möglichkeit, eine Rolle gut durchzuführen. Bei meiner Seel', noch ehe wir in Holland ankamen, wußte ich selber nicht mehr genau über meine Vergangenheit Bescheid. Vielmehr bestand die Gefahr darin, daß der andere Teil meines Bewußtseins, der sich eigentlich mit dem großen Problem befassen sollte, verkümmerte und daß ich bald auf dem Niveau eines Hinterwäldler-Desperado anlangte. Wir hatten uns geeinigt, daß es am besten wäre, sofort nach Deutschland zu reisen, und als der Mittelsmann am Kai uns einen Zug empfahl, der mittags abfuhr, beschlossen wir, diesen Zug zu nehmen.

Ich hatte noch einmal ziemlich Angst, ehe wir die Grenze überquerten. Auf dem Bahnhof waren ein Kurier, den ich zuvor in Frankreich gesehen hatte, und ein Kriegsberichterstatter, der sich bei uns an der Front vor Loos herumgetrieben hatte. Ich hörte eine Frauenstimme vorzügliches Englisch sprechen, das klang zwischen dem gutturalen Holländisch wie der Gesang einer Lerche über Krähengekrächz. Englische Zeitungen waren zu haben und billige englische Buchausgaben. Ich hatte ein ungutes Gefühl bei der ganzen Sache und dachte, ob ich wohl jemals diese anheimelnden Dinge wiedersehen würde.

Aber die Beklemmung schwand, als der Zug abfuhr. Es war ein klarer, windiger Tag, und während wir langsam durch das flache Weideland Hollands fuhren, verging mir die Zeit damit, daß ich Pieters Fragen beantwortete. Er war noch nie zuvor in Europa gewesen und war sehr beeindruckt von der Landwirtschaft. Er sagte, seiner Ansicht nach sollte solches Weideland vier Schafe pro Morgen ernähren. Wir waren tief im Gespräch, als wir zur Grenzstation kamen und über eine Kanalbrücke nach Deutschland hineinrumpelten.

Ich hatte eine dicke Barrikade mit Stacheldraht und Schützengräben erwartet, aber auf der deutschen Seite war nichts zu sehen als ein halbes Dutzend Posten in dem Feldgrau, hinter dem ich in Loos hergewesen war. Ein Unteroffizier mit dem schwarzgoldenen Knopf des Landsturms holte uns aus dem Zug, und wir wurden alle in einen großen, kahlen Wartesaal geführt, wo ein riesiger Ofen brannte. Je zwei und zwei von uns wurden in ein kleines Büro zur Überprüfung geführt. Zwar hatte ich Pieter genau über diese Formalitäten Bescheid gesagt, aber ich war doch froh, daß wir zusammen hineingeführt wurden, denn wir mußten uns nackt ausziehen, und ich mußte ihn furchtbar anfauchen, damit er die Schnauze hielt. Die Männer, die diese Prozedur vornahmen, waren einigermaßen höflich, aber außerordentlich gründlich. Auf einer Liste schrieben sie alles auf, was sich in unseren Taschen und unseren Reisesäcken befand und alle Einzelheiten der Pässe, die der Mittelsmann in Rotterdam uns gegeben hatte. Wir zogen uns gerade wieder an, als einer in Leutnantsuniform hereinkam, mit einem Blatt Papier in der Hand. Er war ein Junge von etwa Zwanzig mit frischem Gesicht und mit dicken Brillengläsern gegen Kurzsichtigkeit.

»Herr Brandt«, rief er.

Ich nickte.

»Und dies ist Herr Pienaar?« fragte er auf holländisch.

Er grüßte militärisch. »Bitte um Entschuldigung, meine Herren! Ich habe mich verspätet, weil das Auto des Herrn Kommandanten nicht schnell genug fuhr. Wäre ich rechtzeitig eingetroffen, so hätten Sie sich dieser Prozedur nicht zu unterziehen brauchen. Ihre Ankunft ist uns gemeldet worden, und ich habe Befehl, Ihnen weiterzuhelfen. In einer halben Stunde geht der Zug nach Berlin. Tun Sie mir die Ehre an, inzwischen mit mir eine Maß Bockbier zu trinken!«

Wir fühlten uns den anderen Mitreisenden gegenüber durchaus bevorzugt, stolzierten hinaus und folgten dem Leutnant zum Bahnhofsrestaurant. Er stürzte sich sofort ins Gespräch und sprach echtes Holländisch, das Pieter, der die Schulzeit längst vergessen hatte, nicht leicht verstand. Aktiven Dienst durfte er nicht tun seiner Augen und eines schwachen Herzens wegen, aber in diesem vermieften Restaurant demonstrierte er feurigen Patriotismus. Soweit er die Situation beurteilen konnte, war Deutschland ohne weiteres in der Lage, die Franzosen und die Russen hinunterzuschlucken, wenn es nur wollte. Aber zunächst einmal wollte es den Mittleren Osten in die Hand bekommen, damit es zum Schluß praktisch die Kontrolle über die halbe Erde hätte.

»Ihre Freunde, die Engländer«, sagte er und grinste, »kommen zuletzt dran. Wenn wir sie ausgehungert haben und ihren Handel mit unseren Unterseebooten lahmgelegt haben, dann werden wir ihnen zeigen, was unsere Flotte tun kann. Ein Jahr lang haben sie ihre Zeit auf Geschwätz und Politik verschwendet, und wir haben unterdessen so viele wunderbare Schiffe gebaut! Mein Vetter in Kiel ...«, und er blickte über die Schulter.

Über den Vetter in Kiel erfuhren wir nichts weiter. Ein kleiner sonnenverbrannter Mann kam herein, und unser Freund sprang auf, grüßte und schlug die Hacken zusammen, als seien sie die beiden Hälften einer Zange.

»Dies sind die südafrikanischen Buren, Herr Hauptmann«, sagte er.

Der Ankömmling überprüfte uns mit hellen, klugen Augen und begann, Peter in der *Taal*[1] zu befragen. Es war schon gut, daß wir unsere Geschichte sorgfältig ausgearbeitet hatten; denn dieser Mann war jahrelang in Deutsch-Südwest gewesen und kannte jede Meile der Grenze. Er hieß Zorn, und Pieter sowohl wie ich glaubten uns zu erinnern, von ihm gehört zu haben.

Mit Erleichterung berichte ich, daß wir beide die Probe ganz gut bestanden. Pieter erzählte höchst glaubwürdig, übertrieb nicht und fragte mich hin und wieder nach einem Namen, oder er bat mich, irgendeine Einzelheit zu bestätigen. Hauptmann Zorn sah zufrieden aus.

[1] die Taal = Afrikaans

»Ihr scheint schon die richtigen Leute zu sein«, sagte er. »Aber merkt euch« – und er sah uns mit gerunzelten Brauen an –: »In diesem Land haben wir keinen Sinn für Hinterlist. Wenn ihr ehrlich seid, bekommt ihr euern Lohn. Wenn ihr aber wagt, ein doppeltes Spiel zu treiben, werdet ihr wie Hunde erschossen. Eure Rasse hat für meinen Geschmack schon zu viele Verräter hervorgebracht.«

»Ich will keinen Lohn«, sagte ich böse. »Wir sind weder Deutsche noch Sklaven von Deutschen. Aber solange Deutschland gegen England kämpft, werden wir helfen.«

»Kühne Worte«, sagte er. »Aber zunächst mal müßt ihr eure Halsstarrigkeit einer Disziplin unterwerfen. Disziplin ist immer bei euch Buren der schwache Punkt gewesen, und dafür habt ihr auch büßen müssen. Ihr seid keine Nation mehr. In Deutschland ist Disziplin das Erste und Letzte, und deshalb werden wir die Welt erobern. Jetzt los mit euch! In drei Minuten geht der Zug. Wir werden sehen, was von Stumm mit euch anfangen kann.«

Dieser Bursche vermittelte mir den besten Eindruck von ›Deutsch-Sein‹, den ich je bekommen hatte. Er war ein Weißer, und ich hätte mit ihm zusammen arbeiten können. Sein hartes Kinn und seine ruhigen blauen Augen gefielen mir.

Mein Haupteindruck von unserer Reise nach Berlin war ihr normaler Ablauf. Der Leutnant mit der Brille schlief ein, und die meiste Zeit waren wir im ganzen Eisenbahnwagen allein. Hin und wieder kam ein Soldat, der auf Urlaub fuhr, herein; die meisten waren müde und konnten kaum die Augen offenhalten. Kein Wunder, die armen Teufel, denn die kamen vom Frontabschnitt an der Yser oder der Yper zurück. Ich hätte mich gern mit ihnen unterhalten. Aber natürlich verstand ich offiziell kein Deutsch, und die Unterhaltung, die ich mit anhörte, gab nicht viel her. Es handelte sich meist um Regimentstratsch. Obwohl einer, der in besserer Verfassung war als die anderen, bemerkte, dies sei das letzte klägliche Weihnachten, und nächstes Jahr werde er mit vollen Taschen zu Hause Weihnachten feiern. Die andern stimmten zu, aber es klang nicht sehr überzeugend.

Der Wintertag war kurz, und der größte Teil der Reise verlief im Dunkeln. Vom Fenster aus konnte ich die Lichter in den kleinen Dörfern sehen und hin und wieder die Glut der Essen im Ruhrgebiet. In irgendeiner Stadt hielten wir zum Abendessen, und auf dem Bahnsteig standen dicht an dicht die eingezogenen Männer, die für die Westfront bestimmt waren. Wir bemerkten nicht, daß es an Nahrungsmitteln fehlte, wie die englischen Zeitungen behaupteten. Im Bahnhofsrestaurant aßen wir vorzüglich zu Abend, und mit einer Flasche Weißwein obendrein kostete es jeden von uns drei Schillinge. Das Brot, muß ich schon sagen, war nicht gut, aber ich kann sehr gut ohne Brot auskommen, wenn ich ein saftiges Filet kriege und so vorzügliches Gemüse, wie man's sonst nur im ›Savoy‹ bekommt.

Ich hatte ein wenig Angst davor, daß wir im Schlaf reden und uns dadurch verraten würden. Aber ich hätte keine Angst zu haben brauchen, denn unser Begleiter schlief wie ein Murmeltier mit weit geöffnetem Mund. Während wir durch die Dunkelheit brausten, kniff ich mich immer wieder in den Arm, um mir bewußt zu bleiben, daß ich mit einem völlig verrückten Auftrag in Feindesland unterwegs war. Dann fing es an zu regnen, und wir fuhren durch regennasse Städte, wo die Lichter sich in den nassen Straßen spiegelten. Als wir weiter nach Osten kamen, schien die Beleuchtung der Städte heller zu werden. Nach der Düsternis von London war es sonderbar, durch hellbeleuchtete Bahnhöfe durchzusausen, wo helle Bogenlampen brannten und lange Straßenzeilen mit Straßenlampen bis zum Horizont zu sehen waren. Pieter schlief bald ein, aber ich blieb bis Mitternacht wach und versuchte meine Gedanken zu sammeln, die fortwährend auseinander rannen. Dann döste ich auch ein und wachte erst ungefähr um fünf Uhr morgens wieder auf, als wir in einen großen Bahnhof einliefen, der so hell war wie der klare Mittag. Das war die einfachste und unauffälligste Reise meines Lebens.

Der Leutnant reckte sich und strich die zerknitterte Uniform zurecht. Wir trugen unser spärliches Gepäck zu einer Droschke, denn Gepäckträger schien es nicht zu geben. Unser Begleiter nannte die Adresse irgendeines Hotels, und wir fuhren durch die hell erleuchteten leeren Straßen da hinaus.

»Ganz schön großes Dorf«, sagte Pieter. »Der Wahrheit die Ehre, die Deutschen sind schon wer!«

Der Leutnant nickte gutgelaunt.

»Deutschland ist die bedeutendste Nation der Welt«, sagte er. »Und seine Feinde werden bald davon überzeugt sein.«

Ich hätte viel darum gegeben, baden zu können. Aber ich hatte das Gefühl, es passe nicht in meine Rolle, und Pieter neigte sowieso nicht dazu, sich zu waschen. Aber wir bekamen ein sehr gutes Frühstück, Kaffee und Eier, und dann fing der Leutnant an zu telefonieren. Zunächst war er diktatorisch, dann wurde er anscheinend mit höheren Autoritäten verbunden, denn er wurde immer höflicher und zum Schluß ziemlich kriecherisch. Er traf irgendwelche Verabredungen, denn er sagte uns dann, daß wir am Nachmittag jemandem vorgestellt würden, dessen Titel er nicht ins Holländische übersetzen könne. Ich hatte den Eindruck, daß das ein ganz großes Tier sein müsse, denn des Leutnants Stimme nahm einen ehrerbietigen Klang an, wenn er ihn nur erwähnte.

Nachdem Pieter und ich an diesem Morgen uns gewaschen hatten, führte er uns spazieren. Wir waren ein komisches Gespann, wenn man uns so sah, aber so echt südafrikanisch wie ein *Wag-a-bietjie*-Busch.[1] Wir trugen beide

[1] Afrikaans für ›Wart ein bißchen!‹

Tweedanzüge von der Stange, graue Flanellhemden mit Kragen und Filzhüte mit breiteren Rändern, als man sie in Europa mag. Ich hatte schwerbenagelte braune Stiefel, und Pieter trug ein Paar senffarbiger Scheußlichkeiten mit portugiesischem Einschlag, mit denen er wie eine Chinesin dahintrippelte. Er hatte einen Schlips aus scharlachroter Seide, so grell, daß man ihn eine Meile weit hören konnte. Mein Bart war zu respektabler Länge gewachsen, und ich schnitt ihn zu wie General Smuts. Pieters Bart war so ein unordentlicher Bauernbart, der niemals ausrasiert und vielleicht einmal in dreizehn Monaten gekämmt wird. Ich muß schon sagen, wir sahen ganz echt aus. Jeder Südafrikaner würde uns eingeschätzt haben als einen Buren vom *Backveld,* der sich im nächsten Kaufhaus einen Anzug von der Stange gekauft hat, und seinen Vetter aus einem Kuhdorf, der zur Volksschule gegangen war und sich darauf eine Menge einbildet. Wir stanken sozusagen nach Südafrika, wie das die Zeitungen so zu nennen belieben.

Es war ein strahlender Morgen nach dem Regen, und ein paar Stunden lang wanderten wir in den Straßen herum. Es war eine Menge Leute unterwegs, die Läden waren üppig dekoriert, und ihre Auslagen glänzten voller Weihnachtsgeschenke; und in einem großen Kaufhaus, in dem ich mir ein Taschenmesser kaufte, drängten sich die Käufer. Es waren nicht viele junge Männer zu sehen, und die meisten Frauen trugen Trauerkleider. Es wimmelte von Uniformen, aber die sie trugen, sahen wie kostümiert oder wie Büroangestellte aus. Wir warfen einen flüchtigen Blick auf das breit daliegende Gebäude, in dem der Generalstab seinen Sitz hatte, und nahmen grüßend die Hüte ab. Dann beschauten wir uns das Reichsmarineamt, und ich überlegte, was sich der alte Tirpitz jetzt wohl hinter seinem Bart ausdachte. Die Hauptstadt des Deutschen Reiches vermittelte den Eindruck häßlicher Sauberkeit und einer Art lustloser Tüchtigkeit. Trotzdem fand ich sie deprimierend – viel deprimierender als London. Ich weiß nicht recht, wie ich es sagen soll, aber der ganze große Betrieb schien seelenlos zu sein und eher wie eine große Fabrik, nicht wie eine Stadt. Man kann eine Fabrik nicht zu einem Wohnhaus machen, wenn man auch die Front dekoriert und ringsherum Rosen pflanzt. Die ganze Sache bedrückte mich, und trotzdem gab sie mir auch wieder Zuversicht. Sie wirkte sich bei mir dahin aus, daß die Deutschen mir unwichtiger vorkamen.

Um drei Uhr nachmittags führte uns der Leutnant zu einem einfachen weißen Gebäude in einer Seitenstraße, wo Schildwachen vor der Tür standen. Ein junger Stabsoffizier begrüßte uns und ließ uns fünf Minuten in einem Vorzimmer warten. Dann wurden wir in ein großes Zimmer mit einem blank gebohnerten Fußboden geführt, auf dem sich Pieter fast hinsetzte. Im Kamin brannte ein Holzfeuer, und an einem Tisch saß ein kleiner Mann mit Brille. Sein Haar war aus der Stirn gebürstet wie das eines Stehgeigers. Er war offensichtlich der Boß, denn der Leutnant grüßte ihn und stellte ihm uns mit Namen vor. Dann verschwand er, und der Mann am Tisch bedeutete uns, auf zwei Stühlen vor ihm Platz zu nehmen.

»Herr Brandt und Herr Pienaar?« fragte er und musterte uns über seine Brille hinweg.

Aber meine Aufmerksamkeit galt einem anderen Mann, der mit dem Rücken zum Feuer, mit den Ellenbogen auf den Kaminsims gestützt, dastand. Er war riesengroß, er maß sechseinhalb Fuß und hatte Schultern wie ein Bulle. Er trug Uniform, und in seinem Knopfloch sah ich das schwarzweiße Band des Eisernen Kreuzes. Seine Litewka war zerknittert und saß so prall, als könne sie seinen Schrankkoffer von Brust nicht umspannen, und überm Bauch hielt er seine riesigen Pranken gefaltet. Dieser Mann mußte so weit ausholen können wie ein Gorilla. Er hatte ein gewaltiges, lässiges, lächelndes Gesicht mit einem viereckigen gespaltenen Kinn, das sich brutal nach vorn schob. Er hatte eine fliehende Stirn, die in einen borstigen Hinterkopf verlief, während sein Hals aus dem Kragen hervorquoll. Sein Kopf war genau birnenförmig, mit dem dünnen Ende nach oben.

Er glotzte mich aus kleinen scharfen Augen an, und ich glotzte zurück. Hier hatte ich etwas angetroffen, wonach ich schon lange gesucht hatte, und bis zu diesem Augenblick war ich nicht sicher gewesen, daß es das überhaupt gab. Das war der Deutsche, wie er in der Karikatur existiert, der, mit dem wir fertigwerden mußten. Er war so häßlich wie ein Nilpferd, aber tüchtig. Jede Borste auf seinem sonderbaren Kopf war tüchtig.

Inzwischen sprach der Mann, der am Tisch saß. Ich schätzte, daß er irgendein Zivilbeamter war von ziemlich hohem Rang, vielleicht ein Unterstaatssekretär. Langsam und sorgfältig sprach er Holländisch, aber sehr gut – zu gut für Pieter. Er hatte ein Blatt Papier vor sich liegen und fragte uns demgemäß aus. Es steckte nicht viel dahinter und war eigentlich nur eine Wiederholung der Fragen, die Zorn an der Grenze schon an uns gestellt hatte. Ich antwortete geläufig, denn ich wußte alle diese Lügen auswendig.

Dann mischte sich der Mann am Kamin in die Unterhaltung. »Exzellenz, jetzt müßte ich mal mit ihnen reden«, sagte er auf deutsch.

»Sie sind zu akademisch für diese ausländischen Schweine.«

Er fing an, in der *Taal* zu sprechen, mit der dicken, gaumigen Aussprache, die man in Deutsch-Südwest lernt. »Sie haben sicher schon von mir gehört«, sagte er. »Ich bin der Oberst von Stumm, der gegen die Hereros gekämpft hat.«

Pieter spitzte die Ohren. »Ja, Baas, Sie haben dem Häuptling Baviaan den Kopf abgeschnitten und ihn eingepökelt im Lande herumgeschickt. Ich habe ihn selber gesehen.«

Der große Mann lachte. »Sehen Sie, man hat mich noch

nicht vergessen«, sagte er zu seinem Freund, und dann zu uns: »So behandle ich meine Feinde. So wird Deutschland seine Feinde behandeln. Und auch euch, wenn ihr mich in der kleinsten Kleinigkeit enttäuscht.« Und wieder lachte er laut.

In dieser Prahlerei war etwas wirklich Fürchterliches. Pieter beobachtete ihn unter fast geschlossenen Lidern; so habe ich ihn mal einen Löwen beobachten sehen, der drauf und dran war, ihn anzuspringen.

Er schmiß sich auf einen Stuhl, legte die Ellenbogen auf den Tisch und schob das Gesicht vor.

»Da unten, woher ihr kommt, da geht doch alles durcheinander. Hätte ich Maritz in die Hände gekriegt, so hätte ich ihn hinten an meinen Wagen angebunden und ausgepeitscht. Narren und Schweinehunde, die hatten das Spiel in der Hand und verspielten es. Wir hätten ein Feuer anzünden können, das die Engländer ins Meer gejagt hätte; und da man dann das Feuer nicht mehr schüren konnte, verlosch es. Und dann versuchen die es wieder anzufachen, wenn die Asche schon kalt ist.«

Er drehte ein Papierkügelchen zwischen den Fingern und schnipste es in die Luft. »So viel halte ich von eurem idiotischen General und von all euch Buren. Ihr seid so träge wie eine dicke *Vrouw* und so gierig wie ein Geier.«

Wir sahen sehr düster und mürrisch aus.

»Was für blöde Hunde!« schrie er. »Tausend Brandenburger hätten innerhalb von vierzehn Tagen die ganze Geschichte erledigt. Seitz, mit dem war nicht viel los. Er hatte nur Verwaltungsleute und Bauern und Mischlinge und keinen einzigen Soldaten, den man auch nur mit Recht einen Soldaten hätte nennen können, der sie anführte. Da mußte erst Botha kommen und Smuts und ein Dutzend Generale, um ihn unterzukriegen. Aber Maritz!« Er schnaubte Verachtung wie einen Windstoß.

»Wo überhaupt gekämpft wurde, da war Maritz«, sagte

Pieter beleidigt. »Jedenfalls kriegte er keine Angst beim Anblick von Khaki wie eure Leute.«

»Vielleicht nicht«, sagte der Riese mit gewinnender Stimme. »Vielleicht hatte er dafür seine Gründe. Ihr Buren habt immer ein Federbett, auf das ihr euch fallen lassen könnt. Ihr riskiert nichts, wenn ihr Verräter werdet. Maritz nennt sich jetzt Robinson und bekommt eine Pension von seinem Freund Botha.«

»Das«, sagte Pieter, »ist eine ganz gemeine Lüge.«

»Ich wollte mich ja bloß informieren«, sagte Stumm mit plötzlicher Höflichkeit. »Aber das ist ja alles vorbei und vergangen. Maritz bedeutet nicht mehr als eure alten Cronjes und Krugers. Die ganze Geschichte ist vorbei, und ihr wärt gern in Sicherheit. Vielleicht sogar unter einem neuen Führer? Aber Mann, was könnt ihr beiden? Ihr und eure Buren, ihr liegt im Straßenstaub und habt das Joch auf dem Nakken. Die Rechtsgelehrten in Pretoria haben euch dazu überredet. Seht doch mal diese Landkarte an«, und er deutete auf eine große Landkarte, die an der Wand hing. »Das Grüne ist Südafrika. Nicht rot für die Engländer oder gelb für die Deutschen. Eines Tages wird es gelb sein, aber ein Weilchen wird es noch grün sein – es ist die Farbe der Neutralen, der Unentschiedenen: der Knaben, der jungen Mädchen und der Feiglinge.«

Ich überlegte immerfort, worauf er hinauswollte.

Dann sah er Pieter scharf an: »Warum sind Sie eigentlich hierher gekommen? In Ihrem eigenen Land haben Sie das Spiel verloren. Was haben Sie uns Deutschen zu bieten? Wenn wir Ihnen zehn Millionen Mark gäben und Sie zurückschickten, könnten Sie nichts ausrichten. Vielleicht in einem Dorf Krach schlagen und einen Polizisten erschießen. Südafrika kann an diesem Krieg keinen Anteil haben. Botha ist ein schlauer Mensch und hat euch rebellische Narren in die Tasche gesteckt. Können Sie das leugnen?«

Das konnte Pieter nicht. In einigen Angelegenheiten war er unerbittlich ehrlich, und ganz gewiß war dies auch seine Meinung.

»Nein«, sagte er, »das stimmt, Baas.«

»Also in Gottes Namen, was können Sie denn tun?« schrie Stumm.

Pieter stotterte etwas Dummes daher, er werde Angola den Deutschen in die Tasche spielen und unter den Eingeborenen eine Revolution anstiften. Stumm warf die Arme hoch und fluchte. Und der Unterstaatssekretär lachte.

Jetzt war es höchste Zeit, daß ich auch einmal etwas sagte. Langsam wurde mir klar, was für ein Mensch dieser Stumm war. Und während er redete, dachte ich an meine Aufgabe, die zeitweilig durch meine Burenvergangenheit überlagert gewesen war. Es schien nun, als könne er ganz nützlich sein.

»Lassen Sie mich doch auch mal etwas sagen«, sagte ich. »Mein Freund ist ein vorzüglicher Jäger, aber er kämpft viel besser, als er redet. Er ist kein Politiker. Was Sie sagen, ist wahr. Südafrika ist im Augenblick eine verschlossene Tür, und der Schlüssel ist anderswo. Hier in Europa und im Osten und irgendwo anders in Afrika. Wir sind gekommen, Ihnen zu helfen, den Schlüssel zu finden.«

Stumm hörte mir zu. »Weiter, Sie kleiner Bure! Es wird mal ganz etwas anderes sein, einen *Takhaar* über die Weltpolitik reden zu hören.«

»Sie kämpfen jetzt«, sagte ich, »in Ostafrika; bald vielleicht auch in Ägypten. Die ganze Ostküste nördlich vom Sambesi wird euer Schlachtfeld sein. Die Engländer machen überall kleine Expeditionen. Ich weiß nicht einmal, wohin, obwohl ich's in der Zeitung lese. Aber mein Afrika, das kenne ich. Ihr wollt sie hier in Europa schlagen, und auf See. Und deshalb macht es, wie kluge Heerführer das tun: splittert sie auf und verstreut sie auf dem ganzen Erdball, und ihr selber bleibt zu Hause! Das haben Sie doch wohl vor?«

»Ein zweiter Falkenhayn«, sagte Stumm und lachte.

»Also, England wird sich Ostafrika nicht entreißen lassen. England hat Angst um Ägypten und auch um Indien. Wenn ihr dort Druck ausübt, schickt England Bataillone und Bataillone dorthin, bis es in Europa so schwach ist, daß ein Kind es mit einem Finger umwerfen kann. So sind die Engländer. Sie machen sich mehr Sorge um das Empire als darum, was ihren Verbündeten zustößt. Darum sage ich: Druck drauf und immer mehr Druck! Zerstört die Eisenbahnlinien zu den Seen, laßt London in Flammen aufgehn, laßt keine Engländer aus Mombasa heraus! In diesem Augenblick ist das so wichtig für euch wie tausend Mann aus Damaraland!«

Jetzt zeigte der Mann wirkliches Interesse. Und auch der Unterstaatssekretär spitzte die Ohren. »Unsere eigenen Kolonien können wir schon halten«, sagte er, »aber Druck ausüben, wie zum Teufel sollen wir das tun? Die verflixten Engländer haben die Übermacht und mehr. Wir können keine Soldaten und Kanonen dorthin verschiffen. Im Süden sind die Portugiesen, im Westen die Belgier. Man kann schließlich ohne Hebel keinen schweren Klotz bewegen.«

»Aber hier ist doch der Hebel«, sagte ich.

»Dann um Gottes willen, zeigen Sie ihn mir doch!« schrie er.

Ich blickte nach der Tür, wie um mich zu überzeugen, daß sie geschlossen war, als ob das, was ich jetzt zu sagen hätte, sehr geheim sei.

»Sie brauchen Soldaten, und die warten ja schon. Zwar sind sie schwarz, aber das sind von Natur Krieger. Um all eure Grenzen herum habt ihr die Leute, die Überreste der großen Kriegerstämme, die Angoni, die Masai, die Manyumwezi und vor allem die Somalis im Norden und die Leute, die am oberen Nil wohnen. Von daher rekrutieren die Engländer sich ihre schwarzen Regimenter, und ihr tut es auch. Aber Leute zu rekrutieren, das ist nicht genug. Ihr müßt ganze Nationen in Bewegung setzen, wie die Zulus unter Tschaka Südafrika überschwemmt haben.«

»Das geht doch nicht«, sagte der Unterstaatssekretär.

»O ja, das geht schon«, sagte ich leise. »Und deshalb sind wir beide hier.«

Diese Art von Gespräch war für mich reichlich schwierig, hauptsächlich, weil Stumm andauernd mit dem Beamten tuschelte. Ich mußte vor allem glaubhaft machen, daß ich nicht Deutsch konnte. Und wenn man eine Sprache gut kann, ist es nicht sehr leicht, bei einer Unterbrechung sich nicht anmerken zu lassen, daß man etwas verstanden hat, entweder durch eine direkte Antwort oder, indem man später auf das zurückkommt, wovon bei der Unterbrechung die Rede war. Ich mußte immerzu scharf aufpassen, und trotzdem mußte ich sehr überzeugend wirken und bei diesen Burschen den Eindruck machen, daß ich ihnen nützlich sein könnte. Auf irgendeine Weise mußte ich mir ihr Vertrauen erschleichen.

»Jahrelang bin ich in Afrika herumgezogen, in Uganda, im Kongo und am oberen Nil. Ich kenne die Kaffern besser als irgendein Engländer: wir Afrikaander schauen dem schwarzen Mann ins Herz, und obwohl er uns vielleicht haßt, gehorcht er uns. Ihr Deutschen seid wie die Engländer; ihr seid selber viel zu hochgezüchtet, als daß ihr so einfache Menschen verstehen könnt. ›Zivilisieren‹, das schreit ihr; ›bilden‹, sagen die Engländer. Der schwarze Mann gehorcht und versteckt seine Götter, aber im Herzen betet er sie immer noch an. Seine Götter müssen wir auf unsere Seite kriegen, dann wird er Berge versetzen. Wir müssen es so machen, wie John Laputa es mit der Halskette von Sheba gemacht hat.«

»Das ist doch lauter Geschwätz«, sagte Stumm, aber er lachte nicht.

»Das ist schierer Hausverstand«, sagte ich, »Aber man muß am richtigen Punkt ansetzen. Zunächst einmal den Stamm finden, der Angst vor seinen Priestern hat. Die sind ja alle da – die Muselmänner in Somaliland und an den abessinischen Grenzen und am Blauen und Weißen Nil. Die würden Feuer fangen wie trockenes Gras, wenn man den Funken ihrer Religion entzündete. Denken Sie doch nur daran, was die Engländer auszustehen hatten von einem Mullah, der nur über ein Dutzend Dörfer Gewalt hatte! Wenn man einmal den Brand entzündet, dann verschlingen die Flammen die Heiden im Westen und im Süden. So ist Afrika. Was meinen Sie wohl, wieviel Tausende in Mahdis Heer waren, die nie vom Propheten irgendwas gehört haben, bis die schwarze Fahne des Emir sie in die Schlacht führte?«

Jetzt lächelte Stumm. Er wandte sich an den Beamten und sprach, indem er die Hand vor den Mund hielt, aber ich hörte es doch. Er sagte: »Das ist der Richtige für Hilda.« Der andere verzog die Lippen und sah etwas ängstlich aus.

Stumm klingelte, und der Leutnant kam herein und schlug die Hacken zusammen. Stumm deutete auf Pieter: »Nehmen Sie mal diesen mit, mit dem sind wir fertig, der andere kommt gleich nach.« Pieter ging mit verwirrtem Gesicht hinaus, und Stumm wandte sich an mich.

»Sie sind ein Träumer, Brandt, aber das ist kein Grund für mich, nichts mit Ihnen zu tun zu haben. Träume werden manchmal wahr, wenn der Träumer eine Armee hinter sich hat. Aber wer soll nun das Feuer entfachen?«

»Sie«, sagte ich.

»Zum Kuckuck nochmal, was meinen Sie eigentlich?« fragte er.

»Das ist Ihre Sache. Die Deutschen sind das klügste Volk der Welt. Sie haben schon das halbe mohammedanische Gebiet in Ihrer Gewalt. Jetzt müssen Sie uns zeigen, wie man einen Heiligen Krieg zustande bringt; denn den Trick kennen Sie; keine Angst, wir werden Ihren Befehlen folgen.«

»Einen Trick haben wir nicht«, sagte er kurz angebunden und sah nach dem Beamten hinüber, der aus dem Fenster blickte. Ich ließ die Nase hängen und sah sehr enttäuscht aus. »Das glaube ich Ihnen nicht«, sagte ich langsam, »Sie halten mich zum besten. Ich bin nicht sechstausend Meilen weit hierher gereist, um zum Narren gehalten zu werden.«

»Disziplin, um Gottes willen!« schrie Stumm, »Sie sind doch hier nicht in einem von jenen Lumpenkommandos!« Mit zwei Schritten war er bei mir und hob mich vom Stuhl. Seine gewaltigen Hände quetschten meine Schultern, und seine Daumen klemmten sich in meine Achselhöhlen. Ich hatte das Gefühl, als habe ein ungeheurer Affe mich gepackt, dann begann er sehr langsam, mich zu schütteln, so daß es mir vorkam, als lockerten sich alle meine Zähne, und in meinem Kopf ging alles durcheinander. Dann ließ er mich los, und ich fiel kraftlos auf meinen Stuhl zurück.

»Jetzt hau ab, *foetsak!*[1] Und vergiß nicht, daß ich hier zu befehlen habe. Ich, Ulrich von Stumm, der dein Herr ist wie ein Kaffer der Herr seines Straßenköters. Vielleicht kann Deutschland dich gebrauchen, Freundchen, wenn du mich fürchtest, wie du nie deinen Gott gefürchtet hast!«

Als ich etwas benommen davonging, lächelte der riesige Mann auf seine schreckliche Art, und der kleine Beamte blinzelte und lächelte auch. Ich war in ein verdammt sonderbares Land geraten, so sonderbar, daß ich nicht einmal Zeit hatte, darüber nachzudenken, daß ich zum ersten Mal in meinem Leben mich hatte unterkriegen lassen, ohne mich zu wehren. Als mir das klar wurde, erstickte ich fast vor

[1] Afrikaans, wörtlich übersetzt: Fußsack, den man vor die Küchentür legt, damit der Hund nicht mit schmutzigen Pfoten ins Haus kommt.

Wut; aber ich dankte dem Himmel, daß ich mir nichts hatte anmerken lassen, denn ich dachte an meinen Auftrag. Ich hatte wohl Glück gehabt und war in die richtige Gesellschaft geraten.

5
WEITERE ABENTEUER DERSELBEN

Der nächste Morgen war etwas frostig, und die Luft war scharf. Das machte mich lebendig und guter Dinge. Ich vergaß meine gefährliche Lage und den langen Weg, den ich noch vor mir hatte. Ich kam in bester Laune zum Frühstück hinunter und fand Pieter völlig niedergeschlagen. Er hatte in der Nacht zuvor sich an Stumm erinnert, und was ihm dabei eingefallen war, gefiel ihm überhaupt nicht. Während wir Schulter an Schulter in das Frühstückszimmer hineingingen, murmelte er mir das zu. Pieter und ich hatten keine Gelegenheit, uns unter vier Augen zu sprechen, denn der Leutnant war die ganze Zeit dabei. Und am Abend wurden wir in unseren Zimmern eingeschlossen. Das hatte Pieter herausgefunden, als er herauswollte, um sich Streichhölzer zu besorgen, denn er hatte die schlechte Angewohnheit, im Bett noch zu rauchen.

Unser Begleiter fing an zu telephonieren und sagte dann, wir sollten ein Gefangenenlager besichtigen. Am Nachmittag sollte ich mit Stumm irgendwohin gehen, aber am Vormittag sollten wir uns die Sehenswürdigkeiten betrachten. »Sie werden«, sagte er, »sehen, wie hochherzig ein großes Volk ist. Sie werden auch einige der uns verhaßten Engländer sehen, die sich in unserer Gewalt befinden, daran werden Sie Ihre Freude haben. Sie sind die ersten, die wir geschnappt haben.«

In einem Taxi fuhren wir durch die Vororte und dann

durch ein Gebiet von Schrebergärten bis zu einem niedrigen bewaldeten Hügel. Nach einer Stunde kamen wir durch ein großes Tor zu einem Gebäude, das aussah wie eine große Erziehungsanstalt oder ein Krankenhaus. Ich glaube, es war wohl ein Heim für arme Waisenkinder gewesen; Schildwachen standen am Tor, und Stacheldraht war in großem Bogen ringsherum gespannt. Wir traten ein unter einem Torbogen, der, sobald es dunkel wurde, durch eine automatische Vorrichtung fest verschlossen wurde. Der Leutnant zeigte seinen Ausweis vor, und wir fuhren mit dem Wagen in den mit Ziegeln gepflasterten Hof und marschierten zwischen vielen anderen Wachposten hindurch zum Büro des Kommandanten.

Der war gerade nicht da, und wir wurden von seinem Stellvertreter, einem blassen jungen Mann mit einem fast kahlen Kopf, empfangen. Wir wurden auf deutsch vorgestellt, das unser Führer dann ins Holländische übersetzte. Obendrein mußten wir uns allerlei beredte Propaganda anhören, wieso Deutschland, sowohl was Menschlichkeit als auch was kämpferische Tapferkeit betraf, allen anderen Völkern überlegen sei. Dann luden sie uns zu Sandwiches und Bier ein, und wir begaben uns mit den anderen auf einen Besichtigungsrundgang. Zwei Ärzte waren dabei, beide harmlos aussehende Brillenträger, und ein paar Gefangenenwärter – Untergebene von der soliden, alten und brutalen Art, die ich sehr wohl kannte. Das war der Zement, der das deutsche Heer zusammenhielt. Im Durchschnitt konnte es mit seinen Leuten keinen Staat machen, auch nicht mit den Offizieren, nicht einmal in den Eliteeinheiten wie zum Beispiel bei der Garde oder bei den Brandenburgern. Aber ein unerschöpflicher Fundus von harten, tüchtigen Unteroffizieren und Feldwebeln schien vorhanden zu sein.

Wir gingen um die Waschküche herum und um den Gefängnishof, um die Küchengebäude, um das Lazarett – in dem sich grade im Augenblick niemand befand außer einem Mann, der die Grippe hatte. Es machte alles keinen schlechten Eindruck, und ich glaube, es war das Paradestück, das amerikanischen Besuchern gezeigt wurde. Wenn nur die Hälfte der Berichte, die man hörte, wahr war, dann gab es weit weg, im südlichen und östlichen Deutschland, einige ziemlich scheußliche Gefängnisse.

Ich konnte mein Mißtrauen nicht bezwingen. Ein Gefangener zu sein, war mir immer als etwas vom Schlimmsten vorgekommen, was überhaupt einem Manne geschehen kann. Deutsche Gefangene zu sehen, machte mir schon übel, während ich einen toten Boche nur mit Genugtuung ansah. Außerdem bestand noch die leichte Gefahr, daß jemand mich erkennen konnte. Deshalb drückte ich mich ziemlich in den Schatten, wenn ich auf den Fluren irgend jemanden daherkommen sah.

Die paar, die uns begegneten, gingen ohne jede Neugier an uns vorbei. Sie grüßten den stellvertretenden Kommandanten, aber auf uns verschwendeten sie kaum einen Blick. Zweifellos glaubten sie, wir seien neugierige Deutsche, die sich an ihrem Anblick einmal ergötzen wollten. Sie sahen nicht schlecht aus, aber um die Augen herum etwas verschwollen wie Leute, die zuwenig an die frische Luft kommen. Auch kamen sie mir ziemlich mager vor. Ich nehme an, obwohl der Kommandant sich lange darüber verbreitet hatte, das Essen war nicht ausreichend. In einem Raum saßen ein paar Leute und schrieben Briefe. Das war ein großes Zimmer mit einem winzig kleinen Ofen, der es erwärmen sollte, und die Fenster waren geschlossen, so daß die Luft schlecht und muffig war. In einem anderen Raum unterrichtete irgend jemand ein Dutzend Zuhörer und zeichnete geometrische Figuren an die Tafel. Ein paar hatten die übliche Khakiuniform an, die anderen trugen irgend etwas, das sie irgendwo aufgelesen hatten, und die meisten einen dicken

Soldatenmantel. Wenn man nichts zu tun hat, als gegen alle Hoffnung doch noch zu hoffen, und dabei an die alten Freunde denkt und an die vergangenen Tage, dann wird das Blut dünn.

Ich ging mit; mit halbem Ohr horchte ich auf das Geschwätz des Leutnants und die lauten Erklärungen des Stellvertretenden Kommandanten, als ich Hals über Kopf in etwas hineingeriet, was sehr wohl das Ende meines Auftrags hätte werden können. Wir spazierten durch einen Aufenthaltsraum, in dem die Rekonvaleszenten herumsaßen, die zuvor im Lazarett gewesen waren. Es war ein großer Raum, etwas wärmer als das übrige Gebäude, aber fürchterlich muffig. Etwa ein halbes Dutzend Männer saß dort, sie lasen und spielten Karten. Mit glanzlosen Augen schauten sie uns einen Moment an und gaben sich dann wieder an ihre augenblickliche Beschäftigung. Da sie Genesende waren, wurde wahrscheinlich von ihnen nicht erwartet, daß sie aufstanden und militärisch grüßten.

Alle außer einem, der an einem kleinen Tisch, an dem wir vorübergingen, eine Patience legte. Mir war schon ganz schlecht, denn es war schrecklich zu sehen, wie diese guten Jungens hier in diesem teuflischen deutschen Loch eingesperrt waren. Wenn sie doch noch dem Boche an der Front hätten verpassen können, was er verdiente! Der Kommandant ging mit Pieter voraus, der plötzlich ein großes Interesse an Gefängnissen entwickelt hatte. Dann kam unser Leutnant mit einem der Ärzte, es folgten die beiden Wärter und schließlich der zweite Arzt und ich. Ich war in diesem Augenblick etwas geistesabwesend und hinter unserer Gruppe zurückgeblieben.

Der die Patience legte, blickte plötzlich auf, und ich sah sein Gesicht. Der Teufel soll mich holen, wenn das nicht Dolly Riddell war, der Offizier, der für die MGs unserer Brigade bei Loos verantwortlich gewesen war. Ich hatte erfahren, daß die Deutschen ihn erwischt hatten, nachdem sie in unserem Steinbruch eine Mine gelegt hatten.

Jetzt mußte ich schnell handeln, denn er hatte den Mund weit aufgerissen, und ich begriff, daß er drauf und dran war, mit mir zu sprechen. Der Arzt war mir einen Meter voraus.

Ich stolperte und warf dabei alle seine Karten auf den Boden. Dann kniete ich mich hin, um sie wieder aufzuheben, und griff nach seinen Knien. Er senkte den Kopf, um mir zu helfen, und ich flüsterte ihm ins Ohr: »Du hast recht, ich bin Hannay. Um Gottes willen, zwinkere nicht einmal! Ich bin in einem Geheimauftrag hier.«

Der Arzt hatte sich umgewendet, um zu sehen, was los war. Ein paar Worte konnte ich noch sagen: »Kopf hoch, mein Alter, es klappt schon.«

Dann fing ich an, aufgeregt auf holländisch zu plappern, und las die übrigen Karten noch vom Boden auf. Dolly spielte seine Rolle sehr gut. Er lächelte, als amüsierten ihn die Kunststücke eines Affen. Die anderen kamen zurück, der stellvertretende Kommandant mit einem ärgerlichen Blitzen in seinen langweiligen Augen. »Es ist verboten, mit den Gefangenen zu sprechen!« schrie er.

Ich sah ihn verständnislos an, bis der Leutnant übersetzte.

»Was ist denn das für einer?« sagte Dolly auf englisch zu dem Arzt. »Schmeißt mir hier meine Patience durcheinander, und dann quatscht er auf holländisch mit mir.«

Offiziell verstand ich natürlich Englisch, und was Dolly gesagt hatte, gab mir mein Stichwort. Ich tat so, als sei ich sehr ärgerlich über diesen verdammten Engländer, und verließ den Raum Seite an Seite mit dem stellvertretenden Kommandanten, knurrend wie ein angeschossener Schakal. Danach mußte ich ein bißchen schauspielern. Das letzte Gebäude, wohin wir geführt wurden, enthielt die kleinen Zellen, in denen die Gefangenen, die die Gefängnisvorschriften nicht eingehalten hatten, zur Strafe untergebracht waren. Sie sahen trübselig genug aus, aber ich stellte mich, als sei ich über diesen Anblick besonders erfreut, und sagte das dem Leutnant, der es den anderen weitergab. Kaum je in meinem Leben habe ich mich so als Schurke gefühlt.

Auf dem Heimweg redete der Leutnant viel über Gefangene und Internierungslager; denn irgendwann einmal hatte er in Ruhleben Dienst getan. Pieter, der mehr als einmal im Leben im Kittchen gesessen hatte, war höchst interessiert und stellte eine Frage nach der anderen. Unter anderem erzählte er uns, daß man oft Scheingefangene mit den anderen zusammensperrt, die dann spionieren sollen. Wenn irgendein Fluchtplan im Gange war, dann beteiligten sich diese Burschen und machten besonders heftig mit. Sie hinderten solche Pläne nie, bis der Fluchtversuch tatsächlich stattfand, und dann waren die anderen geliefert. Für den Boche gab es keinen willkommeneren Grund, einen armen Teufel in Einzelhaft zu sperren.

An diesem Nachmittag trennten wir uns, Pieter und ich. Er blieb bei dem Leutnant, und ich wurde mit meinem Gepäck in Begleitung eines Landsturmfeldwebels zum Bahnhof geschickt. Pieter war sehr ärgerlich, und mir gefiel das Ganze auch nicht; aber es wurde mir besser, als ich erfuhr, daß ich mit Stumm irgendwohin fahren sollte. Wenn der mich noch einmal sehen wollte, hielt er mich wohl für nützlich; und wenn er mich sich zunutze machen wollte, mußte er mir wohl oder übel seine Karten aufdecken. Ich mochte Stumm ungefähr so gern wie ein Hund einen Skorpion, aber mich verlangte nach seiner Gesellschaft.

Auf dem Bahnsteig, wo mir die Uniform meines Landsturmbegleiters jegliche Bemühung um eine Fahrkarte ersparte, konnte ich meinen Mitreisenden nicht erblicken. Ich stand da und wartete, während eine Menschenmenge, hauptsächlich Soldaten, an mir vorbeizog und die vorderen Wagen des Zuges füllte. Ein Offizier sagte mir in barschem Ton, ich solle mich hinter einer hölzernen Barriere aufstellen. Ich gehorchte, und plötzlich sah ich Stumms Augen auf mich niederblicken.

»Sprechen Sie Deutsch?« fragte er scharf. »Ein Dutzend Worte«, sagte ich gleichgültig. »Ich bin in Windhoek gewesen und habe gerade genug aufgeschnappt, daß ich mir etwas zu essen bestellen kann. Pieter, mein Freund, spricht etwas Deutsch.«

»So«, sagte Stumm, »na ja, steigen Sie mal ein. Doch nicht hier, da drüben, Sie Dummkopf!«

Ich folgte dem Befehl, er kam mir nach, und die Tür wurde hinter uns abgeschlossen. Diese Vorsicht war unnötig; denn der Anblick von Stumms Profil am Ende des Bahnsteigs hätte auch den Kühnsten draußen gehalten. Ich dachte, ob ich wohl bei ihm irgendeinen Verdacht erregt hätte. Ich mußte mich sehr davor hüten, mir etwas anmerken zu lassen, wenn er plötzlich deutsch zu mir sprach, und das würde nicht leicht sein, denn Deutsch konnte ich so gut wie Afrikaans.

Wir fuhren in die Landschaft hinaus, aber die Fenster waren mit Eisblumen bedeckt, und ich konnte nichts von der Landschaft erblicken. Stumm beschäftigte sich mit seinen Akten und ließ mich in Ruhe. Auf einem Schild las ich, daß Rauchen verboten war. Darum holte ich meine Pfeife heraus, um meine Unkenntnis der deutschen Sprache zu bekunden. Stumm hob den Kopf, sah, was ich tat, und schnauzte mich an, die Pfeife wieder wegzustecken, als sei er eine alte Dame, die den Tabakgeruch nicht ausstehen konnte.

Nach einer halben Stunde langweilte ich mich sehr, denn ich hatte nichts zu lesen, und meine Pfeife war ja ›verboten‹. Hin und wieder kamen im Gang Leute vorbei, aber niemand machte Anstalten, unser Abteil zu betreten. Zweifellos sahen sie den Riesen in Uniform und dachten, er sei ein ganz hoher Generalstabsoffizier, der seine Ruhe haben wollte. Ich dachte, ich könne mir eigentlich mal im Gang die Füße vertreten, und stand deshalb grade auf, als ein großer Mann die Tür zurückschob und die Aussicht verdunkelte.

Er trug einen schweren Ulster und einen großen Filzhut, er grüßte Stumm, der ärgerlich aufblickte, und lächelte uns beide freundlich an.

»Hallo, meine Herren!« sagte er, »ist hier noch Platz für so 'nen Kleinen wie mich? Eure tapferen Soldaten haben mich ausgeräuchert, ich hab' einen empfindlichen Magen . . .«

Stumm war aufgestanden, zornigen Gesichts, und sah aus, als wolle er den Eindringling aus dem Zug hinauswerfen. Dann schien er sich zu beherrschen und zu überlegen, und das Gesicht des anderen strahlte ihn mit freundlichem Grinsen an.

»Hallo, das ist ja Oberst Stumm!« rief er (er sprach den Namen ganz unmöglich aus), »freut mich, Sie wieder zu treffen, Herr Oberst. In unserer Gesandtschaft hatte ich das Vergnügen, Ihre Bekanntschaft zu machen. Ich glaube, an dem Abend war unserem Gesandten Gerard unsere Unterhaltung nicht sehr bequem.« Und der Ankömmling ließ sich in die Ecke mir gegenüber fallen.

Ich war ziemlich sicher gewesen, daß ich Blenkiron irgendwo in Deutschland treffen würde, aber ich hatte nicht gedacht, daß es so bald sein würde. Da saß er nun und glotzte mich an mit seinen vorstehenden, blicklosen Augen und wälzte dem Stumm eine Platitüde nach der anderen hin, und der platzte fast vor Anstrengung, höflich zu sein. Ich sah unlustig und mißtrauisch drein. Das, dachte ich, sei wohl, was ich jetzt zu tun hätte.

»In Saloniki läuft sich's ja jetzt allmählich tot«, sagte Blenkiron, um die Konversation zu eröffnen.

Stumm deutete auf ein Schild im Wagen, das Offizieren verbot, militärische Angelegenheiten mit zufällig Mitreisenden zu diskutieren.

»Sorry«, sagte Blenkiron, »ich kann eure Sprache, die auf Grabsteinen steht, einfach nicht lesen. Aber ich nehme doch an, daß diese Warnung, die sich auf Eindringlinge bezieht, zwischen Ihnen und mir nicht gilt. Ich nehme an, dieser Herr – er gehört doch zu Ihnen? –«

Ich saß da, runzelte die Brauen und sah den Amerikaner mißtrauisch an.

»Das ist ein Afrikaander«, sagte Stumm, »und dem ist gar nicht wohl, denn er mag nicht, wenn man englisch spricht.«

»Einverstanden«, sagte Blenkiron herzlich, »aber wer hat denn behauptet, daß ich englisch spreche? Dies ist gutes Amerikanisch. Keine Bange, Freund, ›nicht am Röhren erkennt man den großen Hirsch‹, so sagt man drüben im Westen, in meiner Heimat. Ich hasse John Bull mehr als eine Klapperschlange, das kann Ihnen der Oberst bezeugen.«

Das hätte er meiner Ansicht nach wohl gekonnt. Aber in diesem Augenblick fuhren wir langsam in einen Bahnhof ein, und Stumm stand auf, um hinauszugehen.

»Guten Abend, Herr Blenkiron«, rief er über die Schulter zurück, »wenn Sie nicht in Schwierigkeiten kommen wollen, dann sprechen Sie lieber mit fremden Reisenden nicht englisch. Die verstehen nämlich den Unterschied nicht zwischen den verschiedenen Arten von Englisch.«

Ich folgte ihm eiligst, aber Blenkiron rief mich zurück. »Hier, Freund«, schrie er, »Sie haben Ihr Gepäck hier gelassen«, und er holte meinen Reisesack aus dem Gepäcknetz herunter. Aber er verriet mit keiner Miene, daß er mich kannte. Und ich sah nur noch, wie er in einer Ecke des Abteils dasaß, den Kopf auf der Brust, als sei er im Begriff, einzuschlafen. Das war ein Mann, der seine Rolle gut zu spielen wußte.

Draußen wartete ein Auto, so ein feldgraues, und wir fuhren mit schauerlichem Tempo über schlechte Straßen im Wald. Stumm hatte seine Papiere in eine Aktentasche gestopft und sagte unterwegs einmal ein paar Worte.

»Ich habe mich, was Sie betrifft, noch nicht entschlossen, Brandt«, kündigte er an, »vielleicht sind Sie ein Narr oder ein Spitzbube oder ein zuverlässiger Mann. Wenn Sie aber ein Spitzbube sind, werden wir Sie erschießen.«

»Und wenn ich ein Narr bin?« fragte ich.

»Dann schicken wir Sie an die Yser oder an die Düna, Sie werden ein respektables Kanonenfutter abgeben.«

»Das können Sie nicht ohne meine Einwilligung tun«, sagte ich.

»Ach nein«, sagte er mit einem bösen Grinsen, »Sie wissen ja wohl, daß Sie nirgendwo Staatsangehöriger sind, praktisch sind Sie ein Rebell, und die Engländer, wenn Sie zu denen gehen, die hängen Sie, wenn sie nur einen Funken Verstand haben. Sie befinden sich jetzt in unserer Hand, lieber Freund, und wir können mit Ihnen machen, was wir wollen.«

Dann schwieg er eine Sekunde lang und sagte nachdenklich: »Aber ich glaube nicht, daß Sie ein Narr sind. Möglicherweise sind Sie ein Schurke. Es gibt Schurken, die einem von Nutzen sein können. Andere hängt man einfach auf. Darüber werden wir bald genug Bescheid wissen.«

»Und wenn ich nun ein zuverlässiger Mann bin?«

»Dann werden Sie die Chance haben, Deutschland zu dienen; und das ist der größte Vorzug, den ein Sterblicher haben kann.« Der sonderbare Mensch sagte das mit einer durchdringenden Aufrichtigkeit in seiner Stimme, die mir großen Eindruck machte.

Der Wagen fuhr aus dem Wald heraus in einen Park, der mit jungen Bäumen bepflanzt war, und im Zwielicht sah ich ein großes Haus, wie ein übergroßes schweizerisches Chalet.

Da war ein Torweg mit einer vorgetäuschten Zugbrücke und einer Terrasse mit einer steinernen Brüstung, die aussah, als sei sie aus Stuck gemacht. Wir hielten vor einer gotischen Haustür, wo ein schmächtiger Mann mittleren Alters in einer Jägerjacke uns erwartete.

Als wir die hellerleuchtete Diele betraten, sah ich mir unseren Gastgeber genau an. Er war sehr mager und sonnenverbrannt, und seine Schultern hingen vornüber wie bei jemandem, der die meiste Zeit auf dem Pferderücken sitzt. Er hatte unordentliches ergrautes Haar, einen ungepflegten Bart und sympathische, kurzsichtige braune Augen.

»Willkommen, Herr Oberst«, sagte er, »ist dies der Freund, von dem Sie gesprochen haben?«

»Dies ist der Afrikaander, er heißt Brandt. Brandt. Dies ist Herr Gaudian.«

Den Namen kannte ich natürlich. In meinem Beruf gab es nicht viele, die ihn nicht kannten. Er war einer der bedeutendsten Eisenbahningenieure in der Welt, der Mann, der die Bagdad- und die Syrische Eisenbahn gebaut hatte und die neuen Eisenbahnverbindungen im Osten Deutschlands. Ich glaube, er war der bedeutendste noch lebende Sachverständige, was den Eisenbahnbau in den tropischen Regionen betrifft. Er kannte den Osten, und er kannte Afrika. Selbstverständlich war ich zu ihm gebracht worden, damit er mich auf Herz und Nieren prüfen könnte.

Ein blondes Zimmermädchen führte mich zu meinem Zimmer, das einen blankgebohnerten Boden ohne Teppich hatte, einen Ofen und Fenster, die, im Gegensatz zu den meisten deutschen Fenstern, die ich schon ausprobiert hatte, darauf eingerichtet waren, daß man sie öffnen konnte.

Als ich mich gewaschen hatte, ging ich in die Halle hinunter, in der rundherum Reisetrophäen hingen; Derwischgewänder, Masaischilde und ein oder zwei beachtliche Büffelköpfe. Bald läutete ein Gong; Stumm erschien mit seinem

Gastgeber, und wir gingen zum Abendessen hinein. Ich hatte ziemlichen Hunger und hätte mir wohl ein gutes Mahl zu Gemüte geführt, wenn ich nicht andauernd mich hätte beherrschen müssen. Die andern beiden sprachen deutsch, und wenn eine Frage an mich gerichtet wurde, dann übersetzte Stumm. Das wichtigste war, daß ich mich so stellte, als verstünde ich nicht Deutsch, und mich gelangweilt im Zimmer umsah, während sie redeten. Das zweitwichtigste war, daß ich nicht ein Wort verpaßte; denn darin bestand meine Chance. Das dritte war, daß ich jeden Augenblick bereit sein mußte, Fragen zu beantworten, beim Antworten mir aber nicht anmerken ließ, daß ich die vorangehende Unterhaltung verstanden hatte. Gleicherweise durfte ich mich in meinen Antworten nicht als reiner Depp erweisen, denn ich mußte sie ja davon überzeugen, daß ich für sie von Nutzen war. Das war schon allerhand, und ich kam mir vor wie ein Zeuge vor Gericht in einem scharfen Kreuzverhör oder wie ein Mann, der versucht, zu gleicher Zeit drei Schachspiele zu spielen.

Ich hörte, daß Stumm Gaudian die Grundlinien meines eigenen Planes erzählte. Der Ingenieur schüttelte den Kopf.

»Zu spät«, sagte er, »das hätte man am Anfang tun sollen. Wir haben uns nicht genug um Afrika gekümmert, und Sie wissen, warum.«

Stumm lachte. »Die von Einem, vielleicht, aber ihre Reize sind schon wirksam.«

Gaudian sah mich an, während ich mich mit einem Orangensalat beschäftigte. »Davon muß ich Ihnen mancherlei erzählen. Aber das hat Zeit. In einer Sache hat Ihr Freund recht. Uganda ist für die Engländer lebenswichtig, und ein Schlag in dieser Richtung wird ihre ganze Struktur erschüttern. Aber wie können wir zuschlagen? Sie haben immer noch die Küste in der Hand, und unsere Vorräte vermindern sich von Tag zu Tag.«

»Verstärkung können wir nicht hinschicken. Aber haben wir alle lokalen Möglichkeiten ausgenutzt? Das sehe ich immer noch nicht ein. Zimmermann sagt, wir haben's getan, aber Tressler denkt anders darüber, und jetzt kommt dieser Bursche daher, wie aus den Wolken gefallen, mit seinem Bericht, der meine Zweifel bestätigt. Mir scheint, er weiß Bescheid. Jetzt versuchen wir einmal, was aus ihm herauszukriegen.«

Darauf machte sich Gaudian daran, mich auszufragen. Und seine Fragen waren sehr gründlich. Ich wußte gerade genug und nicht mehr, sie zu bestehen. Aber ich glaube, ich zog mich ganz gut aus der Affäre. Ich habe ein vortreffliches Gedächtnis, und zu meiner Zeit hatte ich Dutzende von Jägern und Pionieren kennengelernt und ihren Geschichten zugehört. Also konnte ich vorgeben, eine Gegend zu kennen, selbst wenn ich nie dort gewesen war. Außerdem war ich einmal drauf und dran gewesen, einen Job oben in Tanganjika zu übernehmen, und hatte mich sehr gut über diesen Teil des Landes orientiert.

»Sie behaupten also, daß Sie mit unserer Hilfe den Engländern an den drei Grenzen sehr unangenehm werden können?« fragte Gaudian schließlich.

»Ich kann das Feuer anfachen, wenn jemand anders es anzündet«, sagte ich.

»Aber es gibt Tausende von Stämmen, die untereinander nicht verbunden sind.«

»Sie sind alle Afrikaner, das wissen Sie ja selber. Alle afrikanischen Stämme gleichen einander in dem einen: sie können überschnappen. Wenn einer übergeschnappt ist, steckt er die anderen an, das wissen die Engländer sehr wohl.«

»Wo würden Sie denn das Feuer anzünden?« fragte er.

»Wo das Gras am trockensten ist, oben im Norden bei den Muselmanen. Aber dabei müssen Sie mir helfen. Denn vom Islam weiß ich nichts, aber ich glaube, Sie schon.«

»Warum?« fragte er.

»Wegen der Dinge, die Sie schon getan haben.«

Stumm hatte die ganze Zeit übersetzt und den Sinn meiner Worte ganz gut wiedergegeben. Aber mit meiner letzten Antwort wurde er ungenau. Was er sagte, war: »Weil der Afrikaander denkt, daß wir in unserer Islampolitik eine Trumpfkarte in der Hand haben.« Dann sprach er leise, hob die Augenbrauen, und sagte ein Wort, das klang wie »Ühnmantl«.

Der andere sah mich mit einem raschen, furchtsamen Blick an. »Ich glaube, es wäre besser, Herr Oberst, wenn wir unsere Unterhaltung privat fortsetzen würden«, sagte er. »Wenn Herr Brandt uns entschuldigen will, lassen wir ihn ein bißchen allein, dann kann er sich mit sich selbst unterhalten.« Er schob mir die Zigarrenkiste zu, und die beiden standen auf und gingen hinaus.

Ich rückte meinen Stuhl zum Ofen hin und hätte nichts lieber getan, als dort einzuschlafen. Die Anspannung der Unterhaltung während des Abendbrots hatte mich sehr ermüdet. Diese Leute hatten mich genau für das genommen, was ich zu sein vorgab. Stumm verdächtigte mich vielleicht, daß ich ein Schurke sei. Aber es war ein Afrikaanderschurke. Trotzdem schlitterte ich auf dünnem Eis. Ich konnte nicht ohne jede Reserve mich in diese Rolle fügen; denn hätte ich es getan, dann wäre hier für mich nichts dabei herausgekommen. Ich mußte die ganze Zeit auf der Lauer sein, mußte so aussehen und mich so benehmen wie ein Backveld-Bure mit der Intelligenz eines englischen Geheimoffiziers. Jeden Augenblick konnte es passieren, daß die beiden Rollen nicht übereinstimmten, und dann wäre ich dem wachsamsten und tödlichsten Verdacht ausgeliefert.

Stumm würde keinerlei Gnade walten lassen. Dieser riesige Kerl begann mich zu faszinieren, obwohl ich ihn haßte. Gaudian war offensichtlich ein guter Mensch, ein Weißer, ein Gentleman. Mit dem hätte ich zusammenarbeiten können; denn er war meinesgleichen. Der andere jedoch war die Verkörperung alles dessen, was Deutschland so verhaßt macht, und trotzdem war er, alles in allem genommen, nicht einfach ein Durchschnittsdeutscher, und ich konnte nicht umhin, ihn zu bewundern. Ich stellte fest, daß er weder rauchte noch trank, seine Leibesfülle war nicht auf irgendwelche fleischlichen Gelüste zurückzuführen. Grausamkeit – nach alledem, was ich in Deutsch-Südwestafrika über ihn erfahren hatte – war sein Steckenpferd; aber da gab es noch andere Dinge, manche guten, und er war besessen von jenem verrückten Patriotismus, der schließlich zur Religion wird. Ich war erstaunt, daß er nicht irgendein hohes Kommando erhalten hatte, denn es hieß, er sei ein vorzüglicher Soldat. Wahrscheinlich war er aber auf seine eigene Art, wie die auch sein mochte, ein bedeutender Mann. Denn der Unterstaatssekretär war in seiner Gegenwart außerordentlich höflich gewesen, und ein so bedeutender Mann wie Gaudian respektierte ihn offensichtlich. Gewißlich gab es in diesem komischen Birnenkopf keinen Mangel an Verstand.

Während ich am Ofen saß, überlegte ich mir alles noch einmal: ob ich vielleicht die leiseste Andeutung herausfinden könnte, die mit meiner augenblicklichen Aufgabe etwas zu tun hatte. Bisher schien keine vorhanden zu sein. Stumm hatte von einer Frau namens von Einem gesprochen, die an seinem Ressort interessiert war; vielleicht war das dieselbe Frau, die er dem Unterstaatssekretär gegenüber tags zuvor als Hilda erwähnt hatte. Daraus konnte ich nicht viel schließen. Wahrscheinlich war sie die Frau irgendeines Ministers oder Gesandten, die sich in die hohe Politik einmischte. Hätte ich nur das Wort hören können, das Stumm dem Gaudian zugeflüstert hatte und das den veranlaßte, mich erschreckt anzusehen! Aber ich hatte nur eine Art von Gurgeln gehört, das klang wie ›Ühnmantel‹, und das war kein deutsches Wort, das ich kannte.

Die Wärme schläferte mich fast ein, und im Halbschlaf fing ich an, darüber nachzudenken, was andere Leute wohl taten. Wo war denn Blenkiron wohl hingefahren in jenem Zug, und was hatte er jetzt vor? Er war mit Gesandten und anderen wichtigen Leuten vertraut geworden; ich dachte, ob er vielleicht schon etwas herausgefunden hätte. Und was machte Pieter? Ich hoffte glühend, daß er sich gut benahm; denn ich zweifelte, ob Pieter wirklich die Gefährlichkeit unseres Auftrags begriffen hatte. Und wo war Sandy? Möglicherweise steckte er im Frachtraum eines griechischen Küstenschiffs im Ägäischen Meer. Dann dachte ich an mein Bataillon, das irgendwo zwischen Hulluch und La Bassée auf den Boche losschlug, während ich mich etwa fünfhundert Meilen innerhalb der deutschen Grenzen befand.

Es war eine komische Vorstellung, so komisch, daß ich darüber hellwach wurde. Nachdem ich vergeblich versucht hatte, irgendwie den Ofen aufzustochern, denn es war eine kalte Nacht, stand ich auf und ging im Zimmer umher. Da hingen Bilder von zwei netten alten Herrn, wahrscheinlich Gaudians Vorfahren. Auch gab es vergrößerte Photographien von den Orten, an denen er als Ingenieur gearbeitet hatte, und ein gutes Bild von Bismarck. Und neben dem Ofen stand ein Landkartenbehälter, auf Rollen montiert.

Ich zog irgendeine beliebige heraus. Es war eine geologische Karte von Deutschland, und mit einiger Mühe fand ich heraus, wo ich war. Ich befand mich in großer Entfernung vom Ziel meiner Reise, und obendrein war ich völlig von der Route nach dem Osten hin abgetrieben. Um dorthin zu gelangen, mußte ich zunächst nach Bayern und dann nach Österreich. Ich stellte fest, daß die Donau nach Osten floß, und erinnerte mich, daß das eine Möglichkeit war, nach Konstantinopel zu kommen.

Dann schaute ich mir eine andere Landkarte an; auf der war ein weit größeres Areal zu sehen, ganz Europa, vom

Rhein an und nach Osten bis nach Persien. Mir schien, sie sollte die Bagdadbahn darstellen und die Straßen, die von Deutschland direkt nach Mesopotamien gingen. Jemand hatte darauf etwas eingezeichnet; und als ich näher hinsah, erkannte ich, daß mit Blaustift die Stationen einer Reise markiert waren; die Daten begannen in Europa und gingen weiter nach Kleinasien und dann nach Süden, nach Syrien.

Für einen Augenblick schlug mein Herz schneller, denn ich glaubte, daß ich zufällig auf das gestoßen war, was ich brauchte. Aber die Karte konnte ich mir niemals genau ansehen. Ich hörte Schritte im Flur, geräuschlos ließ ich die Karte zurückrollen und wandte mich ab. Als die Tür aufging, stand ich über den Ofen gebeugt und versuchte, meine Pfeife wieder anzuzünden.

Es war Gaudian. Er bat mich, mit ihm zu Stumm in sein Studierzimmer hinüberzugehen.

Während wir hinübergingen, legte er mir freundlich die Hand auf die Schulter. Ich glaube, er meinte, daß ich von Stumm in die Enge getrieben worden sei, und wollte mir verständlich machen, daß er mir freundlich gesinnt sei. Und eine andere Sprache als einen freundlichen Schlag auf die Schulter hatte er nicht.

Der Soldat stand in seiner üblichen Pose da, Ellenbogen auf dem Kaminsims und den schrecklichen Unterkiefer vorgestreckt.

»Hören Sie mal zu«, sagte er, »Herr Gaudian und ich sind geneigt, uns Ihrer zu bedienen. Sie mögen ein Scharlatan sein, und dann wird's Ihnen verteufelt schlecht ergehen, und das haben Sie nur sich selbst zu verdanken. Wenn Sie ein Schurke sind, können Sie sich aus der Schurkerei kaum noch herauswinden. Dafür werden wir schon sorgen. Wenn Sie ein Idiot sind, dann müssen Sie's eben ausstehen. Wenn Sie aber tüchtig sind, dann gibt es schon gute Möglichkeiten;

und wenn Sie Erfolg haben, werden wir das nicht vergessen. Morgen fahre ich nach Hause, und Sie fahren mit mir und bekommen Ihre Anweisungen.«

Ich raffte mich auf, nahm Haltung an und grüßte militärisch. Gaudian sprach freundlich, als wolle er die Überheblichkeit Stumms wiedergutmachen. »Wir sind ganz einfach Männer, die ihr Vaterland lieben, Herr Brandt«, sagte er. »Sie stammen nicht aus diesem Vaterland, aber wenigstens hassen Sie seine Feinde. Deshalb sind wir Verbündete und vertrauen einander wie Verbündete. Unser Sieg ist von Gott bestimmt; und wir sind nichts anderes als Seine Werkzeuge.«

Stumm übersetzte dies in einem Satz, und seine Stimme klang feierlich. Er hob die rechte Hand und Gaudian auch, wie jemand, der einen Eid schwört, oder wie ein Pfarrer, der seine Gemeinde segnet.

Da wurde mir einigermaßen klar, worauf die Macht Deutschlands beruhte. Es brachte gute und schlechte Menschen hervor, Schurken und Gentlemen, aber etwas fanatisch wurden sie alle.

6

INDISKRETIONEN

Am nächsten Morgen stand ich splitternackt in dem eiskalten Schlafzimmer und versuchte, in etwa einem Liter Wasser zu baden, als Stumm hereinkam. Er trat auf mich zu und starrte mir ins Gesicht. Zunächst einmal war ich einen halben Kopf kleiner als er, und kein Mann fühlt sich überlegen, wenn er nichts anhat, also war er mir gegenüber in jeder Weise im Vorteil.

»Ich habe gute Gründe zu glauben, daß Sie ein Betrüger sind«, knurrte er.

Ich zog die Bettdecke eng um mich herum, denn ich zitterte vor Kälte, und ein Handtuch ist nach deutschen Begriffen so groß wie ein Taschentuch. Ich gebe zu, daß ich scheußliche Angst hatte. »Be rüger«, wiederholte er. »Sie und das Schwein Pienaar!«

Ich gab mir die größte Mühe, beleidigt auszusehen, und fragte, was wir denn eigentlich getan hätten.

»Ihr habt gelogen, als ihr gesagt habt, ihr könnt nicht Deutsch; und anscheinend kann Ihr Freund genügend Deutsch, um Hochverrat und Gotteslästerung zu formulieren.«

Dies gab mir wieder Mut.

»Ich habe Ihnen gesagt, daß ich etwa ein Dutzend Worte Deutsch kann. Aber ich habe Ihnen auch gesagt, daß Pieter ein bißchen Deutsch sprechen kann. Das habe ich Ihnen gestern am Bahnhof gesagt.«

Glühend dankbar war ich meinem guten Geschick für diese ganz gelegentliche Bemerkung.

Er schien sich zu erinnern, denn sein Ton wurde ein bißchen höflicher.

»Ihr seid mir ja zwei! Wenn einer von euch ein Schurke ist, warum dann nicht auch der andere?«

»Für Pieter übernehme ich keine Verantwortung«, sagte ich. Ich kam mir furchtbar feige vor, als ich es sagte; aber wir hatten das ja von Anfang an ausgemacht. »Ich kenne ihn seit Jahren als guten Jäger und tapferen Mann. Ich weiß, daß er gegen die Engländer tapfer gekämpft hat. Aber mehr kann ich nicht sagen. Sie müssen sich selbst ein Urteil bilden. Was hat er denn getan?«

Das erfuhr ich; denn Stumm hatte es am gleichen Morgen telefonisch erfahren. Während er es mir erzählte, war er freundlich genug, mir zu erlauben, meine Hosen anzuziehen.

Es war genau das, was ich hätte voraussehen können. Pieter, der plötzlich auf sich selbst gestellt war, war zunächst gelangweilt und dann verantwortungslos. Er hatte den Leutnant dazu überredet, ihn zum Abendessen in ein großes Berliner Restaurant einzuladen. Dort war er begeistert von der Beleuchtung und von der Musik – etwas ganz Neues für einen Steppenjäger. Und zweifellos zu Tode gelangweilt durch seine Begleitung, hatte er sich allmählich betrunken. Meiner Erfahrung nach war Pieter das alle drei Jahre einmal passiert und immer aus demselben Grund. Wenn Pieter gelangweilt war und sich einsam fühlte in einer Stadt, dann ging er los. Sein Kopf war widerstandsfähig wie ein Fels, aber wenn er alles durcheinander trank, bekam er es fertig, in den Zustand zu geraten, den er wollte. Er war, was Trinken betrifft, durchaus ein Gentleman und nicht im geringsten zügellos, aber er wurde leicht recht gesprächig. Und genau das geschah im ›Franziskaner‹.

Anscheinend hatte er damit angefangen, daß er auf den Kaiser schimpfte. Er trank auf seine Gesundheit, sagte aber, er erinnere ihn an ein Warzenschwein, und damit verscherzte er sich bei dem Leutnant jede Sympathie. Dann kam ein Offizier, offenbar von hohem Rang, vom Nebentisch und protestierte dagegen, daß Pieter so laut redete. Und Pieter hatte in gutem Deutsch aufs frechste geantwortet. Danach gab's ein Durcheinander. Es gab ein Geraufe, währenddessen Pieter das deutsche Heer samt all seinen weiblichen Vorfahren beschimpfte. Wieso er nicht auf der Stelle erschossen oder erdolcht wurde, kann ich nicht begreifen – außer, daß der Leutnant lauthals erklärte, er sei eben ein verrückter Bure. Jedenfalls kam dabei heraus, daß Pieter in Haft genommen wurde; und ich saß in der Tinte.

»Ich glaube nicht ein Wort«, sagte ich mit Bestimmtheit. Und jetzt war ich schon fast völlig angezogen und fühlte mich entsprechend mutig. »Das ist alles nur ein Manöver, um ihm etwas anzuhängen und ihn so schnell wie möglich an die Front zu schicken.«

Stumm wurde nicht zornig, wie ich erwartet hatte, sondern lächelte.

»Das war schon immer sein Schicksal«, sagte er, »seit ich ihn zuerst gesehen habe. Für uns hatte er nie irgendeinen Wert, außer daß er schießen konnte. Kanonenfutter und nichts anderes! Glauben Sie denn, Sie Idiot, daß dieses große Kaiserreich sich mitten im Weltkrieg damit abgeben wird, für einen dämlichen *Takhaar* Fallen zu stellen?«

»Ich wasche meine Hände in Unschuld«, sagte ich. »Wenn das wahr ist, was Sie von diesem Blödsinn erzählen, dann habe ich damit nichts zu tun. Aber er war mein Kamerad, und ich wünsche ihm alles Gute. Was wollen Sie jetzt mit ihm machen?«

»Wir werden ihn im Auge behalten«, sagte er mit bösartigem Grinsen. »Es kommt mir vor, daß mehr dahinter steckt, als zutage liegt. Wir werden den bisherigen Lebenslauf des Herrn Pienaar erforschen. Und auch Sie, mein Freund: auch auf Sie haben wir ein Auge.«

Ich tat unabsichtlich das Gescheiteste, was ich eben tun konnte: vor Sorge und Ekel verlor ich den Gleichmut. »Hören Sie mal, Herr«, schrie ich. »Jetzt habe ich allmählich genug davon! Ich bin nach Deutschland gekommen, ich hasse die Engländer und brannte darauf, ihnen von Ihrer Seite her eins auszuwischen. Aber Sie haben mir nicht viel Gelegenheit gegeben, mich mit ihnen einzulassen. Zwei Tage lang haben Sie mich nur verdächtigt und beleidigt. Der einzige anständige Mensch, den ich hier angetroffen habe, ist Dr. Gaudian. Und weil ich glaube, daß es viele solche in Deutschland gibt, bin ich bereit, weiterzumachen und mein Bestes zu tun. Aber, wie gesagt: für niemanden Ihresgleichen würde ich auch nur einen kleinen Finger rühren!«

Er sah mich eine Minute lang fest an. Dann sagte er schließlich höflich: »Das hört sich an wie Ehrlichkeit. Kommen Sie jetzt mit hinunter auf eine Tasse Kaffee!«

Für den Augenblick war ich in Sicherheit, aber sehr niedergeschlagen. Was um Gottes willen würde nun mit meinem armen Pieter geschehen? Ich konnte nichts tun, hätte ich auch gewollt, und außerdem war meine dringendere Verpflichtung mein Auftrag. Das hatte ich ihm schon in Lissabon sehr deutlich erklärt, und er hatte zugestimmt. Aber trotzdem war es scheußlich, daran zu denken. Da war nun dieser altvertraute Freund auf Gnade oder Ungnade den Leuten ausgeliefert, die er auf Erden am meisten verabscheute! Mein einziger Trost war, daß sie mit ihm nicht viel anfangen konnten. Wenn sie ihn an die Front schickten – und das war das Schlimmste, was sie tun konnten –, würde er entwischen. Denn ich hätte darauf gewettet, daß er selbst die gefährlichsten Hindernisse zu nehmen wüßte. Für mich war das auch kein Spaß. Erst als ich seine Gegenwart entbehren mußte, begriff ich, wieviel sie mir bedeutet hatte. Ich war jetzt völlig allein, und das gefiel mir ganz und gar nicht. Es kam mir vor, als hätte ich dieselbe Chance, Blenkiron und Sandy wiederzutreffen, wie etwa auf den Mond zu fliegen.

Nach dem Frühstück wurde mir gesagt, ich solle mich reisefertig machen. Als ich fragte, wohin es denn gehe, erwiderte Stumm, das gehe mich einen Dreck an; aber ich erinnerte mich daran, daß er am Abend zuvor davon gesprochen hatte, er wolle mich mit nach Hause nehmen und mir dort seine Befehle erteilen. Ich überlegte, wo wohl sein Zuhause sei.

Gaudian klopfte mir freundschaftlich auf den Rücken, als wir abfuhren, und schüttelte mir die Hand. Er war so ein guter Kerl, und es wurde mir richtig übel bei dem Gedanken, daß ich ihn hinters Licht führte. Wir stiegen wieder in dasselbe große graue Auto, und Stumms Diener saß neben dem Fahrer. Es war ein sehr frostiger Morgen, und die kahlen Felder waren mit Rauhreif bedeckt. Die Fichten sahen aus wie mit Puderzucker bestäubte Hochzeitstorten. Wir fuhren einen anderen Weg als am Abend vorher, und nach etwa einem halben Dutzend Meilen erreichten wir eine kleine Stadt mit einem großen Bahnhof. Es war ein wichtiger Knotenpunkt an einer Hauptstrecke, und nachdem wir fünf Minuten gewartet hatten, kam unser Zug.

Wieder einmal waren wir allein im Abteil. Stumm schien allerhand Einfluß zu haben, denn der Zug war übervoll.

Dann folgten für mich wieder drei Stunden ununterbrochener Langeweile. Zu rauchen wagte ich nicht, ich konnte nichts tun, als zum Fenster hinausstarren. Bald kamen wir in eine Hügellandschaft, wo noch ziemlich viel Schnee lag. Es war jetzt der 23. Dezember, und selbst in Kriegszeiten hatte man eine Art von Weihnachtsgefühl. Draußen waren Mädchen zu sehen, die Tannengrün und Stechpalmen in den Händen hatten, und als wir bei einem kleinen Bahnhof hielten, sahen alle Soldaten, die Urlaub hatten, nach Weihnachtsferien aus. Mitteldeutschland war lieblicher als Berlin oder Westdeutschland. Die alten Bauern in ihren Sonntagsanzügen mochte ich gern samt ihren Frauen, die sich zum Sonntag aufgeputzt hatten; aber es fiel mir doch auf, wie hungrig sie aussahen. Hier auf dem Lande, wohin keine Touristen aus neutralen Ländern mehr kamen, da gab es die Bühnenschau der Hauptstadt nicht mehr.

Stumm versuchte einmal während der Reise, sich mit mir zu unterhalten. Wie man das machte, davon hatte er keine Ahnung. Ich begriff sofort, worauf er hinaus wollte. Zuvor hatte er mich im Kreuzverhör gehabt, aber jetzt wollte er sich ganz harmlos mit mir unterhalten. Er war entweder anmaßend und herausfordernd wie ein Unteroffizier auf dem Kasernenhof oder so deutlich diplomatisch, daß jeder Idiot sich vor ihm noch sehr gehütet hätte. Das ist die Schwäche des Deutschen: er versteht sich nicht darauf, sich einem anderen Typ anzupassen. Er hat eine so harte Schale, daß er keinerlei Fühler für seinesgleichen hat. Er mag sehr intelligent sein, wie etwa Stumm, aber von Psychologie versteht er am allerwenigsten von allen Kreaturen, die Gott erschaffen hat. In Deutschland kann nur der Jude aus sich herausgehen, und das ist der Grund, warum man – sobald man hinter die Kulissen sieht – feststellen wird, daß hinter den meisten deutschen Unternehmen ein Jude steckt.

Nach zwölf Uhr hielten wir an einem Bahnhof zum Lunch. Im Restaurant verzehrten wir eine sehr gute Mahlzeit, und als wir gerade damit fertig waren, kamen zwei Offiziere herein. Stumm stand auf, grüßte und ging beiseite, um mit ihnen zu sprechen. Dann kam er zurück und führte mich in ein Wartezimmer, wo ich zu bleiben hatte, bis er mich abholte. Ich bemerkte, daß er einen Gepäckträger herbeirief und die Tür abschließen ließ, als er hinausging.

Es war ein kalter, ungeheizter Raum, und ich langweilte mich dort zwanzig Minuten lang. Jetzt lebte ich von einer Stunde auf die andere und gab mir nicht einmal Mühe, mich über dieses seltsame Betragen zu wundern. Auf einem Regal lag ein dicker Band, ein Fahrplan, und ich blätterte müßig darin herum, bis ich auf eine große Eisenbahnkarte stieß. Da fiel mir ein, ich könnte herausfinden, wohin wir eigentlich fuhren. Ich hatte gehört, wie Stumm für mich eine Fahrkarte löste nach einem Ort namens Schwandorf, und nach vielem Suchen fand ich ihn. Er lag ganz im Süden von Bayern und, soweit ich schätzen konnte, weniger als fünfzig Meilen von der Donau entfernt. Das ermutigte mich sehr. Falls Stumm dort wohnte, würde er mich höchstwahrscheinlich von dort aus mit der Eisenbahn weiterbefördern nach Wien und dann in den Osten. Es sah so aus, als könnte ich schließlich doch noch nach Konstantinopel kommen. Aber ich fürchtete, das würde mir nichts nützen, denn was konnte ich tun, wenn ich dorthin kam? Aus Deutschland würde ich schleunigst abgeschoben werden, ohne daß ich auch nur die kleinste Spur entdeckt hätte.

Die Tür ging auf, und Stumm kam herein. Er schien inzwischen gewachsen zu sein, er trug den Kopf viel höher. Obendrein blickten seine Augen stolz drein.

»Brandt«, sagte er, »gleich werden Sie der höchsten Ehre teilhaftig werden, die je irgend jemandem Ihrer Rasse zuteil geworden ist. Seine Kaiserliche Majestät fährt hier durch und hat auf ein paar Minuten angehalten. Er hat mir die Ehre erwiesen, mich zu empfangen, und nachdem er meinen Bericht gehört hatte, äußerte er den Wunsch, Sie zu sehen. Ich werde Sie zu ihm führen. Haben Sie keine Angst. Der Allgewaltige ist gnädig und freundlich. Wenn er Sie etwas fragt, dann antworten Sie mit Mannesmut.«

Mit beschleunigtem Puls folgte ich ihm. Das war ein Glückszufall, den ich mir nie erträumt hätte. Ganz am Ende des Bahnsteigs hatte ein Zug gehalten, der aus nur drei großen Wagen bestand. Sie waren schokoladenbraun gestrichen und goldverbrämt. Auf dem Bahnsteig daneben standen einige Offiziere, hochgewachsene Männer in langen, graublauen Mänteln. Die meisten schienen etwas bei Jahren zu sein, es kam mir vor, als hätte ich einen oder zwei schon in Photos in irgendeiner Illustrierten gesehen.

Als wir näher kamen, traten sie beiseite, und wir standen einem einzigen Mann gegenüber. Er war etwas kleiner als der Durchschnitt und ganz in einen dicken Mantel mit Pelzkragen verpackt. Er trug einen silbernen Helm mit einem Adler darauf, und seine linke Hand lag regungslos auf dem Knauf seines Säbels. Das Gesicht unter dem Helm sah grau aus, wie graues Papier; aber seltsam nüchterne, ruhelose Augen blickten mich daraus an, aus tiefen Falten heraus. Ich hätte ihn niemals für jemand anderen halten können. Dies war das Gesicht, das seit Napoleon zum erstenmal die ganze Menschheit kannte.

Ich stand stramm wie ein Stock und grüßte militärisch. Ich war völlig beherrscht und zugleich äußerst interessiert;

für eine solche Begegnung wäre ich durchs Höllenfeuer gegangen.

»Eure Majestät, dies ist der Bure, über den ich berichtet habe.«

»Welche Sprache spricht er denn?« fragte der Kaiser.

»Holländisch«, lautete die Antwort. »Aber da er Südafrikaner ist, kann er auch Englisch.«

Ein krampfhafter Schmerz schien flüchtig über das Gesicht zu gleiten, das ich vor mir sah. Dann sprach er mich auf englisch an:

»Sie kommen aus einem Lande, das sich schließlich doch mit uns verbünden wird: – eure Waffen werden uns zu Diensten sein? Das Geschenk nehme ich an, es ist mir willkommen: ein gutes Vorzeichen. Ich hätte gern eurer Rasse die Freiheit erwirkt; aber es gab Narren und Verräter bei euch, die mich falsch eingeschätzt haben. Jedoch die Freiheit bekommt ihr, trotz allem, selbst wenn ihr sie nicht wollt. Gibt es daheim bei euch viele solche Leute?«

»Tausende, Majestät«, sagte ich und log mit äußerstem Vergnügen. »Ich bin nur einer von den vielen, die überzeugt sind, daß der Fortbestand unserer Rasse von Ihrem Sieg abhängt. Und ich glaube, daß dieser Sieg nicht allein in Europa erfochten werden kann. In Südafrika ist im Augenblick nichts zu machen – also sehen wir uns anderswo im Kontinent um. Sie werden sicherlich in Europa siegen. Im Osten haben Sie schon gesiegt; jetzt kommt es nur noch darauf an, die Engländer an ihrer empfindlichen Stelle zu erwischen. Wenn wir Uganda besetzen, dann ist es mit Ägypten aus. Wenn Sie gestatten, gehe ich dorthin und mache Eurer Majestät Feinden ziemliche Ungelegenheiten.«

Die Andeutung eines Lächelns flatterte über das erschöpfte Gesicht. Das Gesicht eines Mannes, der nie in Frieden und lange genug hatte schlafen können. Und wenn er mal Zeit hatte nachzudenken, dann waren seine Gedanken ein einziger Alptraum.

»Gut so«, erwiderte er. »Irgendein Engländer hat mal gesagt, er wolle die Neue Welt zu Hilfe rufen, um das Gleichgewicht der Alten Welt wieder herzustellen. Wir Deutschen werden die ganze Welt mobil machen, um der Infamie Englands Herr zu werden. Helfen Sie uns dabei, und wir werden's Ihnen nicht vergessen.«

Dann fragte er plötzlich: »Haben Sie im letzten südafrikanischen Krieg gefochten?«

»Ja, Majestät«, sagte ich. »Ich war im Kommando jenes Smuts, der sich dann von den Engländern kaufen ließ.«

»Wieviel Tote habt ihr denn gehabt auf eurer Seite?« fragte er höchst interessiert.

Ich wußte es nicht, aber ich schätzte auf gut Glück: »Auf dem Schlachtfeld etwa zwanzigtausend. Aber viele wurden todkrank und starben in den verfluchten Konzentrationslagern der Engländer.«

Noch einmal verzerrte ein Krampf, ein Schmerz sein Gesicht.

»Zwanzigtausend«, erwiderte er mit heiserer Stimme. »Das ist ja nur eine Handvoll. Jetzt verlieren wir so viele in einem Vorpostengefecht in den polnischen Sümpfen.«

Plötzlich brach er heftig aus: »Ich wollte den Krieg nicht... Er wurde mir aufgezwungen... Ich habe mich so sehr bemüht, den Frieden zu wahren... Das Blut der Millionen, daran sind die Engländer und die Russen schuld. Vor allem aber die Engländer. Gott wird es ihnen heimzahlen. Wer das Schwert nimmt, wird durch das Schwert umkommen. Das meine, mein Schwert, wurde mir entrungen zur Selbstverteidigung, und daran habe ich keine Schuld. Wissen sie das, die Leute dort bei euch?«

»Jedermann weiß es, Majestät«, antwortete ich.

Er reichte Stumm die Hand und wandte sich ab. Der letzte Eindruck, den ich von ihm hatte, war, daß er mit kraftlosem Schritt wie ein Schlafwandler einherging inmitten seiner

Leibwache von hochgewachsenen Offizieren. Ich hatte das Gefühl, Zeuge einer viel größeren Tragödie zu sein als je in irgendeinem Krieg. Hier war jemand, der die Hölle losgelassen hatte, und nun hatte er die Furien der Hölle auf den Fersen. Er war kein Durchschnittsmensch; denn in seiner Gegenwart empfand ich eine Anziehungskraft, die nicht nur die Überlegenheit eines Menschen war, der ans Befehlen gewöhnt ist. Die hätte mir keinen Eindruck gemacht, denn ich hatte nie einen Herrn und Meister gehabt. Sondern hier war ein Mensch, der – ganz anders als Stumm und seinesgleichen – die Fähigkeit hatte, mit anderen Menschen zu empfinden. Und darin bestand die Ironie seiner Situation. Stumm scherte sich den Teufel um alle Massaker der Weltgeschichte. Aber dieser Mann, der Herrscher einer Nation von Leuten wie Stumm, zahlte im Krieg den Preis für die Geistesgaben, die ihm im Frieden Erfolg gebracht hatten. Er hatte Phantasie und sehr empfindliche Nerven, und die Phantasie war in Weißglut, und die Nerven zitterten. Nicht um die Welt hätte ich an seiner Stelle sein mögen . . .

Den ganzen Nachmittag reisten wir südwärts in einer hügeligen Landschaft mit bewaldeten Tälern. Stumm war für seine Verhältnisse recht freundlich. Sein kaiserlicher Herr war wohl gnädig zu ihm gewesen, und daran ließ er mich etwas teilhaben. Aber er war sehr darauf bedacht, daß ich den richtigen Eindruck bekam.

»Seine Majestät sind sehr gnädig, wie ich Ihnen schon sagte«, bemerkte er.

Ich stimmte ihm zu.

»Gnade ist das Vorrecht der Könige«, fuhr er salbungsvoll fort, »aber für uns einfache Leute ist sie ein recht überflüssiger Zierat.«

Ich nickte beistimmend.

»Ich bin nicht gnädig«, sagte er – als hätte ich dieser Information bedurft. »Wenn mir jemand im Wege steht, zertrample ich ihn. Das ist deutsche Art. Das hat uns groß und mächtig gemacht. Wir führen den Krieg nicht mit Handschuhen, die nach Lavendel duften, und mit schönen Reden, sondern mit hartem Stahl und harter Kalkulation. Wir Deutschen werden die Bleichsucht der Welt kurieren. Die Völker erheben sich gegen uns. Ha! Sie sind weiches Fleisch, und das kann gegen Eisen nicht standhalten. Die blanke Pflugschar wird viele Schlammäcker umpflügen.«

Eiligst erklärte ich, daß dies auch meine Ansicht sei.

»Was, zum Teufel, ist Ihre Ansicht wert? Sie sind ein beschränkter Bure vom Veld ... Immerhin«, fügte er hinzu, »ihr trägen Buren habt schon Feuer, wenn wir Deutsche erst einmal schmieden!«

Der Winterabend brach herein, und ich sah, daß wir aus den Bergen heraus waren und durch eine Ebene fuhren. Manchmal blinkte eine große Strombiegung auf, und als ich an einer Haltestelle aus dem Fenster sah, erblickte ich eine sonderbare Kirche, die so etwas wie eine Zwiebel auf der Turmspitze hatte. Es könnte fast eine Moschee gewesen sein, nach den Abbildungen von Moscheen zu urteilen, deren ich mich erinnerte. Ich wünschte zum lieben Himmel, ich hätte zu meiner Zeit fleißiger Geographie gelernt.

Bald darauf hielten wir, und Stumm stieg als erster aus, ich nach ihm. Der Zug mußte nur seinetwegen gehalten haben, denn es war ein kleines Kuhdorf, dessen Namen ich nicht entziffern konnte. Der Stationsvorsteher wartete schon und verbeugte sich und grüßte, und draußen stand ein großer Wagen mit riesigen Scheinwerfern. Gleich darauf fuhren wir geräuschlos durch dunkle Wälder, wo der Schnee viel höher lag als im Norden. Es herrschte leichter Frost, und die Reifen rutschten bei jeder Biegung des Weges.

Wir hatten nicht weit zu fahren. Es ging einen kleinen Berg hinauf, und oben hielten wir vor der Tür eines großen schwarzen Schlosses. In der Winternacht wirkte es riesig, und an der ganzen Front war nicht ein Licht zu sehen. Ein alter Mann öffnete die Tür, er brauchte lange dazu und mußte seiner Langsamkeit wegen manchen Fluch einstecken. Drinnen war alles sehr vornehm und altertümlich. Stumm knipste das elektrische Licht an; es war eine große Halle mit altersdunklen Porträts von Männern und Frauen in altertümlicher Kleidung und mit gewaltigen Geweihen an den Wänden.

An Dienstboten schien kein Überfluß zu sein. Der alte Mann sagte, das Essen sei fertig, und ohne weitere Umstände gingen wir ins Speisezimmer, das ebenfalls ein riesengroßer Raum war und oberhalb der Holztäfelung Mauern aus roh behauenem Stein hatte; auf einem Tisch neben einem großen Kaminfeuer fanden wir verschiedene Sorten kaltes Fleisch angerichtet. Der Diener brachte ein Schinkenomelett herein, und wir aßen davon und von dem kalten Aufschnitt. Ich weiß noch, daß es nichts zu trinken gab als Wasser. Ich wunderte mich darüber, wie wohl Stumm seinen mächtigen Körper ernährte mit dem bißchen Nahrung, das er zu sich nahm. Er war der Typ von Mann, von dem man annimmt, daß er eimerweise Bier trinkt und eine ganze Pastete auf einmal verschlingt.

Als er fertig war, klingelte er nach dem Alten und sagte ihm, wir würden den Rest des Abends in seinem Arbeitszimmer verbringen. »Du kannst abschließen und schlafen gehen, wann du willst«, sagte er, »aber sieh zu, daß du morgen früh um sieben pünktlich den Kaffee fertig hast!«

Seit ich das Haus betreten hatte, konnte ich das unangenehme Gefühl nicht loswerden, in einem Gefängnis zu sein. Da war ich nun in diesem großen Bau, allein mit einem Kerl, der mir den Hals umdrehen könnte und würde, wenn er wollte. Berlin und alles andere dagegen war freies Gelände gewesen; ich hatte mich frei bewegen und schlimmstenfalls davonlaufen können. Aber hier saß ich in der Falle und mußte mir jeden Augenblick wieder einreden, daß ich ja als Freund und Bundesgenosse da war. Ich hatte nämlich einfach Angst vor Stumm, ich gebe es ohne weiteres zu. Ich hatte so etwas wie ihn noch nie erlebt, und ich mochte ihn ganz und gar nicht. Wenn er nur ein bißchen gesoffen hätte, wäre mir wohler gewesen.

Wir gingen eine Treppe hinauf zu einem Raum, der sich am Ende eines langen Flurs befand. Stumm schloß die Tür hinter sich ab und legte den Schlüssel auf einen Tisch. Der Raum verschlug mir den Atem – so etwas hatte ich nicht erwartet. Statt der grimmigen Schmucklosigkeit, die unten herrschte, war hier lauter Luxus, Farbe und Licht. Das Zimmer war sehr groß, aber die Decke war niedrig, und in den Wänden waren viele kleine Nischen, in denen Statuen standen. Ein dicker, grauer, samtiger Teppich bedeckte den Boden, und die Sessel waren niedrig und weich gepolstert wie in einem Damenboudoir. Ein schönes Feuer brannte auf dem Rost im Kamin, und ein leichter Duft wie von Weihrauch oder glimmendem Sandelholz hing im Raum. Eine französische Uhr auf dem Kaminsims zeigte auf zehn Minuten nach acht. Überall standen auf Tischchen und Schränkchen Nippsachen im Überfluß, und schöne Stickereien waren auf Rahmen gespannt. Auf den ersten Blick hätte man das Ganze für einen Damensalon gehalten.

Aber es war keiner. Der Unterschied wurde mir bald klar. Keine Frauenhand war je in diesem Raum gewesen. Es war der Raum eines Mannes, der einen Hang für Flitterkram hatte, einen perversen Geschmack für weiche, zarte Dinge. Das war das Gegenstück zu seiner täuschenden Brutalität. Allmählich erkannte ich die unnormale Seite meines Gastgebers, diese üble Art, die – so hieß es – beim deutschen Heer nicht unbekannt war. Der Raum erschien mir scheußlich krankhaft, und ich hatte mehr Angst vor Stumm als je zuvor.

Dic Perserbrücke vor dem Kamin war ein herrliches altes Stück, blaßgrün und blaßrosa. Wie Stumm so dort stand, wirkte er genau wie ein Bulle im Porzellanladen. Er schien sich in der Atmosphäre des Zimmers regelrecht zu sonnen und schnupperte wie ein zufriedenes Tier. Dann setzte er sich an ein zierliches Schreibtischchen, schloß eine Schublade auf und nahm einige Papiere heraus.

»Jetzt wollen wir mal zur Sache kommen, Freund Brandt«, sagte er. »Sie werden nach Ägypten gehen und dort Anweisungen entgegennehmen von jemandem, dessen Name und Adresse in diesem Briefumschlag sind. Diese Karte«, und er zeigte mir ein quadratisches Stück grauen Kartons mit einem großen Stempel an einer Ecke und ein paar eingestanzten Codeworten, »ist Ihr Paß. Sie zeigen ihn dem Manne, den Sie aufsuchen. Bewahren Sie ihn höchst sorgfältig auf und benützen Sie ihn nie außer auf Befehl oder im äußersten Notfall. Er ist Ihr Ausweis dafür, daß Sie ein im Dienst der deutschen Krone zugelassener Agent sind.«

Ich nahm Karte und Umschlag und steckte sie in meine Brieftasche.

»Und wohin gehe ich von Ägypten aus?« fragte ich.

»Das wird sich finden. Wahrscheinlich den Blauen Nil hinauf. Riza, der Mann, den Sie treffen werden, wird Ihnen Anweisungen geben. Ägypten ist ein ganzes Nest voll von unseren Agenten, die friedlich vor der Nase des englischen Geheimdienstes arbeiten.«

»Einverstanden«, sagte ich. »Aber wie komme ich nach Ägypten?«

»Sie reisen über Holland und London. Hier ist Ihre Reiseroute«, und er zog ein Stück Papier aus der Tasche. »Die Pässe sind ausgestellt, Sie werden sie an der Grenze erhalten.«

Das war eine schöne Bescherung! Ich würde per Schiff nach Kairo verfrachtet werden, was Wochen dauern würde, und Gott allein wußte, wie ich von Ägypten nach Konstantinopel kommen sollte. Ich sah alle meine Pläne über mir zusammenbrechen gerade in dem Augenblick, als ich gedacht hatte, sie fingen an, sich ganz hübsch zu verwirklichen.

Stumm muß für Angst gehalten haben, was meine Miene ausdrückte.

»Sie haben keinen Grund, irgend etwas zu befürchten«, sagte er. »Wir haben der englischen Polizei einen Wink gegeben, sich nach einem verdächtigen Südafrikaner namens Brandt umzusehen, einem der Rebellen von Maritz. Es ist nicht schwierig, einen solchen Tip an die geeignete Stelle gelangen zu lassen. Aber die Beschreibung trifft auf Sie nicht zu. Ihr Name wird Van der Linden sein, Sie sind ein angesehener Kaufmann aus Java, der nach einem Besuch daheim zurückreist zu seinen Pflanzungen. Lernen Sie lieber Ihr Dossier auswendig; aber ich garantiere Ihnen, daß niemand Ihnen Fragen stellen wird. Hier in Deutschland verstehen wir uns darauf, solche Sachen zu arrangieren.«

Ich blickte unverwandt ins Feuer, während ich fieberhaft überlegte. Ich wußte, sie würden mich nicht aus den Augen lassen, bis sie mich in Holland wußten, und wenn ich einmal dort war, hatte ich keine Möglichkeit, zurückzukehren. Sobald ich dieses Haus verließ, konnte ich sie nicht mehr abschütteln. Und doch hatte ich hier schon ein gutes Stück des Weges zum Osten hinter mir, die Donau konnte nicht mehr als fünfzig Meilen entfernt sein, und in der Richtung lag der Weg nach Konstantinopel. Es war eine ziemlich verzweifelte Lage. Versuchte ich, von hier wegzukommen, so würde mich Stumm daran hindern, und sehr wahrscheinlich würde ich bald mit Pieter in irgendeinem gräßlichen Gefangenenlager sitzen.

Diese Augenblicke gehören zu den schlimmsten, die ich je erlebt habe. Ich war absolut und äußerst ratlos wie eine Ratte in der Falle. Es schien nichts übrig zu bleiben als nach

London zurückzukehren und Sir Walter zu berichten, daß das Spiel verloren war. Und das war fast so bitter wie der Tod.

Stumm betrachtete mein Gesicht und lachte.

»Sinkt Ihnen der Mut, mein kleiner Bure? Haben Sie Angst vor den Engländern? Ich will Ihnen zum Trost eins sagen. Sie brauchen vor nichts in der Welt Angst zu haben als vor mir. Versagen Sie, dann haben Sie Grund zu zittern. Hintergehen Sie mich, dann wären Sie besser nie geboren.«

Sein häßliches, höhnisch grinsendes Gesicht war dicht über dem meinen. Dann streckte er die Hände aus und packte mich bei den Schultern, wie er es am ersten Nachmittag getan hatte.

Ich weiß nicht, ob ich erwähnt habe, daß eine der Verwundungen, die ich bei Loos abbekommen hatte, einer Schrapnellkugel zuzuschreiben war, die mich tief am Nackenansatz getroffen hatte. Die Wunde war recht gut geheilt, aber an kalten Tagen schmerzte die Stelle. Seine Finger fanden sie, und es tat höllisch weh.

Zwischen Verzweiflung und blinder Wut ist eine schmale Grenze. Ich hatte das Spiel fast aufgegeben, aber der plötzliche Schmerz gab mir einen neuen Impuls. Er muß die Wut in meinen Augen gelesen haben, denn die seinen sahen mich grausam an.

»Das Wiesel will beißen«, rief er. »Aber das arme Wiesel hat seinen Herrn und Meister gefunden. Steh still, du Ungeziefer. Lächle, und zwar recht freundlich, sonst zerquetsche ich dich. Wagst du's, mich böse anzusehen?«

Ich biß die Zähne zusammen und sagte kein Wort. Ich erstickte fast und hätte keine Silbe hervorgebracht, selbst wenn ich's versucht hätte.

Da ließ er mich los, er grinste wie ein Affe.

Ich trat einen Schritt zurück und hieb ihm die linke Faust zwischen die Augen.

Eine Sekunde lang begriff er nicht, was geschehen war – ich glaube, niemand hatte seit seiner Kindheit gewagt, die Hand gegen ihn zu erheben. Er zwinkerte mich sanft an. Dann wurde sein Gesicht feuerrot.

»Gott im Himmel«, sagte er leise. »Jetzt bringe ich dich um«, und er warf sich auf mich wie ein Berg.

Das hatte ich erwartet, ich wich dem Angriff aus. Ich war jetzt ganz ruhig, aber ich hatte so gut wie keine Hoffnung. Der Mann konnte ausholen wie ein Gorilla und war mindestens an die dreißig Pfund schwerer als ich. Weichlich war er auch nicht, er sah so hart aus wie Granit. Ich hingegen kam gerade aus dem Krankenhaus und war geradezu lächerlich untrainiert. Ganz bestimmt würde er mich umbringen, wenn er konnte, und ich hatte keine Ahnung, wie das zu verhindern sei.

Meine einzige Chance war, zu vermeiden, daß er mich zu fassen kriegte, denn innerhalb von zwei Sekunden hätte er mir die Rippen zusammenquetschen können. Ich glaubte, behender zu sein als er, und ich hatte scharfe Augen. Black Monty hatte mir in Kimberley ein bißchen Boxen beigebracht, aber keine Boxkunst der Erde kann einen Riesenkerl in einem kleinen Raum daran hindern, einen Schwächeren früher oder später in die Enge zu treiben. Darin lag die Gefahr.

Wir hopsten auf dem weichen Teppich rückwärts und vorwärts. Er hatte keine Ahnung davon, wie man sich beim Boxen verteidigt, und ich landete eine Reihe guter Treffer. Dann bemerkte ich etwas Sonderbares. Jedesmal, wenn ich ihn traf, blinzelte er und machte eine Pause. Ich erriet den Grund dafür. Sein Leben lang war er unbehindert mitten auf der Straße gegangen, und niemand hatte sich ihm je in den Weg gestellt. Er war beileibe kein Feigling, sondern ein Tyrann, dem nie im Leben jemand mal eine verpaßt hatte. Jetzt kriegte er wirklich was ab, und das gefiel ihm gar nicht. Es war ihm so ungewohnt, und das machte ihn wütend.

Mit halbem Auge schielte er immer nach der Uhr. Ich hatte jetzt mehr Hoffnung und wartete auf den richtigen Augenblick. Das Risiko war nur, daß ich eher ermüdete als er und ihm dann auf Gnade und Ungnade ausgeliefert war.

Dann ging mir eine Wahrheit auf, die ich nie mehr vergessen habe. Wenn man mit einem Mann kämpft, der einen töten will, dann gelingt es ihm wahrscheinlich, wenn man selber nicht auch die Absicht hat, ihn zu töten. Stumm kannte die Spielregeln des Boxens nicht, und daran hatte ich nicht gedacht. Während ich seine Augen beobachtete, holte er plötzlich aus, um mir einen gewaltigen Tritt in den Bauch zu versetzen. Hätte er mich getroffen, so hätte diese Geschichte ein plötzliches Ende gefunden. Aber Gott sei Dank bewegte ich mich gerade seitwärts, als er loslegte, und sein schwerer Stiefel streifte nur meinen linken Oberschenkel.

Das war die Stelle, wo mich die meisten Schrapnells getroffen hatten, und eine Sekunde lang war ich blind vor Schmerz und stolperte. Dann war ich wieder auf den Füßen, aber mit einem neuen Gefühl in den Adern. Ich mußte ganz einfach Stumm erledigen, oder ich würde nie mehr in meinem Bett schlafen.

Diese meine neue kalte Wut gab mir Wunderkräfte. Mir war, als könne ich nicht ermüden, und ich tanzte um ihn herum und zerschlug ihm das Gesicht, bis das Blut herunterlief. Seiner gewölbten und gut gepolsterten Brust konnten meine Schläge nichts anhaben.

Jetzt fing er an zu schnauben, sein Atem kam in schweren Stößen. »Du Teufelsaas«, sagte ich in klarem Englisch, »ich boxe dir die Eingeweide aus« – aber er verstand nicht, was ich sagte.

Dann endlich gab er sich eine Blöße und mir meine Chance. Er stolperte halb über einen kleinen Tisch, und dabei reckte er das Gesicht vor. Ich traf ihn mit einem Kinnhaken, und jede Unze meiner Kraft steckte in diesem Schlag.

Er brach zusammen und überrollte sich, dabei warf er eine Lampe um und zerbrach eine chinesische Vase. Sein Kopf, das weiß ich noch, lag unter dem zierlichen Schreibtisch, aus dem er meinen Paß genommen hatte.

Ich nahm den Schlüssel und schloß die Tür auf. Vor einem der goldgerahmten Spiegel brachte ich Haar und Kleider in Ordnung. Mein Zorn war völlig verflogen, und ich war nicht einmal besonders böse auf Stumm. Er war ein Mann von beachtlichen Fähigkeiten, die ihm in der Steinzeit die höchsten Ehren eingetragen hätten. Trotzdem – er und alle seinesgleichen waren überlebt.

Ich ging aus dem Zimmer, schloß die Tür hinter mir ab und begab mich auf die zweite Etappe meiner Reise.

7
WEIHNACHTEN

Alles hing nun davon ab, ob der Diener noch in der Halle war. Stumm hatte ich auf eine Weile eingeschläfert, aber ich konnte mir nicht schmeicheln, daß er lange ruhig bleiben würde, und wenn er zu sich kam, würde er die verschlossene Tür mit Fußtritten zersplittern. Ich mußte ohne jeden Aufenthalt das Haus verlassen, und wenn die Haustür abgeschlossen und der alte Mann zu Bett gegangen war, dann war's aus mit mir.

Ich traf ihn unten an der Treppe, er trug eine Kerze.

»Ich soll ein wichtiges Telegramm aufgeben. Wo ist die nächste Post? Doch wohl im Dorf?«

Ich sprach mein bestes Deutsch; es war das erstemal, seit ich über die deutsche Grenze gekommen war.

»Zum Dorf ist es nur fünf Minuten, dort unten am Ende der Allee«, sagte er. »Bleiben Sie lange fort, Herr?«

»In einer Viertelstunde bin ich wieder da«, sagte ich. »Schließen Sie nicht ab, ehe ich zurück bin.«

Ich zog meinen Ulster an und ging in die klare Sternennacht hinaus. Meine Reisetasche ließ ich auf einer Bank in der Halle liegen. Es war nichts darin, was mich hätte verraten können, aber ich wollte, ich hätte mir eine Zahnbürste und etwas Tabak herausholen können.

Damit begann eine der verrücktesten Eskapaden, die man sich vorstellen kann. Ich konnte mich nicht damit aufhalten, an die Zukunft zu denken, sondern mußte mich auf den nächsten Schritt konzentrieren. Ich lief die Allee hinunter, meine Schuhe knirschten im harten Schnee, und ich versuchte, einen Plan für die nächste Stunde zu machen.

Ich fand das Dorf – es bestand aus einem halben Dutzend Häusern und einem größeren Gebäude, das wie ein Gasthof aussah. Der Mond ging auf, und als ich näher kam, sah ich, daß es eine Art von Laden war. Ein komisches, kleines Auto mit nur zwei Sitzen stand mit summendem Motor vor der Tür, und ich nahm an, daß hier auch die Telegrammannahme war.

Ich ging hinein und erzählte mein Anliegen einer dicken, bebrillten Frau, die sich mit einem jungen Mann unterhielt.

Sie schüttelte den Kopf. »Es ist zu spät. Der Burgherr weiß das doch. Nach acht Uhr gibt es von hier keine Verbindung mehr. Wenn die Sache eilig ist, müssen Sie nach Schwandorf gehen.«

»Wie weit ist das?« fragte ich und überlegte, wie ich am besten aus diesem Laden herauskäme.

»Sieben Meilen«, sagte sie; »aber hier ist ja Franz mit dem Postauto. Franz, du läßt doch gern den Herrn auf dem Nebensitz mitfahren.«

Der schafsdämlich aussehende Junge murmelte etwas, was ich als Zustimmung nahm, und trank sein Glas Bier aus. Nach seinem Blick und seinen Manieren zu schließen, war er halb betrunken.

Ich dankte der Frau und ging hinaus zum Auto, denn ich hatte fieberhafte Eile, mir diesen unerwartet glücklichen Zufall zunutze zu machen. Ich hörte, wie die Postmeisterin Franz zuredete, den Herrn nicht warten zu lassen, und jetzt kam er auch schon heraus und ließ sich in den Fahrersitz fallen. Wir fuhren los und beschrieben eine Reihe üppiger Kurven, bis seine Augen sich an die Dunkelheit gewöhnt hatten.

Zuerst ging es auf gerader Strecke flott vorwärts; auf der einen Seite war Wald, auf der anderen waren verschneite Felder, die sich fern im Nebel verloren. Dann fing er an zu reden, und außerdem fuhr er langsamer. Das paßte nicht zu meinen Plänen, und ich überlegte ernstlich, ob ich ihn nicht hinauswerfen und selber fahren sollte. Offensichtlich war er ein Schwächling, der nicht zum Militärdienst taugte, und ich hätte es mit einer Hand schaffen können. Aber glücklicherweise ließ ich ihn gewähren. »Einen schönen Hut haben Sie da, mein Herr«, sagte er. Er nahm die eigene steife Mütze ab, die – glaube ich – zur Uniform des Postautofahrers gehörte, und legte sie auf sein Knie. Die Nachtluft fuhr ihm ins hanffarbene Haar.

Dann nahm er ganz einfach meinen Hut und setzte ihn auf. »Wenn ich den auf habe, sehe ich direkt wie ein Herr aus«, sagte er.

Ich antwortete nicht, sondern setzte seine Mütze auf und wartete ab.

»Ein schöner Mantel ist das, mein Herr«, fuhr er fort. »Paßt gut zu dem Hut. So was hab' ich mir schon immer gewünscht. In zwei Tagen ist Weihnachten, da schenkt man und kriegt was geschenkt. Wenn mir doch der liebe Gott so einen Mantel schenkte wie Ihren!«

»Sie können ihn ja mal anprobieren, daß Sie sehen, wie er Ihnen steht«, sagte ich gutmütig.

Mit einem Ruck brachte er den Wagen zum Stehen und

zog seinen blauen Mantel aus. Bald war der Austausch vollzogen. Er war etwa so groß wie ich, und mein Ulster paßte ihm ganz gut. Ich zog seinen Mantel an, der hatte einen großen Kragen, den man bis um den Hals herum zuknöpfen konnte.

Der Idiot! Er gefiel sich in der Verkleidung wie ein junges Mädchen. Trunksucht und Eitelkeit hatten ihn für jede Torheit reif gemacht. Eine Zeitlang fuhr er so unvorsichtig, daß er uns beinah in einen Graben gefahren hätte. Wir fuhren an ein paar Häuschen vorbei; und beim letzten trat er auf die Bremse.

»Hier wohnt eine Freundin von mir«, verkündete er. »Gertrud würde sich freuen, mich in den schönen Sachen zu sehen, die der nette Herr mir geschenkt hat. Warten Sie auf mich, ich bin gleich wieder da.« Und er kletterte aus dem Wagen und schlurfte in den kleinen Vorgarten.

Ich rutschte auf seinen Platz und fuhr ganz langsam an. Ich hörte, wie die Tür geöffnet wurde, hörte Lachen und laute Stimmen. Dann schloß sich die Tür, und als ich mich umwandte, sah ich, daß mein Idiot in der Wohnung seiner Gertrud verschwunden war. Da wartete ich nicht länger, sondern fuhr los, so schnell der Wagen nur fahren wollte.

Nach fünf Minuten bockte das verflixte Ding – in der uralten Steuerung hatte sich eine Schraube gelockert. Ich nahm einen der Scheinwerfer ab, sah nach und brachte die Sache in Ordnung, aber das kostete mich eine Viertelstunde.

Die Chaussee führte nun in einen dichten Wald, und ich sah, daß rechter Hand immer mal Seitenpfade abzweigten. Ich überlegte mir gerade, ob ich nicht irgendwo einbiegen sollte, denn mir lag nichts daran, nach Schwandorf zu kommen, als ich hinter mir einen großen Wagen hörte, der sehr schnell gefahren wurde.

Ich fuhr dicht an die rechte Straßenseite – Gott sei Dank erinnerte ich mich, daß man in Deutschland rechts fährt – und fuhr brav weiter; was würde wohl jetzt geschehen?

Ich hörte, daß scharf gebremst wurde und daß das Auto langsamer fuhr. Plötzlich überholte mich eine große, graue Kühlerhaube; und als ich den Kopf wandte, hörte ich eine vertraute Stimme.

Das war Stumm. Er sah aus, als sei er überfahren worden. Ums Kinn trug er einen Verband, so daß ich dachte, ich hätte ihm vielleicht den Kinnbacken gebrochen, und seine Augen waren ganz hübsch verschwollen. Und das half mir aus der Klemme, das und daß er so wütend war. Ich hatte mir den Kragen des Postlers ganz hochgeschlagen bis übers Kinn, der versteckte meinen Bart; und die Mütze hatte ich tief über die Stirn gezogen. Mir fiel ein, was Blenkiron mal gesagt hatte – daß man mit den Deutschen nur fertig werden könne, wenn man sie ganz dreist auf den Leim führe. Dreist genug war ich – was blieb mir auch sonst übrig?

»Wo ist der Mann, den Sie von Andersbach aus mitgenommen haben?« brüllte er, so laut er konnte.

Ich tat so, als hätte ich fürchterliche Angst vor ihm, und ahmte des Postlers hohe, rauhe Stimme nach, so gut ich konnte.

»Der? Der ist ausgestiegen, seitdem bin ich ungefähr eine Meile gefahren«, stammelte ich. »Der war wirklich frech. Sagte, er wolle nach Schwandorf, und dann hat er sich's anders überlegt.«

»Wo ist er denn ausgestiegen, du Idiot? Sag mir genau, wo er ausgestiegen ist, oder ich drehe dir den Hals um.«

»Im Wald, gleich hinter Gertruds Häuschen auf der linken Seite ... ich sah ihn noch da zwischen den Bäumen laufen.« Alle Angst, die ich mir vorstellen kann, ließ ich in meiner zaghaften Stimme mitschwingen, und sie war nicht einmal nur vorgetäuscht.

»Er meint das Häuschen von Heinrich, Herr Oberst«, sagte der Chauffeur. »Dieser Mann macht der Tochter den Hof.«

Stumm gab einen Befehl, und der große Wagen fuhr rückwärts, und als ich mich wieder umdrehte, sah ich ihn wenden. Dann fuhr er schleunigst davon und verlor sich im Dunkeln. Die erste Hürde hatte ich genommen.

Aber ich durfte keine Zeit verlieren. Stumm würde den Postler aufspüren und dann sofort wieder hinter mir her sein. Ich bog in den nächsten Seitenweg ein und holperte einen schmalen Holzweg entlang. Der gefrorene Boden würde kaum eine Spur aufweisen, dachte ich, und ich hoffte, der Verfolger meinte, ich sei nach Schwandorf unterwegs. Aber ich konnte keinerlei Risiko eingehen, ich wollte nur den Wagen möglichst schnell von der Straße herunter haben, ihn irgendwo stehen lassen und mich im Wald verkrümeln. Ich sah auf die Uhr und rechnete mir aus, daß ich etwa zehn Minuten Zeit hatte.

Fast wäre ich erwischt worden. Ich fuhr über ein unebenes Stück Heideland und abfallendes Gelände; hier und da war ein schwarzer Fleck zu sehen, wahrscheinlich eine Sandgrube. Als ich an so eine Grube kam, fuhr ich langsam bis an den Rand, stieg aus, ließ den Motor wieder anspringen und sah den Wagen kopfüber in der Dunkelheit verschwinden. Das Wasser klatschte, und dann war alles still. Mit vorgerecktem Hals sah ich nur noch Schlamm und am Rand des Abgrunds die Spur der Reifen. Bei Tageslicht würden sie wohl diese Spur finden, aber kaum jetzt, mitten in der Nacht.

Dann lief ich über die Straße in den Wald hinein. Das war mir gerade noch geglückt, denn kaum war das Echo des klatschenden Wassers verhallt, da hörte ich schon, daß ein anderer Wagen angefahren kam. Ich hatte mich in eine Bodensenkung unter einem Gestrüpp verschneiter Brombeerbüsche geduckt und konnte zwischen den Kiefern auf die mondbeschienene Straße hinausschauen. Wieder war es Stumms Auto, und zu meiner großen Überraschung hielt er kurz vor der Sandgrube.

Eine Taschenlampe leuchtete auf, Stumm selbst stieg aus und prüfte die Wagenspuren auf der Straße. Gott sei Dank konnte er sie da nicht finden, aber hätte er ein paar Meter weiter gefahndet, dann hätte er gesehen, daß die Räder zur Sandgrube hin einbogen. Wäre das geschehen, dann hätte er die angrenzenden Wälder durchsucht und mich sicherlich gefunden. Ein dritter Mann war noch im Wagen, der hatte meinen Hut auf und meinen Mantel an. Der arme Teufel, der Postler, hatte für seine Eitelkeit teuer bezahlen müssen.

Es dauerte lange, bis sie wieder abfuhren, und mir fiel ein Stein vom Herzen, als sie endlich die Straße hinunterbrausten. Ich lief tiefer in den Wald hinein und fand einen Pfad, der – dem Himmel nach zu urteilen, den ich in einer Lichtung erblickte – mich fast genau westwärts leitete. In diese Richtung wollte ich nicht, darum bog ich in einem rechten Winkel ab und stieß gleich drauf auf eine andere Straße, die ich schleunigst überquerte. Dann verfing ich mich in einer verflixten eingezäunten Einfriedung und mußte einen Zaun nach dem anderen überklettern, es waren unbehauene Pfähle, durch Weidengeflecht miteinander verbunden. Dann ging es aufwärts, und ich befand mich auf einem niedrigen Hügel, auf dem Kiefern standen und der sich meilenweit hinzuziehen schien. Die ganze Zeit kam ich schnell vorwärts, und als ich anhielt, um mich auszuruhen, hatte ich schätzungsweise sechs Meilen zwischen mich und die Sandgrube gebracht.

Jetzt regte sich allmählich mein Verstand – bis dahin war ich nur von einem Impuls zum nächsten gestolpert. Dabei hatte ich viel Glück gehabt, aber auf die Dauer konnte es nicht so weitergehen. *Ek sal'n plan maak*, d. h., ich werde mir etwas ausdenken, sagt der alte Bure, wenn er in der Klemme ist, und jetzt war's an mir, mir etwas auszudenken.

Sobald ich zu denken begann, wurde mir meine verzweifelte Lage klar. Da war ich nun und hatte nichts, als was ich auf dem Leibe trug – unter anderem einen Mantel und eine Mütze, die mir nicht gehörten – ganz allein mitten im Winter und mitten in Süddeutschland. Ein Mann war hinter mir her, der mir nach dem Leben trachtete, und bald würde man landauf, landab nach mir fahnden. Ich hatte gehört, daß die deutsche Polizei recht tüchtig sei, und ich sah nicht die kleinste Chance, mit heiler Haut davonzukommen. Wenn sie mich zu fassen kriegten, würden sie mich zweifellos erschießen. Ich fragte mich, aus welchem Grunde, und gab mir selbst die Antwort: »Einen deutschen Offizier verprügelt.« Der Spionage konnten sie mich nicht anklagen, dafür hatten sie keinen Beweis, soweit ich wußte. Ich war einfach ein verärgerter Bure, der Amok gelaufen war. Aber wenn sie einen Flickschuster dafür umbrachten, daß er über einen Leutnant gelacht hatte, was in Zabern geschehen war, dann war wohl der Galgen zu gut für jemanden, der einem Oberst die Kinnlade gebrochen hatte.

Schlimmer noch: mein Auftrag war ja nicht, zu entkommen, sondern Konstantinopel zu erreichen, das über tausend Meilen weit entfernt war, und meiner Ansicht nach konnte ich dort nicht als Vagabund auftreten. Ich mußte als Abgesandter auftreten, und nun hatte ich meine Chance verpaßt. Wäre ich katholisch gewesen, so hätte ich jetzt zur heiligen Theresa gebetet, denn sie hätte meine Sorgen verstanden.

Meine Mutter pflegte zu sagen, wenn man sich vom Pech verfolgt fühle, sei es eine gute Hilfe, sich unverdienter Wohltaten zu erinnern. Daran machte ich mich jetzt. Die erste war, daß ich auf meiner Reise gut vorwärts gekommen war, denn ich konnte nicht mehr als vierzig Meilen von der Donau entfernt sein. Die zweite war, daß ich von Stumm den Paß bekommen hatte. Wozu ich ihn mal gebrauchen könnte, wußte ich zwar nicht; aber wenigstens hatte ich ihn. Schließlich: ich hatte eine Menge Geld – dreiundfünfzig Pfund in englischen Goldmünzen und den Gegenwert von drei Pfund in deutschem Papiergeld, das hatte ich in dem Berliner Hotel eingewechselt. Und obendrein hatte ich mit Stumm abgerechnet. Das war die größte aller Wohltaten.

Ich meinte nun, ich sollte wohl etwas schlafen; ich fand ein einigermaßen trockenes Plätzchen unter einer Eichenwurzel und quetschte mich hinein. In diesen Wäldern lag der Schnee sehr hoch, und ich war bis an die Knie durchnäßt. Trotzdem gelang es mir, ein paar Stunden zu schlafen; dann stand ich auf und schüttelte mich, als gerade die Dämmerung des Wintermorgens über den Baumwipfeln sichtbar wurde. Frühstück war mein nächstes Anliegen, ich mußte irgendeine Behausung finden.

Fast gleich darauf kam ich zu einer Straße, einer breiten Fahrstraße, die sich nach Norden und Süden erstreckte. In der bitteren Morgenkälte trabte ich auf ihr entlang, um mein Blut wieder in Bewegung zu bringen, und gleich fühlte ich mich etwas wohler. Nach einer kleinen Weile sah ich einen Kirchturm – das bedeutete ein Dorf. Stumm war mir wahrscheinlich noch nicht auf der Spur, dachte ich, aber immerhin war es möglich, daß er alle Dörfer ringsum telephonisch alarmiert hatte, nach mir Ausschau zu halten. Doch darauf konnte ich keine Rücksicht nehmen, denn ich mußte etwas zu essen haben.

Es war der Tag vor Weihnachten, fiel mir ein, und die Leute würden schon feiern. Das Dorf war ziemlich groß, aber um diese Zeit – kurz nach acht Uhr – war niemand auf der Straße als ein streunender Hund. Ich suchte den bescheidensten Laden, den ich finden konnte, wo gerade ein kleiner Junge die Läden öffnete – eins dieser Geschäfte, wo es alles zu kaufen gibt. Der Junge holte eine sehr alte Frau herbei, sie kam aus dem Hinterzimmer hereingehumpelt und setzte dabei die Brille auf.

»Grüß Gott«, sagte sie freundlich, und ich nahm die Mütze ab. Ich blickte in eine spiegelblanke Kasserolle und fand, daß ich trotz der im Walde verbrachten Nacht noch einigermaßen respektabel aussah.

Ich erzählte ihr, ich sei zu Fuß auf dem Weg von Schwandorf nach einem frei erfundenen Ort namens Judenfeld zu meiner Mutter; ich verließ mich darauf, daß Dorfbewohner keinen Ort kennen, der auch nur fünf Meilen von ihrem Heimatort entfernt ist. Ich sagte, mein Gepäck sei verlorengegangen und ich habe keine Zeit, darauf zu warten, da ich nur kurz Urlaub habe. Die alte Dame war voller Mitgefühl und schöpfte keinen Verdacht. Sie verkaufte mir ein Pfund Schokolade, eine Dose Keks, mehr als einen halben Schinken, zwei Büchsen Sardinen und einen Rucksack, in dem ich alles das tragen konnte. Ich kaufte auch etwas Seife, einen Kamm und einen billigen Rasierapparat, ferner einen kleinen Touristenführer aus einem Leipziger Verlag. Als ich schon im Gehen war, sah ich hinten im Laden irgendwelche Kleidungsstücke hängen und wandte mich um, um sie mir näher anzusehen. Sie waren das, was die Deutschen auf ihren sommerlichen Wanderungen tragen – lange Jägercapes aus einem grünen Stoff, den sie ›Loden‹ nennen. Ich kaufte eins, ebenso einen grünen Filzhut und einen Alpenstock, damit das Cape Gesellschaft hatte. Dann wünschte ich der alten Frau und all den Ihren fröhliche Weihnachten, empfahl mich und verließ das Dorf auf dem kürzesten Wege. Ich begegnete einem oder zwei Dorfbewohnern, aber sie schienen mich nicht zu bemerken.

Ich schlug mich wieder in die Wälder und wanderte zwei Meilen weit, ehe ich zum Frühstück haltmachte. Ich fühlte mich nicht besonders wohl und genoß nicht viel von meinen Vorräten außer einem Keks und etwas Schokolade. Ich war sehr durstig und sehnte mich nach heißem Tee. Ich wusch mich in einem eiskalten Tümpel und rasierte mich unter Höllenqualen. Der Rasierapparat war sicherlich der schlimmste seiner Art, und mir tränten die ganze Zeit während dieser Operation die Augen vor Schmerz. Dann legte ich des Postlers Mantel und Mütze ab und verscharrte sie unterm Gebüsch. Jetzt war ich ein glattrasierter deutscher Tourist mit grünem Cape und Hut und einem albernen Spazierstock mit eiserner Spitze – ein Tourist, wie sie im Sommer zu Tausenden im Vaterland herumlaufen, aber mitten im Winter sind sie selten.

Der Touristenführer erwies sich als glücklicher Einkauf, denn er enthielt eine große Karte von Bayern, an der ich mich orientieren konnte. Ganz bestimmt war ich nicht vierzig Meilen von der Donau entfernt – eher zwanzig. Die Straße durchs Dorf, von der ich abgebogen war, hätte mich hingeführt. Ich mußte nur genau nach Süden gehen, dann würde ich die Donau noch vor Nacht erreichen. Soweit ich sehen konnte, erstreckten sich lange Ausläufer des Waldes bis an den Strom, und ich beschloß, mich im Walde zu halten. Schlimmstenfalls würde ich dort einem Förster oder zweien begegnen, und denen konnte ich immer eine glaubhafte Geschichte erzählen. Auf der Landstraße hingegen könnte es peinlichere Fragen geben.

Als ich mich wieder aufmachte, war ich ganz steif, und die Kälte schien durchdringender zu werden. Das wunderte mich, denn bisher hatte sie mir nicht viel ausgemacht, und da ich von Natur warmblütig bin, habe ich sie nie gespürt. Eine frostige Winternacht auf dem *Highveld* war bei weitem kälter als irgend etwas, was ich bisher in Europa erfahren hatte. Aber jetzt klapperten mir die Zähne, und das Mark schien mir in den Knochen zu gefrieren.

Zu Anfang war der Tag hell und klar gewesen, aber bald bedeckte ein Dunst von grauen Wolken den Himmel, und der Wind pfiff von Osten her. Als ich so über den schneebedeckten Boden dahinstolperte, sehnte ich mich immerfort irgendwohin, wo es hell und warm war. Ich dachte an die langen Tage auf dem *Veld,* wenn die Erde wie eine riesige gelbe Schüssel war, und die weißen Landstraßen liefen bis zum Horizont, und ein winziges weißes Farmerhaus lag mitten drin in der Hitze mit seinem blauen Staudamm und kleinen Feldern hellgrüner Luzerne. Ich dachte an die heißen Tage an der Ostküste, wenn das Meer wie perlmutterfarben war und der Himmel ein einziger glühender Türkis. Am meisten aber dachte ich an die heißen Mittage unterwegs, wenn man unter dem Wagen im Schatten vor sich hindämmerte und den Rauch des Holzfeuers riecht, auf dem unsere Boys das Mittagsmahl kochen.

Aus diesen schönen Erinnerungen kehrte ich in die böse Gegenwart zurück – die tiefverschneiten Wälder, den tiefhängenden Himmel, die durchnäßten Kleider, die gehetzte Existenz und die düstere Zukunft. Mir war jämmerlich zumute, und ich wußte keine ›Wohltaten‹[1] mehr, die ich sprichwortgemäß hätte aufzählen können. Plötzlich fiel mir ein, daß ich wahrscheinlich drauf und dran war, krank zu werden.

Um Mittag herum schrak ich aus meiner Benommenheit auf mit dem Gefühl, verfolgt zu werden. Ich kann nicht erklären, wieso und warum dies Gefühl mich überkam, außer daß es eine Art von Instinkt ist, Menschen eigen, die lange in der Wildnis gelebt haben. Meine fünf Sinne, die etwas abgestumpft waren, wurden plötzlich hellwach, und mein Gehirn war fieberhaft tätig.

Ich fragte mich, was ich tun würde, wenn ich Stumm wäre: Haß im Herzen, eine gebrochene Kinnlade zu rächen und sozusagen unbegrenzte Macht hätte. Er hatte sicher den Wagen in der Sandgrube gefunden und auch meine Fußspuren im Wald gegenüber. Ich wußte nicht, wie gut er und seine Leute sich darauf verstanden, einer Spur zu folgen; aber ich wußte, daß jeder Neger, auch ein ungeschulter, sie mit Leichtigkeit erschnüffelt hätte. Aber das hatte Stumm nicht nötig. Wir befanden uns in einem zivilisierten Land

1 engl. Sprichwort: ›Count your mercies‹

voller Landstraßen und Eisenbahnlinien. Irgendwann und irgendwo mußte ich aus dem Wald herauskommen. Die Landstraßen konnte er überwachen lassen, und das Telefon würde jedermann im Umkreis von fünfzig Meilen auf mich hetzen. Außerdem würde er bald herausfinden, daß ich heute morgen in jenem Dorf gewesen war. Auf der Karte sah ich, daß das Dorf Greif hieß, und es schien, als würde es seinem Namen Ehre machen und ein Angelhaken für mich sein.

Jetzt kam ich auf einen Felsenhügel, der aus dem Wald herausragte. Immer in Deckung kletterte ich hinauf und sah mich vorsichtig um. Weit weg im Osten sah ich ein Flußtal zwischen weiten Feldern und Kirchtürmen. Gegen Westen und Osten dehnte sich der Wald in verschneiter Wildnis. Kein Lebenszeichen irgendwo, nicht einmal ein Vogel; aber ich wußte genau, daß hinter mir im Wald jemand mir heiß auf der Spur war und daß es für mich so gut wie unmöglich war zu entwischen.

Es blieb mir nichts übrig als weiterzumachen, bis ich vor Erschöpfung liegen blieb oder bis sie mich schnappten. Ich schlug die Richtung nach Süden ein und auch etwas westlich, denn auf der Karte sah ich, daß ich so am schnellsten zur Donau kam. Was ich tun würde, wenn ich endlich dort wäre, darüber machte ich mir keine Gedanken. Den Strom hatte ich mir als nächstes Ziel gesetzt, und alles weitere würde sich finden.

Jetzt wußte ich genau, daß ich Fieber hatte. Das lag mir immer noch in den Gliedern, eine Erbschaft aus Afrika; ein- oder zweimal war es akut geworden, als ich bei meinem Bataillon in Hampshire war. Die Attacken waren kurz gewesen, denn ich kannte die frühesten Anzeichen und hatte sofort Chinin genommen. Jetzt aber hatte ich kein Chinin, und es sah so aus, als müsse ich einen schweren Anfall überstehen. Bei dieser Aussicht war ich am Verzweifeln und ganz ratlos, und fast wäre ich in eine Falle hineingestolpert.

Denn plötzlich geriet ich auf eine Landstraße und war gerade dabei, sie blindlings zu überqueren, als ein Mann langsam auf einem Fahrrad vorbeigefahren kam. Glücklicherweise steckte ich gerade im Schatten eines Gebüsches, und er schaute nicht in dieser Richtung, obwohl er kaum drei Meter entfernt war. Ich sah, daß die Landstraße etwa eine halbe Meile stracks durch den Wald ging, und alle zweihundert Meter war ein Radfahrer. Sie trugen Uniform und waren offenbar die Vorposten.

Das konnte nur eines bedeuten: Stumm hatte alle Straßen unter Kontrolle, er hatte mich in einem Waldwinkel eingeschlossen. Es gab keinerlei Möglichkeit für mich, unbemerkt die Straße zu überqueren. Als ich dort so lag und mehr und mehr den Mut verlor, hatte ich zugleich das schauerliche Gefühl, daß sie sich auch von hinten her näherten und daß ich jeden Augenblick zwischen zwei Feuern hoffnungslos gefangen sein könne.

Eine gute Stunde lang blieb ich da liegen, das Kinn im Schnee vergraben. Kein Ausweg fiel mir ein, und ich war so krank, daß mir alles andere gleichgültig war. Dann kam meine Chance, sie fiel sozusagen vom Himmel herunter. Plötzlich kam ein Wind auf, und ein heftiger Schneesturm trieb von Osten her. Innerhalb von fünf Minuten war er so dicht, daß ich nicht mehr über die Straße sehen konnte. Zuerst dachte ich: auch das noch – aber dann dämmerte es mir langsam, welche Gelegenheit sich mir bot. Ich glitt die Böschung hinunter, um die Straße zu überqueren.

Fast hätte ich einen der Radfahrer über den Haufen gerannt. Er schrie auf und fiel vom Rad, aber ich wartete das weitere nicht ab. Plötzlich spürte ich neue Kraft und sauste über die Straße in den Wald gegenüber. Ich wußte, das Schneetreiben würde mich bald dem Blick entziehen und auch meine Spuren verdecken. Also nichts wie los!

Ich mußte meilenweit gerannt sein, ehe das plötzliche

Aufflackern von Kraft verflogen war und ich aus schierer Erschöpfung anhielt. Kein Laut ringsum außer dem leisen Schneefall, der Wind war vorbei, es war sehr feierlich und still. Aber du lieber Himmel, wie dicht der Schnee fiel! Zum Teil fingen die Zweige ihn auf, aber trotzdem häufte er sich überall tief. Meine Beine schienen aus Blei zu sein, mein Kopf war heiß, und in allen Gliedern hatte ich brennende Schmerzen. Blindlings stolperte ich dahin ohne jeden Richtungssinn, nur fest entschlossen weiterzugehen, solange ich konnte. Denn ich wußte: wenn ich mich einmal hinlegte, würde ich nie mehr aufstehen.

Als ich ein Kind war, liebte ich Märchen sehr, und in den meisten, an die ich mich erinnerte, kamen die riesigen deutschen Wälder vor und Schnee und Holzkohlenmeiler und Holzhackerhütten. Damals wollte ich das alles so gern einmal sehen, und jetzt war ich mitten drin. Wölfe kamen in den Märchen auch vor, und nebenbei dachte ich, ob ich mich nicht einem Rudel anschließen sollte. Ich merkte, daß ich zu phantasieren begann. Immer wieder einmal fiel ich hin, und jedesmal lachte ich blöd. Einmal fiel ich in ein Loch und blieb da unten eine ganze Weile liegen und kicherte vor mich hin. Hätte mich jemand so gefunden, er hätte mich wohl für verrückt gehalten.

Das Zwielicht im Walde wurde dunkler, aber das merkte ich kaum. Es wurde Abend, bald würde es Nacht sein – für mich eine Nacht ohne Morgen. Mein Körper bewegte sich ohne Kontrolle vom Gehirn her, denn ich war gänzlich durcheinander. Ich war wie ein Betrunkener, der nicht aufhört zu rennen, weil er weiß: wenn er aufhört, wird er fallen, und ich hatte eine Art Wette mit mir selber abgeschlossen, mich nicht hinzulegen – jedenfalls noch nicht gleich. Wenn ich mich niederlegte, würde ich den Schmerz im Kopf stärker spüren. Einmal war ich mit diesem Fieber im Leib fünf Tage lang im Lande herumgeritten, und die Schirmakazien des

Buschlandes schienen zu einer einzigen Fata Morgana zu verschmelzen und vor meinen Augen Quadrille zu tanzen. Aber damals war ich mehr oder weniger bei Verstand geblieben. Jetzt war ich ziemlich von Sinnen, und es wurde von Minute zu Minute schlimmer.

Dann schien es, als ob die Bäume aufhörten, und ich ging auf ebenem Grund. Es war eine Lichtung, und vor mir blinzelte ein winziges Lichtchen. Diese Veränderung in meiner Umwelt brachte mich wieder zum Bewußtsein, und durchdringend empfand ich die Schmerzen im Kopf und Körper und die Schwäche in den Gliedern. Ich wollte so gern schlafen, und mir schien, als gäbe es dort ein Plätzchen, wo ich schlafen könnte. Ich ging auf das Licht zu und sah durch einen Schleier von Schneeflocken die Umrisse einer Hütte.

Angst hatte ich nicht, nur ein unerträgliches Verlangen nach Schlaf. Ganz langsam ging ich auf die Hütte zu und klopfte. Ich war so schwach, daß ich kaum die Hand heben konnte.

Von drinnen hörte ich Stimmen, und ein Zipfel des Fenstervorhangs wurde gehoben. Dann ging die Tür auf, und eine Frau stand da, eine Frau mit einem schmalen, gütigen Gesicht.

»Grüß Gott«, sagte sie, und Kinder lugten hinter ihren Röcken hervor.

»Grüß Gott«, antwortete ich. Ich lehnte mich an den Türpfosten; sagen konnte ich nichts mehr.

Sie begriff, wie ich dran war. »Kommen Sie herein«, sagte sie. »Bei diesem Wetter sollte kein kranker Mensch draußen sein.«

Ich stolperte hinter ihr drein und stand klitschnaß mitten in der kleinen Küche; drei erstaunte Kinder glotzten mich an. Es war eine ärmliche Wohnung, dürftig möbliert, aber ein herrliches Holzfeuer brannte im Kamin. Die plötzliche Wärme spendete mir einen jener klarbewußten Augenblicke, die man manchmal bei hohem Fieber hat.

»Ich bin krank, Mutter, und ich bin lange im Schneesturm herumgelaufen und habe mich verirrt. Ich komme aus Afrika, da ist es heiß, und die Kälte hier bei euch macht mich fiebrig. Einen Tag oder zwei, dann ist es vorbei, wenn ich nur jetzt ein Bett haben könnte.«

»Gern«, sagte sie. »Aber zuerst mache ich Ihnen eine Tasse Kaffee.«

Ich legte mein nasses Cape ab und hockte mich an den Herd. Sie schenkte mir Kaffee ein – ein jämmerlich schwaches Gebräu, aber wunderbar heiß. Aus allem, was ich sah, sprach Armut, mit großen Buchstaben geschrieben. Ich spürte, wie der Ansturm des Fiebers mein Gehirn wieder überflutete, und strengte mich gewaltig an, meine Angelegenheiten zu ordnen, solange ich noch konnte. Mühsam kramte ich Stumms Paß aus meiner Brieftasche hervor.

»Das ist mein Ausweis«, sagte ich. »Ich arbeite im Geheimdienst, und wegen dieser Arbeit muß ich mich verborgen halten. Wenn Sie mir's erlauben, Mutter, will ich schlafen, bis es mir besser geht, aber niemand darf wissen, daß ich hier bin. Wenn jemand kommt, müssen Sie sagen, daß ich nicht hier bin.«

Sie betrachtete das große Siegel, als sei es ein Talisman.

»Ja, natürlich«, sagte sie. »Sie bekommen das Bett in der Dachkammer, da haben Sie Ruhe, bis es Ihnen wieder gut geht. Wir haben keine Nachbarn in der Nähe, und der Schneesturm hat die Straßen unzugänglich gemacht. Ich werde den Mund halten, ich und die Kinder auch.«

Mir wurde wieder schwindlig, aber ich raffte mich noch einmal auf.

»In meinem Rucksack ist etwas zu essen – Kekse und Schinken und Schokolade. Bitte nehmen Sie es, essen Sie es. Und hier ist etwas Geld für die Kinder zu Weihnachten.« Und ich gab ihr ein paar deutsche Scheine.

Was darnach geschah, weiß ich nicht mehr recht. Sie half

mir eine Leiter hinauf in die Dachkammer und auch beim Ausziehen und gab mir ein dickes Nachthemd aus rauhem Stoff. Ich meine mich zu erinnern, daß sie meine Hand küßte und weinte. »Der gütige Gott hat Sie uns geschickt«, sagte sie. »Nun werden die Kinder Antwort auf ihre Gebete bekommen, und das Christkind wird nicht an unserer Tür vorübergehen.«

8

DIE LASTKÄHNE AUS ESSEN

Vier Tage lang lag ich wie ein Klotz im Bett in der Dachkammer. Der Sturm legte sich, es fing zu tauen an, und der Schnee schmolz. Die Kinder spielten um die Haustür herum, und abends am Feuer erzählten sie Geschichten. Stumms Patrouillen hielten zweifellos jede Straße besetzt und plagten mit ihren Fragen jeden unschuldigen Passanten. Aber niemand kam zur Hütte, und das Fieber tobte sich aus, während ich meine Ruhe hatte.

Es war ein schlimmer Anfall, aber am fünften Tag war er vorbei, und ich lag da, schwach wie ein neugeborenes Kätzchen, und starrte die Dachbalken und das kleine Dachfenster an. Die Kammer war undicht und zugig, aber die Frau hatte Felle und Wolldecken auf mein Bett gehäuft, die mich warmhielten. Hin und wieder kam sie herein, und einmal brachte sie mir einen bitteren Kräutertee, der mich sehr erfrischte. Essen konnte ich nur dünnen Haferschleim und trinken eine Tasse Schokolade, die aus dem Vorrat in meinem Rucksack bereitet war.

Ich lag und dämmerte den ganzen Tag vor mich hin, hörte von fern das Schwatzen der Kinder unten und wurde mit jeder Stunde kräftiger. Malaria geht so schnell vorbei, wie sie kommt, und hinterläßt kaum einen Schaden – obwohl dies eine der schlimmsten Attacken war, die ich je gehabt hatte. Während ich so da lag, gingen meine Gedanken sonderbare Wege. Merkwürdig war, daß Stumm und seine Anschläge in einer Rumpelkammer meines Gehirns eingeschlossen schienen. Er schien in meiner lebendigen Gegenwart nicht mehr vorhanden zu sein, sondern nur als ferne Erinnerung, die mich nicht mehr aufregte. Ich dachte viel an mein Bataillon und an die Komödie meiner augenblicklichen Lage. Man sieht, es ging mir sehr viel besser, denn jetzt nannte ich diese Situation eine Komödie und nicht mehr eine Tragödie.

Aber am meisten dachte ich an meine Aufgabe. An jenem verrückten Tag im Schnee war sie mir wie ein Witz erschienen. Die drei Worte, die Harry Bullivant gekritzelt hatte, hatten in einem irren Fandango in meinem Kopf herumgetanzt. Ich erinnerte mich ihrer jetzt, aber ganz kühl und nüchtern, in all ihrer Dürftigkeit.

Ich weiß noch, daß ich mir jedes einzeln vornahm und es stundenlang wiederkaute. *Kasredin* – daraus konnte man nichts machen. *Cancer* – da gab es zu viele Deutungen, jede eine Sackgasse. *v. I.* – das war schon Kauderwelsch.

Bis dahin hatte ich immer angenommen, das *›I‹* sei eben der Buchstabe des Alphabets. Ich hatte gedacht, das *›v.‹* bedeute *›von‹*, und hatte alle deutschen Namen, die mit diesem Buchstaben begannen, in Betracht gezogen: Ingolstadt, Ingeburg, Ingewohl und alle anderen. Ich hatte mir im Britischen Museum eine Liste von etwa siebzig solchen Namen gemacht, ehe ich London verließ. Jetzt plötzlich kam es mir, daß das *I* die Nummer I sein könnte. Müßig und ohne nachzudenken, übersetzte ich sie ins Deutsche.

Dann fiel ich fast aus dem Bett. *Von Einem* – der Name, den ich in Gaudians Haus gehört hatte, der Name, den Stumm hinter vorgehaltener Hand ausgesprochen hatte, der Name, zu dem wahrscheinlich Hilda der Vorname war. Das war eine ungeheure Entdeckung – der erste Lichtstrahl, den ich gefunden hatte. Harry Bullivant wußte, daß ein Mann oder eine Frau namens von Einem hinter dem Geheimnis steckte. Stumm hatte mit Respekt von derselben Persönlichkeit gesprochen im Zusammenhang mit meinem Plan, die Mohammedaner in Afrika aufsässig zu machen. Wenn ich von Einem fand, würde ich der Lösung des Rätsels nah sein. Was war das für ein Wort, das Stumm Gaudian zugeflüstert hatte und womit er ihn so erschreckt hatte? Es hatte wie ›Ühmantl‹ geklungen. Wenn ich das herauskriegen konnte, würde ich das Rätsel lösen.

Ich glaube, diese Entdeckung beendete meine Rekonvaleszenz. Jedenfalls war ich am Abend des fünften Tages – das war Mittwoch, der 29. Dezember – so weit, daß ich aufstehen konnte. Als es dunkel geworden war und zu spät, um noch Besuch zu fürchten, ging ich hinunter, wickelte mich in mein grünes Cape und setzte mich ans Feuer.

Als wir da saßen, vom Feuer angestrahlt, und die drei flachsblonden Kinder starrten mich mit großen Augen an und lächelten, wenn ich ihren Blick erwiderte, fing die Frau zu reden an. Ihr Mann kämpfte an der Ostfront: zuletzt hatte er geschrieben, daß sie in den polnischen Sümpfen steckten und daß er Heimweh habe nach den trockenen Wäldern zu Hause. Warum eigentlich Krieg war, das interessierte sie wenig. Gott hatte es so gewollt, hatte den Blitz vom Himmel geschickt, der ihr ihren Mann genommen hatte und sie vielleicht bald zur Witwe und die Kinder vaterlos machen würde. Von des Krieges Ursachen und Zielen wußte sie nichts und glaubte, die Russen seien ein ungeheuer großes Volk von Wilden, von Heiden, die nie zum Christentum bekehrt worden waren und die deutschen Heimstätten auffressen würden, wenn der Herrgott und die tapferen deutschen Soldaten sie nicht daran hinderten. Ich versuchte immer wieder herauszufinden, ob sie irgend etwas über die Lage im Westen wüßte, aber sie wußte nichts, außer daß da irgend etwas mit den Franzosen nicht stimmte. Ich bezweifle, ob sie wußte, daß England mit dabei war. Sie war eine grundanständige Seele und empfand keine Bitterkeit gegen irgend jemanden, nicht einmal gegen die Russen, wenn sie nur ihren Mann verschonten.

In dieser Nacht wurde mir klar, welch ein Irrsinn das war, Krieg zu führen. Als ich die Ruinen von Ypern sah und die schauerlichen Berichte über die Untaten der Deutschen las, wollte ich immer das ganze Land der Boches in Feuer und Flamme aufgehen sehen. Ich glaubte, wir könnten den Krieg zu keinem rechten Ende führen, wenn es uns nicht gelänge, dem Boche eine Dosis seiner eigenen Medizin zu verpassen. Aber diese Holzfällerhütte trieb mir solche Alpträume aus. Ich war dafür, daß die Schuldigen bestraft würden und die Unschuldigen frei ausgingen. Unsere Aufgabe war es, Gott zu danken und unsere Hände nicht zu besudeln mit den schrecklichen Dingen, zu denen die Deutschen ihr Größenwahn getrieben hatte. Was würde es denn wirklichen Christen nützen, kleine ärmliche Hütten wie diese hier niederzubrennen und tote Kinder am Wege liegen zu lassen? Daß man lachen kann und daß man Erbarmen haben kann – das einzig unterscheidet den Menschen vom Tier.

Die Hütte, in der ich eingekehrt war, war – wie ich schon sagte – furchtbar arm. Im Gesicht der Frau spannte sich die Haut stramm über die Knochen; es war von jener Durchsichtigkeit, die von Unterernährung kommt; ich glaube, sie bekam nicht einmal die großzügige Ration, die die Frauen von Soldaten in England bekamen. Die Kinder sahen wohler aus, aber dafür hatte die Mutter sich aufgeopfert. Ich gab mir alle Mühe, ihnen Spaß zu machen. Lange Geschichten erzählte ich ihnen von Afrika und von Löwen und Tigern, und aus ein paar Stückchen Holz machte ich ihnen Spielzeug. Ich kann ganz gut mit einem Schnitzmesser umgehen und brachte recht hübsche Affen, Springböcke und ein Nashorn zustande. Die Kinder gingen schlafen samt dem ersten Spielzeug, das sie – glaube ich – je besessen hatten.

Es war mir klar, daß ich so bald wie möglich fort mußte. Ich mußte mit meiner Aufgabe weiterkommen, und außerdem war es auch nicht recht der Frau gegenüber. Jeden Augenblick konnte ich hier aufgestöbert werden, und dann würde sie in Ungelegenheiten kommen, weil sie mich beherbergt hatte. Ich fragte sie, ob sie wisse, wo die Donau sei, und ihre Antwort überraschte mich. »Von hier aus zu Fuß etwa eine Stunde«, sagte sie. »Der Fußpfad im Wald führt direkt zur Fähre.«

Am Morgen darauf nach dem Frühstück nahm ich Abschied. Es nieselte, und es kam mir vor, als habe ich mächtig an Gewicht verloren. Ehe ich ging, schenkte ich meiner Wirtin und jedem Kind ein englisches Goldstück. »Es ist englisches Gold«, sagte ich, »denn ich muß mich im Feindesland durchschlagen und auch das Geld der Feinde gebrauchen. Macht nichts, Gold ist immer goldeswert, und in jeder Stadt wird man es euch einwechseln. Aber steckt es lieber in den Sparstrumpf und gebt es nur aus, wenn ihr gar nichts anderes mehr habt. Ihr müßt das Heim hier erhalten, denn eines Tages wird Friede sein, und dann kommt der Vater aus dem Krieg nach Hause.«

Ich küßte die Kinder, gab der Frau die Hand und ging über die Lichtung davon. Sie riefen: »Auf Wiedersehen!«, aber es war unwahrscheinlich, daß ich sie je wiedersehen würde.

Der Schnee war ganz weggeschmolzen, nur in den tiefen Löchern lag er noch. Der Boden war wie ein vollgesogener Schwamm, und kalter Regen trieb mir in die Augen. Nachdem ich eine halbe Stunde gegangen war, lichteten sich die Bäume, und gleich darauf kam ich auf einen Hügel, der mit Zwergwacholder bewachsen war. Und da, vor mir, lag die Ebene, und, etwa eine halbe Meile entfernt, ein breiter, randvoller Strom.

Ich setzte mich hin und sah mir ziemlich niedergeschlagen die Landschaft an. Die Freude vom Tage vorher, die ich bei meiner Entdeckung empfunden hatte, war vergangen. Auf ein ganz nutzloses Stück Information schaute ich hier hinab, ich konnte keinen Gebrauch davon machen. Hilda von Einem, falls eine Person dieses Namens existierte und von einem großen Geheimnis wußte, wohnte wahrscheinlich in einer großen Villa in Berlin, und meine Chance, irgend etwas aus ihr herauszukriegen, entsprach etwa der Wahrscheinlichkeit, daß der Kaiser mich zum Dinner einladen würde. Blenkiron war wohl irgendwo aktiv, aber wo – in drei Teufels Namen – war er? Ich war sicher, daß für Sir Walter meine Informationen wertvoll waren, aber zu Sir Walter konnte ich nicht gehen. Ich mußte nach Konstantinopel und weg von den Leuten, die wirklich die Strippe in der Hand hatten.

Aber wenn ich blieb, konnte ich nichts ausrichten, und außerdem konnte ich gar nicht bleiben. Ich mußte weiter, und ich sah keine Möglichkeit, weiterzukommen. Jeder Weg schien mir versperrt, und ich saß in der schönsten Patsche, in die man nur geraten kann.

Denn ich war todsicher, daß Stumm die Sache nicht aufgeben würde. Ich wußte zu viel, und außerdem hatte ich seinen Stolz gröblich verletzt. Er würde überall herumsuchen, bis er mich fände, und zweifellos würde er mich finden, wenn ich noch länger wartete. Aber wie sollte ich über die Grenze kommen? Mein Paß würde mir nichts nützen, denn seine Nummer war ganz sicher schon längst jeder Polizeistation in Deutschland telegrafisch mitgeteilt worden, und den Paß vorzuweisen hätte nur neue Schwierigkeiten gemacht. Ohne ihn konnte ich aber mit der Eisenbahn nicht über die Grenze. Mein Studium des Touristenführers hatte ergeben, daß – wenn ich einmal in Österreich war – diese Dinge nicht so streng gehandhabt wurden und daß ich mich dann freier bewegen konnte. Ich dachte, vielleicht versuche ich's mit Tirol, und ich dachte auch an Böhmen. Aber beide waren weit entfernt, und jeden Tag gab es einige tausend Möglichkeiten, daß ich auf der Straße geschnappt wurde.

Es war jetzt Donnerstag, der 30. Dezember, der zweitletzte Tag des Jahres. Am 17. Januar mußte ich in Konstantinopel sein. Konstantinopel! In Berlin hatte ich gedacht, ich sei weit von dieser Stadt entfernt, aber jetzt schien sie mir so weit entfernt wie der Mond.

Aber der große, trübe Strom vor mir floß doch dorthin. Und als ich hinsah, wurde meine Aufmerksamkeit von einem merkwürdigen Anblick gefesselt. Am östlichen Horizont, wo das Wasser um den Vorsprung eines Hügels herumfloß, war eine lange Rauchfahne. Sie wurde immer dünner und schien von einem Schiff zu kommen, das ein gutes Stück hinter dem Hügel war; jedoch konnte ich mindestens zwei Lastkähne sehen. Es mußte also ein langer Schleppzug sein, der von einem Schlepper gezogen wurde.

Ich blickte nach Westen, und da kam noch eine solche Prozession in Sicht. Zuerst kam ein großer Flußdampfer, viel weniger als 1000 Tonnen hatte er bestimmt nicht, und darnach eine lange Reihe von Lastkähnen. Ich zählte nicht weniger als sechs außer dem Schlepper. Sie waren schwer beladen, und ihr Tiefgang muß beträchtlich gewesen sein, aber der Strom war tief genug, denn er führte Hochwasser.

Ein Augenblick Überlegung, und ich wußte, was ich sah. Sandy hatte uns einmal in einem der Gespräche, wie man sie im Krankenhaus führt, erzählt, wie die Deutschen ihren Balkan-Feldzug mit Munition versorgen. Sie waren ziemlich sicher, daß sie Serbien auf Anhieb erledigen würden, und dann mußten sie sehen, daß sie die Türken mit Kanonen und Granaten belieferten, denn von der ersten Lieferung war nicht mehr viel übrig. Sandy sagte, sie brauchten die Eisenbahn, aber noch viel nötiger brauchten sie den Fluß, und den könnten sie sich binnen einer Woche sichern. Er erzählte uns, wie endlose Schleppzüge, die in den großen Fabriken in Westfalen beladen wurden, durch die Kanäle vom Rhein oder von der Elbe her zur Donau fuhren. Sobald der erste die Türkei erreichte, würde regelmäßig geliefert werden, so eilig die Türken das Zeug nur brauchten. Und die Kähne kamen nicht leer zurück, sagte Sandy, sondern mit türkischer Baumwolle, Rindfleisch aus Bulgarien und Weizen aus Rumänien. Ich weiß nicht, woher Sandy das alles wußte, aber den Beweis dafür hatte ich vor Augen.

Es war ein großartiger Anblick, und ich hätte mit den Zähnen knirschen mögen, als ich diese Munitionsladungen so unbehindert zu unseren Feinden fahren sah. Ich dachte daran, welche Verheerung sie bei unseren armen Jungens in Gallipoli anrichten würden. Und dann, als ich noch zusah, kam mir eine Idee und damit ein Achtel einer Hoffnung.

Für mich gab es nur eine Möglichkeit, aus Deutschland herauszukommen: nämlich in so guter Gesellschaft, daß niemand mir Fragen stellen würde. Das war ganz klar. Wenn ich zum Beispiel in des Kaisers Gefolge nach der Türkei reiste, wäre ich so sicher wie die Post; wenn ich aber allein reiste, war ich geliefert. Ich mußte sozusagen meinen Paß *innerhalb* von Deutschland bekommen und mich einer Reisegesellschaft anschließen, die unbehindert durchkam. Und da hatte ich sie vor Augen – die Lastkähne aus Essen.

Das klang verrückt, denn ich nahm an, daß Kriegsmunition so sorgsam überwacht wurde wie die Gesundheit des alten Hindenburg. Um so sicherer, antwortete ich mir selbst, wenn ich erst dabei bin. Sucht man einen Deserteur, dann bestimmt nicht in der beliebtesten Gastwirtschaft des Regiments. Ist man hinter einem Dieb her, so würde Scotland Yard gewiß zu den Orten gehören, die man undurchsucht zu lassen geneigt wäre.

Das war alles ganz logisch, aber wie sollte ich an Bord kommen? Wahrscheinlich hielten diese gräßlichen Dinger nicht ein einziges Mal auf einer Strecke von hundert Meilen, und Stumm würde mich längst erwischen, ehe ich zu einem Anlegeplatz kam. Und selbst wenn das mir glückte, wie sollte ich die Erlaubnis bekommen, mitzufahren?

Eins war klar: ich mußte so schnell wie möglich zum Flußufer hinunter. Also rannte ich im Trab über die klitschnassen Felder, bis ich auf eine Straße stieß, deren beiderseitige Gräben so voll Wasser waren, daß sie sich mitten auf der Straße zu einem Bach vereinten. Die Straße war so schlecht, daß ich hoffte, nur wenige Leute würden dort unterwegs sein. Und während ich mich mühsam dahinschleppte, dachte ich immerfort nach, wie ich es anstellen sollte, als blinder Passagier auf einem der Lastkähne unterzukommen. Wenn ich Lebensmittel kaufen könnte, wäre es mir vielleicht möglich, mich heimlich auf einem der Kähne zu verstecken. Sie würden sicherlich nicht auspacken, ehe sie ihr Ziel erreichten.

Plötzlich sah ich, daß der Dampfer, der mir nun genau gegenüber war, nach dem Flußufer zu einbog, und als ich eine kleine Anhöhe überquert hatte, sah ich links ein weit verstreutes Dorf mit einer Kirche und einem Landeplatz. Die Häuser standen etwa eine Viertelmeile vom Strom entfernt, und eine gerade Pappelallee führte vom Dorf zum Landeplatz hinunter.

Bald gab es keinen Zweifel mehr: die Prozession der Lastkähne hielt an. Der große Schleppdampfer kam vorsichtig heran und legte an der Landestelle an, wo in dieser Hochwasserzeit das Wasser tief genug war. Er gab den Lastkähnen Signale, und die warfen jetzt auch die Anker aus, also mußten mindestens zwei Mann an Bord jedes Lastkahns sein. Einige waren etwas langsam, und es war ein ziemlich schiefer Zug von Kähnen, der da mitten im Strom vor Anker gegangen war. Der Dampfer ließ ein Fallreep herunter, und aus meinem Versteck sah ich, daß ein halbes Dutzend Männer herunterkam, die etwas auf den Schultern trugen.

Es konnte nur eins sein: eine Leiche. Einer von der Mannschaft mußte gestorben sein, und man hielt hier an, um ihn zu begraben. Ich beobachtete, wie die Prozession zum Dorf hinauf zog, und dachte, da würden sie sich wohl einige Zeit aufhalten, obwohl sie vielleicht telegrafisch Bescheid gegeben hatten, daß ein Grab bereit sein sollte. Jedenfalls würden sie so lange brauchen, daß ich eine Chance bekam.

Denn ich hatte beschlossen, ganz unbefangen frech zu sein. Blenkiron hatte gesagt, hinters Licht führen könne man den Boche zwar nicht, aber auf einen Bluff werde er hereinfallen. Und ich wollte den ungeheuerlichsten Bluff anwenden. Wenn alle Leute in der ganzen Gegend Richard Hannay verfolgten, dann würde Richard Hannay sich als Freund seiner Verfolger durch ihre Reihen schlängeln. Denn mir war der Paß wieder eingefallen, den Stumm mir gegeben hatte. Wenn der überhaupt etwas wert war, dann sollte er auch dem Kapitän eines Schleppdampfers Eindruck machen.

Natürlich gab es tausend Gefahren. Im Dorf hatten sie vielleicht von mir gehört und den Leuten vom Schiff die Sache erzählt. Darum beschloß ich, nicht dorthin zu gehen, sondern auf ihrem Rückweg zum Schiff zu den Leuten zu stoßen. Oder vielleicht war der Kapitän gewarnt worden und kannte die Nummer meines Passes – dann würde ich Stumm sehr bald in die Hände fallen. Oder vielleicht war der Kapitän ein Einfaltspinsel und hatte noch nie einen vom Geheimdienst ausgestellten Paß gesehen und wußte nicht, was er bedeutete, würde sich buchstäblich an seine Instruktionen halten und sich weigern, mich mitzunehmen. In dem Fall könnte ich vielleicht auf einen anderen Schleppzug warten.

Ich hatte mich rasiert und so gut wie möglich meine Kleider in Ordnung gebracht, ehe ich des Holzhackers Hütte verließ. Mein Plan war, auf die Leute vom Schiff zu warten, wenn sie aus der Kirche zurückkamen, und zwar auf der schnurgeraden Pappelallee, die eine Viertelmeile lang war. Ich vermutete, daß der Kapitän dabei war. Das Dorf schien, so bemerkte ich mit Erleichterung, ziemlich leer zu sein. Über die Bayern als Einsatztruppen im Feld habe ich meine eigene Meinung, aber ich muß schon sagen, daß nach meiner Beobachtung sehr wenige zu Hause geblieben waren.

Das Begräbnis dauerte stundenlang. Sie hatten wohl das Grab erst ausheben müssen, denn ich wartete nahe der Straße unter ein paar Kirschbäumen, die Füße mehrmals fünf Zentimeter tief im Matsch, bis ich durchgefroren war bis auf die Knochen. Ich betete nur, daß mir das nicht einen neuen Anfall von Malaria eintrug, denn ich war ja erst einen Tag lang wieder auf. In meinem Tabaksbeutel war nur noch sehr wenig Tabak, aber ich leistete mir eine Pfeife und aß eine der drei Schokoladentafeln, die ich noch bei mir hatte.

Endlich, eine ganze Weile nach Mittag, sah ich die Schiffsleute zurückkommen. Sie gingen zu zweit, und Gott sei Dank war niemand vom Dorf dabei. Ich ging zur Straße und ihnen entgegen; ich stieß auf die Vorhut und trug den Kopf so hoch, wie ich nur konnte.

»Wo ist euer Kapitän?« fragte ich, und ein Mann wies mit dem Daumen über die Schulter nach hinten. Alle trugen dicke Wollpullover und gestrickte Mützen, aber ganz hinten ging ein Mann in Uniform. Es war ein kleiner, breitschultriger Mann mit wetterhartem Gesicht, er sah besorgt aus.

»Kann ich Sie kurz sprechen, Herr Kapitän?« – sagte ich in einem Ton, der – hoffte ich – eine kluge Mischung von Autorität und Verbindlichkeit zum Ausdruck brachte. Er nickte seinem Begleiter zu, der weiterging.

»Ja?« fragte er ziemlich ungeduldig. Ich zeigte ihm meinen Paß – Gott sei Dank hatte er so etwas schon einmal gesehen, denn sein Gesicht bekam sofort den sonderbaren Ausdruck, den ein Mann mit Autorität immer hat, wenn er einem anderen derselben Art begegnet. Er prüfte den Paß sehr genau; dann sah er mich an.

»Und?« sagte er. »Ihren Ausweis habe ich zur Kenntnis genommen. Was wünschen Sie von mir?«

»Ich nehme an, Sie fahren nach Konstantinopel?« fragte ich.

»Die Schiffe fahren nur bis Rustschuk«, antwortete er. »Dort wird das Zeug auf die Eisenbahn verladen.«

»Und wann kommen Sie in Rustschuk an?«

»In zehn Tagen, wenn nichts dazwischen kommt. Sagen wir mal: in zwölf Tagen, um sicherzugehen.«

»Ich möchte Sie begleiten«, sagte ich. »In meinem Beruf, Herr Kapitän, ist es manchmal nötig, nicht auf die übliche Art zu reisen. Das wünsche ich jetzt zu tun. Ich bin berechtigt, jedermann, der auch im Dienst unseres Landes steht, um Hilfe anzugehen. Daher meine Forderung.«

Sehr offensichtlich gefiel ihm das gar nicht.

»Ich muß telegrafisch um Erlaubnis nachsuchen. Ich habe Befehl, niemanden an Bord zu lassen, nicht einmal jemanden wie Sie. Es tut mir leid, mein Herr, aber ich muß um Ermächtigung einkommen, ehe ich Ihren Wunsch erfüllen kann. Außerdem ist mein Schiff sowieso in Schwierigkeiten. Warten Sie lieber auf den nächsten Lastzug und bitten Sie Dreyer, Sie mitzunehmen. Heute habe ich Walter verloren. Er war schon krank, als er an Bord kam – ein Herzfehler –, aber er wollte unbedingt mit. Und letzte Nacht ist er gestorben.«

»War das er, den Sie eben begraben haben?« fragte ich.

»Jawohl. Er war ein guter Mann und ein Vetter meiner Frau, und jetzt habe ich keinen Ingenieur. Nur einen dummen Jungen aus Hamburg. Soeben habe ich meinem Reeder telegrafiert wegen eines Ersatzes, aber selbst wenn der mit dem schnellsten Zug reist, wird er uns kaum überholen, ehe wir in Wien sind oder sogar in Buda.«

Endlich sah ich eine Möglichkeit.

»Wir werden miteinander fahren«, sagte ich, »und stornieren Sie das Telegramm. Denn hören Sie, Herr Kapitän, ich bin Ingenieur und werde gern nach Ihren Dampfkesseln sehen, bis wir nach Rustschuk kommen.«

Er sah mich zweifelnd an.

»Ich spreche die Wahrheit«, sagte ich. »Vor dem Krieg war ich Ingenieur in Damaraland. Ich war bei den Minen, aber ich habe eine gute Gesamtausbildung und weiß genug, um einen Flußdampfer in Ordnung zu halten. Haben Sie keine Angst. Ich verspreche Ihnen, daß ich meine Passage verdienen werde.«

Sein Gesicht klärte sich auf, und nun sah er so aus, wie er war: ein ehrlicher, gutmütiger norddeutscher Schiffskapitän.

»Also in Gottes Namen, kommen Sie mit«, rief er, »und wir schließen einen Handel ab. Das Telegrafenamt lasse ich schlafen. Ich brauche Erlaubnis von der Regierung, einen Passagier an Bord zu nehmen, aber keine, um einen neuen Ingenieur zu engagieren.«

Er schickte einen seiner Leute ins Dorf zurück, um das Telegramm zu stornieren. Binnen zehn Minuten befand ich mich an Bord, und nach weiteren zehn Minuten waren wir mitten im Strom, und unsere Lastkähne kamen schwerfällig wieder in Reih und Glied. In der Kabine wurde Kaffee gemacht, und während ich darauf wartete, nahm ich das Fernglas des Kapitäns und sah mir die Stelle an, von der ich gerade aufgebrochen war.

Da sah ich sonderbare Dinge sich zutragen. Auf der ersten Straße, auf die ich gestoßen war, nachdem ich die Hütte im Wald verlassen hatte, fuhren Radfahrer sehr schnell. Sie schienen Uniform zu tragen. Auf der nächsten Parallelstraße, die durch das Dorf führte, sah ich weitere Radfahrer. Ich bemerkte ferner, daß mehrere Leute die dazwischenliegenden Felder zu durchsuchen schienen.

Stumms Kordon war endlich aktiv geworden, und ich dankte meinen guten Sternen dafür, daß nicht ein Mensch aus dem Dorf mich gesehen hatte. Ich war gerade noch zur Zeit weggekommen, denn eine halbe Stunde später hätte er mich gehabt.

9

DIE RÜCKKEHR DES VERLORENEN FREUNDES

Ehe ich an jenem Abend schlafen ging, hatte ich schon manche Stunde im Maschinenraum gearbeitet. Das Schiff hatte Ölfeuerung, und alles war in sehr gutem Zustand, so daß es mir nicht schien, als würden meine Pflichten allzu schwer sein. Es war niemand da, den man mit Recht einen Ingenieur hätte nennen können, sondern außer dem Heizer nur zwei Jungen aus Hamburg, die vor einem Jahr noch Lehrlinge auf einer Werft gewesen waren. Es waren nette Burschen, beide schwindsüchtig, die alles taten, was ich ihnen sagte, und selber weniger redeten. Hätte mich jemand, als es Zeit zum Schlafengehen war, in meinem blauen Arbeitsanzug mit Filzpantoffeln und Arbeitermütze gesehen – die alle dem verstorbenen Walter gehört hatten –, so hätte er geschworen, ich sei zum Beheizen von Flußdampfern ausgebildet worden, während ich mir doch das meiste, was ich davon verstand, auf einem Dampfer angeeignet hatte, der den Sambesi hinunterfuhr, als der Ingenieur sich betrank und über Bord fiel, mitten unter die Krokodile.

Der Kapitän – Schenk hieß er – war in dieser Art von Auftrag ganz unbewandert. Er war Friese und ein erstklassiger Hochseekapitän, aber da er das Rheindelta kannte und da die deutsche Handelsflotte bis zum Kriegsende stillgelegt war, hatte man ihn auf diese Weise verwendet. Die ganze Sache langweilte ihn, und er verstand nicht viel davon. Aus den Flußkarten wurde er nicht recht klug, er meinte, Hunderte von Meilen lang sei alles ganz einfach, und trotzdem war er fortwährend der Steuerung wegen nervös. Man merkte deutlich, daß er weit mehr in seinem Element gewesen wäre, hätte er zwischen den Sandbänken hindurch in die Emsmündung hineinsteuern müssen oder sein Schiff gegen einen steifen Nordost auf der flachen Ostsee auf Kurs halten. Er hatte sechs Lastkähne in Tau, aber wegen des Hochwassers der Donau war das leicht, außer wenn die Fahrt verlangsamt werden mußte. Auf jedem Lastkahn waren zwei Mann, die jeden Morgen an Bord kamen, um sich ihre Tagesration zu holen. Das war ein drollige Sache, denn wir legten nie bei, wenn wir es irgend vermeiden konnten. Jeder Lastkahn hatte ein Beiboot, und ein Mann vom letzten Kahn pflegte im Beiboot zum vorletzten zu rudern, sich in dessen Beiboot zum nächsten Lastkahn mitnehmen zu lassen und so weiter. Schließlich erschienen sechs Mann im Beiboot des uns zunächst liegenden Kahns und nahmen auch die Rationen für die anderen mit. Die meisten der Leute waren Friesen, langsam sprechende, strohblonde Burschen, im Typ denen sehr ähnlich, die man an der Küste von Essex findet. Daß ich mit Schenk gut auskam, lag daran, daß er eigentlich Hochseekapitän war und deshalb bei seinem jetzigen Auftrag als Neuling sich nicht recht sicher fühlte. Er war ein guter Kerl und ließ sich gern gelegentlich beraten; darum erzählte er mir, ehe ich noch vierundzwanzig Stunden an Bord war, von allen seinen Schwierigkeiten, und ich tat mein Bestes, um ihn aufzuheitern. Und es kam eine Menge Schwierigkeiten auf uns zu, denn am nächsten Tag war Silvester.

Ich wußte, daß der Silvesterabend in Schottland fröhlich gefeiert wird, aber Schottland war nichts im Vergleich mit dem ›Vaterland‹. Sogar Schenk, obwohl er für wertvolle

Fracht verantwortlich und in Zeitdruck war, hatte keinerlei Zweifel daran, daß seine Mannschaft Anspruch darauf hatte, den Abend irgendwie festlich zu verbringen. Kurz ehe es dunkel wurde, näherten wir uns einer ziemlich großen Stadt, deren Namen ich nie erfahren habe, und beschlossen, über Nacht dort anzulegen. Dann sollte auf jedem Lastkahn einer auf Wache bleiben, während die anderen für vier Stunden Landurlaub bekamen. Die würden zurückkommen und ihre Kameraden ablösen, die dann ihrerseits auf Landurlaub gingen. Ich sah voraus, daß allerhand los sein würde, wenn der erste Trupp zurückkam, aber ich wagte nicht, zu widersprechen. Ich hatte es verzweifelt eilig, die österreichische Grenze zu passieren, denn ich fürchtete, daß wir dort durchsucht würden, aber Schenk nahm die Silvestersache so wichtig, daß ich wahrscheinlich Streit mit ihm bekommen hätte, wenn ich versucht hätte, sie ihm auszureden.

Das Ergebnis war genau so, wie ich es erwartet hatte. Der erste Trupp kam gegen Mitternacht an Bord zurück, blind betrunken, und die anderen kamen am folgenden Morgen einzeln und zu beliebiger Zeit angestromert. Ich blieb aus ersichtlichen Gründen die ganze Zeit an Bord, aber am nächsten Tag war die Lage sehr ernst, und ich mußte mit dem Kapitän an Land gehen und versuchen, die Stromer aufzustöbern. Wir fanden alle außer zweien, und ich bin geneigt anzunehmen, daß diese beiden von vornherein nicht die Absicht gehabt hatten, zurückzukommen. Hätte ich so bequeme Arbeit gehabt wie die auf ihren Kähnen, so hätte ich's mir nicht einfallen lassen, mitten in Deutschland davonzulaufen mit der Gewißheit vor Augen, daß es mir bestenfalls passieren könnte, aufgestöbert und in den Schützengraben geschickt zu werden. Aber diese Friesen hatten nicht mehr Phantasie als ein Schellfisch. Die Fehlenden waren beide Wachen von den Lastkähnen, und ich glaube, die Eintönigkeit dieses Dienstes war ihnen auf die Nerven gegangen.

Der Kapitän war wütend, denn erstens einmal hatte er jetzt zuwenig Leute. Er hätte gewaltsam welche ausgehoben, aber in dieser Stadt gab es keinen Überfluß an Männern: nichts als Knaben und Großväter. Da ich dazu beitrug, die Reise durchzuführen, war ich auch ganz schön böse und übergoß die Betrunkenen mit eiskaltem Donauwasser; dabei wandte ich die saftigsten Flüche an, die ich auf afrikaans und auf deutsch kannte. Es war ein naßkalter Morgen, und ich weiß noch: während wir zornig die Uferstraßen absuchten, hörte ich über uns das trockene Flügelknattern eines Zuges von Wildgänsen und wünschte, ich könnte sie aufs Korn nehmen. Einem der Burschen, dem schwierigsten, erklärte ich, er sei eine Schande für das große Kaiserreich und nur gut genug, um auf seiten der Dreckengländer zu kämpfen.

»Gott im Himmel!« sagte der Kapitän, »wir dürfen uns nicht länger aufhalten. Wir müssen uns eben behelfen, so gut wir können. Ich kann einen meiner Leute, die auf Deck Dienst tun, erübrigen, und Sie müssen einen aus dem Maschinenraum hergeben.«

Das war also abgemacht, und wir kamen im Laufschritt und ziemlich außer Atem zuück, als ich jemanden erblickte, der auf einer Bank neben dem Fahrkartenschalter an der Anlegestelle saß; einen schlanken Mann in uraltem Khaki, irgendwelchen abgewetzten Lumpen, die schon längst nicht mehr wie eine Uniform aussahen. Er hatte ein sanftes Gesicht und rauchte friedlich, während er mit milden Philosophenaugen den Strom und die Schiffe betrachtete und uns aufgeregte, laute Männer. Hätte ich Lord Kitchener so heruntergekommen dort sitzen sehen, so hätte meine Überraschung nicht größer sein können.

Der Mann starrte mich an, als kenne er mich nicht. Er wartete auf sein Stichwort.

Ich sprach sehr schnell auf Sesuto, denn ich fürchtete, der Kapitän verstünde Holländisch.

»Wo kommst du denn her?« fragte ich.

»Die haben mich in den *Tronk*[1] gesperrt«, sagte Pieter, »und ich bin ausgebrochen. Ich bin müde, Cornelis, und möchte lieber zu Schiff weiterreisen.«

»Vergiß nicht, daß du in Afrika bei mir gearbeitet hast«, sagte ich. »Du bist eben aus Damaraland nach Hause gekommen. Du bist ein Deutscher, der dreißig Jahre lang von Hause fort war. Du kannst einen Dampfkesselofen anheizen und hast in den Minen gearbeitet.«

Dann sprach ich mit dem Kapitän.

»Hier ist ein früherer Arbeiter von mir, Herr Kapitän. Ein Riesenglück, daß wir auf den gestoßen sind. Er ist alt und nicht besonders klug, aber ich stehe dafür ein, daß er ein guter Arbeiter ist. Er sagt, er möchte mit uns kommen, und ich kann ihn im Maschinenraum verwenden.«

»Stehen Sie auf«, sagte der Kapitän.

Pieter stand auf, leicht und schlank und sehnig wie ein Leopard. Ein Seemann beurteilt die Leute nicht nach Gürtelweite und Gewicht.

»Er wird's schon schaffen«, sagte Schenk und teilte sofort seine Mannschaft neu ein, wobei die Stromer allerhand zu hören bekamen. Es ergab sich aber, daß ich Pieter nicht bei mir behalten konnte, sondern ihn für einen der Lastkähne hergeben mußte; ich hatte nur noch Zeit für fünf Worte mit ihm und sagte, er solle den Mund halten und seinem Ruf als Halbidiot Ehre machen.

Dieser verfluchte Silvesterabend hatte alles durcheinandergebracht, und der Kapitän und ich waren todmüde, als wir endlich wieder alles in Ordnung gebracht hatten.

In einer Beziehung hatte die Sache ihr Gutes: an diesem Nachmittag passierten wir die Grenze, und ich hatte keine Ahnung davon, bis ich einen Mann in einer mir unbekannten Uniform an Bord kommen sah, der ein paar Zahlen auf

[1] Afrikaans = Kittchen, Gefängnis

einem Formular eintrug und uns Post brachte. Ich muß wohl mit meinem schmutzigen Gesicht und dem Allgemeineindruck, daß ich völlig in meine Arbeit vertieft war, unverdächtig erschienen sein. Er schrieb die Namen der Wachen auf den Lastkähnen auf, und Pieters Namen wurde angegeben, wie er in der Schiffsliste stand – Anton Blum.

»Das muß Ihnen sonderbar vorkommen, Herr Brandt«, meinte der Kapitän, »daß Sie von einem Polizisten ausgefragt werden – Sie, der zweifelsohne vielen Polizisten befehlen kann.«

Ich zuckte die Achseln. »Das gehört zu meinem Beruf. Ich darf mich oft meinen eigenen Bedienten nicht zu erkennen geben.« Ich merkte wohl, daß ich in den Augen des Kapitäns an Ansehen gewann. Die Art, wie ich meine Leute bei der Arbeit hielt, gefiel ihm – nicht umsonst hatte ich Neger bei der Arbeit beaufsichtigt.

Spät an diesem Sonntag fuhren wir durch eine große Stadt, der Kapitän sagte mir, dies sei Wien. Sie dehnte sich meilenweit hin und war so hell erleuchtet wie ein Zirkus. Darnach kamen wir durch eine weite Ebene, und es wurde entsetzlich kalt. Pieter war einmal an Bord gekommen, um die Tagesration abzuholen, aber gewöhnlich überließ er das seinem Partner, denn er ließ sich lieber nicht blicken. Eines Morgens jedoch, ich glaube, es war am 5. Januar, als wir gerade Buda hinter uns hatten und zwischen aufgeweichten Feldern dahinfuhren, auf denen hie und da noch etwas Schnee lag, kam der Kapitän auf die Idee, ich solle einmal die Fracht auf den Lastkähnen inspizieren. Mit einer endlos langen getippten Liste bewaffnet, machte ich mich auf, von einem Kahn zum andern, mit dem letzten fing ich an. Ich fand einen phantastischen Vorrat tödlicher Waffen vor – hauptsächlich Maschinengewehre, aber auch Feldgeschütze und genug Granaten, um die ganze Gallipolihalbinsel in die Luft zu sprengen. Alle Sorten von Granaten gab es da, von den schweren mit vierzehn Zoll Durchmesser bis zu Gewehrgranaten und Schützengrabenmörsern. Mir wurde ganz übel, als ich all diese guten Dinger sah, die für meine Kameraden bestimmt waren, und ich überlegte mir, ob ich unserer Sache nicht den besten Dienst leistete, wenn ich eine gewaltige Explosion zustande brächte. Zum Glück aber war ich vernünftig genug, mich an meinen Auftrag zu erinnern und an meine Pflicht, mich an ihn zu halten.

Pieter war auf einem der mittleren Kähne, und ich fand ihn ziemlich unglücklich vor, hauptsächlich, weil er nicht rauchen durfte. Sein Kamerad war ein Bursche mit Augen wie ein Ochse, dem ich befahl, Wache zu schieben, während Pieter und ich die Liste durchgingen.

»Cornelis, alter Freund«, sagte er, »hier gibt's ganz hübsches Spielzeug. Mit einem Schraubenschlüssel könnte ich in ein paar freien Stunden diese Schnellfeuerdinger so verwandeln, daß sie nicht tödlicher wären als ein Fahrrad. Was meinst du, soll ich's versuchen?«

»Ich habe auch schon daran gedacht«, antwortete ich, »aber es wäre nutzlos. Wir sind hinter etwas Wichtigerem her als hinter der Zerstörung von Munitionskonvois. Ich möchte wissen, wie du hierher gekommen bist.«

Er lächelte – es war das ihm eigene, einzigartige, gefügige Sonntagsschul-Lächeln.

»Das war ganz einfach, Cornelis. In dem Café damals habe ich mich blöd benommen – aber das haben sie dir ja gesagt. Weißt du, ich war sehr zornig und handelte unüberlegt. Sie hatten uns beide getrennt, und es war mir klar, daß sie mich saumäßig behandeln würden. Deshalb ließ ich meiner schlechten Laune freien Lauf, denn – das habe ich dir ja schon gesagt – ich mag die Deutschen nicht.«

Pieter blickte liebevoll zu den kleinen, unansehnlichen Gehöften hinüber, die weit verstreut in der ungarischen Ebene lagen.

»Die ganze Nacht lag ich im *Tronk* und hatte nichts zu essen. Am Morgen gaben sie mir was und brachten mich mit der Eisenbahn Hunderte von Meilen zu einem Ort, der – glaube ich – Neuburg heißt. Es war ein großes Gefängnis voll von englischen Offizieren. Oft habe ich mich auf dieser Reise gefragt, warum sie mich wohl so behandeln, denn mir kam das unsinnig vor. Wenn sie mich bestrafen wollten, weil ich sie beleidigt hatte, konnten sie mich ja in den Schützengraben schicken. Dagegen hätte niemand was einwenden können. Wenn sie mich für gänzlich unbrauchbar hielten, hätten sie mich nach Holland zurückschicken können. Das hätte ich nicht verhindern können. Aber sie behandelten mich, als sei ich ein ganz gefährlicher Mensch, wohingegen all ihr bisheriges Benehmen so gewesen war, als hätten sie es mit einem Einfaltspinsel zu tun. Ich konnte alles das nicht verstehen.

Aber ich war noch nicht einmal eine Nacht in diesem Ort Neuburg, als mir das Ganze klar wurde. Sie wollten mich in der Hand haben als Kontrolle über dich, Cornelis. So habe ich es mir zurechtgelegt. Dir hatten sie eine sehr wichtige Aufgabe gegeben und hatten dir aus diesem Grund ein ganz großes Geheimnis anvertrauen müssen. Also gut. Augenscheinlich hielten sie sehr viel von dir, sogar jener Stumm, obwohl er so grob wie ein Büffel war. Aber so ganz genau kannten sie dich doch nicht, deshalb wollten sie dich auf irgendeine Weise kontrollieren. Und für diese Kontrolle brauchten sie Pieter Pienaar. Pieter war ein Dummkopf, und wenn es etwas auszuplaudern gab, so würde Pieter es früher oder später ausplaudern. Dann würden sie einen langen Arm ausstrecken und dich kurzerhand unschädlich machen, wo du auch immer wärest. Deshalb mußten sie den ollen Pieter im Auge behalten.«

»Das klingt sehr plausibel«, antwortete ich.

»Es war die heilige Wahrheit«, sagte Pieter. »Und als mir

das ganz klar wurde, wußte ich, daß ich ausbrechen mußte. Einmal, weil ich ein freier Mann bin und nicht gern im Gefängnis hocke, aber hauptsächlich, weil ich meiner selbst nicht sicher war. Eines Tages konnte mein Temperament wieder mit mir durchgehen, und ich würde etwas Dummes sagen, wofür Cornelis dann zu leiden haben würde. Also stand es bei mir fest, daß ich ausbrechen mußte.

Und dann, Cornelis, merkte ich ziemlich bald, daß es zwei Sorten von Gefangenen gab. Die einen waren die richtigen Gefangenen, hauptsächlich Engländer und Franzosen, und die anderen waren vorgetäuschte. Diese wurden scheinbar genau so behandelt wie die anderen, aber in Wirklichkeit doch nicht, wie ich bald bemerkte. Einer war da, der galt als Engländer, ein anderer als französischer Kanadier, und die anderen nannten sich Russen. Keiner der echten Gefangenen verdächtigte sie, aber sie waren als Spitzel da, um Fluchtpläne auszuhecken, bei deren Ausführung die armen Teufel dann erwischt würden, und um vertrauliche Mitteilungen herauszukriegen, die vielleicht von Wert waren. Das ist der deutsche Begriff von Geschäftstüchtigkeit. Ich bin kein englischer Soldat, der glaubt, daß alle Männer Gentlemen sind. Ich weiß, daß es unter den Menschen verzweifelte *skellums*[1] gibt, darum wußte ich ziemlich bald, was gespielt wurde. Ich war wütend darüber, aber für meinen eigenen Plan war es günstig. Den Entschluß, auszubrechen, faßte ich am Tage meiner Ankunft in Neuburg, und am ersten Weihnachtstag war mein Plan fertig.«

»Pieter, du bist einfach großartig. Meinst du damit, daß du ganz sicher warst, du könntest heraus, wann immer du wolltest?«

»Ganz sicher, Cornelis. Weißt du, zu meiner Zeit war ich selber ein Bösewicht, und ich weiß recht gut, wie es in einem Gefängnis aussieht. Man kann es bauen wie ein präch-

[1] Afrikaans = Schurken

tiges Schloß, oder es mag nur ein *Back-veld tronk* sein, das nur aus Lehm und Wellblech besteht, aber immer gibt es einen Schlüssel und einen Mann, der ihn bei sich hat, und den Mann kann man überlisten. Ich wußte, daß ich ausbrechen konnte; ich wußte nur nicht, daß es so leicht sein würde. Das verdankte ich den ›falschen‹ Gefangenen, meinen Freunden, den Spitzeln.

Ich freundete mich sehr mit ihnen an. Am Heiligen Abend waren wir recht vergnügt miteinander. Ich glaube, ich habe schon am ersten Abend über jeden einzelnen Bescheid gewußt. Ich prahlte mit meiner Vergangenheit und mit allen meinen Streichen, und ich sagte ihnen, daß ich ausreißen wolle. Sie bestärkten mich in meinem Vorsatz und versprachen, mir zu helfen. Am nächsten Morgen hatte ich meinen Plan fertig. Am Nachmittag, gleich nach dem Mittagessen, mußte ich zum Kommandanten gehen. Man behandelte mich etwas anders als die anderen, denn ich war kein Kriegsgefangener; ich ging hin, um ausgefragt und als dämlicher Bure beschimpft zu werden. Es gab dort keine strenge Überwachung, denn das Zimmer lag im zweiten Stock und viele Meter entfernt von jeder Treppe. Im Flur vor dem Zimmer des Kommandanten war ein Fenster, das nicht vergittert war, und vier Fuß von diesem Fenster entfernt war ein dikker Ast an einem großen Baum. Diesen Ast konnte man wohl erreichen, und wenn man so geschickt wie ein Affe war, konnte man von da auf den Boden gelangen. Darüber hinaus wußte ich nichts, Cornelis; aber klettern kann ich.

Ich erzählte den anderen meinen Plan. Sie sagten, er sei gut, aber niemand erbot sich mitzukommen. Sie waren sehr großmütig; sie erklärten, es sei mein Plan, und ich solle den Vorteil davon haben; denn wenn mehr als einer beteiligt war, würde der Plan zweifellos entdeckt werden. Ich stimmte zu und dankte ihnen – und zwar mit Tränen in den Augen. Dann zog einer sehr vorsichtig eine Landkarte hervor. Wir legten meine Reiseroute fest, denn ich wollte schnurstracks nach Holland. Bis dahin war es weit, und ich hatte kein Geld, denn als ich verhaftet wurde, hatten sie mir alle meine englischen Goldmünzen abgenommen; aber sie versprachen, untereinander zu sammeln, um mir den Start zu ermöglichen. Und wieder weinte ich Tränen der Dankbarkeit. Das war am Sonntag, einen Tag nach Weihnachten.

Also, Cornelis, als der Leutnant uns zur Besichtigung der gefangenen Engländer führte, wie du dich erinnern wirst, erzählte er uns ausführlich, wie es im Gefängnis zugeht. Er erzählte uns, wie gern sie einen Gefangenen, der auszubrechen versuchte, auf frischer Tat ertappten, so daß sie ihn darnach mit gutem Gewissen grausam behandeln konnten. Das fiel mir wieder ein, und ich rechnete damit, daß meine Freunde dem Kommandanten schon alles erzählt hatten und daß sie am Mittwoch bereitstehen würden, um mich zu ertappen. Bis dahin, so meinte ich, würde ich nicht allzu streng bewacht werden, denn sie glaubten, sie hätten mich schon sicher im Netz . . .

Darum ging ich schon am nächsten Tag durchs Fenster. Das war am Montag nachmittag . . .«

»Das war aber kühn«, sagte ich bewundernd.

»Der Plan war kühn, aber nicht sehr gescheit«, meinte Pieter bescheiden. »Ich hatte nur sieben Mark bei mir, außerdem nur eine Tafel Schokolade. Ich hatte keinen Mantel, und der Schnee fiel dicht. Außerdem konnte ich nicht den Baum hinunter klettern, weil sein Stamm so glatt und ohne Äste war wie bei unseren Eukalyptusbäumen. Eine Weile dachte ich, ich müsse aufgeben, und ich war recht unglücklich.

Aber ich hatte Zeit, denn ich glaubte nicht, daß sie mich vor Einbruch der Nacht vermissen würden, und wenn er nur Zeit genug hat, bringt der Mensch meistens etwas zuwege.

Schließlich entdeckte ich einen Ast, der über die äußere Mauer des Hofes hinüber ragte und über dem Fluß hing. Diesem Ast folgte ich und ließ mich schließlich ins Wasser fallen. Es war ein Höhenunterschied von einigen Metern, und das Wasser floß sehr schnell, so daß ich fast ertrunken wäre. Lieber würde ich im Limpopo mit all seinen Krokodilen schwimmen, Cornelis, als in diesem eisigen Wasser. Aber es gelang mir, bis ans Ufer zu kommen, wo ich mich in die Büsche legte, um wieder zu Atem zu kommen ...

Darnach ging alles glatt, obwohl ich schrecklich fror. Ich wußte, sie würden mich auf den Straßen suchen, die nach Norden führten, wie ich meinen Freunden erzählt hatte, und niemand würde auch nur im Traum daran denken, daß ein blöder Bure südlich wandern würde, fort von seinem holländischen Stammesvolk. Aber ich hatte auf der Landkarte genug gesehen, um zu wissen, daß unser Weg nach Südosten führte, und ich hatte mir diesen großen Strom gemerkt.«

»Hast du gehofft, mich unterwegs zu treffen?« fragte ich.

»Nein, Cornelis. Ich dachte, du würdest Erster Klasse mit der Bahn fahren, während ich mich mühsam zu Fuß hinschleppte. Aber ich kam der Stadt näher, von der du gesprochen hast. Wie nanntest du sie noch? Konstant Nopel, wo unsere große Aufgabe uns erwartete. Ich dachte, ich käme wohl noch zeitig genug hin.«

»Du bist ein wahrhafter Trojaner, Piet«, sagte ich. »Aber erzähle weiter. Wie bist du zu dem Landesteg gekommen, wo ich dich gefunden habe?«

»Das war eine mühselige Reise«, sagte er nachdenklich. »Es war nicht leicht, durch das Stacheldrahtverhau zu kommen, das Neuburg umgab – ja sogar durch den Strom hindurch. Aber schließlich erreichte ich den Wald und war in Sicherheit, denn ich glaubte, daß kein Deutscher im freien Gelände mir gewachsen sei. Selbst die besten, die Förster, sind – was die Kenntnis unbebauten Landes betrifft – nur Wickelkinder im Vergleich mit mir, wenn es gilt, sich im Ödland zurechtzufinden... Meine Sorgen waren nur Hunger und Kälte. Dann begegnete ich einem polnisch-jüdischen Hausierer und verkaufte ihm meine Kleider und kaufte diese hier von ihm. Meine eigenen gab ich ungern her, sie waren besser, aber er gab mir noch extra zehn Mark, und darnach ging ich ins Dorf und aß mich rundherum satt.«

»Wurdest du verfolgt?« fragte ich.

»Ich glaube nicht. Sie suchten mich im Norden, wie ich vermutet hatte, auf den Eisenbahnstationen, die meine Freunde mir auf der Landkarte markiert hatten. Ich wanderte fröhlich dahin und tat ganz unbefangen. Wenn ein Mann oder eine Frau mich mit Verdacht ansah, sprach ich sie sofort an und redete das Blaue vom Himmel herunter. Ich erzählte eine traurige Geschichte, und alle glaubten sie. Ich war ein armer Holländer, zu Fuß unterwegs nach Hause, um die sterbende Mutter noch einmal zu sehen, und man hatte mir gesagt, daß ich nahe der Donau auf die Hauptlinie der Eisenbahn stoßen würde, die mich nach Holland brächte. Es waren mitunter nette Leute, die mir zu essen gaben, und eine Frau gab mir 50 Pfennige und wünschte mir gute Reise... Dann kam ich am letzten Tage des Jahres bis zum Fluß, wo ich viele Betrunkene sah.«

»Und da hast du dann beschlossen, dich auf einen der Schleppkähne zu machen?«

»Ja, Cornelis. Sobald ich von den Barken hörte, begriff ich, welche Möglichkeit sie mir boten. Aber du hättest mich mit einem Strohhalm umwerfen können, als ich dich an Land kommen sah. Das war, was man Dusel nennt, mein Freund... Ich habe viel über die Deutschen nachgedacht und will dir genau sagen, was ich denke. Einzig und allein Unverfrorenheit kann sie verwirren. Sie sind sehr sorgfältig. Sie denken an alle wahrscheinlichen Schwierigkeiten, aber nicht an alle, die möglich sind. Sie haben nicht viel Phantasie. Sie sind wie Lokomotiven, die nur auf Schienen fahren können. So kriegen sie schließlich jeden zu fassen. Wenn sich aber einer seitwärts in die Büsche schlägt, dann wissen sie nicht mehr weiter. Darum unverfroren, mein Lieber; dreist drauflos. Denke dran, daß sie – als Nation – Brillenträger sind, und das bedeutet, daß sie immer umherspähen.«

Pieter unterbrach sich, um begeistert zu berichten vom keilförmigen Flug der Wildgänse und von den Ketten der ziehenden Schwäne, die immerfort über diesen Ebenen unterwegs waren. Sein Bericht hatte mich wunderbar erfrischt. Wir hatten unglaubliches Glück gehabt, und ich hatte jetzt eine Art von Zuversicht in unser Unternehmen, die mir zuvor gefehlt hatte. Obendrein bekam ich am gleichen Nachmittag einen weiteren Tip.

Ich ging auf Deck, um Luft zu schöpfen, und fand die Frischluft nach dem heißen Maschinenraum ziemlich kalt. Also rief ich einen der Deckmatrosen, er solle mir meinen Mantel aus der Kantine holen – jenen, den ich am ersten Morgen im Dorf Greif gekauft hatte.

»Den grünen Mantel?« rief der Mann herauf, und ich antwortete: »Ja.« Aber seine Worte blieben mir in den Ohren hängen, und lange nachdem er mir das Cape gebracht hatte, stand ich da und starrte geistesabwesend über die Reling hin.

Seine Stimme hatte in meinem Gedächtnis eine Saite angeschlagen oder, um es genauer zu sagen: sie hatte Sinn in etwas gebracht, was vorher nur verschwommen und unklar gewesen war. Denn er hatte diese Worte gesprochen, die Stumm hinter vorgehaltener Hand zu Gaudian gesagt hatte. Ich hatte etwas wie ›Ühnmantl‹ gehört und konnte mir nichts dabei denken. Jetzt war ich dieser Worte so sicher wie meines eigenen Vorhandenseins. Sie hatten gelautet: *»Der grüne*

Mantel.« Der Grüne Mantel, was immer das sein mochte, war der Name, den Stumm mich nicht hören lassen wollte, war irgendein Talisman für das Unternehmen, das ich vorgeschlagen hatte, und auf irgendeine Weise verbunden mit dem geheimnisvollen *›von Einem‹*.

Diese Entdeckung versetzte mich in die allerbeste Laune. Ich sagte mir, daß ich es trotz aller Schwierigkeiten fertiggebracht hatte, innerhalb weniger Tage eine ganze Menge herauszufinden. Ein Beweis dafür, was man mit dem kleinsten Bißchen Information anfangen kann, wenn man es lange genug wiederkäut . . .

Am zweiten Morgen darnach lagen wir am Kai in Belgrad, und ich nahm die Gelegenheit wahr, mir die Füße zu vertreten. Pieter war an Land gekommen, um zu rauchen, und wir wanderten in den arg zerstörten Uferstraßen umher und betrachteten die zerschossenen Bögen der großen Eisenbahnbrücke, an deren Wiederherstellung die Deutschen wie die Biber arbeiteten. Sie hatten eine behelfsmäßige Pontonbrücke über den Strom geschlagen, um die Eisenbahn ans andere Ufer zu bringen, aber ich rechnete mir aus, daß die Hauptbrücke spätestens innerhalb eines Monats wieder fertig sein würde. Es war ein klarer, kalter blauer Tag, und wenn man nach Süden blickte, sah man verschneite Bergketten, eine hinter der anderen. Die oberen Straßen der Stadt waren noch einigermaßen unbeschädigt, und es gab Läden, wo man Nahrungsmittel kaufen konnte. Ich erinnere mich, daß ich Englisch sprechen hörte und eine Gruppe von Rotkreuzschwestern, von österreichischen Soldaten eskortiert, vom Bahnhof her kommen sah.

Es hätte mir sehr gut getan, hätte ich ein Wort mit ihnen wechseln können. Ich dachte an das tapfere Volk, dessen Hauptstadt Belgrad gewesen war; dreimal hatte es die Österreicher über die Donau zurückgejagt, und dann war es nur durch den schwarzen Verrat der sogenannten Verbündeten geschlagen worden. Dieser Morgen in Belgrad ergab sowohl für Pieter wie für mich einen neuen, zusätzlichen Sinn für unsere Aufgabe: uns war aufgetragen, diesem grauenhaften, blutigen Moloch, der die kleinen heldenhaften Nationen vernichtete, das Handwerk zu legen.

Wir waren gerade im Begriff abzulegen, als eine Gruppe anscheinend hochgestellter Persönlichkeiten auf dem Kai erschien. Alle Arten von Uniformen gab es zu sehen – deutsche, österreichische und bulgarische – und mitten drin war ein beleibter Herr im Pelzmantel und schwarzem Filzhut. Sie sahen zu, wie die Schleppkähne die Anker lichteten, und ehe wir begannen, den Schleppzug auszurichten, konnte ich ihre Unterhaltung hören. Der Pelzmantel sprach Englisch.

»Ich schätze, das sind sehr gute Nachrichten, Herr General«, sagte er; »wenn die Engländer Gallipoli aufgegeben haben, können wir mit diesen neuen Lieferungen auf Großwildjagd gehen. Es wird wohl nicht mehr lange dauern, bis wir den britischen Löwen mit wunden Tatzen aus Ägypten abziehen sehen.«

Alle lachten. »Möglich, daß wir bald den Vorzug haben werden, dieses Schauspiel zu genießen«, lautete die Antwort.

Ich gab nicht sehr auf die Unterhaltung acht, tatsächlich wurde mir erst nach Wochen klar, daß dies die erste Nachricht über den großen Rückzug vom Hellespont war. Was mich beglückte, war der Anblick von Blenkiron, der sich unter all den großen Tieren wie ein kriecherischer Friseur benahm. Zwei der Abgesandten befanden sich also sozusagen in Sichtweite ihres Zieles.

10

DAS GARTENHAUS SULIMANS DES ROTEN

Am 10. Januar kamen wir nach Rustschuk, landeten aber keineswegs an diesem Tage. Irgend etwas war mit der Organisation der Löschung unserer Fracht schiefgegangen oder eher wohl mit der Eisenbahn, auf die wir angewiesen waren, und wir mußten den ganzen Tag weit draußen im schlammigen Fluß herumschaukeln. Obendrein bekam Kapitän Schenk einen Schüttelfrost und war am Abend ein fieberzitterndes Wrack und blau um die Kiemen. Er hatte mir viel Freundlichkeit erwiesen, und es erschien mir recht und billig, daß ich ihn nicht im Stich ließ. Deshalb ließ ich mir die Schiffspapiere geben und die Liste der Ladung und nahm es auf mich, für die Umladung zu sorgen. Es war nicht das erstemal, daß ich dergleichen unternahm, und was die Dampfkräne betraf, so brauchte ich nichts dazuzulernen. Ich sagte ihm, ich werde nach Konstantinopel weiterfahren und Pieter mit mir nehmen, und er stimmte zu. Er mußte in Rustschuk auf die Fracht für die Rückreise warten und konnte unschwer einen neuen Ingenieur anheuern.

Ich schuftete etwa die härtesten vierundzwanzig Stunden meines Lebens, um das Zeug an Land zu bringen. Der Beamte des Löschplatzes war ein Bulgare, ein ganz tüchtiger Mann, hätte er nur von der Eisenbahnverwaltung genügend Waggons kriegen können. Aber es war eine Anzahl deutscher Transportbeamter da, die sich immerfort einmischten und gegen jedermann höllisch unverschämt waren. Ich spielte den Überlegenen, und da ich den bulgarischen Kommandanten auf meiner Seite hatte, hielten sie nach etwa zwei Stunden wechselseitiger Flucherei den Mund.

Aber die größte Schwierigkeit kam am nächsten Morgen, als ich fast die ganze Ladung in den Waggons hatte.

Ein junger Offizier in einer – wie mir schien – türkischen Uniform ritt mit einem Adjutanten heran. Ich sah, wie die deutschen Wachen ihn grüßten, und schloß daraus, daß er ein ziemlich hohes Tier sein mußte. Er kam zu mir heran und bat mich sehr höflich auf deutsch um die Frachtbriefe. Ich gab sie ihm, und er sah sie sorgfältig durch, wobei er gewisse Posten mit Blaustift anstrich. Dann übergab er sie ohne weiteres seinem Adjutanten und sprach auf türkisch zu ihm.

»Hören Sie, die will ich wiederhaben«, sagte ich. »Ich kann sie nicht entbehren, und wir haben keine Zeit zu versäumen.«

»Gleich«, sagte er lächelnd und ging davon.

Ich erwiderte nichts, da ich mir sagte, daß das Zeug ja für die Türken war und sie natürlich dabei mitzureden hatten. Wir waren mit dem Verladen so gut wie fertig, als mein Kavalier zurückkam. Er übergab mir ein sauber getipptes neues Exemplar der Frachtbriefe. Ein Blick darauf zeigte mir, daß einige der großen Posten fehlten.

»Hören Sie, so geht das nicht«, rief ich. »Geben Sie mir die Originale zurück. Diese hier kann ich nicht gebrauchen.«

Anstelle einer Antwort blinzelte er sanft, lächelte wie ein bräunlicher Seraph und hielt mir die Hand hin. Darin sah ich eine Rolle Geld.

»Für Sie«, sagte er. »Das ist hier so üblich.«

Es war das erste Mal, daß jemand je versucht hatte, mich zu bestechen, und ich kochte über wie ein Geiser. Ich durchschaute seine Absicht klar. Die Türkei würde Deutschland für die ganze Ladung zahlen: wahrscheinlich hatte sie die Rechnung schon bezahlt; aber für die Posten, die nicht auf den Listen standen, würde sie doppelt zahlen, und zwar denselben Betrag noch einmal an diesen Burschen und seine Freunde. Das kam mir reichlich unverfroren vor, sogar für orientalische Geschäftsmethoden.

»Hören Sie mal, mein Herr«, sagte ich, »ich rühre mich nicht vom Fleck, ehe ich nicht die korrekten Listen habe. Wenn Sie sich weigern, sie mir zu geben, lasse ich die Waggons ausladen und mache eine neue Liste. Aber eine korrekte Liste will ich haben, oder das ganze Zeug bleibt hier bis zum Jüngsten Tag.«

Er war ein schlanker, geckenhafter Mensch und sah eher verwirrt drein als ärgerlich.

»Aber ich biete Ihnen doch genug«, sagte er und streckte mir wieder die Hand hin.

Daraufhin brüllte ich los: »Wenn Sie versuchen, mich zu bestechen, Sie jämmerlicher kleiner Pfuscher, hole ich Sie von Ihrem Pferd herunter und schmeiße Sie in den Fluß.«

Da verstand er mich endlich und fing an zu fluchen und zu drohen, aber ich schnitt ihm das Wort ab.

»Kommen Sie mit zum Kommandanten, Sie Fratz«, sagte ich und ging los, zerriß im Gehen seine getippten Listen und streute sie hinter mich wie bei einer Schnitzeljagd.

Im Büro des Kommandanten hatten wir einen gottsallmächtigen Krach. Ich sagte, es sei meine Verantwortung, als Repräsentant der deutschen Regierung dafür zu sorgen, daß die Sendung dem Empfänger tipptopp und mit erstklassigen Papieren geliefert werde. Ich sagte, es sei nicht meine Gewohnheit, gefälschte Dokumente abzuliefern. Er mußte mir wohl oder übel zustimmen, aber da stand dieser wütende Balkanese, sein Gesicht war so starr wie ein Buddhabildnis.

»Tut mir leid, Rasta Bey«, sagte er, »aber dieser Herr hat recht.«

»Ich habe Vollmacht vom Komitee, die Ladung zu übernehmen«, sagte er grimmig.

»Meine Instruktionen lauten anders«, antwortete ich: »Die Fracht ist an den Kommandanten der Artillerie in Tschataldja, an den Herrn General von Oesterzee, adressiert.«

Der andere zuckte die Achseln. »Nun ja«, sagte er. »Ich werde mich mit dem Herrn General von Oesterzee unterhalten und noch ausführlicher mit diesem Burschen, der sich dem Komitee nicht fügen will.« Und damit schritt er davon wie ein aufsässiger Schuljunge.

Der vielgeplagte Kommandant grinste. »Sie haben Seine Lordschaft gekränkt, und es ist nicht gut, ihn zum Feinde zu haben. So sind sie alle, die zum Komitee gehören. Gehen Sie doch lieber nicht nach Konstantinopel.«

»Damit der Schurke mit seinem roten Fes die Waggons unterwegs plündern kann? Nein, vielen Dank. Ich sorge dafür, daß sie heil nach Tschataldja kommen – oder wie dieses Artillerie-Depot heißt.«

Ich sagte noch viel mehr, dies ist nur eine kleine Kostprobe alles dessen, was ich sagte. ›Blighter‹ zum Beispiel übersetzte ich mit ›Trottel‹, und ich wandte auch noch einige andere Ausdrücke an, die meinen kleinen Türkenfreund entzückt hatten. Wenn ich's mir jetzt überlege, kommt es mir einigermaßen lächerlich vor, daß ich so viel Mühe daran wandte, die Geschütze an ihr Ziel zu bringen, die dann gegen meine eigenen Leute abgefeuert werden würden. Aber damals war mir das nicht klar. Meine Offiziersehre stand auf dem Spiel, und es war mir unerträglich, in einen Betrug verwickelt zu sein.

»Also, ich rate Ihnen, bewaffnet zu reisen«, sagte der Kommandant. »Natürlich werden Sie für jeden Waggon eine Wache haben, und dafür werde ich zuverlässige Leute aussuchen. Trotzdem ist es möglich, daß der Zug angehalten wird. Wenn Sie einmal über der Grenze sind, kann ich Ihnen nicht mehr helfen, aber ich werde an Oesterzee telegraphieren, und wenn etwas passiert, wird er eingreifen. Ich finde nach wie vor, Sie hätten klüger daran getan, sich mit Rasta Bey gut zu stellen.«

Als ich schon im Gehen war, gab er mir ein Telegramm.

»Das ist für Ihren Kapitän Schenk«, sagte er. Ich steckte den Umschlag in die Tasche und ging hinaus.

Schenk war noch recht krank, darum legte ich ihm einen kurzen Brief hin. Um ein Uhr mittags war ich so weit, daß der Zug abfuhr; in jedem Waggon waren zwei deutsche Landwehrmänner, und Pieter und ich reisten in einem Viehwagen. Gleich darauf fiel mir das Telegramm an Schenk ein, das ich noch in der Tasche hatte. Ich holte es hervor und riß den Umschlag auf, ich wollte es auf der ersten Bahnstation, an der wir hielten, aufgeben. Aber als ich es las, wurde ich anderen Sinnes. Es kam von irgendeinem Beamten in Regensburg, der Schenk beauftragte, einen Mann namens Brandt sofort festzunehmen und ihn mit dem nächstbesten Boot zurückzuschicken; angeblich war er am 30. Dezember in Absthafen an Bord gekommen.

Ich pfiff durch die Zähne und zeigte Pieter das Telegramm. Je eher wir nach Konstantinopel kamen, desto besser war es, und ich schickte ein Stoßgebet zum Himmel, daß wir dort ankämen, ehe der Absender des Telegramms es wiederholte und den Kommandanten instruierte, es weiterzusenden, so daß wir in Tschataldja geschnappt würden. Denn ich war jetzt eisern entschlossen, was diese Munitionslieferung betraf, und hätte jedes Risiko eingegangen, um sie intakt dem Empfänger abzuliefern. Pieter konnte mich gar nicht verstehen. Er hätte immer noch am liebsten die ganze Ladung irgendwo während der Bahnfahrt mit großem Knalleffekt in die Luft gejagt. Aber immerhin war Pieter mit Aufträgen solcher Art nicht vertraut, und seine Ehre stand in diesem Fall nicht auf dem Spiel.

Die Reise war sterbenslangweilig. Schon in Bulgarien war sie nicht vergnüglich, aber als wir bei einem Ort namens Mustafa Pascha über die Grenze kamen, stießen wir auf die notorische Schlamperei des Ostens. Zum Glück entdeckte ich dort einen deutschen Offizier, dem der Begriff Eile nicht ganz fremd war, und außerdem lag ihm selber auch daran, daß die Ladung weiterbefördert würde. Am Morgen des 16. Januar, nachdem Pieter und ich uns kümmerlich von Schwarzbrot und indiskutablen Konserven ernährt hatten, sahen wir rechts drüben ein blaues Meer – da wußten wir, wir konnten nicht mehr weit vom Ende der Reise entfernt sein.

In einem anderen Sinn waren wir tatsächlich dem Ende nahe. Wir hielten an einer Bahnstation und vertraten uns die Beine auf dem Bahnsteig, als ich jemanden herankommen sah, den ich kannte. Es war Rasta mit einem halben Dutzend türkischer Polizisten.

Ich rief Pieter, und wir kletterten in den Waggon nächst dem unseren. Ich hatte so etwas halberlei erwartet und mich darauf vorbereitet.

Der Türke stolzierte heran und sagte: »Sie können nach Rustschuk zurückfahren«. »Von hier an übernehme ich den Transport. Geben Sie mir die Frachtbriefe.«

»Ist das hier Tschataldja?« fragte ich unschuldig.

»Jedenfalls ist dies die Endstation Ihrer Angelegenheit«, sagte er hochfahrend. »Schnell jetzt, sonst wird es Ihnen schlecht bekommen.«

»Hören Sie mal zu, Kleiner«, sagte ich; »Sie sind ein Säugling und haben von nichts eine Ahnung. Ich werde den Transport niemandem abliefern als dem General von Oesterzee.«

»Sie befinden sich hier in der Türkei«, schrie er, »und haben der türkischen Regierung zu gehorchen!«

»Der türkischen Regierung will ich gern gehorchen«, antwortete ich; »aber wenn Sie die Regierung sind, könnte ich mit Baby-Lätzchen und Rassel eine bessere zustande bringen.«

Er sagte etwas zu seinen Leuten, die zu den Gewehren griffen.

»Bitte fangen Sie hier keine Schießerei an«, sagte ich. »Ich habe hier auf dem Zug zwölf bewaffnete Landwehrmänner, die meinem Befehl unterstehen. Außerdem können mein Freund und ich auch ganz gut schießen.«

»Sie Idiot!« brüllte er, jetzt war er wirklich wütend. »In fünf Minuten habe ich ein ganzes Regiment beisammen.«

»Vielleicht«, sagte ich, »aber machen Sie sich eins klar. Ich sitze hier auf genug Toluol, um die ganze Gegend in die Luft zu jagen. Wenn Sie es wagen, den Zug zu betreten, erschieße ich Sie. Wenn Sie Ihr Regiment zu Hilfe rufen – hören Sie mal, was ich dann tue. Dann zünde ich den ganzen Zauber an, und dann kann man wahrscheinlich irgendwelche Fetzchen von Ihnen und Ihrem Regiment in der Gegend der Gallipoli-Halbinsel auflesen.«

Er hatte versucht, mich zu bluffen – nicht sehr erfolgreich. Ich hatte ihn nun auf meine Art geblufft. Er begriff, daß es mir ernst war, und wurde plötzlich seidenglatt.

»Adieu, mein Herr«, sagte er. »Sie haben eine gute Chance ungenützt gelassen. Wir werden uns bald wieder treffen, und dann wird es Sie reuen, daß Sie so unverschämt waren.«

Er schritt davon, und ich mußte mich sehr beherrschen, ihm nicht nachzulaufen. Ich hätte ihn gern übers Knie gelegt und verhauen.

Wir erreichten Tschataldja ohne weitere Zwischenfälle und wurden von General von Oesterzee wie längst für tot gehaltene Brüder empfangen. Er war ein richtiger Artillerieoffizier, der nichts im Kopf hatte als seine Kanonen und Granaten. Ich mußte etwa drei Stunden warten, bis er die Ladung mit den Listen verglichen hatte, und dann händigte er mir eine Quittung aus, die ich heute noch besitze. Ich erzählte ihm von Rasta, und er fand, daß ich richtig gehandelt hatte. Er war nicht so empört, wie ich erwartet hatte, aber immerhin: er hatte ja bekommen, was er brauchte. Es waren ja bloß die blöden Türken, die für einen Großteil der Lieferung zweimal zahlen mußten.

Er lud Pieter und mich zum Lunch ein und war recht umgänglich; er sprach über den Verlauf des Krieges. Ich hätte ihm gern zugehört, denn es hätte mich sehr interessiert, die Ansichten eines Eingeweihten über den deutschen Krieg an der Ostfront zu erfahren; aber ich wagte nicht, mich lange aufzuhalten. Jeden Augenblick konnte ein Verdacht erregendes Telegramm aus Rustschuk kommen. Schließlich stellte er uns ein Auto, das uns die paar Meilen bis zur Stadt fuhr.

So kam es also, daß um fünf Minuten nach drei Uhr nachmittags am 16. Januar Pieter und ich nach Konstantinopel kamen, mit nichts anderem als den Kleidern, die wir auf dem Leibe trugen.

Ich war recht guten Mutes, denn ich hatte das letzte Stück der Reise erfolgreich hinter mich gebracht und freute mich wie verrückt auf das Wiedersehen mit meinen Freunden; aber trotzdem war der erste Anblick der Stadt eine Riesenenttäuschung. Ich weiß nicht recht, was ich erwartet hatte – eine Art orientalischer Märchenstadt, weißen Marmor und blaues Wasser und vornehme Türken in kostbaren Gewändern, verschleierte Huris, Rosen und Nachtigallen und Saiteninstrumente, die süße Musik hören ließen. Ich hatte ganz vergessen, daß der Winter überall ziemlich derselbe ist. Es war ein trüber, feuchter Tag, der Wind blies aus Südosten, und die Straßen waren lange Rinnen voller Schlamm. Der erste Stadtteil, auf den ich traf, war eine schäbige Vorstadt wie in den Kolonien – Häuser aus Holz und eine Anzahl schmutziger, ungesund blasser Kinder. Ich weiß noch: ein Friedhof war da, und die Türkenfes hingen am Kopfende jedes Grabes auf einem Stock. Dann kamen wir in enge, steile Straßen, die zu einer Art breitem Kanal hinunterführen. Ich sah so etwas wie Moscheen und Minarette, und sie machten mir keinen größeren Eindruck als Fabrikschornsteine. Irgendwann einmal gingen wir über eine Brücke und bezahlten einen Penny für diese Vergünstigung. Hätte ich gewußt, daß dies das berühmte Goldene Horn war, so hätte ich mich wohl mit mehr Interesse umgesehen. Aber so bemerkte ich nichts als eine Menge verkommener Kähne und ein paar sonderbare kleine Boote, die wie Gondeln aussahen. Dann kamen wir in belebtere Straßen, wo wackelige Kütschchen, von mageren Pferden gezogen, durch den Straßenschlamm planschten. Einen alten Mann sah ich, der meiner Vorstellung von einem Türken entsprach, aber die meisten Leute sahen aus wie Altkleiderhändler in London. Alle außer den Soldaten, türkischen und deutschen, die ganz gut dran zu sein schienen.

Pieter war wie ein treuer Hund neben mir hergetrabt und hatte kein Wort gesagt, aber offenbar gefiel auch ihm diese nasse, schmutzige Metropole nicht.

»Weißt du eigentlich, Cornelis, daß man uns auf der Spur ist?« sagte er plötzlich, »seit wir dieses Stinknest betreten haben?«

In solchen Dingen war Pieter unfehlbar. Ich erschrak sehr, denn ich fürchtete, das Telegramm sei in Tschataldja angekommen. Dann dachte ich, das könne eigentlich nicht sein, denn wenn van Oesterzee meiner habhaft werden wollte, hätte er mir ja nicht nachzupirschen brauchen. Das Ganze sah mehr nach meinem Freund Rasta aus.

Den Weg zur Fähre von Ratschik wies mir ein Soldat, und dort sagte mir ein deutscher Matrose, wo der Kurdisch-Basar war. Er wies eine steile Straße hinauf, sie führte an einem Hochhaus vorbei, einem Warenhaus, wo jede Fensterscheibe zerschlagen war. Sandy hatte gesagt: von oben herunter links, darum mußte es, kam man von unten, rechts sein. Wir gingen drauflos, und es war dort so dreckig wie nirgendwo anders. Der Wind pfiff durch die Gasse und wirbelte den

Unrat auf. Sie schien dicht bevölkert zu sein, denn vor jeder Tür hockten Frauen mit verschleiertem Gesicht, obwohl in den glatten Hauswänden kaum ein Fenster zu sehen war.

Die Straße wand sich endlos bergauf. Manchmal schien sie aufzuhören; dann wieder fand sie ein Loch im gegenüberliegenden Gemäuer und wand sich hindurch. Oft war es fast pechschwarz; dann kam ein graues Zwielicht, wenn die ›Straße‹ sich zur Breite eines normalen Heckenwegs erweiterte. In diesem Zwielicht ein bestimmtes Haus zu finden, war nicht leicht, und als wir eine Viertelmeile gegangen waren, bekam ich allmählich Angst, wir hätten es verpaßt. Jemanden von den Leuten, die uns begegneten, zu fragen, hätte keinen Sinn gehabt. Sie sahen nicht so aus, als verständen sie irgendeine zivilisierte Sprache.

Schließlich stießen wir zufällig darauf – es war ein baufälliges Caféhaus, über der Tür stand in wunderlichen, von Laienhand gepinselten Buchstaben ›A. Kuprasso‹. Drinnen brannte eine Lampe, und zwei oder drei Männer saßen an Holztischen und rauchten.

Wir bestellten Kaffee, der war schwarz und dickflüssig wie Sirup, und Pieter fluchte. Ein Neger servierte, und ich sagte ihm auf Deutsch, ich möchte Mr. Kuprasso sprechen. Er nahm keine Notiz davon, also schrie ich ihn an, und der Lärm veranlaßte einen Mann, aus dem Hintergrund herbeizukommen.

Das war ein dicker ältlicher Mensch mit einer langen Nase, er erinnerte mich sehr an die griechischen Trödler, die man an der Küste von Sansibar sieht. Ich winkte ihn heran, und er kam dahergewatschelt und lächelte salbungsvoll. Dann fragte ich ihn, wozu ich ihn einladen dürfe, und in sehr unbeholfenem Deutsch antwortete er, er hätte gern einen Sirup.

»Sie sind Mr. Kuprasso«, sagte ich. »Ich wollte meinem Freund hier Ihr Etablissement zeigen. Er hat von Ihrem Gartenhaus gehört, und wie lustig es da zugeht.«

»Der Signor irrt sich. Ich habe kein Gartenhaus.«

»Quatsch«, sagte ich; »ich war früher schon hier, mein Freund. Ich erinnere mich genau an die Baracke hinten und an viele vergnügliche Nächte dort. Wie hieß sie noch? Ach ja, jetzt fällt's mir wieder ein – das Gartenhaus des Roten Suliman.«

Er legte einen Finger an die Lippen und sah unglaublich verschlagen aus. »Daran also erinnert sich der Signor. Aber das war in der guten alten Zeit vor dem Krieg. Seitdem haben wir das längst geschlossen. Hier sind die Leute zu arm zum Tanzen und zum Singen.«

»Ich möchte es mir aber doch noch einmal ansehen«, sagte ich und steckte ihm ein englisches Goldstück zu.

Überrascht sah er es an, und sofort änderte sich sein Verhalten. »Der Signor ist ein Prinz, und ich werde gehorchen.« Er schlug in die Hände, der Neger kam und nahm auf ein Kopfnicken hin den Platz seines Herrn hinter einem kleinen Pult ein.

»Folgen Sie mir«, sagte er und führte uns durch einen langen, von Lärm erfüllten Korridor, der ganz dunkel und holperig war. Dann schloß er eine Tür auf – ein Windstoß blies sie zurück, uns ins Gesicht.

Vor uns lag ein öder kleiner Hof; an einer Seite überragte ihn eine hohe, gewölbte Mauer, die anscheinend sehr alt war; in ihren Fugen wuchsen Büsche. Ein paar kümmerliche Myrten standen in zerbrochenen Blumentöpfen, und Nesseln gediehen in einer Ecke. An einer Seite stand eine Holzbaracke, sie sah aus wie eine Sektenkapelle, aber sie war trübrot angestrichen. Fenster und Oberlichter waren schwarz verschmutzt, und die Türen, die mit Schnur angebunden waren, klapperten im Luftzug.

»Sehen Sie sich den Pavillon an«, sagte Kuprasso stolz.

»Genau wie früher«, erwiderte ich gefühlvoll. »Wie schön es da immer war! Sagen Sie, Mr. Kuprasso, machen Sie da nie mehr auf?«

Er legte die dicken Lippen an mein Ohr.

»Wenn der Prinz es nicht weitersagt, dann sage ich es ihm. Manchmal machen wir auf, aber nicht oft. Die Menschen brauchen Amüsement, sogar im Krieg. Deutsche Offiziere kommen her zum Zeitvertreib, und erst letzte Woche hatten wir ein Gastspiel des Balletts von Mademoiselle Cici. Die Polizei genehmigt das – aber nicht zu oft, denn die Zeit ist ja nicht darnach. Im Vertrauen: morgen nachmittag ist hier eine Tanzvorstellung – eine ganz großartige! Nur ein paar Leute wissen davon. Was glauben Sie wohl, wer da sein wird?«

Er flüsterte noch näher in mein Ohr, noch leiser, und sagte: »Die ›Rosenstunden‹!«

»Ach, wirklich!« erwiderte ich höchst respektvoll, obwohl ich keine Ahnung hatte, was er meinte.

»Möchte der Signor sich das ansehen?«

»Aber sicher«, sagte ich, »wir alle beide. ›Rosenstunden‹ – das ist was für uns.«

»Also um vier Uhr nachmittags. Gehen Sie einfach durchs Café hindurch, und dann wird Ihnen jemand die Tür aufschließen. Sie sind fremd hier? Ich heiße Angelo Kuprasso. Folgen Sie meinem Rat: gehen Sie nicht bei Nacht aus. Stambul ist heutzutage für anständige Leute kein guter Aufenthalt.«

Ich fragte ihn nach einem Hotel, und er las eine Liste ab – ich wählte eines mit mäßigem Preis, wo wir nicht auffallen würden. Es war nicht weit fort, nur etwa hundert Meter rechts den Hügel hinauf.

Als wir aus der Tür traten, war es schon dämmerig. Wir waren noch keine zwanzig Meter gegangen, als Pieter sich nahe an mich drängte und wie ein aufgescheuchter Hirsch den Kopf hin und her wandte.

»Cornelis, es ist jemand hinter uns her, ganz dicht«, sagte er leise.

Noch zehn Meter, und wir standen an einer Kreuzung, wo vor einer ziemlich großen Moschee ein kleiner freier Platz war. In der zunehmenden Dämmerung sah ich eine Menschenmenge, die sich auf uns zu bewegte. Ich hörte eine hohe Männerstimme aufgeregt irgendein Kauderwelsch plappern – die Stimme kam mir bekannt vor.

11

DIE FREUNDE DER ›ROSENSTUNDEN‹

Wir schlugen uns zu einer Straßenecke durch, wo eine Mauerecke vorsprang. Das war für uns die einzig mögliche Rückendeckung: dieser Mauervorsprung zwischen uns. Es ging um Sekunden. Einen Augenblick lang tasteten wir im Dunkeln, jeder für sich; im nächsten standen wir gegen dieselbe Mauer gepreßt, und eine lärmende Menge bedrängte uns.

Erst nach ein paar Sekunden wurde mir klar, daß wir angegriffen wurden. Jeder Mensch hat unterbewußt eine ganz spezifische Angst. Die meine war es, dem schier blindwütigen Mob hilflos ausgeliefert zu sein. Der Gedanke daran war mir verhaßt – das Durcheinander, das Blindlings-umsich-Schlagen; und man wußte, daß zügellose Leidenschaften losgelassen waren, die von keinem einzelnen Menschen herstammen konnten. Das war für mich eine dunkle Welt, und Dunkelheit mag ich nicht. Aber in meinen schlimmsten Alpträumen hatte ich mir nie etwas so Schreckliches vorgestellt. Die enge, übelriechende Gasse, wo ein eisiger Wind den Unrat herumwirbelte, die fremde Sprache, das hitzige, wütende Gemurmel, und daß ich keine Ahnung hatte, was eigentlich los war, alles das machte mir einfach übel.

»Diesmal hat's uns erwischt, mein Lieber«, sagte ich zu Pieter, der die Pistole hervorgeholt hatte, die der Kommandant in Rustschuk ihm geschenkt hatte. Diese Pistolen waren unsere einzigen Waffen. Die Leute sahen sie und traten ein wenig zurück. Aber wenn sie uns überrennen wollten, würden diese beiden Pistolen sie auch nicht daran hindern.

Rastas Stimme war verstummt. Er hatte seine Pflicht getan und war im Hintergrund verschwunden. Aus der Menge riefen sie *»Alleman«* und ein Wort *»Khafiyeh«*, das immerzu wiederholt wurde. Damals wußte ich nicht, was das hieß, aber jetzt weiß ich, daß sie hinter uns her waren, weil wir Boches und Spione waren. Zwischen dem Abschaum von Konstantinopel und der neuen Gewaltherrschaft gab es keinerlei Sympathie. Wie Ironie des Schicksals kam es mir vor, daß Pieter und ich daran scheitern sollten, daß wir ›Boches‹ waren. Und kein Hahn würde mehr nach uns krähen. Ich hatte schon gehört, daß man im Osten ganz leicht spurlos verschwinden könne; es gab keine Zeitungen, die scharf waren auf sensationelle Nachrichten, und es gab auch keine unbestechliche Polizei.

Ich wünschte zum Himmel, ich könnte nur ein Wort Türkisch. Aber eine Sekunde lang konnte ich doch den Lärm übertönen, und ich brüllte los: wir seien deutsche Matrosen und haben eine Menge Kanonen für die Türkei mitgebracht, und morgen führen wir wieder nach Hause. Ich fragte, was sie denn eigentlich glaubten, was wir Böses getan hätten. Ich weiß nicht, ob irgend jemand von denen ein Wort Deutsch verstand, jedenfalls brach ein Höllenlärm los, und das unheimliche Wort *Khafiyeh* war über allem Lärm deutlich zu hören.

Dann schoß Pieter seine Pistole ab, über die Köpfe der Menge hinweg. Das mußte er tun, denn es war ihm einer an die Kehle gesprungen. Daraufhin knatterte über uns ein Kugelhagel in die Mauer. Es schien, als wollten sie uns lebendig fassen, und ich war fest entschlossen, daß es dazu nicht kommen sollte. Lieber in einem Straßenkampf ein blutiges Ende nehmen, als die milde Nachsicht dieses Hutschachtel-Kavaliers über sich ergehen zu lassen.

Was dann geschah, weiß ich nicht mehr genau. Irgend etwas drückte mir den Atem ab, und ich schoß. Jemand schrie auf, und mir schien, als werde ich im nächsten Moment erwürgt. Dann hörte plötzlich das Handgemenge auf, und ein schwankender Lichtschein durchdrang die Dunkelheit.

Kaum je habe ich schlimmere Minuten durchgestanden. Als ich während der letzten Wochen herumgejagt wurde, das war schon unheimlich gewesen, aber einer unmittelbaren Gefahr hatte ich mich nicht zu stellen brauchen. Wenn ich mich einer wirklichen, unausweichlichen Gefahr stellen mußte wie bei Loos, dann war die Gefahr wenigstens klar zu erkennen gewesen. Man wußte, woran man war. Aber hier spürte ich eine Drohung, die ich nicht deuten konnte, und sie stand nicht etwa bevor, sondern bestand genau in diesem Augenblick.

Jedoch konnte ich sie nicht als wirklich empfinden. Das Geknatter der Pistolenkugeln an der Mauer, als seien es Knallbonbons, die Gesichter, die man im Dunkeln mehr spürte als sah, das Geschrei, das in meinen Ohren nur Kauderwelsch war – alles miteinander war so verrückt wie ein Alptraum. Nur Pieter, der neben mir ununterbrochen auf Afrikaans vor sich hinfluchte, war wirklich. Und dann kam das Licht, und dadurch wurde die Szene noch gespenstiger.

Das Licht kam von einer oder zwei Fackeln. An langen Stangen wurden sie von wild aussehenden Burschen getragen, die sich einen Weg bis mitten hinein bahnten. Lichtgeflacker tanzte die steilen Mauern hinauf und warf abenteuerliche Schatten. Der Wind fuhr in die Fackeln und zerriß die Flammen in lange, flatternde Bänder, die sich in Funkengarben auflösten.

Und jetzt ertönte ein neues Wort aus der Menge, nämlich *Tschinganeh*[1], und das klang nicht zornig, sondern wie Angstgeschrei.

Zuerst konnte ich die neu Hinzugekommenen nicht sehen. Unter ihrem Schirm aus Licht steckten sie tief im Dunkel, denn sie hielten die Fackeln in Armeslänge senkrecht über sich. Auch sie schrien, wilde, schrille Rufe, die manchmal in einem Gesprudel von Worten endeten. Diese schienen nicht an uns gerichtet zu sein, sondern an die Menge. Plötzlich kam mir die Hoffnung, daß sie aus irgendeinem unerfindlichen Grund auf unserer Seite seien.

Wir wurden nicht mehr so heftig bedrängt. Der Druck ließ rapide nach, und ich hörte, wie schlurfende Schritte sich in Seitengassen verloren. Zuerst dachte ich, es sei die türkische Polizei. Aber bald wurde ich anderer Ansicht, als ich das Gesicht des Anführers in einem kurzen Lichtschein erblickte. Er trug keine Fackel, aber einen langen Stock, mit dem er die Köpfe der Leute bearbeitete, die zu dicht im Gedränge steckten, um schnell davonlaufen zu können.

Es war die unheimlichste Erscheinung, die man sich vorstellen kann. Ein hochgewachsener Mensch mit nackten Beinen und Sandalen, in Felle gekleidet. Ein scharlachroter Fetzen hing ihm um die Schultern, und über dem Kopf hatte er eine Art eng anliegender Pelzkappe, hintendran hing ein Schweif, vorn war sie fast bis an die Augen herabgezogen. Er machte Sprünge wie ein wildes Tier und stieß dabei einen sonderbaren, monotonen, hohen Schrei aus, daß mir ganz komisch wurde.

Plötzlich merkte ich, daß die Menschenmenge sich verkrümelt hatte. Vor uns stand nur dieser Mensch und sein halbes Dutzend Gefährten; ein paar trugen Fackeln, alle waren in Felle gekleidet. Aber nur der eine, der Anführer, trug

1 auf deutsch: Strolch, wörtlich Zigeuner

die Pelzkappe, die anderen hatten keine Kopfbedeckung, aber langes, ungekämmtes Haar.

Der Anführer schrie mir in irgendwelchem Kauderwelsch etwas zu. Seine Augen waren glasig, als habe er Haschisch geraucht, und seine Beine hörten nicht eine Sekunde auf in ihrem Wirbeltanz. Nie würde man ihn für etwas anderes als einen Marktschreier halten, und doch wirkte er überhaupt nicht komisch. Schrecklich, bedrohlich und unheimlich wirkte er, und mir war ganz und gar nicht nach Lachen zumute.

Während er auf mich einschrie, wies er andauernd die Gasse hinauf.

»Er will, daß wir gehen«, sagte Pieter. »Laß uns um Gottes willen von diesem Zauberdoktor loskommen.«

Ich begriff das Ganze nicht, aber eins war klar. Diese Verrückten hatten uns für den Augenblick von Rasta und seinen Spießgesellen befreit.

Dann tat ich etwas ganz Dämliches. Ich holte ein Goldstück hervor und hielt es dem Anführer hin. Irgendwie hatte ich das Gefühl, ich müsse mich erkenntlich zeigen, und da ich's mit Worten nicht konnte, wollte ich etwas tun.

Er schlug mir mit dem Stock so heftig aufs Handgelenk, daß die Münze in die Gosse rollte. Seine Augen glühten, und er schwang den Stock so dicht und schnell um meinen Kopf herum, daß ich ihn (nicht den Kopf, sondern den Stock) singen hörte. Er verfluchte mich – o ja, Fluchworte verstand ich in jeder Sprache, obwohl ich kein Wort verstand; und er wandte sich an seine Spießgesellen, und auch sie verfluchten mich. Ich hatte ihn zu Tode gekränkt und damit ein heißeres Hornissennest aufgestört als Rastas Angriff.

Pieter und ich ergriffen gleichzeitig die Flucht. Wir wollten keine Schlägerei mit Besessenen. Wir rannten die steile enge Gasse hinauf, die Menge der Verrückten war uns auf den Fersen. Die Fackeln schienen erloschen zu sein, denn es war völlig dunkel, und wir stolperten über Abfallhaufen und patschten durch Gossen. Die anderen waren dicht hinter uns, und mehr als einmal spürte ich einen Stock auf der Schulter. Aber die Angst lieh uns Flügel, und plötzlich sahen wir vor uns grelles Licht: unsere Gasse mündete in eine Hauptstraße. Die anderen sahen es auch, denn sie blieben zurück. Kurz ehe wir die helle Straße erreichten, hielten wir an und blickten zurück. Hinter uns in der dunklen Gasse, die zum Hafen hinunter führte, war kein Laut zu hören, kein Mensch zu sehen.

»Das ist mal ein komisches Land, Cornelis«, sagte Pieter und befühlte seine blauen Flecken. »Zu viel passiert in zu kurzer Zeit. Ich bin ganz außer Atem.«

Die große Straße, auf die wir hinausgekommen waren, schien auf dem Grat des Berges entlang zu verlaufen. Es gab Straßenbeleuchtung und langsam dahinfahrende Droschken und Läden, die ganz zivilisiert aussahen. Bald fanden wir das Hotel, das uns Kuprasso empfohlen hatte, ein weitläufiges Gebäude mit einem verfallenen Torbogen und grünen Läden, die trübselig im Winterwind klapperten. Wie ich gefürchtet hatte, war es voll belegt, hauptsächlich mit deutschen Offizieren. Nicht ohne Umstände gelang es mir, den Eigentümer zu sprechen – den üblichen Griechen; ich sagte ihm, Mr. Kuprasso habe uns hergeschickt. Das machte ihm nicht den geringsten Eindruck, und wir wären sofort hinausgeflogen, wäre mir nicht der Paß eingefallen, den mir Stumm gegeben hatte.

Ich erklärte also, daß wir aus Deutschland gekommen waren mit einer Munitionslieferung und hier nur einmal übernachten wollten. Ich spielte mich gewaltig auf, bis er endlich höflich wurde und sagte, er werde sein Bestes tun.

Dieses Beste war ziemlich jämmerlich. Pieter und ich wurden in ein winziges Zimmer eingezwängt, das kaum etwas enthielt als zwei Feldbetten. Die Fensterscheiben waren zerbrochen, und der Wind pfiff hindurch. Wir bekamen eine armselige Mahlzeit aus zähem Hammelfleisch, das mit Gemüse zusammengekocht war, und einen weißen Käse, der scharf genug war, Tote aufzuerwecken. Aber ich ergatterte eine Flasche Whisky, für die ich einen Sovereign bezahlte, und es gelang uns, den Ofen in unserem Zimmer anzuheizen, die Fensterläden zu schließen und unsere Herzen mit einem Whiskygrog zu erwärmen. Darnach gingen wir zu Bett und schliefen zwölf Stunden lang wie Igel. Auf dem Weg von Rustschuk hierher waren wir nur zwischendurch hin und wieder kurz eingenickt.

Am nächsten Morgen wachte ich auf und sah durch die zerbrochene Fensterscheibe, daß es schneite. Nach vieler Mühe gelang es mir, einen Kellner zu erwischen und bei ihm für uns beide Kaffee zu bestellen, diesen sirupartigen, türkischen Kaffee. Wir waren alle beide nicht in sehr guter Verfassung.

»Europa ist ein jammervoll kaltes Land«, sagte Pieter, »nicht der Mühe wert, dafür zu kämpfen. Es gibt nur ein einziges Land, das des weißen Mannes würdig ist, und das ist Südafrika.« Damals war ich von Herzen mit ihm einverstanden.

Ich weiß noch, daß ich – so auf dem Bettrand sitzend – mir überlegte, wie wir nun eigentlich dran waren. Sehr heiter sah es nicht aus. Es sah vielmehr so aus, als hätten wir uns rapide überall Feinde gemacht. Zunächst Rasta, den ich beleidigt hatte und der das nicht so schnell vergessen würde. Er hatte seine Anhängerschaft beim türkischen Gesindel, und früher oder später würde er uns zu fassen kriegen. Dann der Verrückte mit der Pelzmütze. Er mochte Rasta nicht, und ich vermutete, daß er und seine gespenstische Kumpanei einer Organisation angehörten, die den Jungen Türken feindlich gesinnt war. Andererseits aber mochte er auch uns nicht, und es würde schlimm zugehen, wenn wir wieder aufeinander stießen. Und dann gab es ja auch noch Stumm und die deutsche Regierung. Es konnte sich bestenfalls nur um Stunden handeln, ehe er die Behörde in Rustschuk auf unsere Fährte brachte. Und es war ein Kinderspiel, uns von da nach Tschataldja zu folgen; und wenn sie uns erst hatten, dann war's aus und vorbei. Es gab ein großes schwarzes *Dossier* gegen uns – und kein noch so unwahrscheinlicher Glückszufall konnte daran etwas ändern.

Es war mir ganz klar, daß wir, falls wir nicht eine Zuflucht fänden und innerhalb des nächsten Tages alle unsere Verfolger abschütteln konnten, nicht die leiseste Hoffnung mehr hatten. Aber wo sollten wir eine Zuflucht finden? Keiner von uns konnte ein Wort Türkisch. Und ich konnte mir nicht vorstellen, daß einer von uns noch einmal eine neue Rolle übernehmen könnte. Dafür hätten wir Freunde gebraucht und Hilfe, und wir kannten hier niemanden. Irgendwo war sicherlich Blenkiron, aber wie sollten wir ihn erreichen? Und was Sandy betraf, den hatte ich eigentlich aufgegeben. Immer dachte ich, daß er das Allertollkühnste unternehmen würde und daß es unfehlbar schiefgehen würde. Wahrscheinlich war er irgendwo in Kleinasien und würde in einem Monat oder zweien in Konstantinopel auftauchen und in irgendeiner Kneipe die Mär hören, es seien zwei Buren aufgetaucht und kurz darauf wieder von der Bildfläche verschwunden.

Dieses Rendezvous bei Kuprasso taugte nichts. Es wäre schon recht gewesen, hätten wir dort als harmlose Gäste erscheinen können und einfach unauffällig abwarten, bis Blenkiron uns aufspürte. Aber dazu hätten wir Zeit haben und ganz unauffällig sein müssen, und jetzt war ja schon eine Meute von Hunden auf unserer Spur. Es war jetzt dort schon für uns außerordentlich gefährlich. Wenn wir uns da sehen ließen, würde Rasta uns schnappen oder die deutsche Militärpolizei oder der Verrückte mit der Pelzmütze. Es war glatt unmöglich, daß wir uns dort herumtrieben und auf die unwahrscheinliche Möglichkeit warteten, daß Blenkiron uns aufstöberte.

Nicht ohne Bitterkeit dachte ich daran, daß der 17. Januar ja schon angebrochen war, der Tag unserer Verabredung. Die ganze Zeit, während wir die Donau hinunterfuhren, hatte ich fest damit gerechnet, Blenkiron zu treffen – denn ich wußte, *er* würde bestimmt pünktlich sein –, so daß ich ihm sagen konnte, was ich inzwischen durch glücklichen Zufall herausbekommen hatte, damit er es mit seinen eigenen Ergebnissen vergleichen und ergänzen konnte, so daß wir endlich die ganze Geschichte zusammenkriegten, auf die Sir Walter so begierig war. Darnach, dachte ich, dürfte es nicht allzu schwer sein, nach Rumänien und dann via Rußland wieder nach Hause zu kommen. Ich hatte gehofft, im Februar wieder bei meinem Bataillon zu sein, nachdem ich mich im Kriege so gut wie irgendeiner bewährt hatte. Aber jetzt hatte es den Anschein, als werde alles, was ich herausgefunden hatte, mit mir sterben, wenn ich nicht vor Einbruch der Nacht Blenkiron finden konnte.

Ich besprach das alles mit Pieter, und er war auch der Meinung, daß wir ziemlich am Ende unserer Weisheit waren. Wir beschlossen, am Nachmittag zu Kuprasso zu gehen und das Weitere unseren guten Sternen zu überlassen. Es war nicht ratsam, in den Straßen herumzuwandern; darum blieben wir den ganzen Vormittag in unserem Zimmer und erzählten einander abwechselnd uraltes Jägerlatein, um uns von der unerfreulichen Gegenwart abzulenken. Zu Mittag bekamen wir wieder kaltes Hammelfleisch und denselben Käse und tranken den Rest unseres Whiskys. Dann zahlte ich, denn ich wollte nicht noch einmal hier übernachten. Etwa um halb vier traten wir auf die Straße hinaus – wir hatten nicht die leiseste Ahnung, wo wir unsere nächste Unterkunft finden würden.

Es schneite heftig, und das war ein Glück für uns. Der

arme Pieter besaß keinen Mantel; wir gingen in einen Altwarenladen und kauften einen scheußlichen von der Stange, der aussah, als sei er einmal für einen Pfarrer gemacht worden. Es hatte keinen Sinn, daß ich mein Geld zusammenhielt, wo die Zukunft doch so schwarz aussah. Der Schnee hatte die Leute von der Straße vertrieben, und wir bogen in die lange Gasse ein, die zur Retschik-Fähre hinunterführte; alles war ganz still. Ich glaube, wir trafen keine Menschenseele, bis wir zu Kuprassos Café kamen.

Wir gingen geradeswegs durch das Café hindurch, das leer war, und den dunklen Flur hinunter, bis wir zu der verschlossenen Gartentür kamen. Ich klopfte, und die Tür öffnete sich. Da war der öde Hof, jetzt mit Schnee besprenkelt. Helles Licht strahlte aus dem Pavillon hinten. Man hörte ein paar Geigen kratzen und Leute sich unterhalten. Wir bezahlten dem Neger an der Tür und traten aus der bitterkalten Nachmittagsluft in den mit billigem Prunk ausgestatteten Salon.

Es waren vierzig bis fünfzig Leute da, sie tranken Kaffee und Sirup und füllten den Raum mit *Latakia*[1]-Rauch. Die meisten waren Türken in europäischer Kleidung mit Fes, aber es waren auch ein paar deutsche Offiziere da und – dem Aussehen nach – deutsche Zivilisten, wahrscheinlich von der Etappe, und Mechaniker vom Depot. Eine mit Talmischmuck behängte Frau klimperte auf dem Klavier, und ein paar herausfordernd gekleidete Frauenzimmer saßen bei den Offizieren herum. Pieter und ich setzten uns bescheiden in die nächstbeste Ecke, wo uns der alte Kuprasso alsbald erspähte und uns Kaffee servieren ließ. Ein jüdisch aussehendes Mädchen kam zu uns herüber und sprach französisch, aber ich schüttelte den Kopf, und sie ging wieder fort.

Dann erschien ein Mädchen auf der Bühne und tanzte, das war sehr mittelmäßig, Tamburingeklapper und Gezappel

[1] Latakïa = Wasserpfeife

dazu. In einem Kraal in Mosambik habe ich dasselbe gesehen, nur viel besser. Dann kam ein anderes Mädchen und sang ein deutsches Lied, ein einfaches, sentimentales Lied von blondem Haar und Regenbogen, und die Deutschen, die da waren, klatschten Beifall. Das Lokal war so kitschig und billig, daß es mich nach all den Wochen der mühsamen Reise ganz nervös machte. Ich vergaß, daß es für die anderen wohl nur ein billiges kleines Tanzlokal war, für uns hingegen so gefährlich wie eine Räuberhöhle.

Pieter war ganz anderer Stimmung. Ihn interessierte das alles sehr, wie alles Neue ihn immer interessierte. Er hatte die göttliche Begabung, für den Augenblick zu leben.

Ich weiß noch, daß auf eine der Kulissen ein blauer See hingekleckst war mit sehr grünen Hügeln im Hintergrund. Während der Tabakrauch dicker wurde und die Geigen weiterquietschten, fing dieses blöde Bild an, mich zu faszinieren. Es war, als blicke ich aus einem Fenster auf eine schöne Sommerlandschaft, wo es weder Kriege noch Gefahren gab. Ich schien den warmen Sonnenschein auf der Haut zu fühlen und Blütenduft von den Inseln her zu riechen. Und dann merkte ich, daß ein sonderbarer Geruch sich in die Luft im Saal eingeschlichen hatte.

An beiden Enden des Raumes waren, zu seiner Erwärmung, Pfannen mit glühenden Kohlen aufgestellt, und der dünne Rauch, der von ihnen aufstieg, roch wie Weihrauch. Jemand hatte ein Pulver in die Flammen gestreut, denn plötzlich wurde es ganz still im Saal. Die Geigen waren noch zu hören, aber nur von fern, wie ein Echo. Die Lichter gingen aus, nur eine kreisrunde Stelle auf der Bühne war noch beleuchtet, und in diesen Kreis trat mein Freund, der mit der Pelzmütze.

Er hatte noch drei andere mitgebracht. Ich hörte ein Flüstern hinter mir, es waren dieselben Worte, die Kuprasso am Tage zuvor gebraucht hatte. Diese Verrückten wurden

›Die Freunde der Rosenstunden‹ genannt, und Kuprasso hatte eine großartige Tanzvorstellung versprochen.

Ich hoffte, sie würden uns um Gottes willen nicht sehen, denn sie hatten mir einen ganz gehörigen Schrecken eingejagt. Pieter ging es genauso, und wir beide machten uns so klein wie möglich in unserer dunklen Ecke. Aber die Männer auf der Bühne gönnten uns keinen Blick.

In einem einzigen Moment verwandelte sich der Pavillon von einem der üblichen Lokale, das genausogut in Chicago oder Paris hätte sein können, in einen geheimnisvollen und – ja, wunderschönen Raum. Das war das Gartenhaus Sulimans des Roten, wer immer dieser Herr auch gewesen sein mag. Sandy hatte gesagt, daß die Enden der Erde hier zusammenträfen, und er hatte recht gehabt. Ich war mir der Anwesenheit meiner Nachbarn – des dicken Deutschen, des Türken in seiner Tracht, der schlampigen, jüdischen Frau – nicht mehr bewußt, ich sah nur seltsame Gestalten in einem hellen Kreis umherspringen; sie kamen aus der tiefsten Dunkelheit, um uns ihre überwältigenden Zauberkünste vorzuführen.

Der Anführer warf irgend etwas in die glühenden Kohlen, und ein riesiger blauer Lichtfächer flammte auf. Er bewegte sich fortwährend im Kreise und sang mit schriller, hoher Stimme, derweil seine Genossen mit tiefen, monotonen Stimmen eine Art von Chor darstellten. Was für ein Tanz das war, das kann ich nicht beschreiben. Vor dem Krieg hatte ich das russische Ballett gesehen, und einer der Tänzer erinnerte mich daran. Aber das Tanzen an sich war ganz unwichtig. Weder Gesang noch rhythmische Bewegung noch Räucherduft brachten diese Verzauberung zustande. Es war etwas weit Mächtigeres. Innerhalb eines Augenblicks war ich der Gegenwart und ihren langweiligen Gefahren entrissen und sah nur noch eine Welt, die ganz jung, ganz neugeboren, ganz herrlich war.

Die alberne Kulisse war verschwunden. Aus einem Fenster blickte ich auf die allerschönste Landschaft dieser Erde, die vom strahlend reinen Morgenlicht beschienen war.

Sie schien irgendwo im *Veld* zu sein, aber an keinem Ort, den ich je gesehen hatte. Sie war weiter und wilder und anmutiger. Wahrhaftig, meine frühe Jugend lag da vor meinen Augen. Ich empfand die unsterbliche Unbeschwertheit des Herzens, die nur ein Knabe in der Frühdämmerung seines Lebens verspürt. Die Zauberer fürchtete ich nicht mehr. Sie waren freundliche Hexenmeister, die mich in ein Märchenland geführt hatten.

Dann fielen langsam aus dem Schweigen Tropfen von Musik. Sie fielen wie Wassertropfen von hoch her in eine Tasse, jeder einzelne war ein ganz klarer Klang. Wir haben ob unserer vielfältigen Harmonien den Zauber der einzelnen Klänge vergessen. Die Eingeborenen in Afrika kennen ihn, und ich erinnere mich, daß ein gelehrter Mann mir einmal erzählt hat, die Griechen hätten dieselbe Musikkunst ausgeübt. Es war, als ob diese silbernen Glockentöne aus dem unendlichen Raum klängen, so köstlich, so vollkommen, daß keine Worte der Sterblichen sie hätten beschreiben können. So klingt wohl der Gesang der Morgensterne, wenn sie miteinander musizieren.

Langsam, sehr langsam änderte sich alles. Das blaue Leuchten verwandelte sich in Purpur und dann in ein böses Rot. Nach und nach verschmolzen die Klänge miteinander, bis eine Harmonie aus ihnen wurde – eine leidenschaftliche, ruhelose Harmonie. Und ich wurde mir wieder der mit Fellen bekleideten Tänzer bewußt, die aus ihrem hellen Kreis heraus winkten.

Die Bedeutung alles dessen war jetzt unverkennbar. Alle Zartheit, alle Jugend war verschwunden, und Leidenschaft pulsierte in der Luft – schreckliche, rohe Leidenschaft, die weder zum Tage noch zur Nacht, weder zum Leben noch zum Tode gehörte, sondern zu der halb vorhandenen, gespenstischen Welt dazwischen. Ich empfand plötzlich die Tänzer als unmenschliche, teuflische Ungeheuer. Die erstickenden Gerüche, die aus den Kohlenpfannen aufstiegen, schienen einen Geschmack nach frisch vergossenem Blut zu haben. Schreie brachen aus der Zuhörerschaft hervor – Schreie voller Zorn und Wollust und Schrecken. Ich hörte eine Frau schluchzen, und Pieter, der weiß Gott allerhand vertragen kann, umklammerte fest meinen Arm.

Es war mir jetzt klar, daß diese ›Freunde der Rosenstunden‹ das einzige in der Welt waren, wovor man sich fürchten mußte. Rasta und Stumm schienen im Vergleich mit ihnen Stümper zu sein. Das Fenster, aus dem ich geblickt hatte, hatte sich in eine Gefängnismauer verwandelt – ich konnte den Mörtel zwischen den großen Steinblöcken sehen. Innerhalb einer Sekunde würden diese Teufel wie die widerlichen Medizinmänner der Negerstämme ihre Feinde aufspüren. Ich fühlte die brennenden Augen des Anführers in der Dunkelheit nach mir spähen. Pieter betete vernehmlich neben mir, ich hätte ihn erwürgen können. Sein verdammtes Geschnatter würde uns verraten, denn es kam mir vor, als sei niemand im Saal als wir und die Zauberer.

Dann plötzlich war der Bann gebrochen. Die Tür wurde aufgestoßen, und ein gewaltiger, eisiger Windstoß wirbelte durch den Saal und blies Aschenwolken aus den Kohlenpfannen. Ich hörte draußen laute Stimmen, und drinnen erhob sich ein ohrenbetäubender Lärm. Einen Augenblick lang war es stockdunkel, und dann zündete jemand eine der Fackeln bei der Bühne an. Ihr Schein beleuchtete nichts weiter als das übliche Lokal minderwertiger Art – weiße Gesichter, schläfrige Augen und schlecht frisierte Köpfe. Die Kulisse war in ihrer ganzen Schäbigkeit vorhanden.

Die ›Freunde der Rosenstunden‹ waren verschwunden. Aber an der Tür standen Männer in Uniform. Weit weg hörte ich einen Deutschen murmeln: »Envers Leibwache«, und ich hörte ihn sehr deutlich; denn obwohl ich nicht sehr klar sah, war mein Gehör aufs äußerste geschärft. So ist es oft, wenn man plötzlich aus einer Ohnmacht erwacht.

Wie durch Zauberkraft leerte sich der Saal. Türken und Deutsche stolperten übereinander, während Kuprasso jammerte und flennte. Niemand schien sie aufzuhalten, und dann begriff ich den Grund dafür. Die Wache war unseretwegen gekommen. Das war bestimmt endlich Stumm. Die Behörden hatten uns aufgespürt, und mit Pieter und mir war es aus.

Wenn man sich plötzlich ekelt, fühlt man sich ziemlich kraftlos. Mir schien alles ziemlich gleichgültig. Wir waren erledigt, und damit Schluß. Es war Kismet, force majeure. Dem mußte man sich fügen. Ich dachte nicht im leisesten an Flucht oder Widerstand. Das Spiel war eben völlig und hoffnungslos verloren.

Ein Mann – er schien ein Feldwebel zu sein – deutete auf uns und sagte etwas zu Kuprasso, der nickte. Schwerfällig standen wir auf und schlurften auf die Wache zu. Zwischen je zweien überquerten wir den Hof, gingen durch den dunklen Flur und den leeren Laden und hinaus in die verschneite Straße. Dort wartete ein geschlossener Polizeitransportwagen, und sie bedeuteten uns einzusteigen. Er sah genau so aus wie die ›Grüne Minna‹.

Wir saßen beide ganz still wie Schuljungen, die die Schule geschwänzt hatten, die Hände auf den Knien. Ich wußte nicht, wohin wir fuhren, es war mir auch egal. Wir schienen bergauf zu rumpeln, und dann merkte ich, daß wir durch hell erleuchtete Straßen fuhren.

»Jetzt ist es aus, Pieter«, sagte ich.

»Ja, Cornelis«, antwortete er, sonst sagten wir nichts.

Nach Stunden – so schien es uns – hielten wir an. Jemand öffnete die Wagentür, und wir stiegen aus; wir befanden uns in einem Hof inmitten eines großen, dunklen Gebäudes. Das war das Gefängnis, dachte ich, und ich dachte, ob man uns wohl Wolldecken geben würde, denn es war verflixt kalt.

Wir gingen durch eine Tür, dann befanden wir uns in einer großen Halle mit steinernen Wänden. Da war es ziemlich warm, und das gab mir neuen Mut, was unsere Einzelzellen betraf. Ein Mann, der irgendeine Uniform trug, wies auf eine Treppe, die wir erschöpft hinaufstiegen. Ich war zu benommen, um irgend etwas klar wahrzunehmen oder gar mir vorzustellen, wie es mit uns weitergehen sollte. Ein zweiter Uniformierter nahm uns in Empfang und führte uns einen Flur entlang, bis wir vor einer Tür stehenblieben. Er trat beiseite und bedeutete uns einzutreten.

Ich dachte, dies sei wohl das Amtszimmer des Regierungspräsidenten, und wir müßten jetzt das erste Verhör bestehen. Mir war im Kopf so dumm, daß ich nicht denken konnte, und ich beschloß, kein Wort zu sagen. Ja selbst wenn sie mir Daumenschrauben anlegen würden. Ich hatte keinerlei Ausrede, aber ich war entschlossen, nichts preiszugeben. Als ich die Türklinke niederdrückte, dachte ich müßig, was für einen fahlen Türken oder stiernäckigen Deutschen wir wohl vorfinden würden.

Es war ein schönes Zimmer mit gebohnertem Parkett, im Kamin brannte ein wunderbares Feuer. Neben dem Kamin lag ein Mann auf einer Couch; ein kleiner Tisch stand daneben. Darauf ein kleines Glas voll Milch und Patiencekarten ausgelegt.

Verblüfft betrachtete ich das Ganze; bis ich noch jemand anders entdeckte. Das war der Mann mit der Fellmütze, der Anführer der verrückten Tänzer. Wir beide, Pieter und ich, fuhren zurück und blieben stocksteif stehen.

Denn der Tänzer kam mit zwei Schritten quer durch den Raum und ergriff meine beiden Hände.

»Dick, mein Lieber«, rief er, »bin ich froh, dich wiederzusehen!«

12

DREI ABGESANDTE BEGREIFEN: WIESO UND WARUM

Wie ein Krampf überkamen mich Verblüffung und Erleichterung und die heftige Freude, die einen ergreift, wenn plötzlich alles ganz anders ist. Plötzlich kam ich aus Untiefen in unglaublich stilles Wasser. Ich ließ mich in den ersten besten Stuhl fallen und versuchte, mit etwas fertig zu werden, was man mit Worten nicht ausdrücken kann.

»Sandy«, sagte ich, sobald ich wieder Atem schöpfen konnte, »du bist ein eingefleischter Teufel. Pieter und mich hast du zu Tode erschreckt.«

»Ich konnte nicht anders, Dick. Hätte ich nicht wie ein Kater miaut, wäre ich dir nicht gestern auf den Fersen geblieben, dann hätte Rasta dich geschnappt, längst ehe ihr in eurem Hotel angekommen wart. Ihr zwei habt mir ziemlich viel Sorgen gemacht, und es hat mich ziemlich viel Mühe gekostet, euch unversehrt hierher zu kriegen. Aber jetzt ist das ja alles vorbei. Macht's euch bequem, Kinder.«

»Vorbei!« rief ich ungläubig, denn mein Verstand war noch nicht wieder recht beisammen. »Wo sind wir eigentlich?«

»Sie können, wenn Sie wollen, dies meine bescheidene Wohnung nennen...« – das war Blenkirons gleichmütige Stimme. »Wir haben uns auf Ihren Empfang vorbereitet, Herr Major, aber erst gestern erfuhren wir von Ihrem Freund.«

Ich stellte Pieter vor.

»Mr. Pienaar«, sagte Blenkiron, »es freut mich, Sie kennenzulernen. Nun ja, wie gesagt: hier sind Sie in Sicherheit. Aber es ging um Haaresbreite. Von Amts wegen sollte ein Bure namens Brandt heute nachmittag verhaftet und der deutschen Behörde ausgeliefert werden. Wenn Deutschland mal anfängt, sich zu wundern, was aus diesem Buren geworden ist, dann wird es Mühe haben, seine Leiche zu finden; aber so schlapp ist nun einmal der orientalische Despotismus. Inzwischen wird es diesen Buren nicht mehr geben. Um Mitternacht wird er schmerzlos verschieden sein, wie euer Dichter sagt.«

»Aber ich verstehe überhaupt nichts«, stammelte ich. »Wer hat uns arretiert?«

»Meine Leute«, sagte Sandy. »Hier ist ein bißchen Schiebung schon möglich, und diese Sache zu arrangieren war nicht schwer. Der gute Moellendorf wird morgen versuchen, etwas herauszufinden, aber das Ganze ist viel zu schwierig für ihn. Das ist das Gute an einer Regierung, die aus einer Bande von Abenteurern besteht. Aber bei Gott, Dick, die Zeit war äußerst knapp. Wenn Rasta euch erwischt hätte oder die Deutschen den Auftrag gehabt hätten, euch festzukriegen, dann wärt ihr geliefert gewesen. Heute morgen war mir ein paar Stunden lang angst und bange.«

Ich verstand das alles einfach nicht. Ich blickte zu Blenkiron hinüber, der mit seinem gewohnten schläfrigen Lächeln die Patiencekarten mischte, und dann zu Sandy, der kostümiert war wie ein Bandit im Melodrama, sein schmales Gesicht war braun wie eine Haselnuß, seine nackten Arme waren über und über mit scharlachroten Ringen tätowiert, und den Fuchspelz hatte er tief in die Stirn und über die Ohren gezogen. Alles kam mir immer noch wie ein Alptraum vor, aber allmählich wurde der Traum freundlicher. Pieter sagte kein Wort, aber ich konnte ihm an den Augen ablesen, daß er tief in Gedanken war.

Blenkiron erhob sich schwerfällig von seinem Ruhebett und watschelte zu einem Schrank hinüber.

»Kinder, ihr müßt doch hungrig sein«, sagte er. »Mein Zwölffingerdarmgeschwür hat mich, wie gewöhnlich, höllisch geplagt, und ich esse nicht mehr als ein Eichhörnchen. Aber ich habe doch für Vorrat gesorgt, denn ich konnte mir denken, daß ihr nach eurer Reise mal wieder einheizen wollt.«

Er holte zwei Straßburger Pasteten aus dem Schrank und Käse, ein kaltes gebratenes Huhn und drei Flaschen Champagner.

»Champagner«, sagte Sandy verzückt. »Und obendrein ein trockener Heidsieck! Mensch, Dick, haben wir Glück!«

Nie zuvor hatte ich eine willkommenere Mahlzeit verspeist, denn in jenem dreckigen Hotel hatten wir Hunger gelitten. Aber ich hatte immer noch das Gefühl, daß ich verfolgt wurde, und ehe ich zu essen begann, fragte ich, ob die Tür verschlossen sei.

»Alles in Ordnung«, sagte Sandy. »Meine Leute sind im Treppenhaus und am Tor. Wenn *der Metreb* einmal die Zügel in der Hand hat, kannst du sicher sein, daß niemand anders sich hertraut. Eure Vergangenheit ist ausgelöscht, einfach verschwunden, und morgen fangt ihr ganz von neuem an. Dafür habt ihr Blenkiron zu danken. Der war ganz zuversichtlich, daß ihr kommen würdet, aber er wußte auch genau, daß ihr in großer Hast kommt und daß allerlei Nachforschungen im Gange waren. Darum hat er dafür gesorgt, daß ihr spurlos verschwindet und dann ganz von vorn anfangt.«

»Sie heißen jetzt Richard Hanau«, sagte Blenkiron, »Sie wurden in Cleveland, in Ohio, geboren. Ihr Vater und Ihre Mutter waren deutscher Abstammung. Sie sind einer unserer besten Mineningenieure und Guggenheims Augapfel. Heute nachmittag sind Sie aus Constanza hier angekommen, und ich habe Sie am Postboot abgeholt. Was Sie an Kleidung brauchen, um diese Rolle zu spielen, finden Sie nebenan in Ihrem Schlafzimmer vor. Aber ich glaube, alles das ist nicht so eilig, denn ich möchte gern auf das wirklich Wichtige kommen. Dies ist keine Vergnügungsreise, Herr Major, also bin ich dafür, daß wir alle Hintertreppenabenteuer übergehen. Ich habe die größte Lust, sie mir erzählen zu lassen, aber dafür ist auch später noch Zeit. Jetzt möchte ich wissen, was unsere gemeinsamen Nachforschungen zu Tage gebracht haben.«

Er bot Pieter und mir Zigarren an, und wir ließen uns in Klubsesseln vor dem Kaminfeuer nieder. Sandy hockte sich im Schneidersitz auf den kleinen Teppich vor dem Kamin und zündete eine scheußliche alte *Briar*-Pfeife aus irgendeiner Tasche in seinem Fellkostüm an. Und damit begann das Gespräch, auf das ich vier hektische Wochen lang gewartet hatte.

»Wenn ich es mir anmaße, mit Erzählen anzufangen«, sagte Blenkiron, »dann nur deshalb, weil ich glaube, daß meine Erzählung die kürzeste ist. Ich muß Ihnen allen bekennen, daß ich versagt habe.«

Seine Mundwinkel zogen sich so herunter, daß er aussah, als sei er eine Mischung zwischen einem Clown und einem kranken Kind.

»Wenn man etwas sucht, was in den Wurzeln einer Hecke verborgen ist, dann saust man ja nicht in einem schnellen Wagen die Straße entlang. Und weniger noch würde man von einem Flugzeug aus die Sache aus der Vogelschau zu entdecken versuchen. Der Vergleich entspricht etwa meinem Verhalten. Ich war hoch in den Wolken, und auf den Berggipfeln hat mich die Sonne fast zerschmort, aber was ich wollte, das war im Straßengraben, und natürlich habe ich das übersehen. Ich war auf der falschen Fährte, Herr Major. Ich war zu hoch droben und zu verfeinert. Ich bin in Europa herumgereist wie der Barnumzirkus, ich gesellte mich zu Generalen und anderen unbedeutenden Leuten. Das bedeutet nicht, daß ich dabei nicht eine Menge Neuigkeiten erfahren habe und einige hochinteressante Beobachtungen über die Geheimwissenschaft der Politik sammeln konnte. Aber das, woran mir eigentlich lag, war in dieser Gegend nicht zu finden, denn die Leute, die Bescheid wußten, hielten dicht. Diese Sorte von Leuten betrinkt sich nicht und wird nicht nach dem zehnten Cocktail geschwätzig. Darum scheint mir, daß ich nichts dazu beitragen kann, Sir Walter Bullivant zu beruhigen, außer der Versicherung, daß seine Vermutungen völlig zutreffend sind. Jawohl, mein Herr, er hat den Nagel auf den Kopf getroffen und Alarm geschlagen. Hier geht ein unerhörtes Zauberkunststück vor sich, aber wer dahintersteckt, gibt sich nicht preis. Die riskieren nicht mehr, als sie ohne Risiko riskieren können.«

Blenkiron hielt inne und zündete sich eine neue Zigarre an. Er hatte abgenommen, seit er aus London abgereist war, und hatte tiefe Augensäcke. Ich glaube, seine Reise war nicht so bequem gewesen, wie er gedacht hatte.

»Eins habe ich herausgefunden, nämlich: der letzte Traum, den Deutschland je aufgeben würde, ist die Kontrolle über den Nahen Osten. Das ist es, worüber eure Politiker sich nicht genügend klar sind. Deutschland wird Belgien und Elsaß-Lothringen und Polen aufgeben, aber – beim Himmel! – den Zugang zu Mesopotamien wird es nie aufgeben, wenn man nicht zupackt und es so lange am Halse würgt, bis es nachgeben muß. Sir Walter ist ein sehr kluger Staatsmann und durchschaut das alles. Wenn es drauf und dran geht, wird der Kaiser in Europa eine Menge Ballast über Bord werfen, und das sieht dann so aus, als hätten die Alliierten einen großen Sieg errungen – aber besiegt ist er nicht, solange er unbehindert die Verbindung mit dem Nahen Osten hat. Deutschland ist wie ein Skorpion: der Stachel sitzt im Schwanz, und der Schwanz reicht bis nach Asien hinein.

Das wurde mir klar, und ferner: daß es für Deutschland nicht sehr leicht sein würde, diesen Schwanz intakt zu erhalten. Mit der Türkei ist es nicht so einfach, das werden Sie selbst bald merken. Aber Deutschland glaubt, damit werde es schon fertig , und ich möchte das nicht in Frage stellen. Es hängt davon ab, was für Karten es in der Hand hat, und seiner Ansicht nach sind diese Karten lauter Trümpfe. Ich habe versucht, mehr herauszufinden, aber was ich zu hören bekam, war nur leeres Geschwätz. Ich mußte vorgeben, damit zufrieden zu sein, denn die Position eines gewissen John S. war nicht so fest, daß er vorlaut sein durfte. Wenn ich einen der Eingeweihten fragte, wurde seine Miene feierlich allwissend, und er verbreitete sich über Deutschlands mächtige Waffengewalt und die deutsche Organisation und den superklugen deutschen Generalstab. Dann nickte ich nur und schwatzte begeistert über diese Leistungen – aber all das war nur Schmierseife. Deutschland hat einen Trumpf in der Hand – das weiß ich genau; aber ich freß' meinen Hut, wenn ich was Näheres darüber sagen kann. Ich hoffe zum hohen Himmel, daß ihr schlauer gewesen seid.«

Das klang ganz melancholisch, und ich war gemein genug, mich auch noch ziemlich darüber zu freuen. Er war Geheimagent von Profession und hatte die besten Chancen. Das wäre mal ein Spaß, wenn ein Amateur Erfolg hätte, nachdem der Experte versagt hatte!

Ich blickte Sandy an. Der stopfte sich gerade die Pfeife und schob die Fellmütze aus der Stirn. Mit dem langen, zerwühlten Haar, mit den hohen Backenknochen und den gefärbten Augenbrauen sah er aus wie ein verrückter Mullah.

»Ich bin stracks nach Smyrna gereist«, sagte er. »Das war nicht schwierig, denn ihr wißt, bei früheren Reisen hatte ich die Gegend schon ziemlich genau ausgekundschaftet. Nach Smyrna kam ich als griechischer Geldverleiher aus dem Fayum, aber ich hatte dort Freunde, auf die ich mich verlassen konnte, und am gleichen Abend noch war ich ein türkischer Zigeuner und Mitglied der berühmtesten Bruderschaft im westlichen Asien. Längst war ich Mitglied gewesen, ich bin ein Blutsbruder des Häuptlings, also war mir die Rolle ganz vertraut. Aber ich entdeckte, daß die ›Freunde der Rosenstunden‹ nicht mehr so waren, wie ich sie 1910 gekannt hatte. Damals waren sie alle für die Jungen Türken und für die Reform; jetzt jammerten sie dem alten Regime nach und waren die letzte Hoffnung der Orthodoxen. Von Enver und seinen Freunden wollten sie nichts wissen, und die *beaux yeux* der Teutonen mochten sie auch nicht. Sie wollten den Islam und das Althergebrachte – man könnte sagen, sie waren eine konservativ-nationalistische Parteiclique. Ungewöhnlich einflußreich war sie auf dem Lande, und Enver und Talaat wagten nicht einzugreifen. Das gefährliche an der ganzen Sache war, daß niemand etwas sagte und anscheinend auch nichts tat. Die hockten einfach da und warteten, bis ihre Zeit käme, und merkten sich alles.

Ihr könnt euch wohl vorstellen, daß Leute dieser Art genau das waren, was ich für meine eigenen Zwecke brauchte. Schon lange kannte ich ihre Sitten und Gebräuche, denn bei all ihrer Rechtgläubigkeit spielten sie doch immer noch gewaltig mit der Magie, mit Zauberei herum, und die Hälfte ihrer Einsatzkraft verdankten sie dem Unheimlichen, das sie mit der Luft einatmeten. Die ›Freunde‹ konnten jedem normalen Türken das Herz aus der Brust tanzen. Heute nachmittag hast du eine kleine Kostprobe davon gehabt, Dick – war nicht schlecht, oder? Die könnten überall auftreten, niemand würde nach Woher und Wohin fragen. Sie wußten, was der Durchschnittsmensch so denkt, denn sie waren der beste geheime Nachrichtendienst im Ottomanischen Reich – viel besser als Envers *Khafijeh*. Und sie waren auch beliebt, denn nie hatten sie sich bei den *Nemseh* – den Deutschen – eingeschmeichelt, die für ihren eigenen Zwecke den Osmanli das Lebensblut aussaugen. Hand an uns zu legen hätte dasselbe Risiko bedeutet wie ein Mordanschlag auf das Komitee oder auf seine deutschen Gebieter, denn wir hielten zueinander wie Kletten und pflegten solche Sachen großzügig und gründlich zu erledigen.

Also könnt ihr euch wohl vorstellen, daß ich keinerlei Schwierigkeiten hatte, mich nach Wunsch und Willen herumzutreiben. Meine Verkleidung und die Parole verschafften mir überall Zugang. Von Smyrna fuhr ich mit der neu angelegten Bahnlinie nach Panderma am Marmarameer, dort kam ich gerade vor Weihnachten an. Das war, nachdem Anzac und Suvla evakuiert worden waren, aber ich konnte vom Hellespont her heftiges Kanonenfeuer hören. ›Khafijeh‹ heißt eigentlich ›Karawane‹; Enver Pascha gab seinem Geheimdienst diesen Namen. Von Panderma nahm ich einen Küstendampfer nach Thrazien. Und dann passierte mir etwas unglaublich Komisches: ich wurde torpediert.

Wahrscheinlich war das die letzte Leistung eines britischen Unterseebootes in jenen Gewässern. Aber der Schuß saß. Zehn Minuten ließen sie uns Zeit, in die Rettungsboote zu klettern, und dann versenkten sie den alten Küstenfrachter samt seiner kostbaren Ladung von 6-Zoll-Granaten auf den Boden des Meeres. Wir hatten nicht viele Passagiere an Bord, darum konnten wir in den Rettungsbooten des Schiffes leicht zur Küste gelangen. Das Unterseeboot war aufgetaucht und überwachte uns, während wir auf echt orientalische Art wimmerten und heulten, und ich sah den Kapitän deutlich im Auslug. Und wer meinst du, wer das war? Tommy Elliot, der drüben hinterm Berg zuhause ist, wo ich auch zuhause bin.

Der Tommy, der war in seinem Leben noch nie so verblüfft. Als wir an ihm vorbeiplatschten, sang ich das alte Lied ›Blumen im Wald‹, in der alten Version, und begleitete meinen Gesang auf dem uralten Saiteninstrument, das ich immer bei mir hatte; und die Worte sang ich sehr deutlich. Tommy sprangen fast die Augen aus dem Kopf und auf englisch rief er herüber, wer zum Teufel ich denn sei. Im gröbsten schottischen Dialekt, den niemand im Unterseeboot noch in unserem Rettungsboot verstand, schrie ich zurück: ›Oller Tommy, warum schmeißt du denn einen anständigen Hofmusikanten hier ins kalte Wasser? Warte nur, das werde ich dir heimzahlen, das werde ich dir unter die Nase reiben, wenn wir uns wieder einmal treffen, oben auf dem Gipfel vom Caerdon.‹

Tommy erkannte mich sofort. Er lachte, bis ihm die Tränen kamen, und während wir vorbeiruderten, schrie er mir im gleichen schottischen Dialekt nach: ›Halte dich nur, es wird schon gut gehen.‹ Ich hoffe nur, daß er um Gottes willen meinem Vater nichts erzählt hat, daß er so vernünftig war, sonst hätte mein Alter einen Anfall gekriegt. Er war nie damit einverstanden, daß ich mich so herumtrieb, und dachte, daß ich jetzt im Bataillon gut untergebracht sei.

Also, kurz gesagt, so kam ich nach Konstantinopel und stöberte auch bald darnach Blenkiron auf. Das weitere wißt ihr... und jetzt zur Sache. Ich hatte Glück – mehr aber nicht, denn ich habe nicht herausgefunden, was eigentlich los ist, keine Spur. Aber das erste Rätsel von Harry Bullivant habe ich gelöst. Ich weiß, was *Kasredin* bedeutet.

Sir Walter hatte recht, das hat uns Blenkiron schon gesagt. Im Islam herrscht große Unruhe, sie schlägt Wellen auf dem Wasserspiegel. Sie wollen's auch gar nicht geheimhalten. Diese Art religiöser Erweckungen kommt immer wieder, und jetzt war gerade eine fällig. Und sie wissen bis ins einzelne Bescheid. Aus dem Blut des Propheten ist ein Seher erstanden, der das Kalifat in seiner alten Herrlichkeit und den Islam in seiner ursprünglichen Reinheit wieder herstellen wird. Seine Weissagungen sind überall in der moslemitischen Welt bekannt. Alle Rechtgläubigen können sie auswendig. Darum erdulden sie die zermürbende Armut und die unsinnige Steuer; darum allein melden sich die jungen Leute zum Heeresdienst und sterben klaglos in Gallipoli und im Kaukasus. Sie glauben, die große Befreiung stehe unmittelbar bevor.

Zuerst fand ich heraus, daß die Jungen Türken gar nichts damit zu tun haben. Sie sind nicht beliebt, unorthodox – und keine echten Türken. Aber Deutschland hat etwas damit zu tun. Inwiefern, das weiß ich nicht, aber es wurde mir ganz klar, daß auf irgendeine hintergründige Art von Deutschland angenommen wird, daß es die neue Bewegung fördert. Dieser Glaube stützt und trägt das augenblickliche Regime. Gemeinhin verabscheut der Türke das Komitee, aber auf sonderbar verquere Art erhofft er sich etwas von Deutschland. Es ist nicht etwa so, daß Enver und seine Leute den unbeliebten Teutonen auf den Schultern tragen; es ist vielmehr so, daß der Teutone das unbeliebte Komitee trägt. Und Deutschlands Einfluß besteht nur darin und in nichts anderem – daß es etwas mit dem Erscheinen des neuen Erlösers zu tun hat.

Man spricht ganz offen über die ganze Sache. Man nennt sie die *Kaába-i-kurrijeh*, den Hort der Freiheit. Der Prophet selbst ist unter dem Namen Zimrud bekannt – ›der Smaragd‹ –, und seine vier Minister haben auch die Namen von Edelsteinen: Saphir, Rubin, Perle und Topas. In den Städten und Dörfern kann man diese Namen so oft hören wie in England die Namen unserer Generäle. Aber niemand wußte, wo Zimrud war und wann er sich zeigen würde, obwohl seine Botschaften jede Woche zu den Gläubigen gelangten. Alles, was ich in Erfahrung bringen konnte, das war, daß er und seine Jünger aus dem Westen kommen würden.

Nun werdet ihr sagen: und was ist mit *Kasredin*? Das hat mir viel Kopfzerbrechen gemacht, denn niemand hat dieses Wort je ausgesprochen. Die Heimat des Geistes! Offensichtlich ein Klischee, so wie in England irgendeine neue Sekte sich die Kirche Christi nennen könnte. Nur schien niemand je diesen Namen zu gebrauchen.

Aber nach und nach fand ich heraus, daß es in dieser mysteriösen Sache einen inneren und einen äußeren Kreis gab. Jeder Glaube hat einen Geheimbezirk, zu dem die große Menge nicht zugelassen wird. Darauf stieß ich in Konstantinopel. Es gibt ein berühmtes türkisches Spiel, das *Kasredin* heißt, eins jener alten halbkomischen Mysterienspiele mit allegorischer Bedeutung, es heißt *orfa oyun*, was schlafen bedeutet, und man braucht eine Woche, um es durchzulesen. Dieses nun kündigt das Kommen eines Propheten an, und ich stellte fest, daß die Auserwählten in seiner Terminologie von der neuen Offenbarung sprachen. Das seltsame ist nun, daß eine der wenigen Frauen, die in den Heiligengeschichten des Islams eine große Rolle spielen, diesem Propheten beisteht. Das ist die Pointe dieses Spiels, und sie ist zum Teil scherzhaft, aber hauptsächlich doch ein religiöses Mysterienspiel. Und obendrein heißt der Prophet nicht Smaragd.«

»Ich weiß«, sagte ich, »man nennt ihn *Greenmantle.*«

Sandy sprang auf die Füße und ließ seine Pfeife ins Kaminfeuer fallen.

»Aber in Gottes Namen, wie hast du das herausgekriegt?«

Da berichtete ich ihnen von Stumm und Gaudian und von den geflüsterten Worten, die ich nicht hätte hören sollen. Blenkiron belohnte mich mit einem steten Blick, ungewohnt von jemandem, dessen Augen für gewöhnlich auf kein festes Ziel gerichtet waren, und Sandy rannte im Zimmer umher.

»Deutschland steckt hinter alledem. Das habe ich mir immer schon gedacht. Wenn wir die *Kaába-i-kurrijeh* finden wollen, dann hat es keinen Sinn, beim Komitee oder in den türkischen Provinzen herumzustöbern. Des Pudels Kern, der ist in Deutschland. Dick, du hättest nie die Donau überqueren sollen.«

»Das habe ich auch schon halb gefürchtet«, erwiderte ich. »Andererseits ist es doch ganz klar, daß die ganze Sache ostwärts zieht, und zwar eher bald als später. Meiner Ansicht nach können sie es sich nicht leisten, viel Zeit zu verlieren, ehe sie die Ware abliefern. Wenn wir uns hier halten können, kommen wir ihnen bestimmt auf die Spur ... Ich habe einen weiteren Hinweis. Ich habe Harry Bullivants drittes Rätsel gelöst.«

Sandys Augen blitzten, und meine gesamte Zuhörerschaft war aufs äußerste gespannt.

»Du hast doch gesagt, daß in der *Kasredin*geschichte eine Frau die Verbündete des Propheten ist?«

»Ja«, sagte Sandy, »und?«

»Nur daß das bei *Greenmantle* genau zutrifft. Ich kann sie euch mit Namen nennen.«

Ich nahm einen Zettel und einen Bleistift von Blenkirons Schreibtisch und gab sie Sandy.

»Da, schreib Harry Bullivants drittes Wort hin.«

Sofort schrieb er hin: »v. I.«

Dann erzählte ich ihnen, daß Stumm und Gaudian einen anderen Namen genannt hatten. Ich erzählte, wie ich darauf gekommen war, als ich krank in der Hütte des Holzfällers lag.

»Das ›I‹ ist nicht der Buchstabe im Alphabet, sondern ein Zahlwort. Der Name ist von Einem, Hilda von Einem.«

»Brav, Harry Bullivant, du Guter«, sagte Sandy leise. »Das war verdammt intelligent, Hilda von Einem! Wer ist sie und wo? Denn wenn wir sie finden, haben wir den Trick heraus.«

Dann sprach plötzlich Blenkiron. »Ich glaube, da kann ich Ihnen helfen, meine Herren«, sagte er. »Erst gestern habe ich sie gesehen. Sie ist wunderschön. Obendrein gehört ihr auch dieses Haus.«

Sandy und ich fingen beide an zu lachen. Es war zu komisch, daß wir beide in halb Europa herumgestolpert waren und im Hauptquartier des Rätsels, das zu lösen wir uns aufgemacht hatten, landeten.

Aber Blenkiron lachte nicht. Als der Name Hilda von

Einem erwähnt wurde, war er plötzlich sehr ernst geworden, und seine Miene erschreckte mich.

»All das gefällt mir nicht, meine Herren«, sagte er. »Sehr viel lieber wäre es mir gewesen, Sie hätten einen anderen Namen genannt als ausgerechnet den. Ich bin noch nicht lange hier in dieser Stadt, aber doch lang genug, um die mancherlei politischen Führer einschätzen zu lernen. An denen ist nicht viel dran. Meiner Meinung nach können sie dem, was wir ihnen in Amerika zeigen könnten, nicht das Wasser reichen. Aber ich habe Frau von Einem kennengelernt, und diese Dame ist nun wieder von ganz anderem Kaliber. Der Mann, der sie je ergründen will, der muß schon eine große Hutnummer haben.«

»Wer ist sie denn eigentlich?« fragte ich.

»Nun ja, das ist es ja gerade, was ich euch nicht sagen kann. Sie war einmal in bedeutender Position mit Ausgrabungen babylonischer und hethitischer Archäologie beschäftigt, dann heiratete sie einen Diplomaten, der vor drei Jahren das Zeitliche gesegnet hat. Aber es handelt sich nicht darum, wer sie war, sondern was sie ist: nämlich eine außergewöhnliche, kluge Frau.«

Blenkirons Respekt machte mir weiter keinen Eindruck. Mir schien, als sei es uns endlich gelungen, einen übersehbaren Bezirk zu finden, wo wir unsere Aufgabe lösen konnten, denn ich haßte es, im dunkeln herumzutappen. Ich fragte, wo sie wohne.

»Das weiß ich nicht«, sagte Blenkiron, »und Sie werden feststellen, daß die Leute nicht gerade übereifrig sind, Ihre natürliche Neugier betreffs Frau von Einem zu befriedigen.«

»Das kann ich herausfinden«, sagte Sandy. »Das ist das gute daran, wenn man so ein Draufgänger ist wie ich. Jetzt muß ich aber los, denn ich muß heute noch allerhand tun. Dick, du und Pieter, ihr müßt jetzt sofort zu Bett gehen.«

»Warum denn?« fragte ich verblüfft. Sandy sprach zu mir wie ein Arzt zu einem Kranken.

»Weil ich eure Kleidung brauche, alles, was ihr anhabt. Ich nehme alles mit, und ihr werdet es nie wiedersehen.«

»Du hast mal einen komischen Geschmack, was Souvenirs betrifft«, erwiderte ich.

»Sag lieber: die türkische Polizei. Die Strömung im Bosporus ist ziemlich stark, und diese traurigen Überbleibsel zweier irregeleiteter Buren werden morgen Strandgut etwa am Serail-Kap sein. In diesem Spiel muß man den Vorhang genau und pünktlich am Ende jeder Szene herunterlassen, sonst hat man nachher Ungelegenheiten mit dem Rechtsanwalt der Familie, weil der Haupterbe verschwunden ist.«

13
ICH VERKEHRE IN GUTER GESELLSCHAFT

Am nächsten Morgen verließ ich dieses Haus Arm in Arm mit Blenkiron – ein völlig anderer Mensch als das einsame Geschöpf, das am Tage vorher vergeblich nach einem Obdach gesucht hatte. Zunächst einmal: ich war tipptopp angezogen. Ich trug einen dunkelblauen Anzug mit breiten, wattierten Schultern, eine flotte, schwarze Schmetterlingskrawatte, Schuhe, die sich überm großen Zeh ausbeulten, als hätte ich sie schon ewig getragen, und einen braunen Homburg. Außerdem trug ich noch einen mit Wolfspelz gefütterten Mantel und einen eleganten Malakkastock und rauchte eine von Blenkirons Zigarren. Pieter war gezwungen worden, sich den Bart zu stutzen, und wirkte in seinem unauffälligen graumelierten Anzug und mit seinem sanften Blick und seiner leisen Stimme wie ein sehr achtbarer Bedienter. Blenkiron hatte seine Sache wirklich gut gemacht, denn – so unglaublich es scheint – er hatte all das Zeug selber in London besorgt, und London war weit weg von hier. Jetzt war mir klar, warum er und Sandy in meinem Kleiderschrank herumgestöbert hatten. Pieters Anzug hatte Sandy besorgt, und er paßte nicht so gut wie meiner. Der Dialekt machte mir nicht die geringste Schwierigkeit, denn wer in den Kolonien aufgewachsen ist, für dessen Zunge ist das amerikanische Englisch nicht schwierig, und ich bildete mir einiges darauf ein, daß ich den Akzent des Mittelwestens ganz gut aufgeschnappt hatte.

Der Wind kam jetzt von Süden, und der Schnee schmolz schnell. Über Asien war der Himmel blau, und nach Norden hin trieben dicke weiße Wolken hinüber zum Schwarzen Meer. Die Stadt, die tags zuvor so schäbig aussah, war plötzlich seltsam schön, so schön wie ein überraschend schöner Horizont, und graue Wasserzungen leckten an der Küste herauf, wo vereinzelte Zypressen standen. Des Menschen Stimmung ist ziemlich abhängig von seiner Wahrnehmung der Landschaft, die ihn umgibt. Endlich fühlte ich mich wieder frei und konnte aus klaren Augen um mich schauen.

Auf dieser Straße tummelte sich ein Durcheinander aller Völker, die es auf Erden gibt. Da waren türkische Soldaten mit ihren sonderbaren kegelförmigen Khakihelmen und verwegen aussehende ausgehobene Truppen, die bestimmt nicht aus Europa stammten. Dann gab's noch Gruppen von Deutschen, die flache Feldmützen trugen und ausdruckslos die ihnen neue Umgebung betrachteten; fix aber grüßten sie militärisch, wenn ein Offizier auf dem Trottoir vorbeikam. Türken fuhren in geschlossenen Droschken vorbei, und Türken ritten schöne Araberpferde, und andere Türken sahen aus, als kämen sie direkt aus der Arche Noah. Am meisten aber interessierte mich der sogenannte Pöbel, verwahrloster, halb verhungerter, jämmerlicher Pöbel. Nie im Leben habe ich solche Schwärme von Bettlern gesehen, und man ging die Straße hinunter, begleitet vom Flehen um Almosen in allen Sprachen, die aus der babylonischen Sprachverwirrung hervorgegangen waren. Blenkiron und ich gaben uns als interessierte Touristen. Wir blieben manchmal stehen und lachten über einen und gaben einem anderen einen Pfennig; dabei tauschten wir mit schrillen Stimmen Bemerkungen aus im Akzent des Mittelwestens.

Wir gingen in ein Café und bestellten eine Tasse Kaffee. Ein Bettler kam herein und bat um Almosen. Blenkirons Portemonnaie war die ganze Zeit über verschlossen gewesen, aber jetzt holte er ein paar kleine Nickelmünzen heraus und schmiß fünf auf den Tisch. Der Bettler beschwor den Segen des Himmels auf uns herab und nahm drei der Münzen. Sehr eilig ließ Blenkiron die übrigen in seiner Tasche verschwinden.

Das kam mir komisch vor, und ich bemerkte, ich hätte noch nie einen Bettler angetroffen, der auf Wechselgeld herausgab. Blenkiron sagte nichts, und sogleich gingen wir weiter und kamen an den Hafen.

Da lag eine Anzahl kleiner Motorboote vor Anker und eines oder zwei größere Obstfrachtboote, schätze ich, die in den ägäischen Häfen anzulegen pflegten. Sie sahen ziemlich vermottet aus, weil sie so selten gebraucht wurden. Bei einem blieben wir stehen und sahen einem Mann zu, der sich eine blaue Schlafmütze übergezogen hatte und damit beschäftigt war, die Enden zweier Taue miteinander zu verspleißen. Er blickte einmal auf und sah uns an, dann machte er weiter.

Blenkiron fragte ihn, woher er sei, aber er schüttelte den Kopf – die Sprache verstand er nicht. Ein türkischer Polizist kam heran und glotzte uns mißtrauisch an, bis Blenkiron wie zufällig den Mantel zurückschlug, wobei ein kleines viereckiges Stück von einem Bändchen sichtbar wurde, und der

Polizist stand stramm. Da man sich mit dem Matrosen offenbar nicht unterhalten konnte, warf Blenkiron ihm drei seiner schwarzen Zigarren hinüber. »Rauchen kannst du wahrscheinlich, Freundchen, wenn du auch nicht reden kannst«, sagte er.

Der Mann grinste und fing geschickt die drei Zigarren in der Luft auf. Dann warf er zu meinem größten Erstaunen eine zurück.

Der Spender betrachtete sie spöttisch, wie sie da so auf dem Pflaster lag. »Der Junge versteht was von Tabak«, sagte er. Während wir weitergingen, sah ich, daß der türkische Polizist die Zigarre aufhob und unter seine Mütze steckte.

Auf dem Rückweg gingen wir die lange Straße oben auf dem Berg entlang. Da stand ein Mann, der auf einem Tablett Orangen feilbot, und Blenkiron blieb stehen, um sie sich anzusehen. Es fiel mir auf, daß der Mann fünfzehn Stück in ein Häufchen zusammenschob. Blenkiron betastete sie, als wolle er sich vergewissern, ob sie gut seien. Zwei schob er beiseite. Der Mann legte sie sofort in das Häufchen zurück, er sah uns nicht einmal an.

»Um diese Jahreszeit soll man kein Obst kaufen«, sagte Blenkiron, als wir weitergingen. »Die Orangen da sind so faul wie Mehlbeeren.«

Wir waren schon fast an unserer Haustür, als mir ein Licht aufging.

»Sind Sie jetzt durch mit ihrem Morgenpensum?« fragte ich.

Ganz unschuldig fragte er zurück: »Mit unserem Morgenspaziergang?«

»Pensum habe ich gesagt.«

Er lächelte milde. »Ich dachte mir schon, daß Sie draufkommen würden. Ja, freilich, ich muß mir nur noch etwas ausrechnen. Eine halbe Stunde, ja? Dann stehe ich Ihnen zur Verfügung, Herr Major.«

An diesem Nachmittag, nachdem Pieter uns einen erstklassigen Lunch zubereitet hatte, gab es zwischen Blenkiron und mir eine Aussprache.

»Mein Auftrag ist, Informationen zu sammeln«, sagte er; »und ehe ich mich auf so etwas einlasse, treffe ich genaue Vorbereitungen. Die ganze Zeit in London, während ich die britische Regierung ankläffte, war ich mit Sir Walter dabei, das alles vorzubereiten. Wir trafen uns regelmäßig an unwahrscheinlichen Orten und zu unwahrscheinlichen Tages- oder Nachtzeiten. Ehe ich hierher kam, versicherte ich mich einer Anzahl von Beziehungen, darunter ganz besonders einer mit dem Nachrichtendienst eures Auslandsministeriums, via Rumänien und Rußland: in einem oder zwei Tagen werden unsere Freunde genau wissen, was wir da herausgefunden haben.«

Da riß ich die Augen weit auf.

»Natürlich doch. Ihr Engländer ahnt ja gar nicht, wie sehr euer Geheimdienst auf Draht ist. Ich glaube, es ist der beste Geheimdienst aller kriegführenden Nationen. In Friedenszeiten habt ihr nie darüber gesprochen, und das theatralische Gehabe der Teutonen war euch verhaßt. Aber eure Verbindungsdrähte waren tief und unzerstörbar gelegt. Ich glaube, es kann kaum etwas auf der Erde geschehen, worüber ihr nicht innerhalb von vierundzwanzig Stunden Bescheid wißt. Ich möchte nicht behaupten, daß eure Klugscheißer davon immer den besten Gebrauch machen. Von eurer Politik halte ich nicht viel. Eine Menge Schönredner gibt's bei euch zweifelsohne, aber in diesem Betrieb ist Beredsamkeit nicht erforderlich. Politik ist wie ein Hühnerstall, und die einmal drin sind, tun dann allmählich so, als ob ihr kleiner Auslauf die ganze Welt wäre. Wenn aber die Politiker Fehler machen, so liegt es nicht daran, daß sie nicht genügend Instruktionen haben, nach denen sie sich richten können. Wenn ich einen wichtigen Auftrag auszuführen hätte und mir aussuchen könnte, wer mir dabei behilflich sein könnte, würde ich mich – plumps! – auf den Geheimdienst der britischen Admiralität verlassen. Jawohl, mein Herr, vor den Detektiven Ihrer Regierung ziehe ich den Hut ab.«

»Hat man Sie hier mit fabrikneuen Spionen versehen?« fragte ich erstaunt.

»Wieso, natürlich nicht«, antwortete er. »Aber sie gaben mir das Schlüsselwort, und ich konnte dann selber weiter verfügen. In Deutschland versenkte ich mich tief in die Lokalatmosphäre und zeigte nirgends auch nur meine Nasenspitze. Das war mein Trick, denn ich ging in Deutschland selbst einer Spur nach und wollte mir nicht vom Ausland her in die Quere kommen lassen. Wie Sie wissen, ist mir nicht gelungen, was Ihnen gelungen ist. Aber sobald ich die Donau überquert hatte, begab ich mich daran, meinen eigenen Nachrichtendienst zu organisieren, und ich war noch keine zwei Tage in dieser Metropole, als mein Telefon schon andauernd klingelte. Irgendwann einmal werde ich Ihnen die ganze Sache erklären, denn sie ist recht amüsant. Ich benütze eine schlaue Geheimschrift ... Nein, sie ist nicht meine Erfindung, sondern die Ihrer eigenen Regierung. Jedermann – sei's ein kleines Kind, ein schwachsinniger oder ein kindischer Greis – kann mir die Botschaften weitergeben; ein paar von diesen Leuten haben Sie heute gesehen. Aber man muß schon Grips haben, um sie zu formulieren, und ich brauche viel Zeit, um sie zu entziffern. Eines Tages erzähle ich Ihnen das alles, denn ich glaube, es wird Ihnen Spaß machen.«

»Wie verwenden Sie denn, was Sie erfahren?« fragte ich.

»Nun ja, ich erfahre sofort, was sich hier in diesem Kohlgarten zuträgt. Ebenso bekomme ich authentische Nachrichten aus dem ganzen übrigen Europa, und ich kann meinerseits eine Nachricht an Mr. X in Petersburg oder Mr. Y in London oder, wenn ich will, Mr. Z in New York schicken.

Kein Postamt würde solche Möglichkeiten von der Hand weisen, meinen Sie nicht? Ich bin der bestinformierte Mann in Konstantinopel, denn der alte General Liman ist nur einseitig informiert, und obendrein meistens durch Lügen; und Enver ist es lieber, wenn er überhaupt nichts erfährt. Ich könnte Ihnen also Hinweise geben auf das, was sich direkt vor Ihrer Nase zuträgt, denn unser Freund Sandy hat in der bestorganisierten Bande von Quacksalbern, die alle Geheimnisse der Menschenseelen herausgekitzelt haben, sehr viel zu sagen. Ohne deren Hilfe hätte ich wohl in dieser Stadt nicht viel ausrichten können.«

»Eine Frage möchte ich stellen, Blenkiron«, sagte ich. »Seit einem Monat habe ich nun mitgemacht, und meine Nerven sind ziemlich in Fetzen. Wenn das, was jetzt zu tun ist, sehr anstrengend ist, dann weiß ich nicht, ob ich's noch durchstehe.«

Nachdenklich sah er mich an. »Als ausgesprochene Erholungskur würde ich Ihre Aufgabe absolut nicht bezeichnen. Sie müssen scharf aufpassen, und es besteht immer die Gefahr, daß ein Paketchen Dynamit unerwartet explodiert. Aber alles in allem scheint mir doch diese Sache nicht sehr schwierig zu sein. Wir müssen uns nur ganz natürlich benehmen. Wir ziehen uns an wie immer und sprechen englisch und lächeln wie Theodore Roosevelt – dazu ist eigentlich kein Schauspielertalent erforderlich. Was ich manchmal schwierig fand, das war, mich ganz natürlich zu geben, genau wie jeder andere in meiner Umgebung, und die ganze Zeit unnatürliche Dinge zu tun. Es ist nicht so einfach, geschäftlich mit Mr. Carl Rosenheim zu reden und Cocktails mit ihm zu trinken und schon in der nächsten Stunde zu versuchen, Mr. Rosenheims Freunde in die Luft zu sprengen. Und es ist nicht leicht, eine Rolle zu spielen, die ganz anders ist als das Leben, das man normalerweise führt. Das habe ich nie ausprobiert. Ich habe immer versucht, mein normales Gehaben beizubehalten. Aber Sie haben versucht, sich zu verstellen, Herr Major, und ich glaube, Sie fanden es anstrengend.«

»Angstrengend ist milde gesagt«, antwortete ich. »Aber ich möchte gern etwas anderes wissen. Mir scheint die Art, wie Sie vorgehen, die bestmögliche zu sein. Aber sie ist sozusagen gußeisern. Sie legt uns ziemlich fest, und es wird nicht leicht sein, sie aufzugeben.«

»Ja, darauf wollte ich gerade zu sprechen kommen«, antwortete er. »Gerade darüber wollte ich Sie unterrichten. Gleich zu Anfang habe ich mit einer solchen Situation gerechnet. Ich glaubte, daß ich nie das Vertrauen erwerben würde, das ich brauchte, wenn ich nicht eine ganz klare Linie einhielt, in der ein Riesenbluff steckte. Wir müssen mittendrin sein und mitmachen, nicht nur zusehen. Darum beschloß ich, ein großer Machenschafter zu sein – zu einer gewissen Zeit gab es in den Staaten nicht viele, die größeren Einfluß hatten als John S. Blenkiron. Ich redete des langen und breiten über die Maßnahmen, die man in Mesopotamien treffen könnte, um die Engländer den Fluß hinunterzuspülen. Das verfing. Meine Reputation als Sachverständiger in hydraulischen Angelegenheiten war ihnen bekannt, und sie waren nur allzu froh, mich einzuspannen. Ich sagte, ich brauche Hilfe dazu, und erwähnte meinen Freund Richard Hanau, der ein so guter Deutscher sei wie irgendeiner, der je zum Abendessen Sauerkraut verzehrt habe, und der über Rußland und Rumänien herkomme als wohlwollender Neutraler; käme er aber erst einmal nach Konstantinopel, so werde er seine Neutralität abschütteln und seine Sympathie verdoppeln. Man bekam Auskunft über Sie aus den Staaten – das hatte ich schon arrangiert, ehe ich aus London abreiste. Also werden Sie willkommen geheißen und ans Herz gedrückt werden genau wie John S. Wir haben beide Aufgaben, die wir erfüllen können, und jetzt, da Sie so gut angezogen sind, sehen Sie aufs Haar so aus wie ein brillanter amerikanischer Ingenieur...

Aber wir können nicht mehr zurück. Wenn wir nächste Woche nach Constanza hinüber wollten, würden sie sehr höflich sein, aber sie würden es niemals zulassen. Wir müssen uns an unseren abenteuerlichen Auftrag halten und versuchen, irgendwie unauffällig nach Mesopotamien zu kommen, und wir können nur hoffen, daß wir weiterhin Glück haben ... Der Himmel weiß, wie wir aus der Bredouille herauskommen; aber jetzt auch noch Schwierigkeiten herausfordern, das hat keinen Sinn. Wie ich zuvor schon bemerkte, ich glaube an eine allweise, gütige Voraussehung, aber der muß man dann auch eine Chance geben.«

Ich muß schon sagen, daß diese Aussichten mich einigermaßen erschütterten. Es könnte sein, daß wir in kriegerische Aktivität verwickelt würden und – schlimmer noch – gegen unsere eigenen Leute. Ich dachte, ob es nicht besser wäre, einfach durchzugehen, und schlug das auch vor.

Er schüttelte den Kopf. »Ich glaube nicht. Erstens sind wir mit unseren Nachforschungen noch nicht durch. Den Grünmantel haben wir schon aufgestöbert, das ist Ihr Verdienst; aber wir wissen immer noch sehr wenig von diesem Heiligen. Und zweitens: so schlimm, wie Sie meinen, wird's auch nicht sein. Das Ganze muß nur in Zusammenhang gebracht werden. Mir kommt es so vor, daß, ehe Sie und ich jenen Garten finden, wo Adam und Eva so gerne verweilten, die Sache noch eine ganz sonderbare Wendung nehmen wird. Jedenfalls kann man damit wohl rechnen.«

Dann nahm er ein paar Bogen Papier und zeichnete mir einen Plan der türkischen Heeresstellungen auf. Ich hatte keine Ahnung gehabt, daß er über Kriegführung so genau Bescheid wußte, aber was er da erklärte, hatte die Qualität einer Generalstabslektion. Seiner Ansicht nach war die Lage nirgendwo so aussichtsvoll. Die Truppen, die von Gallipoli zurückgezogen werden konnten, mußten fast völlig neu ausgestattet werden, und es würde eine Weile dauern, bis sie die transkaukasische Front erreichten, wo die Russen drohten. Die syrische Armee war unter dem verrückten Djemel, der sie befehligte, fast außer Rand und Band geraten. Es bestand nicht die leiseste Möglichkeit einer wirkungsvollen Invasion von Ägypten. Nur in Mesopotamien sah es einigermaßen gut aus, weil die britische Strategie dort versagt hatte. »Und Sie können mir glauben«, sagte er, »daß die ollen Türken, wenn sie im ganzen eine Million Leute mobil gemacht haben, schon vierzig Prozent davon verloren haben. Und wenn ich so etwas wie ein Prophet bin, dann verlieren sie sehr bald noch mehr.«

Er zerriß die Papiere und äußerte sich nun über die Politik. »Über die Jungen Türken und ihr hochgeschätztes Komitee habe ich mir meine eigene Meinung gebildet. Die taugen alle nichts. Enver ist ganz gescheit, und sicherlich ist er mutig und energisch. Er wird einen Kampf durchhalten wie ein Vermonteser Kampfhahn, aber ihm fehlt der Überblick, jawohl, mein Herr. Von den Schwierigkeiten der Sache hat er so wenig Ahnung wie ein Säugling, deshalb spielen die Deutschen mit ihm herum, bis er schlechter Laune wird, und dann bockt er wie ein Maultier. Talaat ist ein übellauniger Hund und möchte am liebsten die ganze Menschheit mit einem Knüppel zusammenschlagen. Diese beiden wären früher mal gute Viehtreiber gewesen und hätten sich ihren Unterhalt draußen im Westen verdienen können als Scharfschützen irgendeiner Arbeiterpartei. Sie entsprechen etwa dem Standard von Jesse James oder Billy the Kid, außer daß Enver in einem College erzogen wurde und einige Sprachen schwatzen kann. Aber sie haben nicht einmal das Organisationstalent, mit einer irischen Wahl in einem Obdachlosenasyl fertig zu werden. Sie wollen nur eins: schießen, und die Leute werden diesen Trick mit der ›Schwarzen Hand‹ allmählich leid. Ihrer Meinung nach entspricht ihre Macht der eines Mannes, der eine Menge, die nur Spazierstöcke hat, mit einem Browning in Schach hält. Die vernünftigeren Leute im Komitee hüten sich allmählich vor ihnen, und so ein alter Fuchs wie Djavid verkriecht sich einfach, bis seine Zeit gekommen ist. Nun kann kein Zweifel bestehen, daß eine solche Bande eng zusammenhängen muß, oder sie werden eines Tages jeder für sich gehängt werden. Auf den türkischen ›Mann auf der Straße‹ haben sie keinen Einfluß, außer daß sie geschäftig sind, und er ist schläfrig; und daß ihre Revolver geladen sind.«

»Und was ist mit den Deutschen hier?« fragte ich.

Blenkiron lachte. »Die sind keineswegs eine glückliche Familie. Aber die Jungen Türken wissen, daß sie ohne deren Unterstützung gehängt werden wie Hamann, und die Deutschen können es sich nicht leisten, irgendeinen Verbündeten zu vernachlässigen. Stellen Sie sich nur vor, was geschähe, wenn die Türkei die ganze Sache leid würde und einen Separatfrieden abschlösse! Dann könnte Rußland ungehindert bis zum Ägäischen Meer vordringen. Und der Ferdl von Bulgarien würde seine abgewertete Ware auf dem anderen Markt verkaufen, ohne auch nur einen Tag lang darüber nachzudenken. Rumänien würde sich auf die Seite der Alliierten schlagen. Und mit der Kontrolle des Nahen Ostens, auf die Deutschland vertraut, sähe es recht übel aus. Der Kaiser sagt, das muß auf alle Fälle verhindert werden, aber wie?«

Blenkiron sah jetzt wieder sehr ernst aus. »Es ist unmöglich, wenn Deutschland nicht einen Riesentrumpf in der Hand hat. Es hat das Spiel so gut wie verloren, aber es hat noch eine Chance. Diese Chance besteht aus einer Frau und einem alten Mann. Meiner Ansicht nach hat diese Frau, die Eigentümerin dieses Hauses, mehr Grips als Enver und Liman. Sie hat hier eigentlich alles zu sagen. Als ich hier ankam, habe ich ihr einen Besuch gemacht, und ihr müßt das auch baldigst tun. Ich bin gespannt darauf, welchen Eindruck sie auf euch macht, denn ich gebe ohne weiteres zu, daß sie mir beträchtlich imponiert hat.«

»Es sieht so aus, als seien wir mit unserem Auftrag noch weit vom Ziel«, sagte ich.

»Wir haben kaum erst damit angefangen«, erwiderte Blenkiron.

Diese Unterhaltung trug erheblich zur Verbesserung meiner Stimmung bei, denn es war mir klar geworden, daß wir jetzt dem wichtigsten Großwild auf der Spur waren. Ich halte nichts von Verschwendung, und wenn ich an den Galgen soll, so muß es sich mir wenigstens lohnen.

Darnach machte ich allerlei Erfahrungen. Oft wachte ich morgens auf und dachte, wo ich wohl am Abend sein würde, aber die Ungewißheit machte mir sogar Spaß. Grünmantel wurde mir zu einer Art Mythos. Ich konnte mir gar nicht vorstellen, wie er eigentlich war. Am besten konnte ich ihn mir als einen alten Mann vorstellen, der einen Turban trug und in einer Rauchwolke aus einem Flaschenhals herauskam – an ein solches Bild in einer Kinderausgabe der ›Tausendundeine Nacht‹ erinnerte ich mich. Aber wenn er schon eine undeutliche Vorstellung war, so war meine Vorstellung von der Dame noch weit undeutlicher. Manchmal stellte ich sie mir als ein dickes, altes deutsches Weib vor, manchmal als eine Frau mit derbem Gesicht wie eine Lehrerin, mit dünnen Lippen und mit einer Brille auf der Nase. Aber ich mußte den Nahen Osten in Betracht ziehen, also stellte ich sie mir jung vor und wie eine träge verschleierte Huri. Ich versuchte immer, aus Blenkiron noch mehr herauszukriegen, aber der hielt so dicht wie eine zugeschnappte Rattenfalle. Aus dieser Richtung erwartete er böses Unheil, und er wollte im voraus nicht darüber sprechen.

Wir führten ein friedliches Leben. Unsere Dienstboten waren zwei von Sandys Bande, denn Blenkiron hatte sehr zu

Recht die türkischen Hausmeister entlassen; und die arbeiteten unter Pieters Aufsicht wie die Biber – mir wurde klar, daß ich noch nie im Leben so gut versorgt worden war. Mit Blenkiron wanderte ich in der Stadt herum, hielt die Augen offen und war sehr höflich. Am dritten Abend waren wir bei Moellendorffs zum Dinner eingeladen, also machten wir uns so fein wie möglich und nahmen eine uralte Droschke. Blenkiron hatte meinen Smoking herausgesucht, aus dem das Etikett meines Schneiders herausgetrennt und durch eines aus New York ersetzt worden war.

General Liman und der Gesandte Metternich waren nach Nisch hinaufgefahren, um den Kaiser zu treffen, der in dieser Gegend umherreiste, also war Moellendorff dem Rang nach der höchstgestellte Deutsche in der Stadt. Er war ein magerer Bursche mit einem Fuchsgesicht, einigermaßen gescheit, aber ungeheuer eitel, und weder die Deutschen noch die Türken konnten ihn leiden. Zu uns beiden war er sehr höflich, aber ich muß zugeben, daß ich sehr erschrak, als ich ins Zimmer trat, denn als allererstes sah ich Gaudian.

Ich zweifle, ob er mich erkannt hätte, selbst wenn ich so gekleidet gewesen wäre wie damals bei Stumm, denn er sah sehr schlecht. Jedenfalls bestand jetzt keinerlei Risiko, da ich im Smoking kam, das Haar straff zurückgebürstet hatte und mit glaubwürdigem amerikanischem Akzent sprach. Ich machte ihm als Ingenieur-Kollegen große Komplimente und dolmetschte eine sehr aufs Technische konzentrierte Unterhaltung zwischen ihm und Blenkiron. Gaudian war in Uniform, und sein ehrliches Gesicht war mir lieber als je.

Aber der Knalleffekt war der Anblick von Enver. Er war so schlank gebaut wie Rasta, geckenhaft und sorgfältig gekleidet, und er hatte ein glattes, ovales Gesicht wie ein Mädchen und schöne, gerade, schwarze Augenbrauen. Er sprach einwandfreies Deutsch und hatte die besten Manieren, er war weder frech noch überheblich. Auch praktizierte er einen hübschen Trick: er bat jedermann um Bestätigung seiner Äußerungen und zog auf diese Weise die ganze Tafelrunde ins Gespräch. Nicht daß er selber viel redete, aber was er sagte, hatte Sinn, und er brachte es mit gefälligem Lächeln vor. Ein- oder zweimal widersprach er Moellendorff, und ich merkte, daß die beiden sich nicht mochten. Als Freund hätte ich ihn nicht haben mögen – er war zu kalt und zu unnatürlich, und ich war mir ganz klar darüber, daß ich diese durchdringenden schwarzen Augen nicht zum Feinde haben wollte. Aber man durfte seine Fähigkeiten nicht ignorieren. Dieser zierliche Mensch bestand aus kaltblütigem Mut – wie die feingeschliffene und blankgeriebene Klinge eines Schwertes.

Ich glaube, bei diesem Dinner habe ich keine schlechte Figur gemacht. Einmal konnte ich Deutsch, das hatte ich vor Blenkrion voraus. Obendrein war ich guter Laune und hatte wirklich Freude daran, meine Rolle gut zu spielen. Sie redeten in den höchsten Tönen darüber, was sie schon erreicht hätten und noch erreichen würden. Envers Hauptthema war Gallipoli. Ich weiß noch, er sagte, er hätte die ganze britische Armee zerstören können, wenn nicht jemand aus Angst gekniffen hätte – und Moellendorffs Augen erdolchten ihn fast. England und allen seinen Bemühungen gegenüber äußerten sie sich sehr bitter, woraus ich schloß, daß sie es ziemlich mit der Angst gekriegt hatten, und ich wurde kreuzfidel. Ich fürchte, daß ich selber in dieser Hinsicht etwas bitter war. Ich äußerte mich in einer Weise über mein Vaterland, daß ich jetzt noch manchmal bei Nacht aufwache und der Schweiß mir ausbricht, wenn ich daran denke.

Gaudian beschäftigte sich mit der Verwendungsmöglichkeit von Wasserkraft im Kriege, und da hakte ich ein.

»Zu Hause«, sagte ich, »spülen wir einen Berg einfach weg, wenn wir ihn los sein wollen. Nichts auf der Erde hält dem Wasser stand. Mit allem gebührenden Respekt, meine

Herren, und in gänzlicher Unkenntnis strategischer Kunst frage ich mich doch manchmal, warum diese von Gott geschenkte Waffe in diesem Krieg nicht häufiger angewandt wird. Ich bin an keiner der verschiedenen Fronten gewesen, aber ich habe sie ziemlich gründlich an Hand von Landkarten und Zeitungen studiert. Nehmen Sie die deutschen Stellungen in Flandern, wo sie oben auf den Hügeln verlaufen. Wenn ich ein britischer General wäre, dann würde ich diese Stellung binnen kurzem vernichten.«

»Wie denn?« fragte Moellendorff.

»Na ja, ich würde sie einfach wegspülen. Die vierzehn Fuß Erdboden bis zum felsigen Untergrund wegwaschen. Hinter der englischen Front gibt es eine ganze Reihe Kohlengruben, aus denen sie Elektrizität beziehen könnten, und meiner Ansicht nach gibt es Wasser im Überfluß in den Flüssen und Kanälen. Ich würde Sie garantiert innerhalb von vierundzwanzig Stunden wegspülen – jawohl, trotz all Ihrer schweren Geschütze. Ich kann nicht begreifen, wieso die Engländer darauf noch nicht gekommen sind. Sie hatten doch immer ganz gescheite Ingenieure.«

Enver begriff sofort mit messerscharfem Verstand, viel schneller als Gaudian. Er fragte mich in einer Weise aus, die bewies, daß er wußte, wie man ein technisches Problem anpackt, obwohl er vielleicht nicht viel technische Kenntnisse besaß. Er war eben dabei, mir die Überflutungen in Mesopotamien zu skizzieren, als ein Adjutant mit einem Brief hereinkam, bei dessen Erhalt er aufsprang.

»Ich habe lang genug geschwatzt«, sagte er. »Mein gütiger Gastgeber, ich muß gehen. Meine Herren, ich bitte vielmals um Verzeihung und sage Ihnen allen Lebewohl.«

Ehe er ging, fragte er mich noch nach meinem Namen und schrieb ihn sich auf. »Diese Stadt ist für Fremde ungesund, Mr. Hanau«, sagte er in sehr gutem Englisch. »Ich habe ein wenig Macht, einen Freund zu beschützen, und die Macht, die ich habe, steht Ihnen zur Verfügung.« Das sagte er herablassend wie ein König, der einem Untertan seine Gunst verspricht.

Der kleine Kerl machte mir ungeheuren Spaß und auch ziemlichen Eindruck. Das sagte ich Gaudian, nachdem er gegangen war, aber dieser anständige Mensch war nicht meiner Ansicht.

»Ich mag ihn nicht«, sagte er. »Wir sind Verbündete – ja; aber Freunde sind wir nicht. Er ist kein wahrer Sohn des Islams, und der Islam ist ein nobler Glaube und verachtet Lügner und Prahler und Verräter.«

Das war das Urteil eines ehrlichen Mannes über diesen ›Herrscher in Israel‹. Am nächsten Abend hörte ich von Blenkiron ein anderes Urteil über jemand, der bedeutender war als Enver.

Er war allein ausgegangen und ziemlich spät zurückgekommen mit grauem, schmerzverzerrtem Gesicht. Unsere Kost – obwohl sie in ihrer Art keineswegs schlecht war – und der kalte Ostwind wirkten verheerend auf seinen kranken Magen. Ich sehe ihn noch vor mir, wie er über einer Spiritusflamme Milch zum Kochen brachte, während Pieter Wasser für eine Wärmflasche erhitzte. Er fluchte fürchterlich über seine Eingeweide.

»Mein Gott, Major, wenn ich Sie wäre und einen gesunden Magen hätte, dann würde ich ohne weiteres die Welt erobern. Aber so muß ich mit der Hälfte meines Verstandes arbeiten, während die andere Hälfte sich in meinem Gedärm aufhält. Ich bin wie das Kind in der Bibel, dem ein Fuchs an einem lebenswichtigen Organ nagt.«

Dann kochte seine Milch, und er begann, sie in kleinen Schlucken zu trinken.

»Ich habe unsere hübsche Hauswirtin besucht«, sagte er. »Sie hat nach mir geschickt, und ich ging mit einem Sack voller Pläne los, denn sie ist sehr scharf auf Mesopotamien.«

»Irgendwas über Grünmantel erfahren?« fragte ich gespannt.

»Eigentlich nicht, aber ich bin zu einer Erkenntnis gekommen. Meiner Ansicht nach hat der unselige Prophet es mit dieser Dame sehr schwer. Meiner Ansicht nach wird er bald wünschen, er wäre im Paradies. Denn wenn der allmächtige Gott je einen weiblichen Teufel geschaffen hat, dann ist es Madame von Einem.«

Mit ernstem Gesicht nahm er noch einen Schluck Milch.

»Das ist nicht mein Zwölffingerdarmgeschwür, Herr Major. Es ist das Urteil gereifter Erfahrung, denn meine Urteilsfähigkeit ist kalt und durchdringend, wenn auch mein Magen kaputt ist. Und meine wohlerwogene Überzeugung ist, daß diese Frau verrückt und schlecht ist – aber hauptsächlich schlecht.«

14

DIE DAME MIT DER MANTILLE

Seit jener ersten Nacht hatte ich Sandy nie mehr zu sehen bekommen. Er war ganz und gar von der Bildfläche verschwunden, und Blenkiron und ich warteten begierig auf Nachricht. Bei uns selber war alles in bester Ordnung, denn wir würden demnächst nach Osten in Richtung Mesopotamien aufbrechen, aber wenn wir nicht mehr über Grünmantel in Erfahrung brachten, würde unsere Reise ein grotesker Fehlschlag sein. Und wir konnten nichts über Grünmantel erfahren, denn niemand machte im Gespräch oder Verhalten auch nur eine Andeutung, daß er überhaupt existierte, und für uns war es natürlich unmöglich, Fragen zu stellen. Ich schlug Blenkiron vor, wir könnten uns mehr um Frau von Einem kümmern, aber er schnappte ein wie eine Falle. »Das ist ganz aussichtslos«, sagte er. »Sie ist die gefährlichste

Frau der Welt, und wenn sie die leiseste Ahnung hätte, daß wir etwas von ihren Lieblingsplänen wissen, wären Sie und ich meiner Meinung nach sehr bald im Bosporus.«

So weit, so gut; aber was sollte werden, wenn wir beide nun nach Bagdad losgeschickt wurden, um dort die Engländer wegzuspülen? Unsere Zeit wurde sehr knapp, und ich zweifelte, ob wir uns noch länger als drei Tage in Konstantinopel halten konnten. Ich hatte dasselbe Gefühl wie damals in der letzten Nacht bei Stumm, als ich nach Kairo geschickt werden sollte und keine Möglichkeit sah, das zu verhindern. Sogar Blenkiron wurde nervös. Er legte pausenlos Patiencen und hatte keine Lust zu reden. Ich versuchte, die Dienstboten auszuhorchen, aber entweder wußten sie nichts, oder sie wollten nichts sagen – meiner Ansicht nach das erstere. Ich sah mich auch gründlich um, wenn ich in der Stadt umherging, aber nirgendwo waren die Fellröcke oder die sonderbaren Saiteninstrumente zu sehen. Sämtliche ›Freunde der Rosenstunden‹ schienen sich in Luft aufgelöst zu haben, und allmählich kamen mir Zweifel, ob sie je existiert hatten.

Meine Sorgen machten mich unruhig, und die Unruhe verlangte nach körperlicher Bewegung. In der Stadt herumzulaufen half nicht. Das Wetter war wieder schlecht geworden, und der Gestank, der Schmutz und die von Flöhen geplagten Menschen gingen mir auf die Nerven. Also besorgten Blenkiron und ich uns Pferde, türkische baumhohe Kavalleriepferde, und ritten durch die Vorstadtbezirke ins Freie hinaus.

Es war ein grauer Nachmittag mit Nieselregen, und über dem Meer stieg ein Nebel auf, der die asiatische Küste der Meerenge verbarg. Es war nicht leicht, freie Bahn für einen Galopp zu finden, denn immer wieder stießen wir auf bebautes Land und auf die Gärten der Landhäuser. Wir hielten uns auf der Höhe oberhalb der See, und als wir etwas bergab kamen, stießen wir auf Abteilungen türkischer Soldaten, die Schützengräben aushoben. Wenn wir mal die Pferde in Trab setzten, mußten wir sie plötzlich anhalten, weil gegraben wurde oder Stacheldraht gespannt war. Rollen von diesem scheußlichen Zeug lagen überall lose herum, und Blenkiron wäre über so eine Rolle fast bös gestürzt. Außerdem wurden wir dauernd von Wachen angehalten und mußten unsere Pässe zeigen. Trotzdem tat der Ritt uns gut und lockerte uns auf, und als wir umkehrten, fühlte ich mich wieder mehr als weißer Mann.

In der kurzen Dämmerung des Wintertages zottelten wir zurück an den bewaldeten Grundstücken weißer Villen entlang, alle paar Minuten durch Lastwagen oder Soldatenabteilungen aufgehalten. Es regnete jetzt wirklich stark, und es waren zwei durchnäßte Reiter, die mühsam die verschlammten Heckenwege entlangtrotteten. Als wir an einer Villa vorbeikamen, die von einer hohen weißen Mauer umgeben war, wehte uns der wunderbare Geruch eines Holzfeuers an, und ich bekam Heimweh nach dem *veld.* Obendrein hörte ich, daß jemand Zither spielte, was mich an den Nachmittag in Kuprassos Gartenhaus erinnerte.

Ich hielt an und schlug vor, zu investigieren, was Blenkiron sehr gereizt ablehnte.

»Zithern gibt's hier so viele wie Flöhe«, sagte er. »Sie wollen doch nicht in fremden Ställen herumstöbern und einen Pferdeknecht vorfinden, der seine Freunde eingeladen hat! In diesem Land hat man nicht gern Besuch; und Sie machen sich nur Ungelegenheiten, wenn Sie hier eindringen. Wahrscheinlich ist es der Harem von irgendeinem ollen Bussard.« Bussard war sein selbsterfundener Name für jeden Türken, denn er sagte, als Kind habe er ein Naturkundebuch gehabt, worin ein Vogel abgebildet war, der ›turkey-buzzard‹ [1]

[1] Turkey heißt Truthahn, und ein ›turkey-buzzard‹ ist ein Geier, der in Amerika vorkommt.

hieß, und er könne es sich nicht abgewöhnen, diesen Namen den Ottomanen beizulegen.

Ich war nicht überzeugt, darum versuchte ich, mir die Stelle zu merken. Sie schien etwa drei Meilen außerhalb der Stadt zu sein am Ende eines steilen Pfades auf der Binnenlandseite des Hügels, wenn man vom Bosporus kam. Ich glaubte, daß jemand von Bedeutung dort wohnte, denn etwas später begegneten wir einem großen Auto, in dem niemand war als der Fahrer; es schnaufte den Pfad hinauf, und ich glaubte, daß es zu der Villa hinter den Mauern gehörte.

Am nächsten Tag war Blenkiron mit seiner Magensache sehr übel dran. Gegen Mittag mußte er sich hinlegen, und da ich nichts Besseres zu tun hatte, holte ich wieder die Pferde und nahm Pieter mit. Es war sehr komisch, Pieter in einem türkischen Militärsattel zu sehen; er ritt mit langen Steigbügeln, wie die Buren es tun, und in der nachlässigen Haltung, die im *back-veld* üblich ist.

Dieser Nachmittag war von Anfang an vom Pech gezeichnet. Der Nebel und Nieselregen vom Tage war zwar nicht mehr da; dafür hatte aber ein steifer Nordwind eingesetzt, der uns den Regen quer ins Gesicht trieb, und unsere Hände, die die Zügel hielten, wurden gefühllos. Wir schlugen dieselbe Straße ein, umgingen aber die Soldaten, die Schützengräben aushoben, und kamen in ein flaches Tal mit einem weißen, von Zypressen umgebenen Dorf. Dahinter begann eine sehr gute Straße, die uns auf den Kamm eines Höhenzuges führte, von wo man bei gutem Wetter eine wunderbare Aussicht haben mußte. Dann wandten wir die Pferde, und ich plante den Rückweg so, daß wir von oben her an den langen Pfad kamen, der zur Stadt hinunterführte. Ich wollte mir die weiße Villa näher ansehen.

Aber wir waren auf dem Rückweg noch nicht weit gekommen, als etwas passierte. Das Unheil kam in Gestalt eines

Schäferhundes, eines gelben Bastards, der wie ein Blitz auf uns losfuhr. Er hatte es speziell auf Pieter abgesehen und biß dessen Pferd wütend in die Fesseln, so daß es vom Wege absprang. Ich hätte Pieter warnen sollen, aber mir wurde zu spät klar, was vor sich ging. Denn Pieter, der an die Bastardhunde der Kafferkraals gewöhnt war, machte keine großen Umstände. Da das Biest sich um seine Peitsche nicht kümmerte, zog er die Pistole und schoß es in den Kopf.

Das Echo des Schusses war kaum verhallt, als schon Lärm geschlagen wurde. Ein Riesenkerl erschien und rannte mit wildem Geschrei auf uns zu. Ich nahm an, daß es der Eigentümer des Hundes war, und schlug vor, keine Notiz von ihm zu nehmen. Aber auf sein Geschrei hin kamen zwei andere dazu – dem Aussehen nach Soldaten –, die auf uns zuliefen und im Laufen den Gewehrriemen von der Schulter zogen. Mein erster Gedanke war, vor ihnen zu fliehen, aber ich wollte nicht gern in den Rücken geschossen werden, und sie sahen aus, als ob sie ohne weiteres schießen würden. Also zügelten wir die Pferde und sahen den Burschen entgegen.

Das Trio sah so wüst aus, wie man sich's nur zum Wegsehen wünschen kann. Der Hirte sah aus, als hätte man ihn irgendwo ausgegraben, ein schmutziger Schurke mit verfilztem Haar und einem Bart, der ein Vogelnest hätte sein können. Die beiden Soldaten standen da und starrten uns mit finsteren Gesichtern an, sie fingerten an ihren Gewehren herum, während der andere tobte und schimpfte und immerfort auf Pieter deutete, der seinen Feind mit seinen sanften Augen betrachtete, ohne mit der Wimper zu zucken.

Das dumme war, daß keiner von uns ein Wort Türkisch konnte. Ich versuchte es auf deutsch, aber ohne Erfolg. Wir saßen da und sahen sie an, und sie standen da und beschimpften uns, und es wurde schnell dunkel. Einmal wandte ich mein Pferd, als wolle ich weiterreiten, aber die beiden Soldaten sprangen mir in den Weg.

Sie schwatzten untereinander, und dann sagte einer sehr langsam auf englisch: »Er... will... Pfund«, und er hielt fünf Finger hoch. Anscheinend schlossen sie aus unserer Kleidung, daß wir keine Deutschen waren.

»Eher soll man mich hängen, als daß der einen Pfennig kriegt«, sagte ich zornig, und die Unterhaltung stockte.

Jetzt wurde die Lage ernst, also sprach ich ein Wort mit Pieter. Die Soldaten hielten die Gewehre locker in der Hand, und ehe sie anlegen konnten, hatten wir unsere Pistolen auf die beiden gerichtet.

»Wenn ihr euch rührt«, sagte ich, »seid ihr tot.« Das verstanden sie recht gut und standen stocksteif da, während der Hirte aufhörte zu schimpfen und zu murmeln anfing wie ein Grammophon, wenn die Platte zu Ende ist.

»Laßt die Gewehre fallen«, befahl ich. »Schnell, oder wir schießen.«

Wenn nicht meine Worte, so machte der Tonfall meine Meinung klar. Sie starrten uns immer noch an, ließen aber die Gewehre zu Boden gleiten. In der nächsten Sekunde hatten wir sie schon fast überritten, und sie rannten davon wie Karnickel. Ich feuerte über ihre Köpfe weg, um sie anzutreiben. Pieter stieg vom Pferd und warf die Gewehre in ein Gestrüpp, wo man sie nur schwer wiederfinden konnte.

Dieser Überfall hatte Zeit gekostet. Es wurde jetzt sehr dunkel, und wir waren noch nicht eine Meile geritten, als es pechschwarze Nacht war. Das war recht ärgerlich, denn ich hatte völlig die Orientierung verloren und nur noch eine sehr ungenaue Vorstellung von der ganzen Gegend. Es schien am ratsamsten zu sein, oben auf einen Hügel zu gelangen in der Hoffnung, die Lichter der Stadt zu sehen; aber die ganze Landschaft war so verworren, daß es sehr schwierig war, so einen Hügel zu finden.

Wir mußten uns auf Pieters Instinkt verlassen. Ich fragte ihn, in welcher Richtung wir jetzt reiten sollten, und er saß eine Minute ganz still da und schnupperte herum. Dann wies er die Richtung. Es war nicht die, die ich selber eingeschlagen hätte, aber in solchen Dingen war er so gut wie unfehlbar.

Sehr bald kamen wir – zu meiner großen Erleichterung – an einen langen Abhang. Aber von oben war nirgendwo Licht zu sehen – nur eine schwarze Leere wie das Innere einer Muschel. Als ich so ins Dunkel starrte, schien es mir, als seien da noch ein paar dunklere Flecken, vielleicht Gehölze.

»Halblinks vor uns ist ein Haus«, sagte Pieter.

Ich spähte darnach, bis mir die Augen schmerzten, aber ich sah nichts.

»Um Gottes willen also, führe mich hin!« sagte ich; Pieter ritt voraus den Hügel hinunter.

Es war ein verwegener Ritt, denn die Finsternis klebte an uns wie ein Unterhemd. Zweimal gerieten wir in den Sumpf, und einmal gelang es meinem Pferd, sich bei Haaresbreite vor dem Sturz in eine Kiesgrube zu bewahren. Wir stolperten über Stacheldraht, und oft stießen wir mit der Nase an Baumstämme. Mehrmals mußte ich absitzen und uns in Barrikaden aus lose zusammengefügten Steinen einen Weg bahnen. Aber nach aberwitzigem Schlittern und Stolpern kamen wir endlich auf eine Straße, und vor uns war es ganz besonders dunkel – nämlich wegen einer hohen Mauer.

Ich behauptete, daß alle von Menschen gebauten Mauern einen Eingang hätten; also tasteten wir uns an der Mauer entlang und fanden bald eine Lücke. Es war ein altes Eisentor, das in verrotteten Angeln hing; wir stießen es ohne Mühe auf und befanden uns auf einem Gartenweg zum Hintereingang irgendeines Hauses. Dieser Gartenweg war augenscheinlich lange nicht benutzt worden, denn er war von faulendem Laub bedeckt, und man spürte beim Gehen, daß er darunter grasüberwachsen war.

Jetzt waren wir abgestiegen und führten die Pferde am Zügel, und nach etwa fünfzig Metern mündete der Pfad in eine gepflegte Wagenauffahrt. Wenigstens nahmen wir das an, denn es war alles ganz dunkel. Augenscheinlich war das Haus nicht weit entfernt, aber in welcher Richtung es lag, ahnte ich nicht.

Nun wollte ich keinesfalls um diese Tageszeit noch einen Türken besuchen. Wir mußten herausfinden, wo die Straße auf den Pfad stieß, denn von da ab war der Weg nach Konstantinopel ganz klar. Auf der einen Seite lag der Pfad und auf der anderen das Haus, und es schien nicht geraten, es zu riskieren, samt den Pferden zum Haupteingang des Hauses zu marschieren. Darum sagte ich Pieter, er solle am Ende des Weges auf mich warten, während ich ein bißchen kundschaften wollte. Ich wandte mich nach rechts; meine Absicht war, umzukehren, sobald ich ein Licht im Haus sah, und mit Pieter die entgegengesetzte Richtung einzuschlagen.

Ich ging wie ein Blinder in einer dunklen Höhle. Die Auffahrt schien gut gepflegt zu sein, und der weiche, nasse feine Kies dämpfte das Geräusch meiner Schritte. Hohe Bäume neigten sich über den Weg, und ein paarmal geriet ich in tropfnasse Büsche. Und dann hielt ich mitten im Schritt an, denn ich hörte jemanden pfeifen.

Es war ganz nah, etwa zehn Meter entfernt. Und das sonderbare war, daß ich die Melodie kannte, eine Melodie, die man gerade hier am wenigsten zu hören erwartete. Es war ein schottisches Lied, ein Lieblingslied meines Vaters.

Der da pfiff, mußte meine Anwesenheit bemerkt haben, denn das Lied hörte plötzlich mitten im Takt auf. Grenzenlose Neugier ergriff mich: ich wollte wissen, wer das war. Also pfiff ich das Lied zu Ende.

Eine Sekunde lang war es still, dann fing der Unbekannte von neuem an und brach ab. Wiederum fiel ich ein und pfiff die Melodie zu Ende.

Dann schien er näher zu kommen. Die Luft in diesem dumpfigen Tunnel war ganz still, und ich konnte einen leichten Schritt vernehmen. Ich glaube, ich machte einen Schritt rückwärts. Plötzlich blitzte eine Taschenlampe auf, nur einen Meter von mir entfernt und so kurz, daß ich von dem Mann, der sie hielt, nichts sehen konnte.

Dann sprach eine leise Stimme aus der Dunkelheit – eine Stimme, die ich sehr gut kannte –, und gleich darauf legte mir jemand die Hand auf den Arm. »Zum Teufel nochmal, was machst denn du hier, Dick?« sagte die Stimme, und sie klang einigermaßen bestürzt.

Ich sagte es ihm in einem hektischen Satz, denn allmählich hatte ich selber ziemliche Angst.

»Nie im Leben bist du in größerer Gefahr gewesen«, sagte die Stimme. »Großer Gott, wieso mußt du gerade heute hier herumlaufen?«

Man kann sich vorstellen, daß mich das sehr erschreckte, denn Sandy übertrieb nie. Und im nächsten Augenblick erschrak ich noch mehr, denn er packte mich beim Arm und zog mich mit einem einzigen Satz zur Seite der Straße. Ich konnte nichts sehen, merkte aber, daß er den Kopf gedreht hatte, und tat dasselbe. Und da, nur zwölf Meter weit weg, waren die Scheinwerfer eines großen Autos.

Es kam sehr langsam angefahren und schnurrte wie eine große Katze, während wir uns in die Büsche drückten. Die Scheinwerfer breiteten nach beiden Seiten einen Fächer von Licht aus, der die volle Breite der Auffahrt und ihre Ränder beleuchtete und auch etwa zur halben Höhe die Bäume, die sich über ihr wölbten. Jemand in Uniform saß neben dem Fahrer, den ich im Widerschein der Lichter undeutlich sah, aber innen im Wagen war es dunkel.

Der Wagen kam langsam auf uns zu und fuhr vorbei, und ich wollte gerade aufatmen, als er anhielt. Innen wurde ein Schalter angeknipst, und die Limousine war hell erleuchtet. Drinnen sah ich die Gestalt einer Frau.

Der Bediente war ausgestiegen und öffnete die Tür, und von innen erklang eine Stimme – ein klare, leise Stimme, die eine Sprache sprach, die ich nicht verstand. Sandy war bei ihrem Klang vorgetreten, und ich folgte ihm. Es ging nicht an, daß man mich im Gebüsch versteckt fand.

Die plötzliche Helligkeit blendete mich so, daß ich zuerst nur zwinkerte und nichts sah. Dann gewöhnten meine Augen sich daran, und ich blickte in einen Wagen hinein, der mit irgendeinem weichen, taubengrauen Material gepolstert und sehr schön mit Elfenbein und Silber ausgestattet war. Die Frau, die darin saß, trug über Kopf und Schultern eine schwarze Spitzenmantille, die sie mit einer schlanken, beringten Hand über dem größten Teil ihres Gesichts in Falten zusammenhielt. Ich sah nur ein Paar helle, graublaue Augen – diese und die schlanken Finger.

Ich erinnere mich, daß Sandy sehr aufrecht dastand, die Hände in die Hüften gestemmt, keineswegs wie ein Dienstbote in Gegenwart seiner Herrin. Er war immer eine eindrucksvolle Erscheinung, aber in dieser verrückten Kleidung, mit zurückgeworfenem Kopf und unter der Fellmütze zusammengezogenen dunklen Brauen sah er wie der König eines wilden Stammes aus einer uralten Welt aus. Er sprach türkisch und sah mich ab und zu an, als sei er zornig und verblüfft. Ich entnahm seinem Benehmen, daß er so tat, als verstehe er keine andere Sprache, und daß er fragte, wer zum Teufel ich sei.

Dann betrachteten sie mich beide, Sandy mit dem trägen, starren Blick eines Zigeuners, die Dame mit diesen seltsamen, schönen hellen Augen. Sie betrachteten meine nagelneue Reithose, meine schlammbespritzten Stiefel, meinen

Hut mit dem breiten Rand. Diesen nahm ich ab und machte meine schönste Verbeugung.

»Madam«, sagte ich, »ich muß um Verzeihung bitten, daß ich in Ihren Garten eingedrungen bin. Ich und mein Diener – er ist unten an der Straße mit den Pferden, und ich nehme an, Sie haben ihn gesehen –, wir beide sind heute nachmittag ausgeritten und haben uns gründlich verirrt. Wir kamen zum hinteren Gartentor herein, und ich suchte Ihre Haustür, um jemanden zu finden, der uns den Weg zeigt, als ich auf diesen Räuberhauptmann stieß, der meine Sprache nicht verstand. Ich bin Amerikaner und in einem wichtigen Regierungsauftrag hier. Es ist mir sehr unangenehm, Sie zu belästigen, aber wenn Sie jemanden schicken würden, der uns den Weg zur Stadt zeigt, wäre ich Ihnen sehr verbunden.«

Ihre Augen hafteten dauernd auf meinem Gesicht. »Wollen Sie einsteigen?« sagte sie auf englisch. »Im Hause werde ich Ihnen einen Dienstboten geben, der Ihnen den Weg zeigt.«

Sie raffte den Pelzmantel zusammen, um mir Platz zu machen, und mit meinen schmutzigen Stiefeln und klitschnassen Kleidern setzte ich mich auf den Platz, den sie mir anwies. Sie sagte ein Wort auf türkisch zu Sandy, drehte das Licht ab, und der Wagen fuhr weiter.

Ich hatte nie viel mit Frauen zu tun gehabt und verstand von ihnen etwa soviel wie vom Chinesischen. Mein ganzes Leben hatte ich nur in Männergesellschaft verbracht, und dazu noch in ziemlich rauher. Als ich genug verdient hatte und nach Hause, nach England kam, sah ich mich wohl nach ein bißchen Gesellschaft um, aber zuerst hatte ich die Sache mit dem Schwarzen Stein in Auftrag, und dann kam der Krieg, und meine gesellschaftliche Erziehung wurde vernachlässigt. Ich war nie zuvor mit einer Dame in einem Auto gefahren, und ich kam mir vor wie ein Fisch auf dem Trocknen. Die weichen Polster und das zarte Parfüm waren mir außerordentlich unbehaglich. Ich dachte jetzt nicht an Sandys ernste Worte noch an Blenkirons Warnung, noch an meine Aufgabe und die Rolle, die diese Frau dabei spielen mußte. Ich dachte nur daran, daß ich verzweifelt schüchtern war. Die Dunkelheit machte die Sache noch schlimmer. Ich war sicher, daß meine Begleiterin mich die ganze Zeit ansah und über mich lachte wie über einen Clown.

Der Wagen hielt, und ein hochgewachsener Diener öffnete die Tür. Die Dame war über der Schwelle, ehe ich noch an der Treppenstufe war. Ich folgte ihr schwerfällig, die Nässe quoll aus meinen Stiefeln.

Sie führte mich einen langen Flur entlang, bis zu einem Raum, wo zwei Pfeiler Lampen in Gestalt von Fackeln trugen. Außer dem Glühen dieser Fackeln war der Raum dunkel und so heiß wie ein Treibhaus, aber die Öfen waren nicht zu sehen. Ich spürte im Gehen weiche Teppiche, und an den Wänden hingen Tapisserien oder Gobelins mit erstaunlich komplizierten geometrischen Mustern, aber jedes Gewebe leuchtete in üppigen Edelsteinfarben. Dort zwischen den Pfeilern wandte sie sich und stand mir gegenüber. Den Pelz hatte sie zurückgeworfen, und die schwarze Mantille war auf ihre Schultern hinuntergeglitten.

»Ich habe schon von Ihnen gehört«, sagte sie. »Sie sind der Amerikaner mit Namen Richard Hanau. Warum sind Sie in dieses Land gekommen?«

»Um an dem Feldzug teilzunehmen«, sagte ich. »Ich bin Ingenieur und ich dachte, ich könnte mich zum Beispiel in Mesopotamien nützlich machen.«

»Sie sind auf Deutschlands Seite?« fragte sie.

»Aber ja«, antwortete ich. »Wir Amerikaner sollen eigentlich neutral sein, das heißt, wir können die Seite wählen, die uns am besten gefällt. Ich bin für den Kaiser.«

Ihre kalten Augen blickten mich forschend an, aber es war kein Verdacht in ihnen zu erkennen. Ich merkte, daß die Frage, ob ich die Wahrheit sagte oder nicht, sie nicht beunruhigte. Sie versuchte, mich als Mann abzuschätzen. Diesen ruhigen, abwägenden Blick kann ich nicht beschreiben. Sex war nicht darin, nicht einmal die natürliche Sympathie, mit der ein Mensch die Existenz eines anderen zu erfassen versucht. Ich war für sie wie eine Ware, ein Ding, das von jedem intimen Interesse unendlich weit entfernt ist. So habe ich selber mir Pferde angesehen, wenn ich eins kaufen wollte, mit sachlicher Begutachtung der Schultern, der Sprunggelenke, der Gangart. Und so müssen die früheren Herren von Konstantinopel die Sklaven betrachtet haben, die das Kriegsglück ihnen auf den Markt brachte: abschätzend, ob sie sich für diese oder jene Arbeit eigneten, ohne einen Gedanken daran, daß beide, Käufer und Verkaufte, Menschen waren. Und doch stimmt der Vergleich nicht ganz. Die Augen dieser Frau schätzten mich nicht für eine bestimmte Aufgabe ab, sondern sie erforschten meine wesentlichen Qualitäten. Ich spürte, daß ich jemandem gegenüberstand, der die menschliche Natur genau kannte.

Ich sehe eben, daß ich geschrieben habe, ich verstehe nichts von Frauen. Aber jeder Mann hat ein eingefleischtes Sexbewußtsein. Ich war schüchtern und verwirrt, aber furchtbar fasziniert. Diese schlanke Frau, die wie eine kostbare Statue zwischen den fackeltragenden Pfeilern stand mit ihrem hellblonden, lockeren Haar, dem schmalen, zarten Gesicht und den hellen, strahlenden Augen war so bezaubernd wie ein verrückter Traum. Ich haßte sie instinktiv, haßte sie glühend, aber ich wollte doch ihr Interesse erwecken. Von diesen Augen kalt abgeschätzt zu werden, war für mich als Mann eine Beleidigung, ich spürte Feindseligkeit in mir aufsteigen. Ich bin körperlich stark und gut gebaut und größer als der Durchschnitt, und meine Gereiztheit machte mich von Kopf bis Fuß steif. Ich warf den Kopf zurück und erwiderte ihren kalten Blick mit meinem kalten Blick, ihren Stolz mit meinem Stolz.

Einmal, während der Schiffsreise, das weiß ich noch, hatte ein Arzt, der sich mit Hypnoseversuchen abgab, mir gesagt, ich sei der unempfänglichste Mensch, der ihm je vorgekommen sei. Er sagte, als Hypnoseobjekt tauge ich etwa soviel wie der Tafelberg. Plötzlich wurde mir klar, daß diese Frau versuchte, mich unter eine Art von Zauberbann zu versetzen. Die Augen wurden groß und leuchtend, und für einen Augenblick wurde ich mir bewußt, daß ein fremder Wille gegen den meinen ankämpfte. Im gleichen Augenblick bemerkte ich auch einen seltsamen Duft, der mich an jene verrückte Stunde in Kuprassos Gartenhaus erinnerte. Das ging schnell vorüber, und sie senkte eine Sekunde lang den Blick. Darin sah ich ein Versagen und doch auch eine Art von Befriedigung, als habe sie mehr in mir gefunden, als sie erwartete.

»Was für eine Art von Leben haben Sie hinter sich?« fragte die leise Stimme.

Zu meiner Überraschung war ich fähig, ganz unbefangen zu antworten. »Ich bin als Mineningenieur weit in der Welt herumgekommen.«

»Sie haben oft Gefahren standgehalten?«

»Ich war oft in Gefahr.«

»Sie haben in Schlachten gegen Menschen gekämpft?«

»Ich habe in Schlachten gekämpft.«

Ihre Brust hob und senkte sich in einer Art von Seufzer. Ein Lächeln – ein wunderschönes – glitt über ihr Gesicht hin. Sie gab mir die Hand.

»Die Pferde sind jetzt vor der Tür«, sagte sie, »und Ihr Bedienter ist dabei. Einer meiner Leute wird Sie zur Stadt führen.«

Sie wandte sich ab und trat aus dem Lichtkreis hinaus in die Dunkelheit dahinter ...

Pieter und ich trotteten im Regen nach Hause, einer von Sandys fellbekleideten ›Freunden‹ begleitete uns im Laufschritt. Wir sprachen kein Wort, denn meine Gedanken liefen

wie Spürhunde auf den Spuren der letzten paar Stunden. Ich hatte die rätselhafte Hilda von Einem gesehen, hatte mit ihr gesprochen und ihre Hand gehalten. Sie hatte mich aufs infamste beleidigt, und trotzdem war ich nicht böse. Plötzlich bekam das Spiel, das ich spielte, eine unerhörte, feierliche Bedeutung. Meine alten Feinde, Stumm und Rasta und das ganze deutsche Kaiserreich schienen sich im Hintergrund zu verflüchtigen und nur diese schlanke Frau mit ihrem unergründlichen Lächeln und ihren verzehrenden Augen übrig zu lassen. »Verrückt und schlecht«, hatte Blenkiron von ihr gesagt, »aber hauptsächlich schlecht.« Ich glaubte nicht, daß diese Worte wirklich zutrafen, denn sie gehören unserer vertrauten, engen Erfahrungswelt an. Hier handelte es sich um etwas, was jenseits unserer Erfahrungswelt und darüber war, wie ein Zyklon oder ein Erdbeben außerhalb der anständigen Routine der Natur stehen. Verrückt und schlecht mochte sie wohl sein, aber außerdem war sie bedeutend.

Ehe wir zu Hause ankamen, hatte unser Führer mich am Knie gezupft und ein paar Worte gesagt, die er höchstwahrscheinlich auswendig gelernt hatte. »Mein Herr sagt«, so lautete die Botschaft, »erwarten Sie ihn um Mitternacht.«

15

ICH KANN MICH NICHT IN RUHE UMZIEHEN

Ich war durchnäßt bis auf die Haut, und während Pieter loszog, um ein Dinner aufzutreiben, ging ich in mein Zimmer, um mich umzuziehen. Ich rubbelte mich von oben bis unten ab, und dann zog ich einen Schlafanzug an, um – in Ermangelung von Hanteln – mit zwei Stühlen Stemmübungen zu machen, denn der lange Ritt im Regen hatte meine Arm- und Schultermuskeln verkrampft. Es war ein scheußlicher, primitiver blauer Schlafanzug, den Blenkiron aus meinem Kleiderschrank in London herausgefischt hatte. Als ich noch Cornelis Brandt war, benützte ich ein Nachthemd aus Flanell.

Die Tür meines Schlafzimmers ging ins Wohnzimmer hinaus, und während ich noch meine Turnübungen machte, hörte ich, daß jemand von draußen die Tür zum Wohnzimmer öffnete. Zuerst dachte ich, es sei Blenkiron, aber es war ein schneller Schritt und nicht wie sein gemessener Gang. Ich hatte das Licht im Wohnzimmer brennen lassen, und der Besuch – wer immer er war – hatte sich häuslich niedergelassen. Ich zog einen grünen Morgenrock über, den Blenkiron mir geliehen hatte, und machte mich auf, um die Sache zu untersuchen.

Da stand mein Freund Rasta am Tisch, auf den er einen Briefumschlag gelegt hatte. Als ich eintrat, wandte er sich und grüßte militärisch.

»Ich komme vom Kriegsminister, Sir«, sagte er, »und bringe Ihnen die Pässe für morgen. Sie werden ...« Und dann verstummte er, und seine schwarzen Augen verengten sich zu Schlitzen. Er hatte etwas gesehen, was ihn aus dem Konzept brachte.

Und im gleichen Augenblick sah ich es auch. An der Wand hinter ihm war ein Spiegel aufgehängt, und da ich ihm gegenüberstand, mußte ich mein Spiegelbild sehen. Es war das genaue Abbild des Ingenieurs auf dem Donauschiff – blaue Jeans, Lodencape, alles miteinander. Der verfluchte Zufall meiner augenblicklichen Kleidung – blauer Schlafanzug etc. – hatte es ihm ermöglicht, mich zu erkennen, obwohl ja meine damalige Kleidung tief im Bosporus lag.

Nun muß ich Rasta zugestehen, daß er sehr schnell handelte. In Sekundenschnelle war er an der anderen Seite des

Tisches, der zwischen mir und der Tür stand, und da stand er und sah mich böse an.

Ich war aber jetzt am Tisch und griff nach dem Briefumschlag. Meine einzige Hoffnung war, so zu tun, als ob nichts wäre.

»Setzen Sie sich doch«, sagte ich, »und trinken Sie was. Scheußliche Nacht, wenn man unterwegs sein muß.«

»Vielen Dank, nein, Herr Brandt«, antwortete er. »Diese Pässe können Sie verbrennen, denn sie werden nicht benutzt werden.«

»Was ist denn eigentlich los?« rief ich. »Sie haben sich in der Adresse geirrt. Ich heiße Hanau, Richard Hanau, und mein Partner heißt John S. Blenkiron. Er wird gleich hier sein. Ich habe nie jemanden mit Namen Brandt gekannt, außer einem Tabakhändler in Denver.«

»Sie sind also nie in Rustschuk gewesen?« sagte er mit höhnischem Grinsen.

»Nicht daß ich wüßte. Aber Verzeihung, Sir, wenn ich frage, wer Sie eigentlich sind und was Sie hier wollen. Ich bin, verflixt noch mal, nicht gewöhnt, mit holländischen Namen angeredet zu werden, und auch nicht, daß mein Wort angezweifelt wird. In meinem Lande gilt das unter Gentlemen als unhöflich.«

Ich merkte, daß mein Bluff wirkte. Sein starrer Blick wurde unsicher, und als er wieder sprach, war sein Ton höflicher.

»Ich werde mich entschuldigen, wenn ich mich täusche, Sir, aber Sie sind das Ebenbild eines Mannes, der vor einer Woche in Rustschuk war und den die Regierung gern festkriegen möchte.«

»Vor einer Woche schaukelte ich in einem schmutzigen kleinen Fischdampfer aus Constanza auf der Reise hierher. Wenn Rustschuk nicht mitten im Schwarzen Meer liegt, habe ich diese Ortschaft nie gesehen. Ich glaube, Sie täuschen sich ganz gewaltig. Nebenbei: ich habe die Pässe erwartet. Sagen Sie, kommen Sie von Enver Damad?«

»Ich habe die Ehre«, sagte er.

»Also, mit Enver bin ich befreundet. Er ist der intelligenteste Mensch, den ich auf dieser Seite des Atlantischen Ozeans kennengelernt habe.«

Der Mann war nun so gut wie beruhigt, und nach einer weiteren Minute hätte er keinen Verdacht mehr gehabt. Aber in diesem Augenblick – Pech muß der Mensch haben! – kam Pieter mit einem Tablett voller Geschirr herein. Er bemerkte Rasta nicht, ging direkt zum Tisch und setzte seine Last dort nieder. Der Türke war bei seinem Eintritt beiseite getreten, und ich sah an seinem Blick, daß sein Verdacht zur Gewißheit geworden war. Denn Pieter in Hemdsärmeln war haargenau der schäbige kleine Freund, den Rasta in Rustschuk in meiner Gesellschaft gesehen hatte.

An Rastas Mut hatte ich nie Zweifel gehabt. Er sprang auf die Tür zu und hatte im Handumdrehen eine Pistole auf meinen Kopf gerichtet.

»Bonne fortune!« rief er. »Zwei Fliegen mit einer Klappe!« Sein Finger war am Abzug, und sein Mund stand offen, als wolle er jemanden rufen. Ich nahm an, daß eine Ordonnanz im Treppenhaus wartete.

Er besaß nun, was man den strategischen Vorteil nennt, denn er war an der Tür, während ich mich am anderen Ende des Tisches befand und Pieter an dessen einer Seite mindestens zwei Meter von ihm entfernt. Er hatte freie Bahn, und keiner von uns war bewaffnet. Ich machte einen verzweifelten Schritt vorwärts, ohne zu wissen, was ich tun wollte, denn ich sah keine Möglichkeit. Aber Pieter war schneller als ich.

Er hatte das Tablett noch nicht losgelassen gehabt, und jetzt schleuderte er es – wie ein Junge einen flachen Stein über einen Teich hinschleudert – mit seiner gesamten Last

Rasta an den Kopf. Dieser wollte gerade mit einer Hand die Tür öffnen, während er mich mit der Pistole in der anderen Hand in Schach hielt, und so bekam er die ganze Bescherung mitten ins Gesicht. Ein Pistolenschuß knallte, und die Kugel durchschlug das Tablett, aber der Knall wurde übertönt durch den Lärm von zerbrechenden Gläsern, Tellern und Schüsseln. In der nächsten Sekunde hatte Pieter die Pistole Rasta aus der Hand gerissen und ihn bei der Kehle gepackt.

Ein junger türkischer Stutzer, der in Paris erzogen wurde und in Berlin den letzten Schliff bekommen hat, mag so tapfer sein wie ein Löwe, aber in einer Rauferei mit einem *back-veld*-Jäger zieht er den kürzeren, wenn auch der andere mehr als doppelt so alt ist wie er selber. Ich brauchte nicht zu helfen. Pieter wandte seine eigene Methode an, die er in einer harten Schule gelernt hatte – er schlug den Feind bewußtlos. Er knebelte ihn mit wissenschaftlicher Sorgfalt und fesselte ihn mit seinem eigenen Gürtel und mit zwei Kofferriemen aus meinem Schlafzimmer.

»Dieser Mann ist zu gefährlich, als daß man ihn laufenlassen kann«, sagte er, als ob sein Vorgehen die alltäglichste Sache der Welt sei. »Jetzt wird er sich ruhig verhalten, bis wir Zeit gehabt haben, uns etwas auszudenken.«

In diesem Augenblick klopfte es an die Tür. Es war wie im Melodrama, gerade wenn der Schurke sein Vorhaben säuberlich beendet hat. Dann gehört es sich, daß man bis in die Zähne hinein erbleicht und mit rollenden Augen voll schlechten Gewissens ringsumher blickt. Das jedoch war nicht Pieters Art.

»Wir wollen lieber ein bißchen aufräumen, wenn wir Besuch kriegen«, sagte er ruhig.

Nun stand an der Wand eine riesige, eichene Anrichte deutscher Herkunft, die in einzelnen Teilen hereinbefördert worden sein mußte, denn als Ganzes wäre sie nie durch die

Tür gegangen. Jetzt war sie leer bis auf Blenkirons Hutkoffer. In diese Anrichte steckte Pieter den bewußtlosen Rasta und drehte den Schlüssel um. »Es kommt oben genug Luft hinein«, sagte er. Dann machte er die Tür auf.

Ein *Kavass* in prächtiger blau-silberner Livree stand draußen. Er grüßte und zeigte eine Karte vor, auf der mit Bleistift geschrieben stand: »Hilda von Einem«.

Ich hätte um Zeit gebeten, mich anzuziehen, aber die Dame stand hinter ihm. Ich sah die schwarze Mantille und den üppigen Zobelpelz. Pieter verschwand durch mein Schlafzimmer, und da stand ich und sollte meinen Gast in einem Raum empfangen, wo die Scherben herumlagen und ein Bewußtloser in der Anrichte lag.

Manche Situationen sind so total verrückt, daß sie den Verstand geradezu herausfordern, mit ihnen fertig zu werden. Ich lachte fast, als diese vornehme Dame über meine Türschwelle trat.

»Madam«, sagte ich mit einer Verbeugung, die meinen alten Morgenrock und den grellfarbigen Schlafanzug vergessen ließ, »Sie finden mich in Verlegenheit. Ich kam von meinem Ausritt ganz durchnäßt nach Hause und war im Begriff, mich umzuziehen. Mein Diener hat soeben ein Tablett voll Geschirr fallen lassen, und ich fürchte, dieses Zimmer ist des Besuchs einer Dame nicht würdig. Geben Sie mir drei Minuten Zeit, mich präsentabel zu machen.«

Sie neigte gravitätisch den Kopf und setzte sich ans Kaminfeuer. Ich ging in mein Schlafzimmer, und wie ich erwartet hatte, lauerte Pieter an der anderen Tür. Hastig instruierte ich ihn, er solle Rastas Ordonnanz unter irgendeinem Vorwand wegschicken und sagen, der Herr komme später zurück. Dann zog ich mich schleunigst an und ging ins Wohnzimmer, wo ich meinen Besuch tief in Gedanken vorfand.

Beim Klang meiner Schritte schrak sie aus ihrer Träumerei auf und stand auf dem Teppich vor dem Kamin; den Pelz ließ sie an ihrem schlanken Körper hinabgleiten.

»Sind wir allein?« fragte sie. »Wird niemand uns stören?«

Da kam mir ein Gedanke. Es fiel mir ein, daß Frau von Einem – so hatte Blenkiron gesagt – sich mit den Jungtürken nicht verstand; und instinktiv vermutete ich, daß sie sicher Rasta nicht mochte. Also sagte ich die Wahrheit.

»Ich muß Ihnen sagen, daß heute abend noch ein Gast hier ist. Ich glaube, er fühlt sich ziemlich ungemütlich. Im Augenblick liegt er gefesselt auf einem Bord in dieser Anrichte.«

Sie sah sich nicht einmal um.

»Ist er tot?« fragte sie unbewegt.

»Keineswegs«, antwortete ich, »aber es ist dafür gesorgt, daß er jetzt nicht sprechen kann, und ich zweifle, ob er viel hören kann.«

»War er es, der Ihnen dies hier gebracht hat?« fragte sie und deutete auf den Briefumschlag auf dem Tisch, auf dem der große blaue Stempel des Kriegsministeriums zu sehen war.

»Jawohl«, antwortete ich. »Ich weiß nicht genau, wie er heißt, aber ich glaube, man nennt ihn Rasta.«

Nicht die Andeutung eines Lächelns war auf ihrem Gesicht zu sehen, aber ich hatte das Gefühl, daß die Nachricht ihr willkommen war.

»Ist er Ihnen in die Quere gekommen?« fragte sie.

»Nun ja, einigermaßen. Er ist etwas eingebildet, und eine Stunde oder zwei auf dem Bord in der Anrichte werden ihm guttun.«

»Er ist ein einflußreicher Mann«, sagte sie, »einer von Envers Schakalen. Da haben Sie sich einen gefährlichen Feind gemacht.«

»Meiner Ansicht nach ist er keine zwei Cents wert«, erwiderte ich, obwohl ich ingrimmig dachte, daß meiner Schätzung nach sein Wert etwa den Preis für meinen Hals ausmachte.

»Vielleicht haben Sie recht«, sagte sie mit ernstem Blick. »In diesen Tagen ist für einen kühnen Mann kein Feind gefährlich. Ich bin heute abend gekommen, Mr. Hanau, um Geschäftliches mit Ihnen zu besprechen, wie man das in Ihrem Lande nennt. Ich habe Gutes von Ihnen gehört, und heute habe ich Sie gesehen. Es kann sein, daß ich Sie brauche, und ganz gewiß werden Sie mich brauchen ...«

Sie brach ab und richtete wiederum den seltsam mächtigen Blick auf mein Gesicht. Ihre Augen waren wie helle Scheinwerfer, die jede Ritze, jeden Spalt der Seele beleuchteten. Ich spürte, es würde sehr schwierig sein, unter diesem zwingenden Blick sich zu verstellen und eine Rolle durchzuhalten. Hypnotisieren konnte sie mich nicht, aber sie konnte mich meiner Verkleidung berauben, so daß ich nackt dastand.

»Wonach suchen Sie hier?« fragte sie. »Sie sind nicht wie der dicke Amerikaner Blenkiron, der protzige Macht liebt und einer billigen Art von Wissenschaft anhängt. In Ihrem Gesicht ist mehr als das zu lesen. Sie sind auf unserer Seite, aber Sie haben mit den Deutschen, die sich nach einem Reich im Stil des Rokoko sehnen, nichts zu tun. Sie kommen aus Amerika, dem Lande frommer Narrheiten, wo die Leute das Gold und die großen Worte anbeten. Ich frage noch einmal: was suchen Sie hier?«

Während sie sprach, kam mir etwas wie die Vision einer Gestalt, die wie die alten Götter aus großer Höhe verächtlich und leidenschaftslos auf die Menschheit hinabblicken aus ihrer eigenen Herrlichkeit. Das regte meine Phantasie an, und ich antwortete mit dem Quatsch, den ich mir oft ausgedacht hatte, wenn ich versuchte, mir selber zu erklären, wie man gegen die Sache der Alliierten argumentieren könnte.

»Madam, ich werde es Ihnen erklären«, sagte ich. »Ich bin ein Mensch, der sich an eine wissenschaftliche Erkenntnis gehalten hat, aber ich hielt mich daran in Gegenden, in denen es keine Zivilisation gab; da ich konsequent war, hielt ich mich daran, bis ich damit durch war und am anderen Ende wieder herauskam. Meiner Ansicht nach ist die Welt zu bequem geworden und hat zu viele Polster. Es gab keine Männlichkeit mehr, über schwülstigen Reden war sie verlorengegangen, und die Menschen glaubten, daß ihre blasierte Zivilisation das Gesetz des Weltalls sei. Aber die Wissenschaft lehrt uns etwas anderes und das Leben auch. Wir hatten die Kardinaltugenden vergessen und waren zu verweichlichten Schwindlern geworden, deren Götter die eigenen Schwächen waren. Dann kam der Krieg und säuberte die Luft. Deutschland wurde – trotz seiner Tölpeleien und Grobheiten – zur Geißel der Scheinheiligkeit. Es hatte den Mut, die Fesseln der Schwindelei zu sprengen und die Götzen der Bequemlichkeit zu verspotten. Darum bin ich auf Deutschlands Seite. Aber hierher kam ich aus einem anderen Grund. Ich kenne den Osten nicht; aber wie ich die Geschichte verstehe, wird die Läuterung aus der Wüste kommen. Wenn die Menschheit am Betrug, an Phrasen, am Götzendienst erstickt, dann wird ein Windstoß aus der Wildnis kommen, der das Leben rein und einfach macht. Die Welt braucht Raum und frische Luft. Die Zivilisation, auf die wir so stolz sind, ist ein Spielzeugladen und eine Sackgasse, und ich sehne mich nach Freiland.«

Dieser ganze verfluchte Blödsinn wurde mit Wohlgefallen aufgenommen. In ihren hellen Augen stand das kalte Licht des Fanatismus. Mit dem blonden Haar und dem schmalen, fein geschnittenen Gesicht sah sie aus wie eine Furie der Zerstörung aus einer nordischen Sage. Ich glaube, da hatte ich zum erstenmal richtig Angst vor ihr; vorher hatte ich sie halb gehaßt und halb bewundert. Gott sei Dank hatte sie in ihrer Hingerissenheit nicht gemerkt, daß ich vergessen hatte, den amerikanischen Akzent von Cleveland, Ohio, durchzuhalten.

»Sie gehören zur Gemeinschaft der Gläubigen«, sagte sie. »Bald werden Sie viel erfahren, denn der Glaube marschiert zum Siege. Inzwischen will ich Ihnen ein Wort sagen. Sie und Ihr Freund werden nach Osten reisen.«

»Wir reisen nach Mesopotamien«, erwiderte ich. »Ich glaube, das sind unsere Pässe«, und ich wies auf den Briefumschlag.

Sie nahm ihn, öffnete ihn und riß ihn dann in Stücke, die sie ins Feuer warf.

»Der Befehl ist widerrufen«, sagte sie. »Ich brauche Sie, und Sie kommen mit mir. Nicht in die Tigris-Ebene, sondern in die Berge. Morgen werden sie neue Pässe bekommen.«

Sie gab mir die Hand und wandte sich zum Gehen. Auf der Schwelle hielt sie inne und sah nach der eichenen Anrichte hinüber. »Morgen werde ich Sie von Ihrem Gefangenen befreien. In meinen Händen wird er sicherer aufgehoben sein.«

In beträchtlicher Ratlosigkeit blieb ich zurück. An die Räder des Triumphwagens dieser Furie sollten wir gefesselt werden und uns auf ein Unternehmen einlassen, im Vergleich zu dem der Kampf gegen unsere Freunde in Kut zahm und vernünftig erschien. Andererseits war ich von Rasta aufgespürt worden, und in der Anrichte war der Bote des mächtigsten Mannes in Konstantinopel eingesperrt. Auf alle Fälle mußten wir Rasta in sicherem Gewahrsam halten, aber ich war fest entschlossen, daß die Dame ihn nicht in die Hände kriegen sollte. Mit kaltblütigem Mord wollte ich nichts zu tun haben, und meines Erachtens war das ihre Methode. Das war ein hübsches Durcheinander. Aber erst mußte ich jetzt einmal essen, seit neun Stunden hatte ich nichts zu mir genommen. Also machte ich mich auf die Suche nach Pieter.

Kaum hatte ich begonnen, die so lange hinausgezögerte Mahlzeit zu mir zu nehmen, als Sandy hereinkam. Er kam früher als erwartet und sah so todernst aus wie eine kranke Eule. Ich stürzte mich auf ihn wie ein Ertrinkender auf einen Strohhalm.

Er hörte sich meinen Bericht über Rasta an, und sein Gesicht wurde immer länger.

»Das ist bös«, sagte er. »Du sagst, er hat dich aufgestöbert, und was du dann getan hast, wird seine Meinung von dir auch nicht enttäuscht haben. Alles ist verteufelt schiefgegangen, aber jetzt gibt es nur einen Ausweg. Ich muß ihn meinen eigenen Leuten überlassen. Da wird er in Sicherheit sein, bis wir ihn wieder brauchen. Aber mich darf er nicht zu sehen kriegen.« Und eilig ging er hinaus.

Ich holte Rasta aus seinem Gefängnis heraus. Jetzt war er wieder bei Bewußtsein, lag da und starrte mich mit steinkaltem, bösem Blick an.

»Tut mir sehr leid, Sir«, sagte ich, »was Ihnen zugestoßen ist. Aber Sie haben mir keine Wahl gelassen. Ich habe etwas sehr Wichtiges zu tun, und dabei dürfen mir weder Sie noch irgend jemand anderes in die Quere kommen. Sie zahlen dafür, daß Sie von Natur mißtrauisch sind. Wenn Sie das alles etwas besser verstehen, werden Sie sich noch bei mir entschuldigen wollen. Ich sorge dafür, daß Sie einen Tag oder zwei in einem stillen Winkel ganz bequem aufgehoben sind. Sie brauchen sich nicht zu beunruhigen, denn es wird Ihnen nichts geschehen. Auf mein Ehrenwort, das Ehrenwort eines amerikanischen Staatsbürgers.«

Zwei von Sandys Schurken kamen herein und trugen ihn fort, und gleich darauf kam Sandy selbst zurück. Als ich fragte, wohin Rasta gebracht werde, sagte Sandy, er wisse es selber nicht. »Die haben Befehle, die sie genau befolgen.

In Konstantinopel gibt es einen großen, weithin unbekannten Bezirk, wo man jemanden verstecken kann, und dorthin kommen die *Khafijeh* nie.«

Dann warf er sich in einen Sessel und zündete seine alte Pfeife an.

»Dick«, sagte er, »diese Sache wird sehr schwierig und sehr undurchsichtig. Aber in den letzten Tagen habe ich auch mehr zugelernt. Ich habe herausgefunden, was das zweite Wort bedeutet, das Harry Bullivant hingekritzelt hat.«

»Krebs?« fragte ich.

»Ja. Es bedeutet buchstäblich das und nichts anderes. Grünmantel stirbt – seit Monaten. Heute nachmittag haben sie einen deutschen Arzt zugezogen, der gab ihm noch ein paar Stunden. Jetzt ist er vielleicht schon tot.«

Das war eine verblüffende Nachricht. Einen Augenblick lang dachte ich, sie kläre die Situation. »Also dann ist die ganze Sache geplatzt«, sagte ich. »Ohne einen Propheten kann man keinen Kreuzzug durchführen.«

»Ich wollte, ich könnte daran glauben. Aber es ist nur das Ende einer Etappe und der Beginn einer neuen, noch schlimmeren. Glaubst du etwa, diese Frau läßt sich durch eine solche Kleinigkeit wie den Tod ihres Propheten aufhalten? Die sucht sich einen Ersatzmann – einen der vier Minister oder irgend jemand anders. Sie ist der Teufel in Person, aber sie ist auch von napoleonischer Natur. Erst jetzt fängt die Sache an, wirklich gefährlich zu werden.«

Dann erzählte er mir, was er letzthin getan hatte. Ohne viel Mühe hatte er das Haus gefunden, in dem Frau von Einem wohnte, und hatte mit seinem Gesindel eine Vorstellung für die Dienstboten gegeben. Der Prophet hatte ein großes Gefolge, und der Ruhm der Schausteller – denn die ›Freunde‹ waren weit und breit in islamitischen Ländern bekannt – kam schnell den ›Heiligen‹ zu Ohren. Sandy, der als ein Führer innerhalb dieser höchst orthodoxen Clique galt, wurde begünstigt, und die vier Minister wurden auf ihn aufmerksam gemacht. Er und sein halbes Dutzend Anhänger bekamen Quartier in der Villa, und Sandy wurde wegen seiner Kenntnis der islamitischen Überlieferung und seiner offensichtlichen Rechtgläubigkeit in den intimen Zirkel des Haushalts aufgenommen. Frau von Einem hieß ihn als Verbündeten willkommen, denn die ›Freunde‹ waren immer schon die eifrigsten Verkünder der neuen Offenbarung gewesen.

Wie er das alles so beschrieb, erschien es äußerst sonderbar. Grünmantel war todkrank und hatte oft furchtbare Schmerzen, aber er gab sich die größte Mühe, den Anforderungen seiner Beschützerin zu entsprechen. Die vier Minister waren, so meinte Sandy, weltfremde Asketen; der Prophet selbst war ein Heiliger, wenngleich praktisch veranlagt und politisch nicht ganz ahnungslos; aber das Ganze beherrschten Verstand und Wille der Dame. Sandy schien sich seine Gunst, sogar seine Zuneigung erworben zu haben. Er erzählte von ihm mit einer Art verzweifelten Mitleids.

»Noch nie bin ich einem solchen Mann begegnet. Ein Gentleman, wie er im Buch steht, eine Würde hat er wie ein sehr hoher Berg. Ein Träumer und auch ein Dichter – ein Genius, soweit ich ein Urteil über solche Dinge habe. Ich glaube schon, daß ich ihn richtig einschätzen kann, denn von der ›Seele des Ostens‹ verstehe ich schon etwas. Aber das würde uns jetzt zu weit führen. Vom wirklichen Orientalen weiß der Westen überhaupt nichts. Den stellt er sich bunt gekleidet und faul vor, in Luxus und wunderbaren Träumen verfangen. Aber das stimmt alles nicht. *Kâf,* wonach er sich glühend sehnt, das ist eine strenge, nüchterne Sache. Die Nüchternheit des Ostens, darin besteht seine Schönheit und seine schreckliche Gewalt ... Unbewußt sehnt der Orientale sich immer nach demselben. Türken und Araber kamen aus der Weite, aus der unbehinderten Wüstenfreiheit, und das Heimweh danach steckt ihnen in den Gliedern. Sie siedeln sich irgendwo an und werden träge, nach und nach degenerieren sie und werden so widerlich verschlagen – das ist nichts als eine Fehlentwicklung ihrer Urleidenschaft, ihrer ursprünglichen Lebensform. Und dann kommt eine neue Offenbarung und alles wird wieder einfach. Sie wollen im Angesicht Gottes leben, ohne die Abschirmung von Riten und Heiligenbildern und Priestervermittlung. Sie möchten ihr Leben von allen törichten Zutaten säubern und zu der noblen Nacktheit der Wüste zurückkehren. Bedenke: es ist die leere Wüste, der leere Himmel, denen sind sie verfallen – die, und das heiße, starke, antiseptische Sonnenlicht, das alles Verfaulende und Verwesende vernichtet ... Das ist nicht unmenschlich. Es ist die Menschlichkeit eines Teils der Menschheit. Es ist nicht unsere Menschlichkeit und auch nicht so gut wie die unsrige, aber trotzdem ist sie schon sehr gut. Manchmal passiert es mir, daß ich mich versucht fühle, den Göttern meiner Väter abzuschwören!

Nun also, Grünmantel ist der Prophet dieser Großen Einfachheit. Er spricht geradeaus zum Herzen des Islams, und seine Botschaft ist ehrenwert. Aber unserer Sünden halber ist sie zugunsten der verdammten deutschen Propaganda verbogen worden. Seine Weltfremdheit ist in eine raffinierte politische Taktik eingespannt worden, und seine Heilverkündigung der großen Weite und Einfachheit wurde zur Förderung der allergemeinsten menschlichen Entwürdigung ausgenützt. Lieber Himmel, Dick, es ist, als würde Franziskus von Assisi von Messalina dirigiert.«

»Heute abend war diese Frau hier«, erzählte ich. »Sie fragte mich, wofür ich mich eigentlich einsetze, und ich erfand irgendeinen Blödsinn, mit dem sie einverstanden war. Sie und ihr Prophet haben vielleicht verschiedene Ziele, aber sie schlagen denselben Weg ein.«

Sandy fuhr fort. »Die war hier!« rief er. »Sag mir, Dick, was für einen Eindruck hat sie auf dich gemacht?«

»Daß sie zu zwei Dritteln verrückt ist, aber das dritte Drittel erscheint mir fremd – wie eine Inspiration.«

»Das stimmt etwa«, meinte er. »Mit Messalina hätte ich sie nicht vergleichen sollen. Sie ist bei weitem komplizierter. Sie hilft dem Propheten, weil sie seinen Glauben teilt. Nur: was bei ihm gesund und nobel ist, das ist bei ihr irre und scheußlich. Weißt du, Deutschland will ja auch das ›einfache Leben‹.«

»Ich weiß«, antwortete ich. »Vor einer Stunde habe ich ihr das gesagt, als ich in einer Sekunde mehr Blödsinn geredet habe, als irgendein anderer Sterblicher jemals zusammengebracht hat. Bis zum Ende meiner Tage werde ich deswegen schlaflos sein.«

»Die Einfachheit, die Deutschland anstrebt, ist neurotisch und nicht primitiv. Sie ist Größenwahn und Egozentrik und die Überheblichkeit des reichen Mannes in der Bibel, der in seiner fetten Sicherheit sich gegen Gott auflehnte. Aber es kommt aufs Gleiche hinaus. Sie will zerstören und vereinfachen: aber sie will nicht die Einfachheit, geistige Einfachheit des Asketen, sondern die des Irrsinns, der alle Errungenschaften der Zivilisation einebnen will, bis nur noch eine langweilige Eintönigkeit bleibt. Der Prophet möchte die Seele seines Volkes retten; Deutschland hingegen will eine Welt regieren, die nur noch ein Leichnam ist. Aber man kann dieselben Worte anwenden, um beides zu benennen. Und deshalb finden wir den heiligen Franz und Messalina als Partner vor. Dick, hast du jemals von so etwas wie einem Übermenschen gehört?«

»Eine Zeitlang schrieben die Zeitungen fast nur davon«, antwortete ich. »Ich glaube, er war die Erfindung eines gewissen Herrn Nietzsche.«

»Möglicherweise«, meinte Sandy. »Dem guten Nietzsche

hat man eine Menge Blödsinn zugeschrieben, für den er sich nie verantwortlich erklärt hätte – lieber wäre er gestorben. Aber das moderne Wohlstandsdeutschland ist ganz besessen davon. Das ist so ein Idealtyp, den es in Wirklichkeit niemals geben könnte, sowenig wie den ›Ökonomischen Menschen‹ der Politiker. Die Menschheit hat eine Art von Humor, der vor der äußersten Albernheit haltmacht. Es hat nie einen wirklichen Übermenschen gegeben, und es wird nie einen geben ... Aber eine Übermensch-Frau, das könnte vielleicht passieren.«

»Das kann dir schlecht bekommen, mein Junge, wenn du so redest«, sagte ich.

»Trotzdem ist es wahr. Die Frauen haben eine gefährliche Art von Logik, wie wir sie nie haben können, und unter den besten gibt es einige, denen die Komik der Existenz nie auffällt wie jedem durchschnittlichen Mann hin und wieder. Sie können viel bedeutender sein als Männer, denn sie können ohne Umwege zum Wesentlichen der Dinge gelangen. Niemals war ein Mann dem Göttlichen so nahe wie Jeanne d'Arc. Aber ich glaube auch, daß sie verrückter sein können als irgendeiner vom anderen Geschlecht, denn sie halten nicht hin und wieder an, um über sich selber zu lachen ... Es gibt keinen Übermenschen. Die armen alten Esel, die sich einbilden, diese Rolle zu spielen, sind entweder hirnverbrannte Professoren, die nicht einmal eine Klasse Sonntagsschule im Zaum halten könnten, oder stolze Soldaten mit Halblitergehirnen, die sich einbilden, die Erschießung eines Duc d'Enghien hätte einen Napoleon zustande gebracht. Aber es gibt eine Übermensch-Frau, und sie heißt Hilda von Einem.«

»Ich habe geglaubt, unsere Aufgabe sei fast vollendet«, stöhnte ich, »nun sieht es aus, als hätte sie noch kaum begonnen. Bullivant hat gesagt, wir sollten nur die Wahrheit herausfinden.«

»Bullivant hat dies alles nicht gewußt. Niemand weiß es außer dir und mir. Ich sage dir, diese Frau hat eine ungeheure Macht. Die Deutschen haben ihr das Trumpf-As anvertraut, und das spielt sie mit aller Geschicklichkeit aus. Sie scheut vor keinem Verbrechen zurück. Sie hat den Ball ins Rollen gebracht, und sollte es nötig sein, so wird sie allen ihren Propheten die Kehle abschneiden und allein weitermachen ... Ich weiß nicht, was eure Aufgabe ist, denn – ehrlich gesagt – ich kann mir nicht recht vorstellen, was ihr tun sollt, du und Blenkiron. Aber über meine eigene Pflicht bin ich mir ganz klar. Die Frau hat mich mit ihrer Sache vertraut gemacht, und ich werde mich dazu halten in der Hoffnung, daß ich eine Möglichkeit finde, ihre Pläne zu vereiteln ... Morgen brechen wir nach Osten auf – mit einem neuen Propheten, falls der alte tot ist.«

»Wohin geht es denn?« fragte ich.

»Ich weiß es nicht. Aber ich glaube, es wird eine lange Reise, den Vorbereitungen nach zu urteilen. Und bestimmt in ein kaltes Land, nach der vorgesehenen Kleidung zu schließen.«

»Nun ja, wohin es auch gehen mag, wir kommen mit. Du hast unsere Geschichte noch nicht zu Ende gehört. Blenkiron und ich haben uns hier in den besten Kreisen als tüchtige amerikanische Ingenieure eingeführt, die den Briten am Tigris einen Streich spielen wollen. Ich bin jetzt mit Enver befreundet, und er hat mir seine Protektion angeboten. Der beklagenswerte Rasta brachte uns die Pässe für die Reise nach Mesopotamien für morgen, aber vor einer Stunde hat deine Gnädigste sie zerrissen und ins Feuer geworfen. Wir reisen mit ihr, und sie versicherte, daß es ins Gebirge geht.«

Sandy gab einen langen, leisen Pfiff von sich. »Was zum Henker will sie bloß von euch? Die Sache wird, verflixt nochmal, immer komplizierter, Dick ... Wo, nebenbei, ist denn eigentlich Blenkiron? Der versteht doch was von höherer Politik.«

Während Sandy noch sprach, kam der vermißte Blenkiron mit seinem langsamen, ruhigen Schritt herein. An seiner Haltung erkannte ich, daß er endlich einmal keine Magenschmerzen hatte, und an seinen Augen, daß er aufgeregt war.

»Hört mal, Jungens«, sagte er, »ich habe allerhand Neuigkeiten. An der Ostgrenze hat es schwere Kämpfe gegeben, und die Bussarde haben mächtig abgekriegt.«

Er brachte eine Menge Zeitungen mit, aus denen er eine Landkarte herausnahm, die er auf dem Tisch ausbreitete.

»Hier in dieser Stadt lassen sie nichts darüber verlauten, aber ich habe mir in den letzten Tagen das Ganze zusammengereimt, und ich glaube, es stimmt. Vor vierzehn Tagen kam ein alter Mann namens Nikolaus von seinen Bergen herunter und überraschte seine Feinde hier – in Kuprikeui, wo die Hauptstraße nach Osten über den Araxes führt. Das war aber erst der Anfang der Sensation, denn er ging auf breiter Front weiter vor, und der Herr mit Namen Kiamil, der dort das Kommando führt, war ihm nicht gewachsen. Die Bussarde wurden von Norden und Osten und Süden zusammengetrieben, und jetzt sitzt der Moskowite vor der Festung Erzerum. Ich kann euch sagen, im Hauptquartier ist man höchst besorgt über die Lage ... Enver schwitzt Blut, um frische Divisionen von Gallipoli nach Erzerum zu kriegen, aber das ist ein weiter Weg, und es sieht so aus, als kämen sie zu spät für die Gaudi ... Sie und ich, Herr Major, brechen morgen nach Mesopotamien auf, und das ist ungefähr das gemeinste Pech, das John S. je passiert ist. Wir verpassen die Möglichkeit, die blutigste Schlacht dieses Feldzugs zu sehen.«

Ich nahm die Karte und steckte sie ein. Landkarten fielen in mein Ressort, und ich hatte mich schon nach einer umgesehen.

»Wir gehen nicht nach Mesopotamien«, sagte ich. »Die Befehle, die wir hatten, sind widerrufen worden.«

»Aber ich habe gerade mit Enver gesprochen, und er sagte, er habe uns die Pässe geschickt.«

»Die sind im Kaminfeuer«, erwiderte ich. »Die richtigen kommen morgen früh.«

Sandy unterbrach uns, seine Augen leuchteten vor Aufregung.

»Die hohen Berge! ... Wir fahren nach Erzerum!

Ist dir nicht klar, daß die Deutschen ihr Trumpf-As ausspielen? Sie schicken Grünmantel dorthin, wo große Gefahr ist, und hoffen, daß seine Gegenwart die türkische Verteidigung anspornt. Jetzt geht's aber los, Dick, alter Dick! Jetzt brauchen wir nicht mehr zu warten. Da werden wir drinstecken bis über die Ohren, und der Himmel helfe dem Besten von uns ... Ich muß jetzt fort, denn ich habe noch viel zu tun. Au revoir. In den Bergen werden wir uns bald wiedersehen.«

Blenkiron sah noch verblüfft drein, bis ich ihm alles erzählt hatte, was sich an diesem Abend ereignet hatte. Während er mir zuhörte, verschwand alle Genugtuung aus seinem Gesicht, und jene sonderbare, kindliche Verwirrung stahl sich in seine Miene.

»Ich darf mich nicht beklagen, denn das liegt geradlinig in der Erfüllung unserer Pflicht, aber ich glaube, diese Karawane wird uns zum Schluß in große Schwierigkeiten bringen. Das ist Kismet, und dem müssen wir uns fügen. Aber ich will nicht vorgeben, daß ich bei dieser Aussicht nicht ziemliche Angst habe.«

»Oh, ich auch«, erwiderte ich. »Diese Frau macht mir solche Angst, ich kriege richtige Angstzustände. Diesmal wird es wirklich eine Feuerprobe. Trotzdem bin ich froh, daß wir jetzt im Hauptquartier der Metropole zugelassen sind. Denn daß wir in der Provinz herumreisen sollten, das hat mir gar nicht gepaßt.«

»Da haben Sie wohl recht. Aber ich möchte mir wohl wünschen, daß der liebe Gott es endlich mal für angebracht hielte, diese schöne Dame zu sich zu nehmen. Für mich friedlichen Menschen in meinem Alter ist sie einfach zuviel. Wenn sie uns ins Erdgeschoß einlädt, dann möchte ich lieber mit dem Lift im Dachgarten landen.«

16

DIE NIEDERGEWORFENE KARAWANSEREI

Nach zwei Tagen kamen wir abends in Angora an, dem ersten Aufenthalt während unserer Reise.

Die Pässe, die Frau von Einem versprochen hatte, waren morgens abgeliefert worden. Zudem war uns einer der Freunde zugeordnet worden, der etwas Englisch konnte; das war eine weise Maßnahme, denn keiner von uns konnte ein Wort Türkisch. Und das war alles, was wir an Instruktionen erhielten. Von Sandy oder Grünmantel oder der Dame hörte ich nichts mehr. Wir sollten wohl getrennt von ihnen selbständig reisen.

Die Eisenbahn brachte uns nach Angora, es war ein bequemer deutscher Schlafwagen, der an einen Truppentransport angehängt war. Draußen gab es nicht viel zu sehen, denn nachdem wir den Bosporus hinter uns hatten, kamen wir in Schneegestöber, und außer daß wir anscheinend auf eine große Hochebene hinauffuhren, konnte ich von der Landschaft nichts erkennen. Es war ein Wunder, daß wir so schnell vorwärts kamen, denn die Bahnlinie war so verstopft, wie ich es noch nie gesehen hatte. Überall wimmelte es von Truppen aus Gallipoli, und an jeder Haltestelle standen haufenweise Waggons mit Verpflegungsnachschub. Wenn unser Zug anhielt, was durchschnittlich jede Stunde einmal geschah, konnte man große Feldlager auf beiden Seiten der Bahnlinie sehen, und oft stießen wir auf ganze Regimenter, die an der Bahnlinie entlang marschierten. Sie sahen großartig aus, lauter Schurken, aber manche waren arg zerlumpt, und von ihrem Schuhwerk hielt ich auch nicht viel. Es nahm mich wunder, wie sie wohl die fünfhundert Meilen bis Erzerum hinter sich bringen würden.

Blenkiron legte Patiencen, und Pieter und ich versuchten Pikett zu spielen, aber die meiste Zeit rauchten wir nur und erzählten einander Geschichten. Daß wir aus dieser gräßlichen Stadt weg waren, das hatte unsere Laune beträchtlich verbessert. Jetzt waren wir draußen, im Freien, und das Geböller der Kanonen war unser Leitfaden. Schlimmstenfalls würden wir wenigstens nicht verrecken wie Ratten in der Kanalisation. Auch würden wir alle beieinander sein, und das war ein Trost. Ich glaube, wir waren so erleichtert wie ein Soldat, der auf einem einsamen Vorposten gewesen ist, erleichtert ist, wenn er wieder bei seinem Bataillon ist. Außerdem war die Sache uns reineweg aus der Hand genommen. Es hatte keinen Sinn, Pläne zu schmieden, denn keiner von uns hatte eine Ahnung, wie es nun weitergehen würde. Wir waren jetzt Fatalisten und glaubten an nichts als an Kismet, und das ist ein sehr bequemer Glaube.

Wir alle – außer Blenkiron. Daß Hilda von Einem sich in unseren Job eingeschaltet hatte, das gab diesem in seinen Augen eine sehr häßliche Note. Es war sonderbar zu beobachten, wie verschieden diese Dame auf jeden einzelnen von uns wirkte. Pieter kehrte sich den Deubel dran; Mann, Frau und Flügelroß – das war ihm einerlei; er trat allem so ruhig gegenüber, als plane er, einen alten Löwen in einem Gebüsch einzukreisen, er nahm die Tatsachen, wie sie sich ergaben, und bewältigte sie, als seien sie eine Rechenaufgabe. Sandy und ich waren beeindruckt – es hat keinen Sinn, das zu leugnen; schauerlich beeindruckt –, aber wir waren zu sehr interessiert, um Angst zu haben; und wir waren kein bißchen fasziniert. Dafür haßten wir die Dame zu sehr. Blenkiron hingegen hatte sie einfach betäubt. Er selber sagte, er fühle sich wie ein Vogel einer Klapperschlange gegenüber.

Ich brachte ihn dazu, daß er über sie sprach, denn wenn er nur da saß und vor sich hinbrütete, wurde es nur noch schlimmer. Es war sehr sonderbar, daß dieser Mann, den nichts aus der Fassung brachte und der wohl der mutigste war, den ich je gekannt habe, einer gerissenen Frau gegenüber so gelähmt war. Daran gab es keinen Zweifel. Wenn er nur an sie dachte, erschien ihm die Zukunft so schwarz wie eine Gewitterwolke. Der Gedanke allein machte ihm die Knie weich, und wenn sie sich häufig bei uns sehen ließ, dann konnten wir wahrscheinlich auf Blenkirons Beistand nicht rechnen.

Ich deutete an, daß er sich in sie verliebt habe, aber das stritt er heftig ab.

»Nein, Verehrtester; ich empfinde keinerlei Zuneigung zu dieser Dame. Es ist vielmehr so, daß ich angesichts ihrer einfach fassungslos bin; und als Erzfeind kann ich sie auch nicht einstufen. Wahrscheinlich verstehen wir Amerikaner uns einfach nicht auf diese Sorte von weiblichen Wesen. Wir haben unsere Frauen zu einer Art von kleinen Blechgötzen erhöht und sie zugleich von unserem wirklichen Leben ferngehalten. Deswegen sind wir, wenn wir eine Frau antreffen, die das gewagteste Spiel der Männer spielt, einfach ratlos. Wir sind es nicht gewohnt, in den Frauen irgend etwas anderes zu sehen als Engel und Kinder. Ich wollte, ich wäre so erzogen worden wie ihr hier.«

Angora glich meinem Eindruck nach etwa Amiens nach dem Rückzug von Mons. Es wimmelte von Truppen und Truppentransporten – ein enger Flaschenhals, denn jede Stunde kamen neue an, und die einzige Möglichkeit hinauszukommen war die schmale Straße nach Osten. Die Stadt war die Hölle selbst, in der verzweifelte deutsche Offiziere irgendeine Ordnung zu schaffen versuchten. Um uns kümmerten sie sich kaum, denn mitten in Anatolien hatten verdächtige Charaktere wohl kaum ihre Jagdgründe. Wir gingen mit unseren Pässen zum Kommandanten, der uns bereitwillig ein Visum gab und versprach, er werde sein Bestes tun, um uns die Weiterreise zu ermöglichen. Die Nacht verbrachten wir in einer Art von kleinem Hotel, wo wir alle vier zusammen in einem kleinen Zimmer unbequem genug untergebracht waren, und am nächsten Morgen hatte ich genug damit zu tun, ein Auto aufzutreiben. Ich brauchte vier Stunden und mußte mich auf alle bedeutenden Männer im Türkenreich beziehen, bis ich einen schäbigen sogenannten Studebaker aufgetrieben hatte, und weitere zwei Stunden vergingen, bis ich auch Benzin und Ersatzreifen hatte. Ein Chauffeur war weder für Geld noch für gute Worte zu finden, also war ich gezwungen, das Vehikel selber zu fahren.

Kurz nach Mittag fuhren wir los und kamen auf die freie Hochebene hinaus, die kahl und öde war und nur ab und zu ein struppiges kleines Gehölz aufwies. Hier lag kein Schnee, aber ein steifer Ostwind ging einem durch Mark und Bein. Bald führte die Straße in die Berge hinauf, und obwohl sie zu Anfang nicht schlecht gebaut war, wurde sie bald so holprig wie ein Flußbett. Kein Wunder, denn der Verkehr glich dem, den ich auf der furchtbaren Strecke zwischen Cassel und Ypern gesehen hatte, und es gab hier keine Rotten von belgischen Straßenarbeitern, die sie instand hielten. Wir sahen Truppen, Tausende von marschierenden Soldaten mit ausdruckslosen türkischen Gesichtern, Ochsentreks, Maultiertreks, Wagen, die mit kräftigen kleinen anatolischen Pferden bespannt waren, und aus der entgegengesetzten Richtung kamen viele schäbige Wagen mit dem roten Halbmond und Wagen voller Verwundeter. Stundenlang mußten wir im Schritt-Tempo fahren, bis wir an einem solchen Transport vorbei waren. Gerade ehe es dunkel wurde, schienen wir aus dem ersten Gedränge heraus zu sein und konnten unbehindert etwa zehn Meilen bis über einen flachen Paß in den Berg fahren. Allmählich machte ich mir Sorgen wegen des Wagens, denn der war bestenfalls in kläglichem Zustand, und die Straße würde garantiert früher oder später selbst einen Rolls-Royce schrottreif machen.

Trotzdem war es herrlich, wieder draußen in der freien Landschaft zu sein. Pieter sah ganz verändert aus, und er witterte in der scharfen Luft wie ein Hirsch. Aus kleinen Zeltlagern neben der Straße trieb der Geruch von Holz- und Dungfeuern zu uns herüber. Daran und an den seltsam scharfen Geruch riesiger, dem beißenden Wind ausgelieferter Hochebenen werde ich mich immer erinnern, wenn ich an jenen Tag denke. Mit jeder Stunde wuchsen in mir Seelenfrieden und Entschlußkraft. Es war mir zumute wie damals, als das Bataillon zum erstenmal aus Aire ausrückte in die Schützengräben, ich empfand dieselbe Art von Spannung und tollkühner Erwartung. Städte sind mir ungewohnt, und mich in Konstantinopel herumzutreiben war mir auf die Nerven gegangen. Jetzt, als der eisige Wind uns ins Gesicht stand, fühlte ich mich jedem Risiko gewachsen. Wir fuhren auf der Hauptstraße nach Osten und zu den Bergen, wo die Grenze war, und bald würden wir an der äußersten Frontlinie dieses Krieges sein. Das war kein üblicher Spionagedienst mehr. Alles das war vorbei, und wir kamen wirklich an die Front und würden dabei sein, wenn unsere Feinde besiegt wurden. Es kam mir nicht in den Sinn, daß wir ja mitten im Feindeslager waren und wahrscheinlich mit ihnen besiegt werden würden, wenn wir nicht schon vorher erschossen wurden. Es war einfach so, daß ich das Ganze nicht mehr als einen Kampf zwischen Heeren und Nationen empfand. Ich gab mir kaum noch Mühe, darüber nachzudenken, auf welcher Seite ich eigentlich war. Zunächst, zuallernächst war es eine Kraftprobe zwischen uns vieren und einer verrückten Frau, und diese persönliche Feindschaft ließ den Kampf der Heere nur als einen undeutlich wahrgenommenen Hintergrund erscheinen.

In dieser Nacht schliefen wir wie tot auf dem Fußboden einer schmutzigen Kate, und am nächsten Morgen fuhren wir in einer Wolke von Puderschnee los. Wir waren jetzt in großer Höhe, und es war entsetzlich kalt. Der ›Freund‹ – sein Name klang wie Hussin – war schon einmal auf dieser Straße gereist und nannte mir die Namen der Ortschaften, aber die bedeuteten mir nichts. Den ganzen Vormittag schlängelten wir uns zwischen Kolonnen marschierender Truppen durch, es waren sehr viele – mindestens eine Brigade –, und sie schritten sehr schnell aus in großartig freier Haltung, die meines Erachtens nicht besser hätte sein können. Ich muß gestehen, daß ich Hochachtung empfand für diese türkischen Soldaten: mir fiel ein, daß unsere eigenen Leute sie als kämpfende Truppen hoch einschätzten, und ich war verbittert darüber, daß Deutschland sie in diese schmutzige Sache verwickelt hatte. Sie machten halt, weil sie essen mußten, und wir hielten auch an. Unser Lunch bestand aus Schwarzbrot, getrockneten Feigen und einer Feldflasche mit sehr saurem Wein. Ich wechselte ein paar Worte mit einem der Offiziere, der etwas Deutsch konnte. Er erzählte mir, daß sie geradeswegs nach Rußland marschierten, weil sie dort im Kaukasus einen großen Sieg erfochten hätten. »Wir haben die Franzosen und die Engländer geschlagen, und jetzt kommt Rußland dran«, das sagte er auf wie eine Schulaufgabe. Aber er fügte hinzu, daß der Krieg ihm zum Halse hinaushänge.

Am Nachmittag hatten wir die Truppen überholt und konnten ein paar Stunden lang auf freier Strecke fahren. Jetzt neigte sich die Hochebene nach Osten, als wir ins Tal eines großen Flusses hinunterfuhren. Bald begegneten uns kleine Trupps von Soldaten von Osten her, und die sahen ganz anders aus. Die ersten Verwundeten, denen wir begegnet waren, das waren die üblichen Transporte, wie man sie an jeder Front sieht, und alles war so einigermaßen organisiert. Aber jetzt – die waren so erschöpft und kaputt, sie schienen den Anschluß an ihren Transport verloren zu haben, und sie hungerten. Man sah kleine Gruppen, Verwundete ausgestreckt längs der Straße, aufs äußerste erschöpft. Dann wieder kam ein Grüppchen auf der Straße dahergehinkt, die waren so müde, daß sie nicht einmal den Kopf hoben, um uns anzusehen. Fast alle waren verwundet, manche sehr schwer, und die meisten waren entsetzlich abgemagert. Ich dachte, wie wohl mein Feund seinen Leuten diesen Anblick seiner Leute erklären würde, wenn er an einen großen Sieg glaubte. Die sahen nicht aus wie eine normale Begleiterscheinung einer siegreichen Armee.

Selbst Blenkiron, der kein Soldat war, bemerkte das alles.

»Die sehen aber sehr schlecht aus«, kommentierte er. »Wir müssen uns beeilen, Herr Major, wenn wir noch Plätze für den letzten Akt bekommen wollen.«

Das dachte ich auch. Der Anblick trieb mich an, schneller zu fahren, denn ich begriff, daß sich dort im Osten Wichtiges zutrug. Ich hatte kalkuliert, daß wir von Angora bis Erzerum vier Tage unterwegs sein würden, aber jetzt war der zweite Tag schon fast vorbei, und wir hatten noch nicht ein Drittel des Weges hinter uns. Ich fuhr die ganze Zeit mit rücksichtsloser Eile, die geriet uns zum Schaden.

Ich habe schon gesagt, daß der Studebaker ein vernachlässigter alter Karren war. Die Steuerung versagte immer wieder, und die schlechte Straße und die fortwährenden Haarnadelkurven taten ihm auch nicht gerade gut. Bald kamen wir in tiefen Schnee, der hartgefroren war und tiefe Spuren von großen Lastwagen hatte. Unser Wagen stieß überall an und hopste dann furchtbar, und wir wurden durcheinander geschüttelt wie trockene Erbsen in einer Schweinsblase. Langsam bekam ich wirklich Angst vor diesem alten Karren, der uns die Knochen durcheinander rüttelte, zumal wir noch lange nicht in dem Dorf waren, wo wir – meinem Vorschlag gemäß – übernachten wollten. Es dämmerte, und wir waren immer noch irgendwo in der Einöde und überquerten gerade eine flache Schlucht über einem Bach. Unten an einem Hang war eine Brücke aus Balken und Lehm, die anscheinend vor kurzem für schwere Wagen verstärkt worden war. Als wir uns ihr mit ziemlicher Geschwindigkeit näherten, versagte die Steuerung des Wagens. Ich gab mir die größte Mühe, ihn geradeaus zu halten, aber er schwenkte nach links ein, und wir purzelten übers Ufer in ein Sumpfloch. Es gab einen ekelhaften Ruck, als wir unten aufschlugen, und wir wurden allesamt in den vereisten Schlamm hinausgeschleudert. Ich weiß nicht, wieso ich davongekommen bin, denn der Wagen überschlug sich, und ich hätte mir eigentlich das Rückgrat brechen müssen. Aber niemand war verletzt: Pieter lachte, und nachdem Blenkiron sich den Schnee aus dem Haar geschüttelt hatte, lachte er auch. Ich selbst inspizierte in fieberhafter Eile den Wagen. Es war so schlimm, wie es nur sein konnte: die Vorderachse war gebrochen.

Das war nun hoffnungsloses Pech. Mitten in Kleinasien saßen wir fest und konnten nicht weiter, denn da eine neue Achse aufzutreiben – geradesogut hätte man im Kongo Schneebälle suchen können. Es war schon fast dunkel, und wir durften keine Zeit verlieren. Ich nahm die Benzin-Kanister und die Ersatzreifen aus dem Wagen und versteckte sie zwischen ein paar Felsbrocken am Abhang. Dann holten wir unser spärliches Gepäck aus dem Wrack des Studebakers. Unsere einzige Hoffnung war Hussin. Er mußte eine Unterkunft für die Nacht finden, und morgen würden wir versuchen, Pferde aufzutreiben oder eine mitleidige Seele, die uns in irgendeinem Wagen mitnahm. Ich hatte keinerlei Hoffnung, noch einmal ein Auto zu bekommen. Jedes Automobil in Anatolien würde jetzt nur für eine horrende Summe zu haben sein.

Es war ein so scheußliches Mißgeschick, daß wir es alle schweigend hinnahmen. Es war zu schlimm, als daß man selbst in wütendstem Fluchen Erleichterung finden konnte. Hussin und Pieter machten sich auf, einer rechts, der andere links, die Straße entlang, um ein Haus zu erspähen, und Blenkiron und ich suchten Windschutz hinter dem nächsten Felsbrocken und rauchten wie verrückt.

Hussin war der erste, der Glück hatte. Binnen zwanzig Minuten war er wieder da und berichtete, zwei Meilen flußaufwärts sei irgendeine Behausung. Er ging wieder los, um Pieter zu suchen, und Blenkiron und ich nahmen unser Gepäck auf den Rücken und stapften mühsam am Ufer entlang, und öfters stolperten wir bös in versumpfte Stellen hinein. Als Hussin und Pieter uns einholten, fanden sie einen besseren Weg, und sehr bald sahen wir in der Bodenwelle, die vor uns lag, ein Licht zwinkern.

Es stellte sich heraus, daß dort ein jämmerlich verwahrloster Bauernhof in einem Pappelgehölz lag, eine elende Hütte mit zwei Räumen und eine Scheune, die einigermaßen trokken war und die wir als Schlafquartier bezogen. Der Besitzer war ein gebrochener alter Mann, dessen Söhne alle im Krieg waren, und er empfing uns mit der unbeirrbaren Seelenruhe eines Menschen, der vom Leben nur noch Unangenehmes erwartet.

Aber wir waren nun wieder in besserer Stimmung, und ich tat mein Bestes, um meine neuerworbene Kismet-Philosophie in der Praxis auszuprobieren. Ich sagte mir: wenn einem Gefahren bestimmt seien, so seien Hindernisse es auch, und beides gehöre nun einmal zur täglichen Aufgabe. Mit den Resten unserer Vorräte und etwas saurer Milch stillten wir unseren Hunger, und dann kuschelten wir uns ins Erbsenstroh in unserer Scheune. Blenkiron verkündete mit einem glücklichen Seufzer, er habe nun zwei Tage lang keine Magenschmerzen mehr gehabt.

In jener Nacht, das weiß ich noch, hatte ich einen sehr sonderbaren Traum. Ich befand mich in einer wilden Gegend in den Bergen, und irgend jemand stellte mir nach, aber wer das war, wußte ich nicht. Ich weiß noch, daß ich vor Angst schwitzte, denn ich schien ganz allein zu sein, und das Schreckliche, das mich verfolgte, war etwas Übermenschliches. Ringsum war es fürchterlich still und ruhig, und überall lag tiefer Schnee, so daß jeder Schritt, den ich tat, wie mit Blei beladen war. Ein ganz gewöhnlicher Alptraum, würde man sagen. Ja, schon, aber dieser hatte doch etwas Ungewöhnliches. Es war pechschwarze Nacht, aber vor mir in einem Paß war ein Lichtfleck, und er beleuchtete einen komischen kleinen Hügel, dessen Gipfel aus Felsen bestand: das, was wir in Südafrika *castrol* oder Kasserolle nennen. Ich wußte: wenn ich diesen *castrol* erreichte, wäre ich in Sicherheit, und atemlos kämpfte ich mich durch die Schneewehen – der blutdürstige Verfolger war mir dicht auf den Fersen. Nach Luft schnappend wachte ich auf und sah, daß der Wintermorgen sich schon durch die brüchigen Dachsparren hindurchkämpfte, und hörte Blenkiron vergnügt sagen, sein Zwölffingerdarm habe sich die ganze Nacht wie ein Gentleman benommen. Ich lag eine Weile still und versuchte, den Traum festzuhalten, aber er verschwamm in einem Nebel – außer dem kleinen Hügel, der mir in allen Einzelheiten ganz klar vor Augen blieb. Ich sagte mir, es sei eine Erinnerung an unser *veld*, irgendeine Stelle in der Wakkerstroom-Landschaft, obwohl ich mich an eine solche Stelle ums Verrecken nicht erinnern konnte.

Über die nächsten drei Tage möchte ich hinweggehen, denn sie waren eine ununterbrochene Folge von herzzerreißenden Enttäuschungen. Hussin und Pieter suchten die ganze Gegend nach Pferden ab, Blenkiron saß in der Scheune und legte Patiencen, und ich trieb mich in der Nähe der Brücke an der Straße herum in der Hoffnung, irgendeine Art von Beförderungsmittel aufzutreiben. Meine Aufgabe war ein völliger Fehlschlag. Wagenkolonnen, Truppentransporte kamen vorbei, viele Leute sahen mich und den schrottreifen Wagen, der im vereisten Ried lag, erstaunt an, aber sie konnten mir nicht helfen. Mein Freund, der türkische Offizier, versprach mir, nach Angora zu telephonieren, um mir Unterkunft oder einen anderen Wagen zu verschaffen; da ich mich aber an die Zustände in Angora erinnerte, setzte ich keinerlei Hoffnung auf Hilfe von dorther. Viele Autos fuhren vorbei, jedes einzelne voller Generalstabsoffiziere, türkischer und deutscher, aber sie hatten es alle viel zu eilig, um auch nur anzuhalten und mit mir zu sprechen. Das einzige, was mir meine Vigilien am Straßenrand eintrugen, war die Erkenntnis, daß es in der Gegend von Erzerum ziemlich heiß herging. Die Leute schienen es verzweifelt eilig zu haben, entweder schleunigst dorthin oder von dort weg zu kommen.

Meine größte Hoffnung war Hussin, denn, wie ich schon sagte, hatten die ›Freunde‹ im ganzen türkischen Reich ganz eigenartige und sonderbare Beziehungen. Aber an diesem ersten Tag kam auch er erfolglos zurück. Alle Pferde waren beschlagnahmt worden, des Krieges wegen, berichtete er; und obwohl er überzeugt war, daß manche zurückbehalten und versteckt worden waren, konnte er sie doch nicht aufspüren. Am zweiten Tag stellte er sich mit zwei jämmerlichen Mähren ein und hatte böse Atembeschwerden und Blähungen, weil er nur Bohnen zu essen bekommen hatte. In dieser Gegend gab es keinen anständigen Weizen und kein Heu mehr. Am dritten Tag gelang es ihm, eines hübschen kleinen arabischen Hengstes habhaft zu werden: er war nicht in sehr guter Verfassung, aber kerngesund. Wir bezahlten eine Menge Geld dafür, denn Blenkiron zahlte auch einen Anteil, und wir hatten keine Zeit, uns auf die endlose orientalische Feilscherei einzulassen.

Hussin sagte, er habe sich in der ganzen Gegend umgetan, und ich glaubte es ihm. Ich wagte nicht, unseren Aufbruch nur um einen Tag aufzuschieben, obwohl wir ihn zurücklassen müßten. Aber das leuchtete ihm nicht ein. Er sagte, er sei ein guter Läufer, und mit solchen Pferden wie den unseren könne er endlos mitlaufen. Wenn das nun die Art war, weiterzukommen, dann, kalkulierte ich, würde es noch wochenlang dauern, ehe wir nach Erzerum kamen.

Früh am nächsten Morgen brachen wir auf, nachdem der alte Bauer einen Segen über uns gesprochen und uns etwas trockenes Roggenbrot verkauft hatte. Blenkiron, der der Schwerste von uns war, bestieg den Araber und Pieter und ich die Mähren. Meine schlimmsten Befürchtungen bewahrheiteten sich bald, und Hussin, der neben uns herlief, hatte es nicht schwer, mit uns Schritt zu halten. Wir kamen etwa mit der Geschwindigkeit eines Ochsenwagens von der Stelle. Die Biester waren nicht mit Hufeisen beschlagen, und da die Straßen sehr holprig waren, sah ich voraus, daß ihre Füße sehr bald kaputtgehen würden. Im Tempo einer Kesselflickerkarawane quälten wir uns vorwärts, schafften etwa fünf Meilen in der Stunde, so ungefähr die untauglichste Gesellschaft, die je eine Überlandstraße verunziert hat.

Das Wetter: es nieselte kalt, und das deprimierte mich noch mehr. Autos fuhren an uns vorbei und verschwanden im Nebel, sie fuhren nur im Tempo von 30 Meilen pro Stunde, als wollten sie unsere Langsamkeit verhöhnen. Keiner von uns sprach, denn die Hoffnungslosigkeit der ganzen Sache verklebte uns alle Unternehmungslust. Ich biß mir hart auf die Lippen, um meine Nervosität zu bezwingen, und ich glaube, ich hätte damals dem Teufel meine Seele verkauft, hätte ich dafür etwas bekommen, womit ich schneller vorwärtsgekommen wäre. Ich kann mir nichts Schlimmeres vorstellen, als wenn man es verrückt eilig hat und sich nur im Schneckentempo fortbewegen kann. Nachgerade war ich bereit, jederlei Verzweiflungstat zu begehen.

Gegen Mittag kamen wir in eine weite Ebene hinunter, die offensichtlich reich bebaut war. Immer häufiger sahen wir Dörfer, und überall gab es Olivenhaine und Bewässerungsgräben. Der Landkarte nach glaubte ich, daß wir in die Ebene bei Siwas kamen, in die Kornkammer der Türkei, in die Heimat der echten Osmanli.

Dann stießen wir nach einer Straßenwendung auf die Karawanserei.

Es war eine verwahrloste Behausung, die rosafarbene Tünche bröckelte von den Wänden herab. Ein Hof war da, der nach der Straße zu offen war, und ein Haus mit einem flachen Dach und einem Riesenloch an einer Seite. Von irgendeinem Schlachtfeld lag es weit entfernt, und ich vermutete, daß eine Explosion den Schaden angerichtet hatte. Ein paar hundert Meter dahinter lagerte eine Kavallerieabteilung neben einem Bach; die Pferde waren alle an einer langen Reihe von Holzpflöcken festgebunden.

Auf einer Straßenseite war ein Wagen geparkt, allein und verlassen, ein großes, nagelneues Auto.

Auf der Straße selbst war in keiner Richtung irgend jemand zu sehen; nur die Kavallerieabteilung am Bach. Die Eigentümer des Wagens, wer sie auch sein mochten, mußten sich wohl innerhalb der Karawanserei befinden.

Ich habe schon gesagt, daß mir darnach zumute war, irgend etwas Verzweifeltes anzustellen, und siehe da: die Vorsehung gab mir die Möglichkeit. Diesen Wagen wollte ich haben, noch nie im Leben hatte ich etwas so begehrt. In diesem Augenblick beschränkten sich alle meine Pläne auf die fieberhafte Leidenschaft, dem Schlachtfeld nahe zu kommen. Wir mußten Grünmantel in Erzerum finden, und wenn wir erst dort waren, standen wir unter dem Schutz von Hilda von Einem. Es war Krieg, und Frechheit war die sicherste Verteidigung. Aber ich konnte mir beim besten Willen keinen Plan ausklügeln, der der Rede wert gewesen wäre. Ich sah nur eins, einen schnellen Wagen, den wir uns vielleicht aneignen konnten.

Zu den anderen sagte ich nur ein Wort, wir stiegen ab und banden die Pferde am nächstgelegenen Ende des Hofes an. Ich hörte leises Gesumm von Stimmen, die Kavalleristen am Bach, aber die waren hundert Meter weit weg und konnten uns nicht sehen. Pieter wurde losgeschickt, sich im Hof umzusehen. Im Hause selbst war nur ein Fenster, zwar nach der Straße hinaus, aber es war im oberen Stockwerk. Inzwischen schlich ich mich an der Wand entlang zu der Stelle, wo der Wagen stand, und sah ihn mir genau an. Das war schon eine tolle Karre, sechs Zylinder, funkelnagelneu, die Reifen nur ganz wenig abgefahren. Hintendrin waren sieben Kanister Benzin aufgestapelt und auch Ersatzreifen, und auf den Sitzen lagen Straßenkarten und Ferngläser, als seien die Eigentümer nur auf eine Minute ausgestiegen, um sich die Füße zu vertreten.

Pieter kam zurück und berichtete, daß der Hof leer sei. »Im oberen Zimmer sind ein paar Leute«, sagte er. »Mehr als einer, denn ich habe ihre Stimmen gehört. Sie gehen unruhig umher und kommen vielleicht bald heraus.«

Mir wurde klar, daß wir keine Zeit verlieren durften, darum bat ich die anderen, etwa fünfzig Meter die Straße auf der anderen Seite der Karawanserei hinunter zu schlüpfen und sich bereit zu halten, in den Wagen zu klettern, wenn ich vorbeifuhr. Ich mußte diesen verflixten Karren in Gang bringen, und es würde vielleicht eine Schießerei geben.

Ich wartete beim Wagen, bis ich sah, daß sie die richtige Distanz hatten. Aus dem zweiten Stock des Hauses konnte ich Stimmen hören und Schritte, die hier- und dorthin gingen. Ich war in fieberhafter Aufregung, denn jeden Augenblick konnte jemand ans Fenster kommen. Dann stürzte ich mich auf die Anlasserkurbel und kurbelte wie irre.

Der Kälte wegen war die Sache schwierig, und das Herz schlug mir bis zum Halse, denn der Lärm in dieser stillen Ecke mußte ja Tote aufwecken. Endlich sprang gottlob der Motor an, und ich war mit einem Satz auf dem Führersitz, schaltete und gab Gas. Der riesige Wagen schoß vorwärts, und hinter mir schien sich gellendes Geschrei zu erheben. Eine Pistolenkugel durchschlug meinen Hut, und eine andere traf ein neben mir liegendes Kissen.

Binnen einer Sekunde war ich auf der freien Straße, und meine Freunde stiegen ein. Blenkiron stieg auf die Stufe und rollte sich wie ein Sack Kohlen auf den Rücksitz. Pieter quetschte sich neben mich, und Hussin kletterte von hinten über die Falten des Verdecks. Unsere Habseligkeiten hatten wir in der Tasche, also gab es kein Gepäck zu tragen.

Rund um uns her pfiffen die Kugeln, aber wir hatten keinen Schaden. Dann knallte es neben meinem Ohr, und mit einem flüchtigen Seitenblick sah ich, wie Pieter seine Pistole senkte. Gleich darnach waren wir außer Schußweite, und als ich zurückblickte, sah ich drei gestikulierende Männer mitten auf der Straße stehen.

»Der Teufel soll diese Pistole holen«, sagte Pieter bekümmert. »Mit einer kleinen Schußwaffe habe ich nie gut umgehen können. Hätte ich mein Gewehr gehabt . . .«

»Warum hast du denn geschossen?« fragte ich sehr erstaunt. »Wir haben den Wagen dieser Burschen, und wir wollen ihnen doch nichts zuleide tun.«

»Es wäre einfacher gewesen, wenn ich mein Gewehr gehabt hätte«, sagte Pieter leise. »Der kleine Mann, den du

Rasta nennst, war dabei, und er hat dich erkannt. Ich habe gehört, wie er deinen Namen rief. Das ist ein böser kleiner Mann, und wie ich sehe, geht an dieser Straße eine Telegrafenlinie entlang.«

17
UNGEMACH AN DEN WASSERN VON BABYLON

Von diesem Augenblick an schnappte ich sozusagen über. Plötzlich vergaß ich alle Sorgen und Schwierigkeiten der Gegenwart und der Zukunft und wurde närrisch leichtsinnig. Wir sausten dahin, auf die gewaltige Schlacht zu, wo Männer mit dem beschäftigt waren, was mein eigentliches Handwerk war. Es wurde mir klar, wie zuwider mir die einsamen Tage in Deutschland gewesen waren und mehr noch die in Konstantinopel vertrödelte Woche. Nun hatte ich alles das hinter mir und war dorthin unterwegs, wo die gewaltigen Armeen aufeinanderstießen. Daß wir uns auf der falschen Seite der Schlachtlinie befanden, machte mir nichts aus. Instinktiv wußte ich: je drohender und wilder alles wurde, desto besser wurden unsere Chancen.

»Mir kommt es vor«, sagte Blenkiron, indem er sich über mich beugte, »als ob diese Vergnügungsfahrt ziemlich bald ein vorzeitiges Ende nehmen werde. Pieter hat recht. Jener junge Mann wird den Telegrafendraht in Bewegung setzen, und im nächsten Dorf wird man uns anhalten.«

»Erst muß er mal zu einem Telegrafendraht gelangen«, antwortete ich. »Und genau in diesem Punkt sind wir ihm überlegen. Die Mähren, die wir dort haben stehenlassen, kann er gerne haben, und wenn er vor Abend noch einen Telegrafisten auftreibt, bin ich der dämlichste Afrikaner, den es je gegeben hat. Ich werde mich an keinerlei Vorschrift hal-

ten und aus diesem Wagen herausholen, was nur drinsteckt. Verstehen Sie denn nicht, daß wir um so sicherer sind, je näher wir Erzerum kommen?«

»Da kann ich nicht ganz mit«, sagte er langsam. »In Erzerum wird man uns, glaube ich, mit Handschellen empfangen. Warum, zum Donnerwetter, konnten denn diese haarigen Schurken den kleinen Schuft nicht in sicherer Verwahrung halten? Ihre Unternehmungen sind etwas zu überstürzt, Herr Major, selbst für den wohlwollendsten Vorgesetzten.«

»Wissen Sie nicht mehr, was Sie einmal gesagt haben, daß die Deutschen sich leicht bluffen lassen? Also jetzt lege ich's auf den unverschämtesten Bluff an. Natürlich werden sie uns anhalten. Rasta wird das mit allen Mitteln zu erreichen versuchen. Aber bedenken Sie: er und seine Freunde sind bei den Deutschen nicht sehr beliebt, aber Madame von Einem ist es. Wir stehen unter ihrem Schutz. Und je einflußreicher das große deutsche Tier ist, an das ich gerate, desto sicherer werde ich mich fühlen. Wir haben unsere Pässe und unsere Anweisungen, und wer uns anhält, wenn wir einmal im deutschbesetzten Gebiet sind, der muß schon außerordentlich kühn sein. Darum fahre ich so schnell, wie Gott es mir erlaubt.«

Diese Fahrt verdiente eigentlich, daß man sie in einem Epos beschreibt. Der Wagen war vorzüglich, und ich fuhr ihn gut, obwohl ich selber das sage, was ich nicht tun sollte, denn Eigenlob ... Die Straße in dieser großen Hochebene mitten in Anatolien war gut, und oft brachte ich den Wagen auf seine Höchstgeschwindigkeit von fünfzig Meilen pro Stunde. Wir überholten marschierende Truppen, indem wir einen Umweg übers Feld machten, was oft sehr riskant war, und einmal schlitterten wir an einem Transport vorbei, und die äußeren Räder hingen fast überm Rand einer tiefen Schlucht. Durch die engen Straßen von Siwas brausten wir wie die Feuerwehr, und ich schrie auf deutsch, wir hätten Depeschen fürs Hauptquartier. Aus dem Nieselregen sausten wir zeitweilig in kurze Minuten von Winter-Sonnenschein und dann in ein Schneegestöber, das uns fast die Hand vom Gesicht riß. Und immer erstreckte sich vor uns die lange Straße, an deren Ende irgendwo die beiden Heere in einen Kampf auf Leben und Tod ineinander verwickelt waren.

In dieser Nacht suchten wir nach keiner Unterkunft. Wir aßen irgend etwas im Wagen, das Verdeck hatten wir hochgeschlagen, und fuhren dann vorsichtig in der Dunkelheit weiter, denn unsere Scheinwerfer waren völlig in Ordnung. Dann verließen wir die Straße und gönnten uns vier Stunden Schlaf, darnach machte ich mich über die Landkarte her. Vor der Morgendämmerung fuhren wir wieder los und kamen über einen Paß ins Tal eines großen Flusses. Die Wintermorgendämmerung schimmerte auf über den vereisten, schneegesprenkelten Wiesen. Ich rief Blenkiron zu:

»Ich glaube, dieser Fluß ist der Euphrat.«

»Aha«, antwortete er mit großem Interesse. »Das sind also die Wasser von Babylon. Bei allen heiligen Schlangen: daß ich es wirklich erlebt habe, die Felder zu sehen, auf denen der König Nebukadnezar graste! Wissen Sie den Namen jenes hohen Berges, Herr Major?«

»Der Ararat, wahrscheinlich«, rief ich zurück, und er glaubte mir.

Wir waren jetzt in den Bergen, die waren hoch und felsig und hatten schwarze Abhänge, und durch Seitentäler sah man dahinter schneeige Gipfel. Ich erinnere mich, daß ich nach dem Hügel mit dem Kasserollengipfel Ausschau hielt, den ich im Traum gesehen hatte. Das Ding hatte mir die ganze Zeit im Sinn gelegen, und ich war mir jetzt ziemlich klar darüber, daß es nicht zu meinen südafrikanischen Erinnerungen gehörte. Ich bin nicht abergläubisch, aber wie dieser kleine *kranz*[1] mir nicht aus dem Sinn wollte, das gab mir doch zu denken, ob es nicht eine Warnung der Vorsehung bedeuten sollte. Ich war davon überzeugt, daß ich, sollte ich diesen Gipfel jemals erblicken, ziemlich in der Klemme war.

Wir fuhren den ganzen Morgen das weite Tal hinauf, und kurz vor Mittag wurde es noch weiter, die Straße senkte sich zum Flußufer hinab, und ich sah die weißen Dächer einer Stadt vor mir. Der Schnee war jetzt tief und lag bis zum Ufer hinunter, aber der Himmel hatte sich geklärt, und vor einem weiten blauen Stück Himmel erhoben sich im Süden Bergspitzen, die wie Juwelen glitzerten. Die Bogen einer Brücke, die zwei Flußarme überspannten, lagen vor uns, und als ich an der Wendung langsamer fuhr, ertönte aus einem Blockhaus der warnende Zuruf einer Wache. Wir hatten die Festung Erzhingian erreicht, das Hauptquartier eines türkischen Armeekorps und den Zugang zu Armenien.

Ich zeigte dem Mann unsere Pässe, aber er grüßte nicht und ließ uns weiterfahren. Er rief einen anderen von der Wache herbei, der uns bedeutete, mit ihm Schritt zu halten, während er einen Nebenpfad einschlug. An dessen Ende war eine große Baracke, vor der Schildwachen standen. Der Mann sprach auf türkisch zu uns, und Hussin übersetzte. In der Baracke war jemand, der uns dringend sprechen wollte.

»Wir saßen an den Wassern von Babylon und weinten«, zitierte Blenkiron leise. »Ich fürchte, Herr Major, wir werden uns bald an Zion erinnern.«

Ich versuchte mir einzureden, daß dies nur die Formalitäten einer Grenzfestung seien, aber ich hatte das Gefühl, daß wir hier Schwierigkeiten haben würden. Wenn Rasta angefangen hatte zu telegrafieren, war ich entschlossen, mit dem frechsten Bluff aufzuwarten, denn wir waren immer noch achtzig Meilen von Erzerum entfernt, und wir mußten um jeden Preis vor dem Abend dort sein.

[1] Afrikaans für diese Art von Berggipfel

Ein aufgeregter Generalstabsoffizier empfing uns an der Tür. Als er uns erblickte, rief er einen Freund herbei, er solle doch mal kommen und sich das ansehen.

»Jetzt haben wir die Vögel im Netz. Ein dicker Mann und zwei dünne und ein Wilder, der aussieht wie ein Kurde. Rufe die Wache und laß sie abführen. Das sind sie, daran gibt es gar keinen Zweifel.«

»Entschuldigen Sie bitte«, sagte ich, »aber wir haben keine Zeit, wir möchten in Erzerum sein, ehe es dunkel wird. Ich möchte Sie bitten, irgendwelche Formalitäten so schnell wie möglich zu erledigen. Dieser Mann«, und ich deutete auf die Schildwache, »hat unsere Pässe.«

»Immer mit der Ruhe«, sagte er in unverschämtem Ton; »jetzt fahren Sie noch nicht weiter, und wenn überhaupt, dann nicht mit einem gestohlenen Wagen.« Er nahm die Pässe und blätterte sie flüchtig durch. Dann sah er etwas, was ihn die Augenbrauen heben ließ.

»Wo haben Sie denn die gestohlen?« fragte er, aber seine Stimme klang nicht mehr so sicher.

Ich antwortete sehr höflich. »Sie scheinen das Opfer eines Mißverständnisses zu sein, mein Herr. Dies sind unsere Ausweispapiere. Wir haben Befehl, uns unverzüglich in Erzerum zu melden. Wer immer uns daran hindert, wird sich vor General von Liman zu verantworten haben. Wir wären Ihnen dankbar, wenn Sie uns sofort zum Gouverneur führen würden.«

»Sie können General Posselt nicht sprechen«, sagte er, »dies ist meine Angelegenheit. Ich habe ein Telegramm aus Siwas bekommen, daß vier Leute ein Auto gestohlen haben, das einem Herrn von Enver Danrads Stab gehört. Das Telegramm beschreibt Sie alle und fügt hinzu, daß zwei von Ihnen bekannte Spione sind, die von der Regierung gesucht werden. Was haben Sie dazu zu sagen?«

»Nur eins: daß das Blödsinn ist. Gott im Himmel, Sie

haben unsere Pässe gesehen. Unseren Auftrag können wir nicht von jedem Hausdach öffentlich verkünden, aber fünf Minuten mit General Posselt machen alles klar. Sie werden es sehr bedauern, wenn Sie uns auch nur noch eine Minute aufhalten.«

Unwillkürlich war er jetzt doch beeindruckt, und nachdem er an seinem Schnurrbart gezupft hatte, drehte er sich auf dem Absatz um und ließ uns stehen. Gleich darauf kam er zurück und teilte uns sehr unfreundlich mit, der Gouverneur sei bereit, uns zu empfangen. Wir folgten ihm einen Korridor entlang zu einem großen Raum, dessen Fenster auf den Fluß hinausgingen und in dem ein älterer Herr in einem Sessel beim Ofen saß und mit einer Füllfeder Briefe schrieb.

Dies war also Posselt, der Kommandeur von Erzerum gewesen war, bis er krank wurde und Ahmed Fevzi seine Stellung einnahm. Er hatte einen grämlichen Mund und dicke blaue Säcke unter den Augen. Er galt als vorzüglicher Ingenieur, und es hieß, er habe Erzerum uneinnehmbar gemacht; aber er machte mir den Eindruck, als sei sein Ansehen im Augenblick etwas erschüttert.

Der Stabsoffizier sprach mit gedämpfter Stimme zu ihm.

»Ja, ja, ich weiß«, sagte er verdrießlich. »Sind dies die Leute? Ganz nette Schurken, dem Aussehen nach. Was sagen Sie da? Sie leugnen es ab? Aber sie haben den Wagen, das können sie nicht leugnen. Na, Sie«, und er wandte sich an Blenkiron, »wer zum Kuckuck sind Sie?«

Blenkiron lächelte ihn schläfrig an, er verstand kein Wort, deshalb antwortete ich.

»Unsere Pässe, Herr General, geben Ihnen alle Auskunft.«

Er sah sie durch, und sein Gesicht wurde immer länger.

»Die sind in Ordnung. Aber was ist das mit dem gestohlenen Wagen?«

»Das ist ganz richtig«, sagte ich, »obwohl ich lieber ein

hübscheres Wort anwenden würde. Aus unseren Papieren ersehen Sie, daß jeder, der auf dieser Straße etwas zu sagen hat, angewiesen ist, uns den bestmöglichen zu geben. Unser eigener Wagen hatte eine Panne, und nach langer Verzögerung bekamen wir ein paar jämmerliche Pferde. Es ist außerordentlich wichtig, daß wir so schnell wie möglich nach Erzerum kommen; darum nahm ich mir die Freiheit, einen leeren Wagen, der vor einem Gasthaus stand, zu beschlagnahmen. Es tut mir leid, wenn das den Eigentümern Unbequemlichkeiten machte, aber unser Auftrag ist zu dringend für einen Aufschub.«

»Aber in dem Telegramm steht, daß Sie bekannte Spione sind!«

Ich lächelte. »Wer hat das Telegramm geschickt?«

»Kein Grund, warum ich Ihnen den Namen nicht sagen soll. Es war Rasta Bey. Einen schwierigen Herrn haben Sie sich zum Feinde gemacht.«

Ich lächelte nicht, sondern lachte laut heraus. »Rasta!« rief ich. »Das ist einer von Envers Satelliten. Nun wird mir vieles klar. Kann ich bitte ein Wort mit Ihnen allein sprechen, Herr General?«

Er gab dem Stabsoffizier einen Wink, und als er fort war, machte ich mein schönstes Sonntagsschulgesicht und sah so wichtig aus wie ein Major aus der Provinz bei einem Besuch bei Hofe.

»Ich kann rückhaltlos sprechen«, sagte ich, »denn ich spreche zu einem deutschen Soldaten. Zwischen Enver und denen, deren Auftrag ich ausführe, gibt es keine Sympathie. Dieser Rasta dachte, er hätte eine Möglichkeit gefunden, uns aufzuhalten, deshalb hat er den Quatsch mit der Spionage erfunden. Diese Leute vom Komitee sind ganz besessen vom Gedanken an Spione ... Besonders haßt er Frau von Einem.«

Bei diesem Namen fuhr er auf.

»Reisen Sie in ihrem Auftrag?« fragte er respektvoll.

»Ja, natürlich«, erwiderte ich, »und der Auftrag duldet keinen Aufschub.«

Er stand auf und ging zu einem Tisch, von wo er verwirrt zu mir hinüberblickte. »Ich bin im Zwiespalt zwischen den Türken und meinen eigenen Landsleuten. Wenn ich's den einen recht mache, ärgern sich die anderen, und alles, was dabei herauskommt, ist eine verdammte Konfusion. Sie können nach Erzerum weiterfahren, aber ich gebe Ihnen einen Mann mit, der dafür sorgt, daß Sie sich dort sofort im Hauptquartier melden. Es tut mir leid, meine Herren, aber ich kann in dieser Sache kein Risiko auf mich nehmen. Rasta hat etwas gegen Sie, aber hinter den Röcken dieser Dame können Sie sich leicht verstecken. Vor zwei Tagen ist sie hier durchgereist.«

Zehn Minuten später fuhren wir durch die verschlammten, engen Straßen, und ein schwerfälliger deutscher Leutnant saß neben mir.

Dieser Nachmittag war einer der seltenen Tage, an denen man in den Pausen des Schneefalls plötzlich mildes Wetter hat wie im Mai. An ein paar solche Tage erinnerte ich mich von unserem Winterübungslager in Hampshire. Die Straße war vorzüglich, gut gebaut und auch gut gehalten, angesichts des Verkehrs. Wir wurden kaum aufgehalten, denn die Straße war so breit, daß wir die Truppen und Transporte überholen konnten, ohne unser eigenes Tempo zu vermindern. Der junge Mann, der neben mir saß, war nett und gutmütig, aber in seiner Gegenwart konnten wir uns natürlich nicht ungezwungen unterhalten. Ich hatte aber auch gar keine Lust, mich zu unterhalten. Ich versuchte, einen Plan zu schmieden, und kam damit nicht weiter, denn ich hatte keinen Anhaltspunkt. Wir mußten Hilda von Einem und Sandy finden, und miteinander mußten wir die Grünmantel-Affäre zum Platzen bringen. War das einmal getan, dann war es nicht mehr so wichtig, was aus uns wurde.

Ich schätzte, daß es den Türken gar nicht gut ging und daß sie, wenn sie nicht von Grünmantel einen gehörigen Antrieb bekamen, vor den Russen einfach zusammenbrechen würden. Während dieses Zusammenbruchs, so hoffte ich, würden wir eine Möglichkeit finden, uns auf die andere Seite zu schlagen. Aber es hatte keinen Sinn, so weit voraus zu planen; das wichtigste war, Sandy zu finden.

Jetzt war ich immer noch in der rücksichtslosesten Bravado-Laune, die mich überkommen hatte, als ich den Wagen stahl. Es wurde mir nicht klar, wie fadenscheinig unsere eigene Geschichte war und daß Rasta höchstwahrscheinlich im Hauptquartier eine große Rolle spielte. Wäre mir das klar gewesen, so hätte ich den deutschen Leutnant lange vor unserer Ankunft in Erzerum aus dem Wagen hinausgeschossen und irgendeine Möglichkeit gefunden, mich in die Völkerwanderung einzugliedern. Dabei hätte mir Hussin wohl geholfen. Seit unserem Interview mit Posselt fühlte ich mich so sicher, daß ich glaubte, ich könnte die ganze Bande bluffen.

Aber mein dringendstes Anliegen an diesem Nachmittag war schierer Unsinn. Ich versuchte, meinen kleinen Berg zu finden. Bei jeder Straßenwendung dachte ich, nun müßte ich die Kasserolle erblicken. Man muß dabei verstehen, daß ich, seit ich nur auf den Füßen stehen konnte, geradezu verrückt war vor Sehnsucht nach den hohen Bergen. Mein Vater nahm mich mit nach Basutoland, als ich noch klein war, und ich glaube, ich bin fast jeden Hügel, fast jeden Berg hinaufgeklettert – südlich vom Sambesi –, von Hottentos-Holland an bis zum Zoutpansberg und von den häßlichen gelben Hügeln in Damaraland bis zu den herrlichen steilen Felsen vom Mont aux Sources. Eins, worauf ich mich gefreut hatte, als ich wieder nach Hause kam, war die Möglichkeit, in den Alpen zu klettern. Aber jetzt befand ich mich inmitten von Gipfeln, die meiner Ansicht nach höher waren als die Alpen, und ich konnte es kaum über mich bringen, die Augen der Straße zu widmen. Ich war ziemlich sicher, daß sich dort irgendwo meine ›Kasserolle‹ befand, denn dieser Traum hatte sich tief in mein Gedächtnis eingegraben. Seltsamerweise war er allmählich kein böses Vorzeichen mehr für mich, denn den Eindruck eines Alptraumes vergißt man bald. Aber ich war fest davon überzeugt: dies zu sehen, und zwar ziemlich bald, das war mir vorbestimmt.

Es wurde dunkel, als wir noch ein paar Meilen von der Stadt entfernt waren, und die letzte Strecke war schwierig zu fahren, und manches war bis auf die Straße vorgerutscht.

Mir fiel eine Menge von Kleinigkeiten auf – etwa Teile von Maschinengewehren, Signale, Abteilungen von Krankenbahrenträgern –, was bedeutet, daß man nahe an einem Schlachtfeld ist, und sobald es dunkel wurde, fingerten die weißen Suchlichter im Himmel herum.

Und dann hörte man über dem Straßenlärm die Stimme der großen Geschütze. Die Granaten krepierten vier oder fünf Meilen entfernt, und die Geschütze mußten etwa doppelt so weit entfernt sein. Aber auf dieser stillen, lärmgeschützten Hochlandebene in der frostklaren Nacht hörte es sich an, als seien sie ganz nahe. Sie fuhren fort mit ihrer majestätischen Litanei – kein Trommelfeuer, sondern, mit einer Pause von einer Minute zwischen den Detonationen, Artilleriefeuer, das sich genau aufs Ziel eingeschossen hat. Meiner Meinung nach beschossen sie die äußeren Befestigungen, und einmal gab es eine laute Explosion und einen roten Feuerschein, als sei ein Munitionslager explodiert. So etwas hatte ich fünf Monate lang nicht gehört, und ich wurde fast verrückt vor Freude. Es fiel mir wieder ein, wie ich das zum erstenmal vor Lavantie gehört hatte. Damals hatte ich halb Angst gehabt, halb war mir feierlich zumute gewesen, aber jeder Nerv war gespannt. Denn dies war eine damals neue Erfahrung in meinem Leben, und ich war atemlos vor Erwartung; jetzt war es die altvertraute Sache, die ich mit so vielen guten Kameraden geteilt hatte, mein eigentlicher Beruf: der einzige Beruf, der den Einsatz einer vollen Manneskraft erforderte.

Beim Donner der Geschütze wußte ich, daß ich wieder meine eigne Luft atmete. Ich wußte, daß ich nach Hause kam.

Wir wurden an einem Befestigungswall angehalten; ein deutscher Unteroffizier glotzte uns an, bis er den Leutnant an meiner Seite erblickte; da grüßte er, und wir konnten passieren. Fast unmittelbar darauf befanden wir uns in engen, krummen Gassen, die vollgestopft von Soldaten waren, so daß es schwierig war, hindurchzusteuern.

Sie waren kaum beleuchtet, nur ab und zu blitzte eine Taschenlampe auf, welche die grauen Steinhäuser erkennen ließ, wo jedes Fenster mit hölzernem Gitterwerk versehen war und die Läden geschlossen. Ich hatte meine Scheinwerfer abgedreht und fuhr nur mit Standlicht, so daß wir unseren Weg nur sehr vorsichtig mühsam durch das Labyrinth suchen konnten. Meine Hoffnung war nur, daß wir bald Sandys Quartier erreichen würden, denn wir waren alle ganz schön hungrig.

Plötzlich war ein Frost gekommen, in dem unsere dicken Mäntel sich so dünn wie Papier erwiesen.

Der Leutnant machte den Führer. Wir mußten unsere Pässe vorzeigen, und ich erwartete eigentlich nicht, daß wir mehr Schwierigkeiten haben würden als bei der Landung des Dampfers in Boulogne. Aber ich wollte die Geschichte endlich hinter mich bringen, denn ich hatte wütenden Hunger und fror entsetzlich. Immer noch dröhnten die Geschütze wie Hunde, die eine Beute verbellen. Die Stadt war nicht zu sehen, aber über dem östlichen Höhenzug flackerten seltsame Lichter auf.

Endlich erreichten wir unser Ziel und gingen durch einen alten Torbogen in einen Hof und von da in eine zugige Vorhalle.

Unser Führer sagte: »Sie müssen den Sektionschef sprechen.«

Ich sah mich um, um festzustellen, ob wir alle beieinander waren, und bemerkte, daß Hussin verschwunden war. Das war nicht wichtig, denn er stand auf unseren Pässen nicht drauf.

Wir folgten jemandem, der uns durch eine offene Tür führte. Da stand ein Mann, der uns den Rücken zukehrte, und betrachtete eine Landkarte, die an der Wand hing, ein stattlicher Mann mit einem Nacken, der über den Kragen hinausquoll.

Den Nacken hätte ich unter Millionen von Nacken sofort wiedererkannt. Als ich ihn sah, war ich drauf und dran, mich umzudrehen und davonzurasen. Aber es war zu spät, denn die Tür hatte sich hinter uns geschlossen, und zwei bewaffnete Posten standen neben der Tür.

Der Mann wandte sich um und blickte mir in die Augen. Ich hoffte verzweifelt, daß ich die ganze Sache mit einem Bluff abtun konnte, denn ich hatte einen anderen Anzug an und den Bart abrasiert. Aber man kann nicht zehn Minuten lang Aug' in Auge seinem Todfeind gegenüberstehen, ohne daß er einen erkennt. Er wurde sehr blaß, dann faßte er sich und grinste das mir vertraute Grinsen.

»Aha, der kleine Südafrikaner!« sagte er. »Nach so vielen Tagen treffen wir uns wieder!«

Es hatte keinen Sinn, zu lügen oder irgendwelche Ausflüchte zu machen. Ich biß die Zähne zusammen und wartete.

»Und Sie auch, Herr Blenkiron? Ich habe Sie noch nie gern gesehen. Sie sind zu redselig; so seid Ihr verflixten Amerikaner nun einmal!«

»Ich glaube eigentlich, daß Ihre persönliche Antipathie irgend etwas mit dieser Sache zu tun hat«, sagte Blenkiron ruhig. »Wenn Sie hier der Boß sind, dann wäre ich Ihnen dankbar, wenn Sie für einen Moment diese Pässe hier ansehen würden; denn wir können hier ja nicht ewig stehen und warten.«

Das ärgerte ihn sehr. »Ihnen werde ich noch Manieren beibringen, meine Herren!« schrie er und ging einen Schritt nach vorn, um nach Blenkirons Schulter zu greifen. Dieselbe Geschichte, die er schon zweimal mit mir probiert hatte.

Blenkiron nahm nicht einmal seine Hände aus den Taschen. »Halten Sie sich gefälligst in gebührendem Abstand!« knurrte er mit einem ganz neuen, schleppenden Ton. »Ich habe Sie in Deckung, und wenn Sie es wagen, Hand an mich zu legen, dann haben Sie ein Loch in Ihrem blöden runden Schädel!«

Mit Anstrengung faßte sich Stumm. Er klingelte und fing dann an zu lächeln. Eine Ordonnanz kam herein, mit der er auf türkisch sprach, und sofort danach kam ein Trupp Soldaten herein.

»Jetzt werde ich Sie entwaffnen lassen, meine Herren!« sagte er. »Ohne Pistolen können wir unsere Unterhaltung gemütlicher fortsetzen.«

Es hatte keinen Sinn, Widerstand zu leisten. Wir gaben unsere Waffen ab. Pieter heulte fast vor Wut. Stumm schwang die Beine auf die Lehnen eines Stuhls und stützte das Kinn auf die Rückenlehne und sah mich an.

»Jetzt ist die Sache aus!« sagte er. »Wissen Sie, diese idiotische türkische Polizei sagte, die Afrikaner seien tot. Aber ich hatte einen besseren Einfall. Ich glaubte, daß der liebe Gott Sie für mich persönlich am Leben erhalten hätte. Als ich Rastas Telegramm bekam, wußte ich genau Bescheid; denn was Sie dort getan haben, erinnerte mich an einen kleinen Trick, den Sie mir einmal auf der Straße nach Schwandorf gespielt haben. Aber ich habe nicht gedacht, daß ich dieses alte fette Rebhuhn nochmal zu fassen kriege.« Dann lächelte er zu Blenkiron hinüber. »Zwei gute amerikanische Ingenieure und ihr dienstbarer Geist, die nach Mesopotamien unterwegs waren mit einem Auftrag der Regierung, der höchst wichtig war! Die Lüge war nicht schlecht; aber wäre ich in Konstantinopel gewesen, dann hätte sie nicht lange gelebt. Rasta und seine Freunde gehen mich nichts an. Die können Sie an der Nase herumführen, soviel Sie wollen. Aber Sie haben versucht, das Vertrauen einer gewissen Dame zu gewinnen, und ihre Interessen sind die meinen. Ferner haben Sie mich beleidigt, und ich verzeihe nicht. Bei Gott!« schrie er, und seine Stimme wurde schrill vor Leidenschaft: »Wenn ich mal mit euch fertig bin, dann werden eure Mütter im Grabe noch darüber weinen, daß sie euch je zur Welt gebracht haben!«

Es war Blenkiron, der jetzt antwortete. Seine Stimme war so gelassen wie die eines Aufsichtsratsvorsitzenden und wirkte, als ob Fett auf Säure gespritzt würde.

»Ich mache nicht gerne große Worte. Wenn Sie mich mit diesem Grusel-Krimi-Geschwätz erschrecken wollen, sind Sie, glaube ich, an den Falschen geraten. Sie kommen mir vor wie der Schornsteinfeger, der im Schornstein stecken blieb, weil er ein bißchen zu groß war für seinen Job. Ich glaube schon, daß Sie eine Art von romantischem Talent haben, das beim Soldat-Spielen nicht voll ausgenützt wird. Wenn Sie aber was Komisches mit mir vorhaben, so möchte ich doch gerne darauf hinweisen, daß ich amerikanischer Staatsbürger bin und sowohl in meinem eignen Land als auch in dem Ihrigen recht angesehen; und später werden Sie Blut und Wasser schwitzen! Das ist, kann man wohl sagen, eine faire Warnung, Oberst Stumm!«

Ich weiß nicht, was für Absichten Stumm hatte. Aber diese kleine Rede von Blenkiron erzeugte genau das bißchen Unsicherheit, das im Augenblick nötig war. Man muß wissen: Pieter und mich hatte er; aber er hatte die Verbindung zwischen Blenkiron und uns nicht richtig durchschaut und hatte jetzt Angst davor, gegen uns alle drei auf einmal vorzugehen oder Blenkiron ungeschoren zu lassen. Es war wirklich ein Glücksfall für uns, daß der Amerikaner im Vaterland so viel Erfolg gehabt hatte.

»Es ist nicht so eilig«, sagte Stumm kühl. »Wir werden noch viele glückliche Stunden miteinander haben. Ich nehme euch alle mit mir nach Hause, denn ich bin ein gastfreundlicher Mensch. Bei mir seid ihr sicherer als in dem städtischen Gefängnis. Denn das ist etwas zugig. Da kommt manches hinein und anderes vielleicht heraus.«

Wieder gab er einen Befehl, und wir wurden hinausexpediert; jeder von uns wurde von einem Soldaten eskortiert. Alle drei wurden wir auf den Rücksitz des Wagens gedrängt, während zwei Mann, die Gewehre zwischen den Knien, vor uns saßen; einer kletterte hinter uns in den Kofferraum, und einer saß neben Stumms Fahrer. Wir waren zusammengepfercht wie Ölsardinen in der Büchse und fuhren in die öden Straßen hinaus, über denen die Sterne funkelten dort, wo der Himmel ein paar Streifen freiließ.

Hussin war wie vom Erdboden verschwunden und ganz mit Recht. Es war ein guter Bursche, aber sich in unsere Schwierigkeiten einzumischen, das war nicht sein Auftrag.

18

SPATZEN AUF DEM DACH

Es hat mir schon oft leid getan«, sagte Blenkiron, »daß es heutzutage keine Wunder mehr gibt.«

Keiner antwortete. Ich tastete an den Wänden herum, ob da irgendwo ein Fenster sei.

»Denn ich glaube«, fuhr er fort, »nur ein grundsolides Wunder könnte uns hier rauskriegen. Das geht direkt gegen meine Prinzipien. Zeitlebens habe ich versucht, die mir von Gott verliehenen Gaben zu benutzen und zu vermeiden, gewalttätig zu werden, und bisher ist es mir gelungen. Aber jetzt kommen *Sie* daher, Herr Major! Und Sie verwickeln einen anständigen, nicht mehr ganz jungen Staatsbürger in ein vorsintflutliches Abenteuer. Das ist ziemlich taktlos! Ich glaube, jetzt müssen Sie was tun; denn als Einbrecher bin ich nicht sehr begabt.«

»Ich auch nicht«, antwortete ich, »aber ich denke nicht daran, die Flinte ins Korn zu werfen! Sandy treibt sich draußen irgendwo herum, und er hat Leute, auf die er sich verlassen kann.«

Ich konnte einfach nicht so verzweifelt sein, wie ich es eigentlich nach Lage der Dinge hätte sein müssen. Die Geschütze hatten mich verrückt gemacht. Ich konnte ihre tiefe Stimme noch hören, obwohl viele Meter Holz und Stein uns von der Erdoberfläche trennten. Was uns am meisten quälte, war unser Hunger. Abgesehen von ein paar Bissen auf der Straße hatten wir seit heute früh nichts gegessen; und unser Fraß in den vergangenen Tagen war auch nicht gerade fürstlich gewesen, deshalb hatten wir einiges nachzuholen. Stumm hatte sich überhaupt nicht bei uns blicken lassen, seit wir in den Wagen hineingestoßen worden waren. Wir waren in irgendein Haus gebracht und in einer Art von Weinkeller zusammengepfercht worden. Es war pechdunkel; und nachdem ich die Wände abgetastet hatte, zuerst auf den eigenen Füßen und dann auf Pieters Rücken, stellte ich fest, daß da keine Fenster waren. Der Raum, in dem wir uns befanden, war wohl von oben beleuchtet und auch belüftet durch Holzlatten. Es gab nicht ein einziges Möbelstück darin; nichts als einen feuchten Lehmfußboden und nackte steinerne Wände. Die Tür war ein Überbleibsel aus der Eisenzeit, und ich konnte die Schritte der Wache draußen hören.

Wenn es dazu kommt, daß du nichts tun kannst, um die

Lage zu verbessern, dann kannst du nur noch für den Augenblick leben. Im Schlaf hofften wir alle drei, vor unseren leeren Mägen Ruhe zu finden. Der Fußboden war die erbärmlichste Art von Bett, aber wir rollten unsere Mäntel zu Kopfkissen zusammen und machten es uns so bequem wie nur möglich. Bald merkte ich an Pieters regelmäßigen Atemzügen, daß er eingeschlafen war, und gleich darauf schlief ich auch.

Ich wurde geweckt durch einen Druck hinter meinem linken Ohr und dachte, es sei Pieter; denn das ist ein alter Jägertrick, jemanden geräuschlos zu wecken. Aber es war eine andere Stimme, die sprach. Sie sagte mir, es sei keine Zeit zu verlieren, ich müsse aufstehen und sofort mitkommen, und es war die Stimme von Hussin.

Pieter war wach, und wir rüttelten Blenkiron aus tiefem Schlaf. Man sagte uns, wir sollten die Schuhe ausziehen und sie an den Senkeln um den Hals hängen, wie es die Buben auf dem Lande tun, wenn sie barfuß laufen wollen. Dann schlichen wir uns auf Zehenspitzen zur Tür, die offenstand.

Draußen war ein enger Gang mit einer Flucht von Treppenstufen, die schließlich ins Freie hinaus führten. Diese Stufen waren durch einen Schimmer von Sternenlicht schwach beleuchtet, und in diesem Licht sah ich einen Mann zusammengekauert unten an der Treppe liegen. Es war unser Posten, sauber und fachgerecht geknebelt und gefesselt.

Über die Stufen kamen wir zu einem kleinen Hof, um den herum die Mauern der Gebäude wie Klippen standen. Wir machten halt, während Hussin angespannt lauschte. Offensichtlich war alles sicher, und unser Führer dirigierte uns zu der einen Seite, an der ein kräftiges hölzernes Spalier entlanglief. Früher einmal mochte es Feigenbäume gestützt haben, aber jetzt waren die Bäume abgestorben, und nur verwelkte Ranken und faule Stümpfe waren noch übrig.

Es war ein Kinderspiel für mich und Pieter, am Spalier hinaufzuklettern, aber für Blenkiron war es verdammt schwierig. Er war nicht in guter Verfassung und schnaufte wie ein Walfisch; und wenn etwas hinaufging, lag es ihm nicht. Aber er war tapfer wie ein Büffel und machte mit, bis seine Arme nicht mehr konnten und er sozusagen steckenblieb. Darum stützten Pieter und ich ihn auf beiden Seiten, und jeder nahm einen seiner Arme in die Hand, wie ich es einmal im Kloofkamin am Tafelberg gesehen hatte.

Ich war ungeheuer dankbar, als ich ihn schnaufend droben hatte und als Hussin neben uns beiden auch hinaufgekommen war.

Wir krochen eine ziemlich breite Mauer entlang, auf der ein paar Zentimeter Pulverschnee lagen, und dann einen schrägen Vorsprung hinauf bis auf das flache Dach des Hauses. Es war eine scheußliche Sache für Blenkiron, der sicherlich heruntergefallen wäre, wenn er hätte sehen können, was unter ihm lag; und Pieter und ich mußten die ganze Zeit aufpassen. Dann kam der schwierigere Teil unserer Unternehmung. Hussin zeigte auf ein Sims, das uns an ein paar Schornsteinen vorbei zu einem andern Gebäude führte, das etwas tiefer lag, denn dies war die Route, die ihm am besten zusagte. Daraufhin setzte ich mich entschlossen nieder und zog meine Stiefel an, und die andern taten dasselbe. Füße mit Frostbeulen würden bei dieser Art von Wanderung nicht gerade eine Hilfe sein.

Die Stelle war außerordentlich schwierig für Blenkiron, und wir bekamen ihn nur dadurch hinüber, daß Pieter und ich uns flach gegen die Mauer drückten und ihm an uns vorbeihalfen, wobei er uns das Gesicht zukehren mußte. Wir hatten keinen Halt, und wenn er gestolpert wäre, so wären wir alle drei unten im Hof gelandet. Aber wir schafften es und sprangen so geräuschlos wie möglich auf das Dach des nächsten Hauses; Hussin hatte den Finger auf die Lippen gelegt, und ich sah bald warum. In der Hausmauer, die wir herabgekommen waren, befand sich ein erleuchtetes Fenster.

Irgend etwas veranlaßte mich zurückzubleiben und die Sache zu erforschen. Die andern folgten Hussin und waren bald am andern Ende des Daches, wo eine Art von hölzernem Pavillon die Dachfläche unterbrach, während ich versuchte hineinzuschauen. Das Fenster hatte Vorhänge, die mit zwei Haltebändern in der Mitte zusammengehalten wurden. Durch einen Spalt im Vorhang sah ich einen kleinen, von einer Lampe erleuchteten Raum und einen großen Mann, der an einem Tisch saß, auf dem Papiere verstreut lagen.

Ich beobachtete ihn fasziniert, als er sich umwandte, um in irgendeinem Dokument etwas nachzusehen und dann etwas auf der Karte, die vor ihm lag, anzustreichen. Dann stand er plötzlich auf, reckte sich, warf einen Blick auf das Fenster und ging aus dem Zimmer, wonach er mit großem Getöse die hölzerne Treppe hinabging. Er ließ die Tür offen und die Lampe brennen.

Ich schloß, er sei gegangen, um mal nach seinen Gefangenen zu schauen, in welchem Fall natürlich unsere Sache verloren gewesen wäre. Was mich aber erfüllte, war ein verrückter Drang, einen Blick auf diese Karte zu werfen. Es war einer dieser verrückten Impulse, die jeden vernünftigen Gedanken ausschließen, nicht im geringsten geplant, ein irrer Sprung ins dunkle. Aber der Impuls war so stark, daß ich, wenn nötig, das Fenster aus dem Rahmen gerissen hätte, um an den Tisch zu gelangen.

Das war nicht nötig, denn der schwache Riegel gab sofort nach, schon beim ersten Druck, und die Haltebänder fielen zur Seite. Ich kletterte hinein, nachdem ich mich vergewissert hatte, daß auf der Treppe keine Schritte zu hören waren. Ich knüllte die Karte zusammen und steckte sie in die Tasche und auch das Papier, von dem ich ihn die Notiz hatte ablesen sehen. Sehr sorgfältig verwischte ich alle Spuren meines Eindringens, fegte den Schnee vom Fensterbrett hinunter, zog den Vorhang wieder zu, stieg hinunter und schloß das Fenster von außen. Noch immer kündigte kein Geräusch seine Rückkehr an. Dann ging ich los, um die andern einzuholen.

Ich fand sie zitternd vor Kälte in dem Dachpavillon. »Jetzt müssen wir uns sehr beeilen«, sagte ich, »denn ich bin gerade in Stumms Privatkabinett eingebrochen. Hussin, Junge, hörst du das? Jeden Moment können sie hinter uns hersein, und ich flehe zum Himmel, daß wir jetzt leichter vorwärtskommen.«

Hussin verstand mich. Er führte uns mit schnellem Schritt von einem Dach zum nächsten, denn hier hatten sie alle dieselbe Höhe, und nur niedrige Geländer trennten sie voneinander. Wir sahen niemanden; denn eine Winternacht ist nicht die Zeit, die man sich aussuchen würde, um auf seinem Dach spazierenzugehen. Ich lauschte auf beunruhigende Geräusche hinter uns, und in etwa fünf Minuten hörte ich sie: ein Stimmengewirr, und eine Stimme war lauter als die anderen, und als ich zurückblickte, sah ich das unruhig flakkernde Licht von Laternen. Stumm hatte bemerkt, was ihm gestohlen worden war, und hatte die Spur des Diebes gefunden.

Hussin blickte ein einziges Mal zurück und trieb uns dann zu äußerster Eile an, wobei der gute Blenkiron schnaufte und stolperte. Die Stimme hinter uns wurde lauter, als ob ein Auge, das schärfer war als die anderen, in der sternerhellten Dunkelheit unsere Bewegungen bemerkt hätte. Es war ganz klar, daß wir erwischt werden würden, wenn sie uns weiterhin verfolgten, denn Blenkiron benahm sich etwa so geschickt auf einem Dach wie ein Nilpferd.

Gleich darauf kamen wir an eine sehr viel niedrigere Stelle, von der eine Art von Leiter hinunterführte, an deren Ende ein flaches Sims war, das sich nach links hinüber im Dunkeln verlor. Hussin griff mich beim Arm und zeigte dorthin. »Gehen Sie dort entlang!« flüsterte er, »dann kommen Sie zu einem Dach, das über eine Straße hinüberführt. Gehen Sie hinüber, auf der anderen Seite ist eine Moschee. Dort biegen Sie nach rechts ab und werden fünfzig Meter weit leicht vorwärtskommen und durch die höheren Dächer gut abgeschirmt sein. Um Allahs willen halten Sie sich im Schutz dieser Abschirmung! Irgendwo dort werde ich wieder zu Ihnen stoßen.«

Eine kleine Strecke trieb er uns das Sims entlang an, dann kehrte er um und bedeckte unsere Spuren mit Schnee, der sich in den Winkeln angesammelt hatte. Danach ging er allein geradeaus weiter und machte sonderbare kurze Schritte wie ein Vogel. Ich durchschaute sein Spiel: er wollte unsere Verfolger auf sich selbst lenken und mußte seine Spuren vervielfachen und darauf vertrauen, daß Stumms Leute nicht merken würden, daß sämtliche Spuren von einem einzigen Mann stammten.

Aber ich hatte genug damit zu tun, Blenkiron das Sims entlangzulotsen. Er war fast erledigt und schwitzte vor Angst, und wirklich war dies eine der schwierigsten Unternehmungen seines Lebens; denn wir hatten kein Seil, und ob er sich das Genick brach, hing von ihm allein ab. Ich hörte, wie er eine unbekannte Gottheit namens »Heiliger Micky« anflehte. Aber er behielt den Mut, und wir kamen zu dem Dach, das über die Straße hinüberführte. Das war leichter, obwohl schwierig genug; denn es war kein Spaß, sich um die Kuppel der verflixten Moschee herumzuschlängeln. Schließlich fanden wir die Brüstung und atmeten auf, denn jetzt waren wir vor der direkten Gefahr geschützt. Ich nahm mir einen Moment Zeit, mich umzusehen, und dreißig Meter entfernt, über der Straße drüben, sah ich ein gespenstisches Schauspiel.

Die Jagd verlief die Dächer entlang, die denen, auf denen wir uns befanden, genau parallel liefen. Ich sah das Flackern der Laternen, die auf und ab schwankten, wenn ihre Träger im Schnee ausrutschten, und ich hörte sie rufen, wie Hunde eine Spur verbellen. Stumm war nicht dabei: für diese Art von Unternehmung war er nicht geeignet. Sie kamen an uns vorbei und liefen auf der linken Seite weiter, jetzt durch einen vorspringenden Schornstein verborgen, jetzt wieder gegen den Himmel deutlich zu sehen. Die Dächer, auf denen sie entlangliefen, waren vielleicht sechs Fuß höher als das unsrige, so daß wir sogar von unserer geschützten Stelle aus ihren Weg verfolgen konnten. Wenn Hussin durch ganz Erzerum gejagt wurde, so war das eine schlechte Sache für uns, denn ich hatte nicht die leiseste Ahnung, wo wir waren und wohin wir gehen sollten.

Aber als wir noch hinschauten, bemerkten wir etwas anderes. Die schwankenden Laternen waren jetzt drei- oder vierhundert Meter weit weg; aber auf den Dächern, die uns gerade gegenüber lagen, erschien die Gestalt eines Mannes. Ich dachte, es sei einer unserer Verfolger, und wir alle duckten uns tiefer, dann erkannte ich den gelenkigen, schmalen Körper von Hussin. Er mußte umgekehrt sein, sich im Schatten links von den Verfolgern gehalten haben, und es mußte an den freien Stellen sehr gefährlich gewesen sein. Aber jetzt war er da, genau vor uns und nur durch die enge Straße von uns getrennt.

Er trat einen Schritt zurück, spannte alle Muskeln an und sprang mühelos über die Straße zu uns hinüber. Wie eine Katze landete er auf der Brustwehr über uns und machte ein paar Schritte nach vorn auf uns zu. »Für den Augenblick sind wir sicher«, flüsterte er. »Aber wenn sie mich vermissen, werden sie zurückkommen. Wir müssen uns beeilen.«

Die nächste halbe Stunde lang schlängelten wir uns durch ein Labyrinth von Windungen, in dem wir dauernd die Richtung änderten; wir rutschten vereiste Dächer hinunter und kletterten an noch vereisteren Schornsteinen hinauf. Von der Stadt her war kein Geräusch mehr zu hören, und aus den schwarzen Straßen unter uns kam kaum ein Laut. Aber fortwährend hörten wir im Osten das Geschützfeuer. Allmählich kamen wir weiter hinunter, bis wir auf das Dach eines Schuppens in einem Hof gelangten. Hussin stieß einen seltsamen Ruf aus, wie eine aufgescheuchte Eule, und unter uns begann sich etwas zu regen.

Es war ein großer Planwagen, voll beladen mit Ballen von Viehfutter und von vier Mulis gezogen. Als wir von dem Schuppen in den gefrorenen Abfall auf dem Hof hinunterstiegen, trat ein Mann aus dem Schuppen und sprach leise mit Hussin. Pieter und ich hoben Blenkiron in den Karren und kletterten hinterher, und ich habe nie etwas Wohltuenderes empfunden als diese Wärme und Weichheit nach den vereisten Dächern. Meinen Hunger hatte ich völlig vergessen, ich sehnte mich nur nach Schlaf. Gleich darauf verließ der Wagen den Hof und fuhr in die dunkle Straße hinaus.

Da fing Blenkiron an zu lachen, ein tiefes, ganz im Inneren rumpelndes Gelächter, das ihn heftig schüttelte und ein Bündel Heu auf seinen Kopf herunterfallen ließ. Ich dachte erst, es sei ein Anfall von Hysterie, die Erleichterung nach der Anspannung der letzten Stunden. Aber das war es nicht. Sein Körper mochte ungeübt sein, aber seine Nerven waren immer in Ordnung. Es war ehrliche Heiterkeit, die ihn erfüllte.

»Hören Sie, Herr Major!« schnaufte er. »Für gewöhnlich hege ich keine Abneigung gegen meine Mitmenschen; aber irgendwie konnte ich mit Stumm nichts anfangen. Doch jetzt liebe ich ihn beinah. Sie haben ihm in Deutschland den Kiefer kaputtgeschlagen, und jetzt haben Sie seine Privatpapiere geklaut; und ich glaube, das ist ziemlich wichtig, oder er wäre nicht so versessen darauf gewesen, dies Hindernisrennen über die Dächer zu veranstalten. Ich habe so was nicht getan, seit ich in unseres Nachbarn Brown Holzschuppen eingebrochen bin, um sein zahmes Opossum zu stehlen, und das ist vierzig Jahre her. Es ist das erste Mal, daß mir diese ganze Sache richtig Spaß macht, und ich habe nie so gelacht, seitdem Jim Hocker uns seine Geschichte von der ›Base Sally Dillard‹, als wir in Michigan auf der Entenjagd waren, erzählt hatte und der Bruder seiner Frau in der Nacht einen Schlaganfall bekam und starb.« Zur Begleitmusik von Blenkirons Kichern tat ich, was Pieter schon in der ersten Minute getan hatte: ich schlief ein.

Als ich aufwachte, war es noch dunkel. Der Wagen hatte in einem Hof gehalten, der von großen Bäumen beschattet schien. Hier lag der Schnee höher, und an der Luft merkte man, daß wir die Stadt verlassen hatten und höher hinaufgekommen waren. Auf einer Seite standen hohe Gebäude, und auf der andern anscheinend ein Berg. Nirgendwo war Licht, alles war tiefdunkel, aber ich spürte die Gegenwart anderer Menschen, außer Hussin und dem Fahrer.

Wir wurden in großer Eile in ein Nebengebäude geführt – Blenkiron war nur halbwach – und dann einige Stufen hinunter in einen geräumigen Keller. Da zündete Hussin eine Laterne an, die erleuchtete einen Raum, der einmal ein Vorratskeller für Obst gewesen sein mußte. Alte Obstschalen lagen noch auf dem Boden, und es roch nach Äpfeln. In den Ecken war Stroh aufgeschichtet, auf dem wir schlafen sollten, und es war ein roh gezimmerter Tisch da und eine hölzerne Pritsche, die mit Schaffellen bedeckt war.

»Wo sind wir?« fragte ich Hussin.

»Im Hause unseres Herrn«, sagte er. »Sie werden hier in Sicherheit sein, aber Sie müssen sich still verhalten, bis der Herr selber kommt!«

»Ist die deutsche Dame hier?« fragte ich.

Hussin nickte und brachte aus einer Mappe etwas zu essen zum Vorschein: Rosinen und kaltes Fleisch und einen Laib Brot. Wir stürzten uns darauf wie die Geier, und während wir aßen, verschwand Hussin. Ich bemerkte, daß er die Tür hinter sich abschloß.

Sobald wir gegessen hatten, legten sich die anderen wieder schlafen. Aber ich war jetzt hellwach und beobachtete sehr scharf. Ich nahm Blenkirons Taschenlampe und legte mich auf die Pritsche, um Stumms Karte zu studieren.

Ich sah auf den ersten Blick, daß ich etwas sehr Wertvolles erbeutet hatte. Es war die Generalstabskarte der Verteidigungslinien von Erzerum; sie gab genau die Befestigungen und Schützengräben an, und überall fanden sich Notizen in Stumms sauberer, kleiner Handschrift. Ich nahm die große Landkarte vor, die ich von Blenkiron bekommen hatte, und machte mir die allgemeine Lage der Gegend deutlich. Ich sah das Hufeisen von Deve Boyun im Osten, das die russischen Geschütze beschossen. Stumms Karte war die Art von in Quadrate aufgeteilten Artilleriekarten, wie wir sie in Frankreich benutzten, Maßstab 1:10000, mit spinnwebartigen roten Linien die Gräben bezeichnend, aber mit dem Unterschied, daß es die türkischen Gräben waren, die genau eingezeichnet wurden, während die russischen nur angedeutet waren.

Das Ganze war ein Geheimplan des Verteidigungsgürtels von Erzerum und würde dem Feind Unsummen von Gold wert sein. Kein Wunder, daß Stumm über den Verlust außer sich war.

Die Verteidigungslinien von Deve Boyun schienen mir außerordentlich stark zu sein, und ich erinnerte mich, daß die Türken hinter zuverlässigen Verteidigungslinien sehr gute Soldaten waren. Es hatte den Anschein, als habe es Rußland mit einem zweiten Plevna oder einem neuen Gallipoli zu tun.

Dann sah ich mir die Flankenlinien an. Im Süden waren die Palantuken-Berge, Befestigungen verstärkten die Pässe, von wo die Straßen nach Musn und Lake Van abbogen. Diese Seite sah auch gut verteidigt aus. Im Norden, im Euphrattal, entdeckte ich zwei große Festungen, Tafta und Kara Gubek, die die Straße von Olti her abschirmten. Auf diesem Teil der Karte hatte Stumm viele Notizen gemacht, und ich studierte sie sorgsam. Es fiel mir wieder ein, daß Blenkiron gesagt hatte, die Russen rückten auf breiter Front vor, denn es schien ganz klar, daß Stumm besonders um die Flanke der Festung besorgt war.

Kara Gubek war am interessantesten. Die Festung stand auf einem Gebirgskamm zwischen zwei hohen Bergen, die – nach der Kartenzeichnung zu urteilen – sehr steil waren. Solange diese Festung gehalten wurde, konnte gewiß kein Unbefugter ins Euphrattal hinunterkommen. Stumm hatte an den steilen Gipfeln eine Notiz gemacht: »Nicht befestigt.« Und etwa zwei Meilen nordöstlich war ein rotes Kreuz eingezeichnet und der Name ›Prjevalsky‹. Ich nahm an, das sei wohl die äußerste Stellung, die der rechte Flügel des russischen Angriffs erreicht hatte.

Dann nahm ich mir die Papiere vor, von denen Stumm die Notizen auf seine Karte übertragen hatte. Sie waren mit der Schreibmaschine geschrieben; es waren Notizen, die sich auf unterschiedliche Dinge bezogen. Eine hatte die Überschrift ›Kara Gubek‹, darin hieß es: »Keine Zeit mehr gehabt, die nächstliegenden Berggipfel zu befestigen. Schwierig für die Truppen des Gegners, Geschütze da hinaufzubringen, aber nicht unmöglich. Hier wird's gefährlich; denn wenn Prjevalsky die Oberhand bekommt, dann sind die Gipfel Kara Gubek und Tafta erledigt, und die feindlichen Truppen werden links hinter Deve Boyun ihre Hauptkampflinie beziehen.«

Ich war lange genug Soldat gewesen, um zu ermessen, wie wichtig diese Notiz war. Die Verteidigung von Erzerum hing von Kara Gubek ab; und das war ein geknicktes Ried, wenn man wußte, wo die verwundbare Stelle war. Trotzdem konnte ich mir, nachdem ich mir noch einige Male die Landkarte genauer angesehen hatte, nicht vorstellen, daß irgendein Kommandeur sich die geringste Chance, diese steilen

Gipfel zu bezwingen, ausrechnen würde, selbst wenn er sie für unbefestigt hielt.

Das war die Information, die nur dem türkischen und dem deutschen Generalstab bekannt war. Wenn sie jedoch dem Großfürsten mitgeteilt werden könnte, würde er Erzerum in einem einzigen Tage nehmen können. Sonst würde er noch weiterhin den Gebirgskamm von Deve Boyun wochenlang beschießen und längst, ehe er damit fertig wäre, würden die Divisionen von Gallipoli zur Stelle sein und er im Verhältnis von 2 : 1 überwältigt werden; und damit wäre alles aus und vorbei.

Nachdem ich das begriffen hatte, schritt ich in unserem Keller in größter Erregung auf und ab; ich sehnte mich nach einem Rundfunkapparat, nach einer Brieftaube, nach einem Flugzeug, nach irgend etwas, das den Zwischenraum von einem halben Dutzend Meilen zwischen mir und den russischen Linien hätte überbrücken können. Es war zum Verrücktwerden, auf diese wichtige Information gestoßen zu sein, ohne fähig zu sein, von ihr Gebrauch zu machen. Wie konnten drei Flüchtlinge in einem Keller, gegen die das ganze Hornissennest der Türkei und Deutschlands aufgestört war, eine Hoffnung haben, diese Botschaft, bei der es um Tod und Leben ging, weiterzugeben?

Ich ging zu der Karte zurück und sah mir die nächstgelegenen russischen Stellungen an; und die waren sorgfältig eingezeichnet. Prjevalsky im Norden, die Hauptmacht des Heeres jenseits von Deve Boyun, und die südliche Heeresgruppe bis zu den Pässen des Palantuken – aber nicht darüber hinaus. Ich konnte nicht wissen, welche Position uns am nächsten lag, ehe ich festgestellt hatte, wo wir uns befanden. Und während ich darüber nachdachte, sah ich allmählich die Fragmente eines verzweifelten Planes. Es hing von Pieter ab, der jetzt wie ein müder Hund auf einem Bündel Stroh schlief.

Hussin hatte die Tür abgeschlossen, und ich mußte auf Nachricht warten, bis er zurückkam. Aber plötzlich bemerkte ich eine Falltür im Dach, die augenscheinlich dazu gedient hatte, die Vorräte des Kellers hinunterzulassen oder wieder heraufzuholen. Sie sah aus, als ob sie nicht fest in den Fugen säße, und konnte wohl unverschlossen sein. Also zog ich den Tisch unter sie und stellte fest, daß ich leicht den Deckel anheben konnte. Ich wußte, daß ich ein enormes Risiko einging, aber ich war so versessen auf meinen Plan, daß mir das gleichgültig war. Nach einiger Mühe stemmte ich das Ding hoch, und indem ich die Kanten der Öffnung mit den Fingern ergriff, zog ich mich hinauf und brachte es fertig, die Knie auf die Kanten zu ziehen.

Es war das Nebengebäude, dessen Keller unsere Unterkunft war, und es war halb erleuchtet. Kein Mensch war da; und ich suchte, bis ich fand, was ich brauchte. Das war eine Leiter, die auf eine Art von Speicher hinaufführte, von dem aus wiederum man aufs Dach hinauskonnte. Da mußte ich jetzt sehr vorsichtig sein, denn möglicherweise wurde ich von den hohen Gebäuden her überwacht. Aber ich hatte Glück, ein Weinspalier zog sich an den Mauern entlang und gewährte mir einigen Schutz. Ich lag flach auf dem Gesicht und starrte über eine graue Landschaft hin.

Nach Norden blickend, sah ich die Stadt im Morgendunst und dahinter die Ebene des Euphrats und den Ausgang der Schlucht, wo der Fluß aus den Hügeln herauskam. Da oben zwischen den schneebedeckten Bergen waren Tafta und Kara Gubek. Im Osten war der Gebirgskamm von Deve Boyun, wo sich der Nebel gerade in der Wintersonne auflöste. Auf den Straßen, die hinaufführten, sah ich Militärtransportfahrzeuge; ich sah auch die Umgrenzung der inneren Befestigungen, aber in diesem Augenblick schwiegen die Geschütze. Im Süden erhob sich eine riesige Wand aus weißem Gestein, und ich dachte, das müsse wohl der Palantuken sein.

Ich konnte die Straßen sehen, die zu den Pässen führten, und den Dunst, der über den Lagern und den Plätzen lag, wo die Pferde nachtsüber standen, unmittelbar unter dem Abhang.

Ich hatte herausgefunden, was ich wollte. Wir waren in einem Nebengebäude eines großen Landhauses, zwei oder drei Meilen südlich der Stadt. Die russische Front war uns am nächsten erreichbar irgendwo in den unteren Hügeln des Palantuken.

Als ich wieder hinabstieg, hörte ich dünn und schwach und schön, wie den Ruf eines wilden Vogels, die Rufe der Muezzins von den Minaretten von Erzerum.

Als ich mich durch die Falltür niederließ, waren die anderen wach. Hussin stellte Essen auf den Tisch und betrachtete meinen Abstieg mit besorgter Mißbilligung.

»Schon gut«, sagte ich. »Ich will's auch nicht wieder tun. Denn ich habe alles herausbekommen, was ich wollte. Pieter, mein Guter, jetzt kriegst du den größten Job deines Lebens!«

19

GRÜNMANTEL

Pieter sah kaum von seinem Frühstück auf. »Klar, ich mach mit, Dick!« sagte er. »Aber eins kannst du nicht von mir verlangen: daß ich mit Stumm mich anfreunde; der verkühlt mir den Magen!«

Zum ersten Mal nannte er mich nicht mehr Cornelis. Die Tage der Verstellung waren für uns alle vorüber.

»Mit dem dich anfreunden?« sagte ich. »Vielmehr ihn und seinesgleichen in die Luft sprengen!«

»Dazu bin ich gern bereit«, sagte Pieter vergnügt. »Was soll ich machen?«

Ich breitete die Karte auf der Couch aus. Wir hatten kein

Licht, nur Blenkirons Taschenlampe, denn Hussin hatte die Laternen ausgemacht. Pieter war sofort brennend interessiert; denn seine Tätigkeit im Burenkrieg hatte ihn mit Landkarten vertraut gemacht. Ich brauchte nicht viel zu sagen, um ihm zu erklären, wie wichtig die Landkarte war, die ich geklaut hatte.

»Diese Nachricht ist viele Millionen Pfunde wert!« sagte er und zog die Brauen zusammen und kratzte sich sanft oben am linken Ohr. Das war so seine Art, wenn er aufgeregt war.

»Wie können wir sie unseren Freunden zukommen lassen?«

Pieter überlegte. »Es gibt nur eine Möglichkeit: ein Mann muß sie ihnen bringen! Einmal, das weiß ich noch, als wir gegen die Mababele gekämpft haben, mußten wir herausfinden, ob der Häuptling Makapan am Leben war. Einige sagten, er sei gestorben; andere, daß er über die portugiesische Grenze gegangen sei. Aber ich glaubte, daß er am Leben sei. Kein Eingeborener konnte uns Bescheid sagen; und da sein Kraal gut befestigt war, konnte keiner so leicht durchkommen. Darum war es nötig, einen Mann hinzuschikken.« Pieter hob den Kopf und lachte. »Der Mann hat den Häuptling Makapan gefunden. Der war quicklebendig und konnte mit einer Flinte ausgezeichnet schießen. Aber der Mann brachte den Häuptling Makapan aus seinem Kraal heraus und übergab ihn der berittenen Polizei. Erinnerst du dich an Captain Arcoll, Dick – Jim Arcoll? Also Jim lachte so, daß eine alte Narbe auf seinem Kopf wieder aufbrach und er zum Doktor gehen mußte.«

»Der Mann warst du, Pieter!« sagte ich.

»Ja, der Mann war ich. Es gibt mehr Möglichkeiten, in einen Kraal hineinzukommen, als Leute draußen zu halten.«

»Möchtest du das übernehmen?«

»Aber klar, Dick! Ich werd' schon ganz steif, weil ich überhaupt nichts zu tun habe; und wenn ich noch länger in Häusern herumsitzen muß, dann werde ich alt werden. Jemand hat mal fünf Pfund mit mir gewettet, ich könnte ein Schiff nicht über einen Schützengraben ’rüberkriegen; und wenn ein Schützengraben zur Hand gewesen wäre, wäre ich auf die Wette eingegangen. Ich würde mich sehr freuen, Dick, aber ich kann nicht versprechen, daß es mir gelingen wird. Dies Land ist mir fremd, und ich werde es eilig haben; und wenn man es eilig hat, kann man sich schlecht heranpirschen.«

Ich zeigte ihm, was ich für die geeignetste Stelle hielt – in den Ausläufern der Palantuken-Berge. Pieters Methode war seine eigene Angelegenheit. Aus irgendeinem Winkel kratzte er ein bißchen Erde und Lehm heraus und setzte sich hin, um ein kleines Modell der Landschaft auf dem Tisch aufzubauen. Er richtete sich nach den Konturen der Landkarte und machte das außerordentlich sorgfältig; denn wie alle guten Jäger war er so geschickt wie ein Wasservogel. Lange Zeit rätselte er daran herum und studierte die Landkarte, bis er sie auswendig gewußt haben muß. Dann nahm er sein Fernglas, einen sehr guten Zeiß mit nur einer Linse, das ein Teil unserer Beute aus Rastas Auto war, und sagte, er werde jetzt meinem Beispiel folgen und aufs Dach klettern. Gleich darauf verschwanden seine Beine durch die Falltür, und Blenkiron und ich waren mit unsern Gedanken allein. Pieter mußte etwas ungewöhnlich Interessantes herausgefunden haben; denn den größten Teil des Tages blieb er auf dem Dach. Für uns war es schrecklich langweilig, weil wir kein Licht hatten und Blenkiron sich nicht einmal mit einer Patience trösten konnte. Aber trotzdem war er sehr guter Laune: seit wir Konstantinopel verlassen hatten, hatte er keinerlei Magenbeschwerden mehr gehabt. Und er behauptete, er sei nun endlich mit seinem blöden Zwölffingerdarm zurechtgekommen. Was mich betraf, so war ich einigermaßen beunruhigt; denn ich konnte mir nicht vorstellen, was Sandy aufhielt.

Es war mir klar, daß unsere Anwesenheit vor Hilda von Einem geheimgehalten wurde; denn sie war mit Stumm befreundet, und jetzt hatte er ihr sicher schon über Pieter und mich Bescheid gesagt.

Wie lange konnte ihr das verborgen bleiben? fragte ich mich. Jetzt hatten wir in der ganzen Gesellschaft überhaupt niemand mehr, der uns beistand. Rasta und die Türken waren auf unser Blut aus; ebenso die Deutschen; und wenn die Dame einmal herausfand, daß wir sie täuschten, dann würde sie am allermeisten uns nach dem Leben trachten. Unsere einzige Hoffnung war Sandy, und von ihm hörten wir rein gar nichts. Ich fürchtete jetzt, daß auch ihm etwas in die Quere gekommen sei.

Trotzdem war ich nicht wirklich besorgt, nur ungeduldig. Nie wieder konnte ich zurück in die ekelhafte Langeweile der Wochen in Konstantinopel. Das Kanonengetöse hielt mich bei guter Laune. Den ganzen Tag lang dauerte ein teuflisches Bombardement an, und der Gedanke, daß unsere Verbündeten nur ein halbes Dutzend Meilen entfernt standen, gab mir die völlig grundlose Hoffnung, daß Hilda von Einem und ihr Prophet und alle unsere Feinde wie in einer Sintflut untergehen würden. Und diese wunderbare Möglichkeit hing zum größten Teil von Pieter ab, der jetzt wie eine Taube oben auf dem Dach brütete.

Erst am späten Nachmittag ließ Hussin sich wieder sehen. Pieters Abwesenheit schien er nicht zu bemerken; er zündete eine Laterne an und stellte sie auf den Tisch. Dann ging er zur Tür und wartete. Sehr bald hörte man auf der Treppe einen leichten Schritt, und Hussin trat zur Seite, um jemand hereinzulassen. Darauf verschwand er sofort, und ich hörte, wie sich hinter ihm der Schlüssel im Schloß drehte.

Da stand Sandy. Aber ein völlig veränderter Sandy; Blenkiron und ich sprangen auf. Die Pelze und die Fellkappe waren verschwunden, und statt dessen trug er eine lange leinene Tunika, die über den Hüften durch einen breiten Gürtel zusammengehalten wurde. Ein merkwürdiger grüner Turban schmückte seinen Kopf, und als er ihn zurückschob, sah ich, daß sein Kopf völlig kahl rasiert war. Er sah aus wie ein Akoluth – ein erschöpfter Akoluth. Sein Gang war müde und seine Züge schlaff. Teilnahmslos ließ er sich auf die Couch fallen und legte den Kopf in die Hände. Im Licht der Laterne zeichneten sich dunkle Linien unter seinen Augen ab.

»Lieber Himmel, bist du krank gewesen?« rief ich.

»Nicht krank«, sagte er, »körperlich bin ich in Ordnung, jedoch die letzten paar Tage habe ich in der Hölle zugebracht.«

Blenkiron nickte voller Mitgefühl. So würde er selbst die Gegenwart der Dame beschrieben haben.

Ich ging zu ihm hinüber und faßte seine Handgelenke.

»Sieh mich an!« sagte ich, »sieh mir in die Augen!«

Seine Augen waren wie die eines Schlafwandlers. Sie zwinkerten nicht, sie sahen nichts. »Menschenskind, was ist denn mit dir los? Hast du irgendeine Droge genommen?«

»Eine Droge«, antwortete er mit müdem Lächeln. »Aber nicht, was du meinst: niemand hat mir Gift ins Essen getan, aber man kann nicht durch die Hölle gehen, ohne daß einem die Augen rotglühend werden.«

Ich hielt ihn weiter an den Handgelenken. »Nimm dir Zeit, mein Alter, und erzähle uns dann alles. Blenkiron und ich sind hier, und Pieter ist auf dem Dach, nicht weit weg. Wir werden dich schon wieder hinkriegen!«

»Es tut mir sehr gut, deine Stimme zu hören, Dick!« sagte er. »Sie erinnert mich an saubere, ehrliche Dinge.«

»Die kommen schon wieder, keine Angst! Wir haben's jetzt bald hinter uns! Noch eine Anstrengung, und dann ist's vorbei. Du mußt mir erzählen, was dir passiert ist! Ist es die Frau?«

Er zitterte wie ein erschrockenes Fohlen. »Frau?« rief er.

»Zieht eine Frau einen Mann durch den letzten Dreck? Sie ist eine Teufelin! Oh, sie ist nicht etwa verrückt, sie ist so bei Sinnen wie du und so kaltblütig wie Blenkiron. Ihr Leben ist ein teuflisches Schachspiel, und sie spielt mit Seelen um Bauern. Sie ist schlecht, schlecht, schlecht!« Und wieder verbarg er den Kopf in den Händen.

Es war Blenkiron, der in die hektische Atmosphäre Vernunft brachte. Seine geliebte schleppende Stimme war wie Balsam für überreizte Nerven.

»Sag doch mal, Junge«, sagte er, »was die Dame betrifft, so teile ich deine Gefühle; aber unsere Aufgabe ist nicht, ihren Charakter zu erforschen. Das wird ihr Schöpfer eines Tages tun, und zwar gründlich und gewiß. Wir müssen nur herauskriegen, wie wir ihr aus dem Wege gehen können. Und deshalb mußt du uns ganz genau sagen, was geschehen ist, seit wir uns zuletzt gesehen haben!«

Sandy raffte sich mit großer Anstrengung auf.

»Grünmantel ist gestorben in der Nacht, als ich bei euch war. Wir haben ihn auf ihren Befehl im geheimen im Garten der Villa begraben. Dann kam die Schwierigkeit, wer sein Nachfolger sein sollte ... Die vier Minister wollten sich auf keinen Schwindel einlassen. Das waren anständige Leute, und sie schworen, ihre Aufgabe sei nun, ihrem Meister ein Grabmal zu bauen und den Rest ihrer Tage an seinem Schrein zu verbringen. Sie waren so wenig zu beeinflussen wie Granit, und das wußte sie ... Dann starben sie auch.«

»Ermordet?« rief ich entsetzt.

»Ermordet ... alle vier an einem Morgen! Ich weiß nicht, wie; aber ich half, sie zu begraben. Oh, sie hatte Deutsche und Kurden, die die schmutzige Arbeit für sie taten; aber deren Hände waren sauber im Vergleich mit den ihren. Habe Mitleid mit mir, Dick! Denn ich habe gesehen, wie eine Ungeheuerlichkeit geschah, ohne daß ich mich ihr widersetzte! Das wird mich bis zu meinem letzten Tag verfolgen!«

Ich hielt mich nicht damit auf, ihn zu trösten; denn mich beschäftigte glühend, was er mir erzählt hatte.

»Dann ist der Prophet also tot, und der ganze Humbug ist vorbei«, rief ich.

»Der Prophet lebt noch, sie hat einen Nachfolger gefunden!« Er stand auf in seiner Tunika aus Leinen.

»Warum trage ich diese Gewänder? Weil ich Grünmantel bin. Ich bin der Kaába-i-hurriyeh für den ganzen Islam. In drei Tagen werde ich mich meinem Volke zeigen und auf der Brust den grünen *Ephod* des Propheten tragen.«

Mit hysterischem Lachen brach er ab. »Nur, wißt ihr, das werde ich nicht tun. Lieber schneide ich mir die Kehle durch!«

»Immer langsam«, sagte Blenkiron besänftigend. »Wir werden einen besseren Ausweg finden als gerade den!«

»Es gibt keinen Ausweg«, sagte er. »Keinen Ausweg als den Tod! Es ist um uns geschehen, um uns alle! Hussin hat euch aus Stumms Klauen befreit. Aber ihr seid jeden Augenblick in Gefahr. Wenn's gut geht, dauert's noch drei Tage, und dann seid ihr auch tot!«

Darauf wußte ich nichts zu sagen. Die Veränderung des kaltblütigen und unerschütterlichen Sandy benahm mir den Atem.

»Sie machte mich zu ihrem Komplicen«, fuhr er fort. »Ich hätte sie auf den Gräbern jener unschuldigen Männer umbringen sollen. Statt dessen tat ich alles, was sie von mir verlangte, und machte mit bei ihrem dreckigen Spiel ... Sie war sehr freimütig, ihr wißt schon, wie ich das meine ... Für den Islam hat sie nicht mehr übrig als Enver. Sie machte sich darüber lustig. Aber sie hat ihre eigenen Pläne und Träume, und die verzehren sie wie einen Heiligen seine Inbrunst. Sie hat mir davon erzählt; und wenn der Tag im Garten schon eine Hölle war, dann waren die Tage danach das Äußerste, was es an Höllenpein geben kann. Ich glaube – es ist schrecklich, das auch nur auszusprechen –, daß sie eine Art verrückter Zuneigung zu mir hat. Wenn wir den Osten wieder erobert haben, dann soll ich neben ihr reiten, wenn sie auf ihrem milchweißen Pferd in Jerusalem einzieht... Und es hat Augenblicke gegeben – nur Augenblicke, das schwöre ich bei Gott! –, in denen ich selber durch ihre Verrücktheit entzündet war...«

Sandys Gestalt schien in sich zusammenzufallen, und seine Stimme wurde schrill und unbeherrscht.

Das war für Blenkiron zu viel. Er verlor die Haltung und brach aus in eine Flut von Verwünschungen, wie sie, glaube ich, ihm nie zuvor über die Lippen gekommen waren.

»Helf' mir der Himmel, wenn ich mir diesen gottverfluchten Quatsch noch länger anhöre! Das gehört sich nicht. Tun Sie etwas, Herr Major, und pumpen Sie ein bißchen Vernunft in Ihren armen Freund!«

Langsam begriff ich, was passiert war. Sandy war ein genialer Mensch – wie ich nur je einem begegnet war –, aber er war auch so empfindlich, wie solche sensiblen und hochbegabten Menschen sind. Er würde mehr Risiken auf sich nehmen als irgendein anderer Mensch; und man konnte ihn nicht einschüchtern wie irgendeinen anderen. Aber wenn seine helle Intelligenz einmal in eine Situation geriet, in der nach seiner Meinung seine Ehre auf dem Spiel stand, dann kam er aus dem Häuschen. Die Frau, die bei mir und Blenkiron nur Haß erregte, konnte auf ihn anders wirken und, wenn auch nur für den Augenblick, eine unfreiwillige Reaktion erzeugen. Und dann überkamen ihn bittere und tödliche Reue und äußerste Verzweiflung.

Wir hatten keine Zeit, die Dinge ruhig zu analysieren. »Sandy, du Idiot«, schrie ich. »Sei dankbar, daß du Freunde hast, die dich daran hindern, völlig überzuschnappen! Bei Loos hast du mir das Leben gerettet, und der Teufel soll mich holen, wenn ich dich aus dieser Sache nicht herauskriege! Ich bin jetzt der Boß dieses Unternehmens, und all dein verfluchtes prophetisches Gehabe kann daran nichts ändern, daß du meinem Befehl zu gehorchen hast! Du wirst dich nicht deinem Volk als Prophet offenbaren, und noch weniger wirst du dir die Kehle durchschneiden. Grünmantel wird den Mord seiner Minister rächen, und diesem verrückten Weibsstück wird es noch leid tun, daß es jemals geboren wurde. Uns wird nichts weiter passieren, und binnen einer Woche werden wir mit dem Großfürsten Nikolaus Tee trinken.«

Das war kein Bluff. So sehr ich im ungewissen war, wie das alles sich zutragen sollte, hatte ich doch noch den blinden Glauben, daß wir das Spiel gewinnen würden. Und während ich noch sprach, baumelten zwei Beine durch die Falltür, und ein verstaubter und blinzelnder Pieter kam zu uns herab.

Ich nahm die Landkarte, die er bei sich hatte, und breitete sie auf dem Tisch aus.

»Erst mal mußt du wissen, was für ein unverschämtes Glück wir gehabt haben! Gestern nacht hat Hussin uns über die Dächer von Erzerum spazieren geführt, und die Vorsehung fügte es, daß ich in Stumms Zimmer kam und diese Generalstabskarte erbeutete. Schau her, siehst du die Notizen, die er sich da gemacht hat? Das ist der Gefahrenpunkt der ganzen Verteidigungslinie. Wenn die Russen erst einmal dieses Fort, nämlich Kara Gubek, in der Hand haben, dann sieht die Lage ganz anders aus. Und sie können es erobern; Stumm weiß das, denn die zwei anschließenden Berge werden nicht verteidigt... Es sieht auf dem Papier verrückt aus, aber Stumm weiß, daß es sehr gut möglich ist. Die Frage ist: Werden die Russen das begreifen? Ich sage: Nein. Nicht, wenn nicht irgendeiner es ihnen sagt. Darum müssen wir unter allen Umständen ihnen diese Information zukommen lassen.«

Sandys Interesse an vernünftigen Dingen flackerte wieder auf; er studierte die Landkarte und fing an, die Entfernungen abzumessen.

»Pieter wird es versuchen; er glaubt, es gibt schon eine Möglichkeit, durch die feindlichen Linien durchzukommen. Wenn ihm das gelingt, wenn er die Karte dem Generalstab des Großfürsten überhändigen kann, dann hat Stumm endgültig verspielt. In drei Tagen werden die Kosaken in den Straßen von Erzerum sein.«

»Welche Möglichkeit besteht?« fragte Sandy.

Ich schaute Pieter an. »Wir sind hartgesottene Burschen und können die Wahrheit vertragen. Ich glaube, es steht ungefähr 1 : 5.«

»1 : 2«, sagte Pieter bescheiden, »und nicht schlimmer. Ich glaube, Dick, da bist du nicht fair gegen mich, alter Freund!«

Ich betrachtete die straffe Gestalt und das sanfte, aber entschlossene Gesicht und änderte meine Meinung. »Ich glaube, das wird was!« sagte ich. »Wär's irgend jemand anders, so wär's ein Wunder; aber wenn Pieter dabei ist, dann glaube ich, daß die Chancen 1 : 1 stehen.«

»1 : 2«, beharrte Pieter. »Wenn's auf jeder Seite dieselben Chancen wären, würde mich die Sache gar nicht interessieren.«

»Laßt mich doch gehn!« rief Sandy. »Ich kenne die Sprache und kann mich als Türke durchschlagen, und es ist millionenmal sicherer, daß ich durchkomme. Um Gottes willen, Dick, laß mich gehen!«

»Nicht dich! Dich brauchen wir hier. Wenn du verschwindest, dann fliegt der ganze Schwindel zu bald auf, und wir drei, die zurückbleiben, werden vor Morgengrauen aufgehängt werden... Nein, mein Sohn! Du kommst schon durch, aber nur zusammen mit Blenkiron und mir! Wir müssen den ganzen Grünmantel-Schwindel so explodieren lassen, daß nichts davon je wieder herunterfällt ... Erzähl mir doch erst mal: Wie viele von deinen Leuten werden zu dir halten? Ich meine jetzt die Freunde.«

»Das ganze halbe Dutzend. Die machen sich schon große Sorgen, was eigentlich passiert ist. Sie brachten mich dazu, in ihrer Gegenwart zu sprechen, und sie waren bereit, mich als Grünmantels Nachfolger zu akzeptieren. Aber sie haben Verdacht, was denn eigentlich in der Villa geschehen ist, und die Frau können sie nicht ausstehn ... Sie würden für mich durchs Feuer gehen, wenn ich sie darum bäte. Aber sie möchten lieber, daß es meine eigene Sache wäre.«

»Stimmt genau«, sagte ich. »Das ist das einzige, was mich noch beunruhigt hat. Also, jetzt sieh dir diese Karte an! Erzerum ist überhaupt nicht darauf. Das bedeutet, daß alles Land westlich, südwestlich und nordwestlich offen ist und daß da keine Schützengräben sind. Im Norden und im Süden gibt es Flanken in den Hügeln, wo man herumkommen kann. Und wenn wir mal um solch eine Flanke herumgekommen sind, dann ist nichts mehr zwischen uns und unsern Freunden ... Deinen Weg habe ich mir schon ausgedacht« – und ich zeigte es ihm auf der Landkarte –, »wenn wir diesen großen Umweg zum Westen machen und unbeobachtet über den Paß kommen, dann *müssen* wir am nächsten Tage auf eine russische Einheit stoßen. Das wird beschwerlich sein, aber meiner Ansicht nach haben wir schon alle zu unserer Zeit uns in einer ähnlich dreckigen Lage befunden. Eins müssen wir unbedingt haben, nämlich Pferde. Können wir und deine sechs Schurken, wenn es dunkel ist, auf den besten Pferden dieser Stadt davonkommen? Wenn du *das* fertigbringst, dann gelingt uns die ganze Sache!«

Sandy setzte sich und überlegte. Gott sei Dank dachte er jetzt über ein Unternehmen nach und nicht über sein eigenes Gewissen!

»Es muß einfach gehen«, sagte er schließlich. »Aber leicht

wird es nicht sein. Hussin ist schon allerhand wert, aber wie du wohl weißt, Dick, nah an der Frontlinie kann man nicht leicht Pferde kriegen. Morgen muß ich irgendein blödsinniges Fasten einhalten, und am Tage danach wird mich diese Frau in meine Rolle einführen. Wir können Hussin Zeit geben. Ich wünschte zum hohen Himmel, es könnte heute abend noch sein!« Er schwieg wieder eine Weile, und dann sagte er: »Ich glaube, der beste Zeitpunkt wäre die dritte Nacht, der Vorabend der ‚Offenbarung'. An dem Abend läßt sie mich bestimmt in Ruhe.«

»O. K.«, sagte ich. »Sehr vergnüglich wird es nicht sein, in diesem kalten Grabgewölbe zu warten; aber wir müssen bei Verstand bleiben und nichts dadurch riskieren, daß wir zu eilig sind. Außerdem, wenn Pieter Erfolg hat, dann wird der Türke übermorgen ziemlich viel zu tun haben.«

Der Schlüssel drehte sich in der Tür, und Hussin stahl sich wie ein Schatten herein. Das war das Zeichen für Sandy, daß er gehen mußte.

»Ihr Jungens habt mir wieder Mut gemacht. Jetzt habe ich einen Plan, und ich kann die Zähne zusammenbeißen und durchhalten.«

Er ging zu Pieter hinüber und ergriff seine Hand. »Hals- und Beinbruch! Du bist der tapferste Mann, den ich je gesehen habe; und ich habe viele gesehen!« Dann drehte er sich plötzlich und ging hinaus. Und Blenkiron rief hinter ihm her: »Jetzt mal los, die Vierfüßler brauchen wir!«

Dann machten wir uns daran, Pieter für sein Unternehmen auszurüsten. Das war nicht schwer, denn wir hatten ja nicht viel. In seinem dicken Mantel mit dem Pelzkragen sah er in der Dämmerung fast wie ein türkischer Offizier aus. Aber Pieter wollte nicht wie ein Türke aussehen und wollte überhaupt nicht gesehen werden, er wollte sich viel lieber der Landschaft anpassen. Darum zog er den Mantel wieder aus und zog einen grauen Pullover von mir über die Jacke, und über den Kopf zog er eine wollene Balaklava-Haube, ebenfalls grau. Die Landkarte brauchte er nicht, denn er wußte längst seinen Weg auswendig, und was er einmal wußte, das klebte in seinem Gehirn wie Wachs; aber ich brachte ihn dazu, daß er Stumms Landkarte und Ausweis mitnahm, die wurden unter seinem Hemd versteckt. Am schwierigsten würde es sein, zu den Russen durchzukommen, falls er wirklich die türkischen Schützengräben hinter sich brachte. Ich hoffte nur, daß er zufällig jemanden traf, der ein bißchen Englisch oder Deutsch konnte. Zweimal kletterte er aufs Dach hinauf und kam vergnügt zurück, denn es sah nach Sturm aus.

Hussin brachte uns das Abendbrot, und Pieter packte sich ein Eßpaket. Blenkiron und ich besaßen beide kleine Kognakflaschen, und ich gab Pieter meine.

Dann gab er uns die Hand, so einfach wie ein braves Kind, das nun zu Bett geht. Das überwältigte Blenkiron. Große Tränen rannen ihm die Wangen hinunter, und er versprach, er werde ihm die herrlichste Villa beschaffen, die für Geld und gute Worte zu haben sei. Ich glaube nicht, daß Pieter zuhörte, in seinen Augen war bereits der abwesende Blick des Jägers, der dem Wild auf der Spur ist. Er dachte nur noch an seinen Job.

Zwei Beine und ein Paar sehr abgetragene Schuhe verschwanden aufwärts durch die Falltür, und plötzlich kam ich mir sehr verlassen vor und war schrecklich traurig. Im Osten brüllten wieder die Geschütze, und zwischendurch hörte man das Pfeifen des aufkommenden Sturms.

20

PIETER PIENAAR ZIEHT IN DEN KRIEG

Dieses Kapitel ist die Wiedergabe dessen, was Pieter mir erzählte – viel später, als wir in einem Hotel in Bergen am Kamin saßen und auf unser Schiff warteten.

Er kletterte aufs Dach hinauf und schlüpfte draußen an den brüchigen Ziegeln der äußeren Mauern hinab. Das Nebengebäude, in dem wir eingesperrt waren, lag an einer Straße und gehörte nicht eigentlich zum Komplex des Hofes. Für gewöhnlich hätte ich zweifellos angenommen, daß dort Posten waren, aber Sandy und Hussin hatten es wahrscheinlich zustande gebracht, daß sie gerade jetzt nicht in der Nähe waren. Jedenfalls sah er niemand, als er die Straße überquerte und in den tiefverschneiten Feldern untertauchte.

Er wußte genau, daß er mit seinem Job innerhalb der nächsten zwölf Nachtstunden zu Rande kommen mußte. Die unmittelbare Frontlinie ist kein sehr geeignetes Versteck bei Tage, besonders wenn zwei oder drei Fuß Schnee alle Spuren deutlich sichtbar machen. Nun waren Eile und Hast für Pieter ein Greuel bei dieser Art von Job; wie alle Buren neigte er zur Bedächtigkeit und zum Ausschluß aller Risiken, obwohl er sehr flink sein konnte, wenn es nötig war. Während er sich durch die winterlichen Gefilde davonmachte, kalkulierte er, welche Chancen er eigentlich hatte. Seine einzige Chance war das scheußliche Wetter. Der Wind war stürmisch und trieb Schneeböen vor sich her. Aber zu einem wirklichen Schneefall kam es nicht. Der Frost war vorbei, und der Schnee, der liegenblieb, war so weich wie Butter. Um so besser, dachte er, denn eine klare Frostnacht hätte ihm wohl den Garaus gemacht.

Die erste Strecke des Weges führte durch Ackerland, die Äcker waren von kleinen mit Schnee angefüllten Furchen begrenzt. Ab und zu stieß er auf ein Haus und einen Obstgarten, aber er begegnete niemandem. Die Landstraßen waren überfüllt, aber sie interessierten Pieter nicht. Ich kann mir gut vorstellen, wie er mit krummem Rücken dahinschritt und ab und zu stehenblieb, um zu schnuppern und zu horchen, auf jede Gefahr gefaßt. Wenn er wollte, konnte Pieter im Freiland so schnell wie eine Antilope vorwärtskommen.

Bald stieß er auf eine große Landstraße voller Verkehr. Das war die Straße von Erzerum zum Palantuken-Paß, und er wartete eine günstige Gelegenheit ab und überquerte sie. Darnach wurde der Boden uneben, Felsblöcke lagen herum, er stieß auf Dornengestrüpp, das ihm vorzügliche Deckung gab, so daß er schnell vorwärtskam, ohne vorsichtig sein zu müssen. Plötzlich konnte er nicht weiter. Er stand am Ufer eines Flusses, der zwar auf der Landkarte vermerkt war, aber daß er so breit war, das war aus der Karte nicht zu ersehen.

Es war ein reißender Gebirgsbach, den schmelzender Schnee und Regen im Gebirge hatten anschwellen lassen, und er war an die fünfzig Meter breit. Pieter meinte, er hätte hindurchschwimmen können, aber er war sehr dagegen, durch und durch naß zu werden. »Ein nasser Mensch macht zuviel Lärm«, sagte er; und außerdem war es möglich, daß die Strömung doch zu reißend war. Also ging er stromaufwärts, um eine Brücke zu finden.

Nach zehn Minuten fand er eine, die erst kürzlich über einem Balkengerüst gebaut worden war; sie war breit genug für Transportwagen. Sie war bewacht, denn er hörte den Schritt eines Postens, und als er sich am Ufer hinaufarbeitete, sah er ein paar lange hölzerne Schuppen, anscheinend Quartiere. Sie standen auf seiner Seite des Flusses, etwa zwölf

Meter von der Brücke entfernt, und eine Tür stand offen, und man konnte drinnen ein Licht sehen. Pieter hörte so scharf wie eine Antilope, und selbst aus dem Stimmengewirr konnte er heraushören, daß Deutsch gesprochen wurde. Während er noch da lag und horchte, kam jemand über die Brücke. Es war ein Offizier, denn der Posten salutierte. Der Mann verschwand in einer der Baracken. Pieter war auf Quartier und Reparaturwerkstätte einer deutschen Pionierschwadron gestoßen.

Er war drauf und dran, enttäuscht zurückzugehen und zu versuchen, eine Stelle zu finden, wo man schwimmend den Fluß überqueren konnte, als es ihm plötzlich in den Sinn kam, daß der Offizier, der an ihm vorbeigekommen war, fast genauso angezogen war wie er selber. Er hatte auch einen grauen Pullover an und eine Balaklava-Haube; denn selbst ein deutscher Offizier legt keinen Wert mehr darauf, elegant zu sein, in einer Winternacht in Anatolien. Pieter fiel ein, er könne wohl kühn die Brücke entlanggehen und sich darauf verlassen, daß der Posten keinen Unterschied bemerke.

Er schlüpfte um eine Ecke der Baracke und ging die Straße hinunter. Der Posten befand sich jetzt am andern Ende, ein glücklicher Zufall; denn wenn es wirklich zum Schlimmsten kam, konnte er ihn erwürgen. Pieter imitierte den steifen deutschen militärischen Schritt, ging an dem Posten vorbei und hielt den Kopf gesenkt, als wolle er sich vor dem Wind schützen. Der Mann grüßte. Er tat noch mehr, er versuchte, eine Unterhaltung anzuknüpfen. Der Offizier mußte ein freundlicher Mensch gewesen sein. »Es ist eine böse Nacht, Herr Hauptmann«, sagte er. »Die Lastwagen haben Verspätung. Wenn nur um Gottes willen Michael nicht eine Granate in seine Kolonne bekommen hat! Sie haben nämlich angefangen, richtig dicke Granaten herüberzuschießen.«

Pieter grunzte: »Gute Nacht!« auf deutsch und ging weiter. Er bog gerade von der Straße ab, als er hinter sich großes Geschrei hörte. Der wirkliche Offizier mußte sofort nach ihm aufgetaucht sein, und dadurch wurde der Posten mißtrauisch. Jemand pfiff Alarm, und als er zurückblickte, sah Pieter im Sturmwind Laternen schwanken. Sie kamen und suchten nach dem falschen Offizier.

Einen Augenblick stand er still und beobachtete die Lichter, die er sich südlich der Straße sich fortbewegen sah. Er war gerade im Begriff, die Straße in nödlicher Richtung eilig zu verlassen, als ihm eine neue Schwierigkeit klar wurde. Auf der Seite fiel ein Ufer steil in einen Graben ab, und am Hang gegenüber sah er, wie das Wasser vom Wind aufgewühlt wurde.

Auf der Straße selbst hätte man ihn bald geschnappt; südlich der Straße begann schon die Verfolgungsjagd; und der Graben selbst bot kein Versteck, denn er sah schon eine Laterne herankommen. Trotz allem ließ sich Pieter in den Graben fallen und heckte einen Plan aus. Die Seite unterhalb der Straße war ein wenig verkürzt und sehr steil. Er beschloß, da heraufzukriechen, denn er wollte von der Straße aus nicht gesehen werden, und jemand, der im Graben selber nach ihm suchte, würde wahrscheinlich die Steilhänge nicht beachten. Pieter hatte immer den Grundsatz vertreten, daß das schlechteste Versteck sich als das beste erwies, weil es den Verfolgern am wenigsten auffiel.

Er wartete, bis die Lichter sowohl auf der Straße wie auch im Graben näher kamen, und dann klammerte er sich mit der linken Hand an die Kante, wo ein paar Steine ihm Halt boten, grub die Fußspitzen in den nassen Boden und klebte am Abhang, flach wie eine Schnecke. Sich dort lange zu halten, erforderte ziemliche Kraft, aber die Muskeln seiner Arme und Beine waren wie Peitschenschnüre.

Der Mann, der im Graben suchte, wurde es bald leid; denn es war dort ziemlich naß, und er stieg zu seinen Kameraden auf die Straße hinauf. Die kamen dahergerannt, versuchten, mit ihren Laternen den Graben abzuleuchten und das Gelände zu sondieren.

Dann hörte man Räderrollen und Pferdegetrappel aus der entgegengesetzten Richtung. Michael und die verspätete Wagenkolonne kamen heran, überstürzt und in größter Eile. Eine schreckliche Sekunde lang dachte Pieter, sie fielen in den Graben herunter, wo er sich versteckt hatte. Die Räder kamen so nahe an den Straßenrand heran, daß sie ihm fast die Finger zerquetschten. Irgend jemand gab einen Befehl, und einen oder zwei Meter näher bei der Brücke hielten sie an. Die anderen kamen nach, und sie berieten sich untereinander.

Michael schwor, er sei auf der Straße niemandem begegnet.

»Dieser Idiot, der Hannus, hat ein Gespenst gesehen«, sagte der Offizier spöttisch. »Für solches Kinderspiel ist es ein bißchen zu kalt.«

Hannus, der schon fast weinte, wiederholte seinen Bericht. »Der Mann hat in gutem Deutsch zu mir gesprochen«, rief er.

»Ob's nun ein Gespenst war oder nicht – den holen wir auf dieser Straße nicht mehr ein«, sagte der Offizier. »Lieber Gott, war das mal ein Dicker!« Er blieb stehen und starrte auf eine explodierende Granate, denn das Bombardement aus dem Osten wurde immer heftiger.

Sie standen da und diskutierten den Beschuß eine Minute lang, dann gingen sie davon. Pieter konzedierte ihnen zwei Minuten, und dann kletterte er zurück auf die Straße und fing an zu rennen. Der Lärm der Granaten und der Wind, dazu die dichte Finsternis – da konnte man rennen ohne aufzufallen.

Sobald es möglich war, verließ er die Straße und schlug sich ins freie Feld. Jetzt hob sich das Gelände einem Ausläufer des Palantuken zu, auf dessen äußerstem Abhang die türkischen Schützengräben waren. Zu Anfang war die Nacht so gut wie pechschwarz gewesen; nicht einmal der Rauch der Granatenexplosionen, den man oft sogar im Dunkeln sieht, war auszumachen. Aber als der Wind die Schneewolken quer über den Himmel blies, kamen auch irgendwo Sterne heraus. Pieter hatte einen Kompaß, aber er brauchte ihn nicht; denn er hatte einen gewissen Instinkt für die Landschaft, ein gewisses Gefühl, das Wilden angeboren ist, und ein weißer Mann kann es nur durch lange Erfahrung erwerben. Ich glaube, er konnte riechen, wo Norden war. Er hatte sich ungefähr entschlossen, an welcher Stelle er es versuchen würde, hauptsächlich, weil sie dem Feinde nahe war. Aber es konnte schon geschehen, daß er seine Ansicht änderte; und während er weiterging, fiel ihm ein, das sicherste sei wohl, dort hinüberzukreuzen, wo die Granaten am dichtesten einschlugen. Es lag ihm nicht sehr, aber es war vernünftig.

Plötzlich begann er sich über sonderbare Dinge im Erdboden zu wundern; und da er nie zuvor große Geschütze gesehen hatte, brauchte er etwas Zeit, um sich zu orientieren. Gleich darauf wurde unmittelbar neben ihm eine Granate abgefeuert, das machte ein Getöse wie die Posaunen des Jüngsten Gerichts. Es waren österreichische Haubitzen, keine mehr als acht Zoll, glaube ich; aber für Pieter waren sie Ungeheuer, wahre Leviathane. Hier sah er auch zum ersten Mal einen großen Granattrichter, eben erst aufgerissen, denn die russischen Geschütze tasteten die Stellungen ab. Das alles interessierte ihn so sehr, daß er sich allzu unvorsichtig vorwagte und bums-plumps in den Graben hinter der Geschützstellung fiel.

Kanoniere sind überall in der Welt die gleichen Leute – Leute, die sich nicht gern entdecken lassen, die sich in irgendwelchen Erdlöchern verstecken, wo sie überwintern, und die fuchsteufelswild werden, wenn man sie da aufstöbert.

Eine grobe Stimme schrie: »Wer da?« und eine schwere Hand packte ihn am Nacken.

Pieter hatte sich das gut überlegt. Er gehörte zu Michaels Wagenkolonne und war zurückgelassen worden. Er wollte nur wissen, wo das Lager der Pioniere war, und entschuldigte sich viele Male, sogar ein wenig zu devot.

»Das ist eins der preußischen Schweine von der Marterbrücke«, sagte einer von der Geschützbedienung. »Gib ihm einen Tritt in den Hintern, dann wird er's vielleicht begreifen! Halt dich rechts, Männlein, dann kommst du auf eine Straße; und sei vorsichtig, wenn du dorthin kommst, denn die Russen sind im Bilde!«

Pieter dankte ihnen und schlug sich nach rechts. Dann schaute er vorsichtig nach den Haubitzen aus und war dankbar, wenn er an einem abfallenden Geländestreifen nicht in deren Reichweite war. Dies war die Art Landschaft, mit der er vertraut war; und es hätte ihm nicht das geringste ausgemacht, von einem Türken oder Boche irgendwo im Gebüsch oder zwischen den Felsen entdeckt zu werden. Er kam gut vorwärts, als wieder einmal ganz in seiner Nähe ein Höllenlärm wie das Jüngste Gericht sich erhob.

Jetzt waren es die Feldgeschütze; und der Lärm eines solchen geht einem auf die Nerven, wenn er ganz nah ist und völlig unerwartet kommt. Pieter dachte, er sei gut in Deckung gewesen, und legte sich flach hin, um erst einmal zu überlegen; dann fiel der Groschen, und er kroch sehr vorsichtig weiter.

Gleich darauf sah er seine erste russische Granate. Sie kam etwa zwanzig Meter von ihm entfernt herunter, machte ein Riesenloch im Schnee und warf eine Menge Erde, mit Schnee und Steinsplittern vermischt, auf. Pieter spuckte den Dreck aus, und ihm war ganz feierlich zumute. Man muß bedenken, daß er nie in seinem Leben unter Artilleriebeschuß gewesen war und jetzt ganz unerwartet sich mitten im

heftigsten Trommelfeuer befand. Er sagte, es sei ihm kalt im Magen geworden, und am liebsten wäre er davongerannt, wenn man irgendwohin hätte rennen können. Aber er klammerte sich an den Bergkamm, über dem eine große Glut sich ausbreitete wie ein Sonnenaufgang. Einmal stolperte er über einen Draht, den er für eine Art von Falle hielt, und dann ging er sehr vorsichtig weiter; nach und nach gelang es ihm, daß er zwischen zwei Felsen hindurchschauen konnte und vor sich das eigentliche Schlachtfeld sah.

Er sagte mir, es sei genauso gewesen, wie der Prädikant die Hölle zu beschreiben pflegte. Etwa fünfzig Meter weiter unten waren die türkischen Schützengräben – gegen den Schnee sahen sie schwarz aus, und hier und da erschien eine schwarze Gestalt für einen Augenblick wie ein Teufel und verschwand wieder. Offensichtlich erwarteten die Türken einen Infanterieangriff, denn sie schossen Kalzium-Suchbomben und Véry-Leuchtkugeln ab. Die Russen bombardierten die türkischen Schützenlinien und bestrichen das ganze Hinterland – nicht mit Schrapnells, sondern mit guten, soliden, hochexplosiven Granaten. Einen Augenblick lang war alles taghell erleuchtet, dann mit einer Wolke von Rauch, Schnee und Trümmern bedeckt, dann wurde es ganz schwarz, und nur der Donner der Geschütze zeugte noch von der Schlacht.

Pieter war es übel. Er hätte niemals geglaubt, daß es so viel Lärm auf der Welt gab; und seine Trommelfelle platzten beinah. Für einen Mann, der aus reiner Gewohnheit mutig ist, bedeutet so etwas wie Angst – nackte, hemmungslose Angst – etwas Entsetzliches. Es ist ihm, als ob seine ganze Männlichkeit ihm verlorenginge. Pieter lag auf dem Gebirgskamm, sah zu, wie die Granaten explodierten, und erwartete mit Gewißheit, daß jeden Moment kaum noch etwas von ihm übrig sei. Er lag da und überlegte sich das Ganze und beschimpfte sich mit allem an Schimpfnamen, was ihm nur einfiel, wußte aber genau, daß nichts den Eisklumpen auftauen würde, den er unter seinem Herzen fühlte.

Dann konnte er's nicht mehr aushalten. Er sprang auf und rannte um sein Leben.

Aber er rannte vorwärts.

Es war das Verrückteste, was er tun konnte; er sauste mit äußerster Geschwindigkeit über ein Gelände, das unter dichtem Geschoßhagel lag – aber der Himmel war ihm gnädig, er wurde nicht getroffen. Er hatte ein paar scheußliche Purzelbäume in Granatlöcher zu überstehen, doch – manchmal aufrecht, manchmal auf allen vieren – schaffte er die fünfzig Meter und stolperte in einen türkischen Schützengraben, direkt auf einen Toten.

Die Berührung mit der Leiche brachte ihn zur Besinnung. Daß die Menschen überhaupt sterben können, schien ihm tröstlich zu sein – etwas Gutes nach dem ganzen unnatürlichen Hexensabbat. Im nächsten Augenblick schlug eine schwere Granate ein und zerstörte die Aufschüttung des Schützengrabens auf der linken Seite; und er wurde von den herabfallenden Erdklumpen fast verschüttet.

Er kroch da heraus, mit ein paar Platzwunden am Kopf. Er war jetzt ganz nüchtern und dachte angestrengt darüber nach, was nun der nächste Schritt wäre. Ringsumher waren Männer, mürrische dunkle Gesichter – das sah er, wenn die Leuchtkugeln stiegen. Sie preßten sich an die Brustwehre und warteten angespannt auf etwas anderes als die Granaten. Sie kümmerten sich nicht um ihn, denn ich glaube, in diesem Schützengraben waren die ursprünglichen Kampfeinheiten ziemlich durcheinandergeraten, unter schwerem Beschuß kümmert sich niemand um den Nebenmann. Also konnte er sich unbehindert fortbewegen. Der Boden des Grabens war mit leeren Patronenhülsen bedeckt, und viele Tote lagen herum.

Die letzte Granate hatte, wie gesagt, die Brustwehr stark beschädigt. Während der nächsten Pause, als es wieder dunkel war, kroch Pieter durch die Lücke und schlängelte sich zwischen ein paar schneebedeckten Hügeln hindurch. Vor Granaten hatte er keine Angst mehr, sowenig wie vor einem Gewitter auf dem *veld.* Aber er überlegte angestrengt, wie er nun endlich zu den Russen hinüberkommen könnte. Die Türken lagen nun hinter ihm, aber die größte Gefahr lag noch vor ihm.

Das Artilleriefeuer hörte auf. Das kam so plötzlich, daß er glaubte, er sei taub geworden, und es kaum fassen konnte, als er sehr erleichtert feststellte, daß dem nicht so war.

Auch der Wind schien nachgelassen zu haben, oder Pieter lag im Windschatten eines Hügels. Auch hier lagen viele Tote, und das konnte Pieter nicht begreifen, denn die waren noch nicht lange tot. Hatten die Türken angegriffen und eine Niederlage erlitten? Als er etwa dreißig Meter gegangen war, blieb er stehen, um sich zu orientieren. Rechts von ihm stand die Ruine eines großen Gebäudes, das die Granaten in Brand geschossen hatten. Verschwommen waren dahinter Gehölze und die Überreste von Mauern zu sehen. Links dehnte sich ein Berg weiter nach Osten aus, und die Stelle, wo er sich befand, schien eine Art Vertiefung zwischen den Ausläufern des Berges zu sein. Unmittelbar vor ihm stand eine kleine Ruine; durch die Dachsparren konnte man den Himmel sehen, denn die glimmende Ruine zur Rechten beleuchtete schwach das Gelände. Er überlegte, ob dort die russische Front verliefe.

Im gleichen Augenblick hörte er Stimmen – gedämpfte Stimmen –, nicht einen Meter weit weg und anscheinend aus diesem Unterstand. Er wußte sofort, was das bedeutete. Es war ein türkischer Schützengraben – ein Verbindungsgraben. Pieter wußte nicht viel von moderner Kriegführung. Aber er hatte genug in den Zeitungen gelesen oder von mir erfahren, um die richtige Schlußfolgerung zu ziehen. Was er hinter sich gebracht hatte, das waren die türkischen Verstärkungslinien, nicht die Angriffslinien. Die lagen noch vor ihm.

Er ließ sich nicht entmutigen – die Überwindung der panischen Angst hatte ihn doppelt mutig gemacht. Zoll für Zoll kroch er vorwärts und setzte sich keinerlei Gefahr mehr aus; und gleich darauf stieß er auf die Rückseite eines Schützengrabens. Da lag er ganz still, um nachzudenken, was er jetzt tun sollte.

Das Geschützfeuer hatte aufgehört, und es entstand die sonderbare Art von Frieden, die manchmal zwischen zwei kriegführenden Heeren, die nicht eine Viertelmeile voneinander entfernt sind, entsteht. Pieter sagte, er habe nichts hören können als das Seufzen des Windes weit fort. Im Graben, der unmittelbar vor ihm lag, schien sich nichts zu regen. Das Licht, das von dem brennenden Gebäude herkam, erlosch nach und nach, und er konnte gerade noch einen Erdhügel erkennen, etwa einen Meter vor ihm. Langsam wurde er hungrig, nahm sein Freßpaket heraus und nahm einen tüchtigen Schluck aus der Kognakflasche. Das tat ihm gut, und jetzt fühlte er sich wieder als Herr seines eigenen Schicksals. Er mußte herausfinden, was sich hinter diesem Erdhügel befand.

Plötzlich hörte er seltsames Geräusch. Es war so leise, daß er zunächst seinem Gehörssinn mißtraute. Als dann der Wind sich legte, wurde es lauter. Es klang genau wie eine Schale aus Metall, die man mit einem Klöppel schlägt, musikalisch und sonderbar widerhallend.

Er schloß, es sei wohl der Wind, der einen Baumast in der vor ihm liegenden Ruine an einen alten Boiler stieß. Die Sache war nur, daß in dieser windgeschützten Niederung kaum genug Wind vorhanden war.

Aber als er horchte, hörte er den Ton wieder. Es war eine

Glocke, eine Glocke, die hinuntergefallen war; und unmittelbar vor ihm mußte eine Kapelle gestanden haben. Er erinnerte sich, daß auf der großen Landkarte ein armenisches Kloster eingezeichnet gewesen war, und er nahm an, daß es das verbrannte Gebäude zu seiner Rechten war.

Der Gedanke an eine Kapelle und an eine Glocke vermittelte ihm den Eindruck menschlicher Tätigkeit. Plötzlich wurde dieser Eindruck bestärkt. Der Klang kam regelmäßig und rhythmisch – bim bam bim bam bim bim. Ein Ast und der Wind mögen seltsame Spiele erdenken, aber sie bringen die langen und kurzen Zeichen des Morsealphabets nicht zustande.

Und jetzt half Pieter seine Erfahrung im Geheimdienst im Burenkrieg. Er kannte die Morsezeichen; er konnte sie lesen, aber die Bedeutung dieser Botschaft konnte er nicht entziffern. Entweder war es ein besonderer Geheimcode oder eine fremde Sprache.

Er lag still da und dachte ganz ruhig nach. Vor ihm befand sich ein Mann, ein türkischer Soldat, der im Sold des Feindes stand. Deshalb konnte er sich mit ihm anfreunden, denn sie waren ja auf derselben Seite. Aber wie sollte er sich ihm nähern, ohne dabei erschossen zu werden? Wiederum: wie konnte man dem Feind von der Kampflinie aus ein Zeichen geben, ohne daß man dabei entdeckt wurde? Pieter fand die Lösung in der merkwürdigen Beschaffenheit der Landschaft: nicht einen Ton hatte er gehört, bis er ein paar Meter von der Stelle entfernt war; und selbst für die Männer in den rückwärtigen Linien oder sogar in den Verbindungsgräben würden sie nicht zu hören sein. Wenn jemand in den Laufgräben herankam, würde es leicht sein, das Geräusch natürlich zu erklären. Aber der Wind, der durch die Niederung hinunterblies, würde jedes Geräusch weit zum Feind hintragen.

Es bestand das Risiko, daß Leute, die sich parallel mit

der Glocke befanden, sie im Schützengraben hören würden. Pieter schloß, daß dieser Graben nur schwach besetzt war, wahrscheinlich nur durch ein paar Beobachter, deren nächster etwa zwölf Meter entfernt war. Davon hatte er gelesen: es sei die französische Taktik bei starkem Trommelfeuer.

Das nächste war nun, herauszufinden, wie er sich seinem Verbündeten zu erkennen geben könnte. Er beschloß, die einzige Möglichkeit sei, ihn zu überraschen. Möglicherweise wurde er dabei erschossen, aber er vertraute auf seine Kraft und Wendigkeit gegenüber einem Mann, der sehr wahrscheinlich erschöpft war. Wenn er den mal am Wickel hatte, dann konnte man immer noch einiges erklären.

Pieter fand die ganze Sache höchst amüsant. Wenn bloß diese blödsinnigen Geschütze mal aufhören würden, dann würde er das Spiel auf seine Weise nüchtern und rühmlich zu Ende bringen, wie er es gerne tat. Deshalb begann er, sich sehr behutsam zu der Stelle hinzupirschen, von wo das Geräusch kam.

Die Nacht war schwarz wie Tinte um ihn her und sehr still, abgesehen von den hinsterbenden Seufzern des Sturms. Der Schnee hatte sich in den Ecken der Ruinen etwas angesammelt, und Pieter kam natürlich sehr langsam vorwärts. Er konnte es sich nicht leisten, auch nur eine Unze Schnee zu zerstöbern. Immer noch hielt das Läuten an, stärker jetzt. Pieter hatte schreckliche Angst, es könnte aufhören, ehe er den Burschen erwischt hatte.

Jetzt griff seine Hand ins Leere. Er war am Rand des vordersten Grabens. Der Klang war jetzt ungefähr einen Meter rechts von ihm, und mit unendlicher Sorgfalt änderte er seine Lage. Nun war die Glocke unmittelbar unter ihm, und er spürte das große Dachgestühl, von dem sie heruntergefallen war. Noch etwas anderes fühlte er – einen Draht, der im Boden entlanglief und mit einem Ende draußen im Leeren hing. Das wäre wohl die Erklärung des Spions, wenn jemand den Laut gehört hatte und nach der Ursache forschen würde.

Irgendwo in der Dunkelheit vor und unter ihm war der Mann, nicht einen Meter entfernt. Pieter verhielt sich völlig lautlos und versuchte sich zurechtzufinden. Er konnte nichts sehen, aber er spürte die Anwesenheit und versuchte sich klarzuwerden, wo eigentlich die Glocke war und der Mann und wie weit beide von ihm entfernt waren. Es war nicht so leicht, wie es geschienen hatte. Wenn er die Gestalt irgendwo vermutete, konnte er sie leicht verfehlen und eine Kugel in den Bauch kriegen. Ein Mann, der ein so gefährliches Spiel trieb, war wahrscheinlich in der Handhabung von Feuerwaffen geübt. Außerdem, wenn er die Glocke träfe, würde er einen fürchterlichen Lärm und Alarm die ganze Front entlang auslösen.

Das Schicksal gab ihm die richtige Chance. Die ungesehene Gestalt stand auf und machte einen Schritt auf die Rückwand des Grabens zu. Sie streifte tatsächlich Pieters Ellbogen, der den Atem anhielt. Es gibt einen Fanggriff, den die Kaffern im äußersten Notfall anwenden und der nur durch mehrere Diagramme zu erklären wäre. Er besteht aus einem Griff um den Hals und eine lähmende Verrenkung des rechten Arms nach hinten; aber wenn er von rückwärts her ausgeführt wird, dann fesselt er einen Mann so wirksam, als hätte man ihm Handschellen angelegt. Pieter erhob sich langsam auf die Knie und versuchte, seine Beute zu erreichen.

Er kriegte den Mann zu fassen. Ein Kopf wurde rückwärts gerissen, über den Rand des Grabens, und Pieter spürte in der Luft die Bewegung des linken Arms, der hilflos umhergriff, aber unfähig war, nach hinten zu fassen.

»Halt still!« flüsterte Pieter auf deutsch. »Ich tu dir nichts, wir sind gut Freund! Sprichst du deutsch?«

»Nein«, sagte eine halberstickte Stimme.

»Englisch?«

»Ja«, sagte die Stimme.

»Gott sei Dank!« sagte Pieter; »dann können wir einander verstehen. Ich habe deine Signale beobachtet, und die waren nicht schlecht. Irgendwie muß ich, ehe der Morgen anbricht, zu den russischen Linien hinüber, und ich bitte dich, daß du mir dabei hilfst. Ich bin Engländer – gewissermaßen Engländer; also sind wir auf der gleichen Seite. Wenn ich deinen Hals loslasse, wirst du dann freundlich sein und vernünftig mit mir reden?«

Die Stimme erklärte sich einverstanden. Pieter ließ los und schlüpfte im selben Augenblick auf die Seite. Der Mann drehte sich um und schwang einen Arm, aber er griff ins Leere.

»Immer mit der Ruhe, Freundchen!« sagte Pieter. »Du mußt mir keine Streiche spielen, sonst werde ich böse.«

»Wer bist du? Wer hat dich hergeschickt?« fragte die verstörte Stimme.

Pieter hatte einen guten Einfall. »Die Freunde der Rosenstunden«, sagte er.

»Dann sind wir wirklich Freunde«, sagte die Stimme. »Komm heraus aus dem Dunkeln, Freund, und ich werde dir nichts tun. Ich bin ein guter Türke, und ich habe mit den Engländern in Kordofan gekämpft und ihre Sprache gelernt. Mein Lebenszweck ist jetzt nur noch, Enver ruiniert zu sehn, der meine Familie an den Bettelstab gebracht hat und meinen Zwillingsbruder erschlagen. Darum diene ich bei den *Muscow ghiaurs.*«

»Ich weiß nicht, was die Musky Jaws sind, aber wenn du die Russen meinst, halte ich mit. Ich habe Informationen für sie, da wird Enver grün vor Wut werden. Die Frage ist: Wie komme ich zu ihnen hinüber, und dabei mußt du mir helfen, mein Freund!«

»Wie?«

»Du mußt wieder diese kleine Melodie spielen. Laß sie wissen, daß sie innerhalb der nächsten halben Stunde einen Deserteur mit wichtigen Nachrichten erwarten sollen. Sag ihnen um Gottes willen, sie sollen auf niemanden schießen, ehe sie nicht sicher sind, daß ich das nicht bin!«

Der Mann nahm das stumpfe Ende seines Bajonetts und hockte sich neben der Glocke nieder. Der erste Anschlag war ein klarer Verbindung suchender Ton, der das ganze Tal hinunter zu hören war. Er ließ drei Töne mit langen Pausen erklingen. Für jedermann, sagte Pieter, war er wie ein Telegraphist, der irgendeine Station erreichen wollte.

»Schick die Nachricht auf englisch!« sagte Pieter.

»Das verstehen sie vielleicht nicht«, sagte der Mann.

»Dann schick sie, wie du willst. Ich vertraue dir, denn wir sind Brüder.«

Nach zehn Minuten hörte der Mann auf und horchte. Von weit her kam der Klang eines Graben-Gongs, eines Alarmgeräts für Gasangriffe, wie ich es von der westlichen Front her kannte.

»Sie sagen, sie sind bereit, dich zu empfangen«, sagte er. »Ich kann im Dunkeln keine Botschaften entgegennehmen, aber sie haben mir das Signal gegeben, das bedeutet ›Einverstanden!‹«

»Hör mal, das ist famos!« sagte Pieter. »Und jetzt muß ich mich auf den Weg machen. Darf ich dir einen Rat geben? Wenn du vom Norden her großes Geschützfeuer hörst, dann mach dich schleunigst aus dem Staub, denn das wird das Ende deiner Stadt sein. Und sag deinen Leuten auch, daß sie einen großen Fehler gemacht haben, als sie zuließen, daß diese verrückten Deutschen ihr Land regieren. Sollen sie Enver und seine kleinen Freunde aufhängen, dann wird uns allen leichter ums Herz sein!«

»Zum Teufel mit ihm!« sagte der Türke. »Vor uns ist ein Draht gespannt, aber ich werde dir zeigen, wie du durchkommst. Heute abend haben die Kanonen ihn ziemlich beschädigt, aber spute dich, denn ein Arbeitstrupp kann jeden Augenblick hiersein, um ihn zu flicken. Vergiß nicht, daß vor der anderen Front viele Drähte sind!«

Pieter fand es ziemlich leicht, aufgrund gewisser Anweisungen, durch das Gewirr von Drähten hindurchzukommen. Ein Stückchen Draht kratzte ihm ein Loch in den Rücken, aber sehr bald war er bei den letzten Vorposten und dann im Niemandsland. Dieses Stück Land, sagte er, war ein Friedhof, der unbegrabenen Toten, die fürchterlich stanken, als er zwischen ihnen hindurchkroch. Nichts hätte ihn veranlassen können, sich langsamer fortzubewegen, denn er meinte, das Geräusch des türkischen Arbeitstrupps zu hören, und hatte große Angst, daß eine Leuchtkugel ihn sichtbar machen könnte und eine Gewehrsalve seinen Rückzug begleiten würde.

Von einem Granatloch zum andern schlängelte er sich durch, bis er auf einen alten, schon zerstörten Verbindungsgraben stieß, der in der richtigen Richtung verlief. Die Türken mußten in der letzten Woche zum Rückzug gezwungen worden sein, und jetzt waren die Russen in den geräumten Gräben. Das Ding war halb voll Wasser, aber das gab Pieter ein Gefühl der Sicherheit, denn dadurch konnte er den Kopf unterhalb der Erdoberfläche halten. Dann war der Graben zu Ende, und vor ihm lag ein Wald von Drähten.

Der Türke hatte in seinem Signal von einer halben Stunde gesprochen; aber Pieter glaubte, daß es eher zwei Stunden waren, bis er durch dieses scheußliche Labyrinth hindurch war. Das Geschützfeuer hatte daran kaum Schaden angerichtet, die Pfähle waren alle da, und die Stacheldrähte berührten fast den Boden. Man muß bedenken, daß er keine Drahtschere hatte, nichts als seine bloßen Hände. Wieder einmal bekam er Angst. Es schien ihm, als sei er in einem Netz gefangen und riesige Geier warteten darauf, auf ihn hinunterzustoßen. Jeden Augenblick konnte eine Leuchtkugel aufsteigen, und ein Dutzend Gewehre würden ihr Ziel entdecken. Die Botschaft, die herübergeschickt worden war, hatte er völlig vergessen, denn keine Botschaft konnte den allgegenwärtigen Tod aufhalten, den er um sich herum spürte. Es war, sagte er, als folge man einem alten Löwen in den Busch, wo nur ein schmaler Weg hineinführte und keiner heraus.

Die Geschütze donnerten wieder los, die türkischen Geschütze, die hinter dem Bergkamm standen –, und eine Granate zerriß den Stacheldraht kurz vor ihm. Durch die Explosion gedeckt, kam er ein paar Meter vorwärts und ließ große Stücke seiner Kleidung in den Stacheldrähten zurück. Dann merkte er ganz plötzlich, als fast schon jede Hoffnung in ihm erloschen war, daß der Boden steil anstieg. Er lag sehr still da; und eine Leuchtrakete von der türkischen Seite her erleuchtete die Gegend; und da, gerade vor ihm, war eine Brustwehr, über die die Spitzen von Bajonetten hervorragten. Es war die Stunde, in der die Russen die Gräben bezogen.

Er sammelte seine verkrampften Glieder vom Boden auf und rief: »Freund! Englisch!«

Ein Gesicht sah auf ihn hinunter, und dann wurde es wieder dunkel.

»Freund!« sagte er heiser; »englisch!«

Er hörte Stimmen hinter der Brustwehr. Eine Taschenlampe wurde eine Sekunde lang auf ihn gerichtet. Eine Stimme sprach, eine freundliche Stimme, und dem Klang nach schien sie ihn aufzufordern, herüberzukommen.

Er stand jetzt aufrecht, und als er die Hände auf die Brustwehr legte, kam es ihm vor, als fühle er sehr nahe Bajonette. Aber die Stimme, die sprach, war freundlich. Also kletterte er mit Anstrengung hinüber und ließ sich in den Graben fallen. Noch einmal flammte die elektrische Taschenlampe auf und zeigte den Zuschauern einen unbeschreiblich schmutzigen, abgemagerten Mann mittleren Alters mit blutendem Kopf, und kaum noch einen Lumpen von Hemd hatte er am Leibe. Der besagte Mann, der um sich herum auf freundliche Gesichter sah, grinste vergnügt.

»Das war ein beschwerlicher Treck, Freunde!« sagte er. »Ich möchte so bald wie möglich euren General sprechen, denn ich habe ein Geschenk für ihn.«

Er wurde in einen Unterstand geführt zu einem Offizier, der ihn auf französisch ansprach, was er nicht verstand. Aber der Anblick von Stumms Karte bewirkte Wunder. Darnach wurde er schleunigst den Verbindungsgraben entlang befördert und dann über sumpfige Felder zu einem Gutshof, der von Bäumen umstanden war. Da empfingen ihn Generalstabsoffiziere, die ihn betrachteten und seine Karte betrachteten. Dann setzten sie ihn auf ein Pferd und schickten ihn eilends in östlicher Richtung davon. Schließlich kam er zu einem großen, zerschossenen Haus und wurde in ein Zimmer geführt, das nichts zu enthalten schien als Landkarten und Generäle.

Der Schluß muß in Pieters eigenen Worten erzählt werden.

»Ein großer Mann saß an einem Tisch und trank Kaffee. Und als ich ihn sah, sprang mir fast das Herz aus dem Leib, denn das war der Mann, mit dem ich 1898 auf dem Pungwe gejagt hatte – der, den die Kaffern ›Antilopen-Horn‹ nannten, weil er einen langen, gedrehten Schnurrbart trug. Auch damals schon war er ein Fürst, und jetzt war er ein höchst bedeutender General. Als ich ihn sah, rannte ich auf ihn zu, ergriff seine Hand und rief: ›*Hoe gat het, Mynheer?*‹[1], und er erkannte mich und brüllte auf Afrikaans: »Verdammt nochmal, wenn das nicht mein alter Pieter Pienaar ist!« Dann ließ er mir Kaffee und Schinken und gutes Brot auftischen und sah sich meine Karte an.

[1] Afrikaans für: »Wie geht es Ihnen?«

›Was ist denn das?‹ rief er aus und wurde ganz rot dabei.

›Es ist die Generalstabskarte eines gewissen Stumm – eines deutschen *Skellum*[1], der in jener Stadt da drüben das Kommando führt‹, sagte ich.

Er sah sie sich genau an und las die Notizen, und dann las er das andere Blatt, das du mir gegeben hast, Dick. Und dann warf er die Arme hoch und lachte. Er nahm einen Laib Brot und warf ihn in die Luft, so daß er einem anderen General auf den Kopf fiel. Er sprach in ihrer eigenen Sprache zu ihnen, und sie lachten auch, und einer oder zwei liefen hinaus, als hätten sie einen Auftrag. Nie im Leben habe ich einen solch fröhlichen Trubel gesehen. Sie waren gescheite Leute und erkannten genau den Wert dessen, was du mir gegeben hast.

Dann sprang er auf und umarmte mich, so dreckig ich war, und küßte mich auf beide Wangen.

›Bei Gott, Pieter‹, sagte er, ›du bist der größte Jäger seit Nimrod! Du hast mir oft Wild vors Gewehr getrieben, aber noch nie ein so kapitales!‹ «

21

DER KLEINE BERG

Es war ein weiser Mann, der gesagt hat, es erfordere den größten Mut, stillsitzen zu können. Das habe ich oft empfunden, als wir in den Reservestellungen vor Vermelles lagen. Ich habe es auch vorher schon empfunden, als wir den Sturmangriff auf Loos machten, aber ich habe es nie so stark empfunden wie in den letzten beiden Tagen in jenem Keller. Ich mußte einfach die Zähne zusammenbeißen und mich zusammennehmen. Pieter war auf einer verrückten Ex-

[1] Afrikaans für »Schelm«

pedition unterwegs, und ich glaubte kaum, daß etwas dabei herauskommen würde. Von Sandy war nichts zu hören oder zu sehen; irgendwo innerhalb einer Entfernung von etwa einhundert Metern focht er seine eigenen Schwierigkeiten durch. Und mich quälte der Gedanke, daß er wieder unvernünftig würde und alles kaputtmachte. Ein unbekannter ›Freund‹ brachte uns etwas zu essen, einer, der nur türkisch sprach und uns nichts erzählen konnte; Hussin war wahrscheinlich mit den Pferden beschäftigt. Hätte ich nur etwas tun können, um die Lage zu verbessern, hätte ich meiner Angst Herr werden können; aber es gab nichts zu tun, nichts als zu warten und vor sich hin zu brüten. Ich muß schon sagen, ich bekam allmählich Mitleid mit dem General hinter der Front, dem Mann, der die Pläne machen muß, die andere ausführen. Einen Angriff ausführen kann nicht so enervierend sein, wie irgendwo in einem Klubsessel sitzen und auf Nachricht warten, wie er ausgegangen ist.

Es war bitterkalt, und fast den ganzen Tag hatten wir unsere dicken Mäntel an und lagen tief im wärmenden Stroh. Blenkiron war wunderbar. Es gab kein Licht, also konnte er nicht Patiencen legen, aber er klagte nicht. Die meiste Zeit schlief er, und wenn er wach war, schwatzte er so vergnügt, als sei er gerade unterwegs, einen Ferienausflug zu machen. Er hatte einen großen Trost – seine Magenbeschwerden waren vorüber. Andauernd sang er Choräle zum Lob der gütigen Vorsehung, die seinen Zwölffingerdarm wieder eingerenkt hatte.

Meine einzige Beschäftigung war, auf das Geschützfeuer zu horchen. Am ersten Tag, nachdem Pieter davongegangen war, waren sie an der Front, die uns am nächsten lag, sehr ruhig, aber am späten Abend fingen sie fürchterlich zu lärmen an. Am nächsten Tag hörten sie von morgens früh bis abends spät überhaupt nicht auf, so daß ich an die schauerlichen achtundvierzig S unden vor Loos erinnert wurde. Ich versuchte darin einen Beweis zu finden, daß Pieter durchgekommen war, aber das gelang mir nicht. Es sah eher nach dem Gegenteil aus, denn dieses verzweifelte Geschützfeuer mußte bedeuten, daß der Frontangriff der Russen noch bevorstand. Zwei- oder dreimal kletterte ich aufs Dach hinauf, um frische Luft zu schnappen. Der Tag war neblig und feucht, und ich konnte sehr wenig von der Umgebung erkennen. Die Transportwagen bollerten immer noch südwärts auf der Straße zum Palantuken, und die langsamen Wagen, die mit Verwundeten beladen waren, kamen zurück. Eins aber bemerkte ich. Zwischen diesem Haus und der Stadt war ein ständiges Kommen und Gehen. Autos und berittene Boten kamen immerzu an und fuhren wieder weg, und ich schloß daraus, daß Hilda von Einem ihre letzten Vorbereitungen traf, um Erzerum zu verteidigen.

Diese hektische Aktivität begann gleich am ersten Tag, nachdem Pieter fort war. Am zweiten Tag, als ich durch die Falltür hinauf wollte, fand ich sie verschlossen und mit schweren Gewichten beladen. Das mußten unsere Freunde getan haben, und sie hatten sicherlich recht. Wenn das Haus eine Art von allgemein zugänglichem Vergnügungsort wurde, dann war es äußerst verkehrt für mich, aufs Dach hinaufzuklettern.

Spät am zweiten Abend erschien Hussin wieder. Es war nach dem Abendessen, als Blenkiron schon friedlich schlief und ich gerade anfing, die Stunden bis zum Morgen zu zählen. Ich konnte während dieser Tage nicht schlafen und bei Nacht auch nicht viel.

Hussin zündete die Laterne nicht an. Ich hörte seinen Schlüssel im Schloß und dann seinen leichten Schritt nahe unserer Lagerstatt.

»Schlafen Sie?« fragte er. Und als ich antwortete, setzte er sich neben mir nieder.

»Pferde habe ich«, sagte er, »und mein Herr hat mir aufgetragen, euch zu sagen, daß wir morgen früh drei Stunden vor der Dämmerung aufbrechen.«

Das war eine gute Nachricht. »Sag mir doch, was vor sich geht!« bat ich. »Drei Tage lang haben wir in diesem Grab gelegen und nichts erfahren.«

»Es wird dauernd geschossen. Die Deutschen kommen jede Stunde hierher, ich weiß nicht, warum. Man hat auch sehr nach Ihnen gesucht; die Fahnder wurden mit leeren Händen fortgeschickt... Schlafen Sie, Herr, denn vor uns liegt eine große Anstrengung.«

Ich schlief nicht viel, denn ich war zu angespannt vor Erwartung und beneidete Blenkiron um seinen gesunden Schlaf. Aber etwa eine Stunde lang schlummerte auch ich, und mein alter Alptraum suchte mich heim. Wieder einmal steckte ich in einem Engpaß, wurde bös verfolgt und strengte mich an, eine Freistatt zu erreichen, die ich – das wußte ich – erreichen mußte. Aber ich war nicht mehr allein. Andere waren bei mir: wie viele, weiß ich nicht, denn wenn ich versuchte, ihre Gesichter zu sehen, verschwammen sie im Dunst. Ich ging im tiefen Schnee, der Himmel über uns war grau, schwarze Gipfel ragten auf allen Seiten empor, aber vor mir, genau vor mir, mitten im Paß war diese merkwürdige Kasserolle, die ich zuerst in meinem Traum auf der Straße nach Erzerum gesehen hatte.

Ich sah sie deutlich, jede Einzelheit. Sie erhob sich links von der Paßstraße, und über einer Senkung ragten große Steinblöcke aus dem Schnee heraus. Die Hänge waren steil, so daß der Schnee stellenweise hinuntergeglitten war und Streifen von glänzendem schwarzen Schieferton hinterlassen hatte. Der *kranz* oben stieg nicht steil auf, sondern fiel in einem Winkel von etwa 45 Grad ab, und ganz oben schien eine Senkung zu sein, als ob der Boden innerhalb des felsigen Randes durch die Witterung zu einer Art von Tasse ausgespült worden sei. Das ist bei südafrikanischen Kasserollen oft so, und ich wußte, hier war es so. Wir strebten darauf zu, aber der Schnee behinderte uns, und unsere Feinde waren uns auf den Fersen.

Dann wurde ich durch eine Gestalt neben mir geweckt. »Machen Sie sich fertig, Herr!« sagte sie; »dies ist die Stunde des Aufbruchs.«

Wie Schlafwandler gingen wir in die scharfe Luft hinaus. Hussin führte uns durch eine alte Hintertür hinaus und dann durch so etwas wie einen Obstgarten in den Schutz einiger hoher immergrüner Bäume. Da standen Pferde, die friedlich aus ihren Futtersäcken kauten. ›Gut‹, dachte ich, ›ein Haferfrühstück vor einer großen Anstrengung.‹

Neun Pferde standen da für neun Reiter. Ohne ein Wort zu sagen, stiegen wir auf und ritten, einer hinter dem anderen, durch einen Hain, wo eine zertrümmerte Einfriedung die Grenze von Ackerland andeutete. Hier führte uns Hussin etwa zwanzig Minuten lang durch tiefen weichen Schnee. Er wollte jedes Geräusch vermeiden, bis wir ganz außer Hörweite des Hauses waren. Dann kamen wir auf einen Nebenweg, der gleich darauf auf eine harte Straße hinausführte, welche meiner Ansicht nach nach Süd-West-West verlief. Von da ab zögerten wir nicht länger, sondern galoppierten wild in die Dunkelheit hinein.

Ich hatte wieder Freude an der Sache. Ich war wie betrunken von der schnellen Bewegung und hätte am liebsten laut gelacht und gesungen. Unter dem dunklen Nachthimmel werden Gefahren entweder vergessen oder schrecklich lebendig. Die meinen waren vergessen. Die Dunkelheit, in die ich hineingaloppierte, führte mich zur Freiheit und zu Freunden. Ja, und zu Erfolg, auf den ich nicht zu hoffen und von dem ich kaum zu träumen gewagt hatte.

Hussin ritt voraus, ich an seiner Seite. Ich wandte den Kopf und sah Blenkiron hinter mir, der anscheinend entsetzlich unglücklich war über das Tempo, das wir angeschlagen hatten, und über das Pferd, auf dem er saß. Er pflegte zu sagen, daß Reiten für seine Leber gut sei, aber er mochte ein sanftes Dahintrotten und einen kurzen Galopp und nicht dies verrückte Hals-über-Kopf. Seine Oberschenkel waren zu rund, als daß sie sich mit dem Leder eines Sattels befreunden konnten. Wir kamen an einem Feuer in einer Bodenvertiefung vorbei, dem Biwak irgendeiner türkischen Einheit, und alle Pferde scheuten wir irre. An Blenkirons Fluchen erkannte ich, daß er aus den Steigbügeln gerutscht war und auf dem Halse seines Pferdes saß.

Neben ihm ritt ein großer Mensch, der bis zu den Augen vermummt war und eine Art von Schal um den Hals trug, dessen Enden hinter ihm her flatterten. Sandy hatte natürlich keinen europäischen Ulster, denn es war Monate her, seit er vernünftige Kleidung getragen hatte. Ich wollte mit ihm sprechen, aber aus irgendeinem Grund wagte ich es nicht. Seine völlige Zurückhaltung verbot es mir. Er war ein herrlicher Reiter und saß in typisch englischem Stil wie angegossen im Jägersitz; und das war auch gut, denn seinem Pferd schenkte er nicht die geringste Aufmerksamkeit. Anscheinend machte er sich noch große Sorgen.

Dann begann die Luft um mich her scharf zu riechen, und ich sah, daß aus den Niederungen Nebel aufstieg.

»Das ist mal verteufeltes Pech!« rief ich zu Hussin hinüber. »Kannst du uns durch den Nebel hindurchlotsen?«

»Ich weiß nicht.« Er schüttelte den Kopf. »Ich hatte mich darauf verlassen, daß ich die Konturen der Berge sehen könnte.«

»Jedenfalls haben wir eine Karte und einen Kompaß. Aber wenn man die konsultieren muß, dann kommt man nur langsam vorwärts. Gebe Gott, daß der Nebel sich hebt!«

Gleich darauf wurde aus dem schwarzen Dunst ein grauer, und der Tag brach an. Das war ein kleiner Trost. Der Nebel kam in Wellen bis zu den Ohren der Pferde hinauf, und da ich an der Spitze einer Reitertruppe war, konnte ich die mir zunächst Nachfolgenden nur schwer erkennen.

»Es ist Zeit, daß wir von der Straße herunterkommen«, sagte Hussin, »sonst stoßen wir vielleicht auf neugierige Leute.«

Wir wandten uns nach links und ritten über ein Gelände, das jeder für ein schottisches Moor gehalten hätte. Es gab Regenpfützen, eine Menge ineinanderverfilzten und mit Schnee beladenen Wacholdergestrüpps und lange Felsstreifen aus Schieferton. Wir kamen schwer vorwärts, und der Nebel machte es unmöglich, Kurs zu halten. Ich nahm die Karte und den Kompaß heraus und versuchte, unsere Route zu finden: wir mußten um die Flanke des Bergausläufers herum, der uns von dem Tal trennte, zu dem wir wollten.

»Vor uns ist ein Fluß«, sagte ich zu Hussin. »Kann man da hindurchreiten?«

»Das ist nur ein Bächlein«, sagte er und hustete. »Dieser verdammte Nebel, der kommt von Eblis.« Aber ich wußte, längst ehe wir hinkamen, daß das nicht nur ein ›Bächlein‹ war. Es war ein Gebirgsfluß mit Hochwasser und, wie mir bald klar wurde, in einer tiefen Schlucht. Kurz darauf standen wir an ihrem Rande, wir blickten in einen langen Strudel von cremefarbenen Wasserfällen und braunen Wirbeln. Da hinüber konnten wir mit Pferden etwa so gut wie über die höchsten Gipfel des Palantuken kommen.

Hussin starrte verdutzt hin. »Vergebe Allah meine Torheit, denn das hätte ich wissen sollen! Wir müssen auf die Hauptstraße zurück und eine Brücke suchen. Meine Schuld, daß ich die Herren so falsch geführt habe!«

Wir trotteten über das Moor zurück. Mein Unternehmungsgeist war reichlich gedämpft. Wir hatten keinen großen Vorsprung, und Hilda von Einem würde Himmel und Erde in Bewegung bringen, um uns zu erwischen. Hussin spornte uns zur Eile an, und seine Furcht war so groß wie die meine.

Ehe wir die Straße erreichten, wurde der Nebel vom Wind zurückgeblasen und machte ein Stück Land sichtbar, das gerade unter den Hügeln jenseits des Stromes lag.

Das war ein klarer Ausblick: was man nur sah, stand naß und in scharfer Kontur im Morgenlicht. Die Brücke, auf der berittene Posten Wache hielten, war klar und deutlich zu sehen, und außerdem kamen Kavalleriepatrouillen die Straße herauf.

Sie sahen uns im gleichen Augenblick. Eine Parole wurde die Straße entlang ausgegeben, eine schrille Pfeife ertönte, und die Wachen wandten die Pferde am Ufer und preschten über das Moor.

»Hab' ich nicht gesagt, dieser Nebel kam von Eblis«, murrte Hussin, während wir auf unseren Pferden kehrtmachten und so schnell wie möglich auf unseren eigenen Spuren zurückritten. »Diese verfluchten Zaptiehs haben uns gesehen und uns den Weg abgeschnitten!« Ich war dafür, auf alle Fälle den Übergang über den Strom zu versuchen; aber Hussin machte mir klar, daß uns das nichts helfen würde. Die Kavallerie jenseits der Brücke trabte auf der anderen Seite herauf. »Es gibt einen Pfad durch die Berge, den ich kenne, aber den kann man nur zu Fuß bewältigen. Wenn wir unseren Vorsprung verstärken können und der Nebel uns verbirgt, dann haben wir noch eine Chance.«

Es war ziemlich anstrengend, zu den Ausläufern der Berge hinaufzukommen. Die Verfolger waren uns auf den Fersen, und das machte die ganze Lage noch heikler. Das weiß ich noch, wo der Schnee unter unseren Füßen wegbrach. Große Steinblöcke mußten umgangen werden, und Sumpfstellen, wo die Bäche durch die Schneeschmelze zuerst an die Oberfläche heraustraten, durchnäßten uns bis an den Gürtel. Glücklicherweise hatte der Nebel sich wieder gesenkt. Obwohl dies die Verfolgungsjagd behinderte, verminderte es doch die Möglichkeit, daß Hussin den Pfad fand.

Er fand ihn trotzdem; es gab da das Bett eines Gießbachs, neben dem ein holpriger Mauleselpfad nach oben führte. Aber allen Anzeichen nach hatte es da einen Erdsturz gegeben. Ein großes Stück vom Berg war heruntergebrochen quer über den Abhang, der nun mit dem Schnee darauf aussah wie ein Stück aus einer verzuckerten Schokoladentorte.

Eine Sekunde lang starrten wir einfach hin, bis wir begriffen, wie hoffnungslos das Ganze war. »Meiner Ansicht nach sollten wir lieber versuchen, in den Schluchten hinaufzukommen«, sagte ich. »Wo es einmal einen Weg gegeben hat, da kann man auch wieder einen finden.«

»Damit die uns gemütlich nacheinander erschießen können«, sagte Hussin. »Schauen Sie doch!«

Der Nebel hatte sich wieder gelichtet, und ein Blick nach hinten zeigte mir, daß die Verfolger uns einholten. Sie waren jetzt weniger als dreihundert Meter entfernt. Wir wendeten die Pferde und ritten in östlicher Richtung einen Abhang entlang.

Da sprach Sandy zum ersten Mal. »Ich weiß nicht, was ihr davon haltet, aber ich laß mich nicht gefangennehmen. Wir können nichts Besseres tun, als eine günstige Stelle suchen, wo wir kämpfen können. Wir können unser Leben teuer verkaufen.«

»Und damit hat sich's wohl«, sagte Blenkiron vergnügt. Er hatte von den Qualen des Galopps so viel erlitten, daß er jede Art von Kampf auf ebenem Boden vorzog.

»Teilt die Waffen aus!« sagte Sandy.

Die Freunde hatten alle Gewehre über der Schulter. Hussin holte aus einer tiefen Satteltasche Gewehre und Patronengürtel heraus für uns andere. Als ich das meine quer über meinen Sattel legte, sah ich, daß es eine deutsche Mauser neuesten Fabrikats war.

»Es kommt nun sehr darauf an, daß wir einen Punkt

finden, wo wir uns verteidigen können«, sagte Sandy. »Dieses Mal scheinen wir nicht viel Glück zu haben.«

Wieder ritten wir in den Nebel hinein, fanden aber gleich besseres Gelände auf einem flach abfallenden Abhang, der sich lang hinzog. Dann kam eine Anhöhe, und von dort oben sah ich die Sonne. Gleich darauf ritten wir in helles Tageslicht hinunter und sahen auf eine breite Schlucht hinab, von wo eine Straße sich zu einem Paß im Gebirge hinaufwand. Das hatte ich erwartet. Es war eine Möglichkeit, zum Palantukenpaß zu gelangen, ein paar Meilen südlich von dem Haus, wo wir eingesperrt gewesen waren.

Und dann, als ich nach Süden blickte, sah ich das, wonach ich seit Tagen Ausschau gehalten hatte. Ein kleiner Berg erhob sich mitten im Tal, und oben darauf war ein *kranz* von Felsen. Das war die Kasserolle meines immerwiederkehrenden Traums.

Da sauste ich los. »Das ist unser Fort!« rief ich aus. »Wenn wir dahin kommen, können wir's eine Woche lang aushalten. Auf die Pferde und nichts wie dorthin geritten!«

Holterdiepolter stürmten wir den Hügel wie besessen hinab, sogar Blenkiron, der sich tapfer auf dem schwierigen und glitschigen Weg im Sattel gehalten hatte; gleich darauf kamen wir auf die Straße und rasten an marschierender Infanterie und Geschützabteilungen und leeren Transportwagen vorbei. Es fiel mir auf, daß die meisten sich hinunter bewegten und nur sehr wenige aufwärts. Hussin schrie ein paar Worte auf türkisch, die uns freie Bahn schufen; aber bei unserem wilden Tempo starrten sie uns doch nach. Aus einem Augenwinkel sah ich, daß Sandy das meiste seiner Vermummung fortgeworfen hatte und jetzt blendend schön, in wunderbare Farben gekleidet, erschien. Aber ich hatte an nichts anderes gedacht als an den kleinen Berg, der nun fast vor uns lag, am anderen Ende einer flachen Schlucht.

Es gab keine Pferde, die diesen steilen Abhang bewältigen konnten. Wir trieben sie in die Senke hinein und stiegen eilig ab, nahmen das Gepäck auf den Rücken und fingen an, die Bergseite der Kasserolle zu erklimmen. Sie war mit großen Felsblöcken übersät, die eine gewisse Deckung gaben, die sich sehr bald als nötig erwies. Denn als ich einen Augenblick zurückschaute, sah ich, daß unsere Verfolger auf der Straße über uns waren und im Begriff zu schießen.

Normalerweise hätten wir ein leichtes Ziel geboten, aber zum Glück hingen nun Nebelfetzen und -streifen über unserer Niederung. Die andern konnten allein fertigwerden, darum schlug ich mich zu Blenkiron und schleppte ihn, der völlig atemlos war, die ungefährlichste Route entlang. Kugeln schlugen hin und wieder an den Felsen auf, und eine sang ungemütlich nahe an meinem Kopf vorbei. Auf diese Weise legten wir Dreiviertel der Entfernung zurück und hatten nur noch das knappe Dutzend Meter vor uns, wo der Abhang flacher wurde, bis zum *kranz*.

Blenkiron kriegte einen Schuß ins Bein. Das war unser einziger Verlust. Es blieb nichts übrig, als ihn zu tragen; also hievte ich ihn auf meine Schultern und bewältigte das letzte Stück mit einem Herzen, das wie verrückt pumpte. Das war verdammt schwere Arbeit, und die Kugeln schlugen ziemlich dicht rings um uns ein. Aber wir kamen alle sicher hinauf zum *kranz*, und eine kurze Kletterei brachte uns über den Rand. Ich legte Blenkiron drinnen in der Kasserolle nieder und begann, unsere Verteidigungsmaßnahmen vorzubereiten.

Dafür hatten wir nur wenig Zeit. Aus dem dünnen Nebel heraus kamen Leute heran, die sich in Deckung hielten. Der Ort, wo wir uns befanden, war eine von der Natur geschaffne Schanze, außer, daß es da keine Schlupflöcher oder Sandsäcke gab. Wenn wir schießen wollten, mußten wir die Köpfe über die Schanze heben. Aber die Gefahr war vermindert durch das wunderbare Schußfeld, das die letzten zwölf

Meter des Glacis uns gewährten. Ich stellte meine Leute auf und wartete, und Blenkiron, sehr bleich, bestand darauf, mitzumachen; er behauptete, daß er schon immer mit einer Knarre habe umgehen können.

Ich gab den Befehl, daß niemand schießen solle, ehe der Feind aus den Felsen aufs Glacis herausgekommen sei. Das Glacis lief rund um den Gipfel, und wir mußten auf allen Seiten aufpassen, um ihnen zuvorzukommen, falls sie uns von der Flanke oder von hinten angriffen. Hussins Gewehr krachte plötzlich hinter mir, also war meine Vorsicht nicht unnötig gewesen.

Wir waren alle drei ziemlich gute Schützen, obwohl keiner von uns es mit Pieters an Wunder grenzenden Meisterschaft aufnehmen konnte; und auch die Freunde leisteten gute Arbeit. Die Mauser war die Waffe, mit der ich am besten vertraut war; und kaum ein Schuß ging daneben. Die Angreifer hatten überhaupt keine Chance, denn ihre einzige Hoffnung war, daß sie gewaltig in der Überzahl waren; und da die ganze Gruppe aus nicht mehr als zwei Dutzend Männern bestand, waren sie halt viel zu wenige. Ich glaubte, wir erwischten drei, denn sie blieben liegen, und verwundeten mindestens sechs, während alle übrigen sich schleunigst auf die Straße zurückzogen. In einer Viertelstunde war alles vorbei.

Hussin sagte böse: »Das sind Kurdenhunde. Nur ein kurdischer *ghiaour* würde auf die Uniform *Kaábas* schießen.«

Ich sah mir Sandy genau an. Er hatte all seine Schals, seine ganze Vermummung fortgeworfen und stand da in der sonderbarsten Kleidung, die man je in einer Schlacht getragen hat. Von irgendwoher hatte er sich Pelzstiefel und ein altes Paar Reithosen besorgt. Darüber trug er, lang herabhängend, einen herrlichen seidenen *jibbah* oder *ephod* mit einem strahlenden Smaragd. Ich sage Seide, aber solche Seide hatte ich noch nie gesehen, so erlesen im Gewebe, mit einem solchen Glanz und einer solchen Leuchtkraft.

Irgendein sonderbares Muster war auf der Brust hineingewebt, das ich in dem Dämmerlicht nicht erkennen konnte. Ich verbürge mich dafür, daß kein selteneres oder kostbareres Kleidungsstück je die Verteidigung eines öden, winterlichen Hügels anzuführen hatte.

Sandy schien sich nicht bewußt zu sein, daß er so kostbar gekleidet war. Sein Auge, das nicht mehr uninteressiert war, suchte das Innere des Berggipfels ab. »Das ist ja nur die Ouvertüre!« rief er. »Bald beginnt die Oper. Wir müssen eine Brustwehr in dieser Lücke errichten, sonst werden sie uns abschießen, wenn sie auch tausend Meter von uns entfernt sind.«

Ich hatte inzwischen Blenkirons Wunde notdürftig verbunden mit einem leinenen Lappen, den Hussin zum Vorschein brachte. Die Wunde stammte von einer abgeprallten Kugel, die sein linkes Schienbein getroffen hatte. Dann legte ich mit den anderen Hand an, um eine Art von Erdwall anzulegen zur Vervollständigung unserer kreisförmigen Verteidigungslinie. Das war nicht so einfach, denn wir konnten nur mit unseren Messern arbeiten und mußten ziemlich tief unter den mit Schnee vermischten Kies hinuntergraben. Während wir arbeiteten, besah ich mir aufmerksam unser Refugium.

Die Kasserolle war ungefähr ein Kreis mit einem Durchmesser von zehn Metern. Ihr Inneres war angefüllt mit Felsbrocken und losen Steinen, und der Rand war etwa vier Fuß hoch. Der Nebel hatte sich für eine geraume Zeit verzogen, und ich konnte die unmittelbare Umgebung sehen. Im Westen jenseits der Bodensenkung war die Straße, auf der wir hergekommen waren und wo jetzt die Überreste der Verfolgungsjagd sich sammelten. Im Norden fiel der Berg steil bis zum Tal ab, aber im Süden war nach einem kleinen Abhang ein Bergkamm, über den ich nicht hinwegsehen konnte. Im Osten sah ich einen Nebenarm des Stroms, sein Hauptbett erriet ich, und anscheinend lief die Hauptstraße daran entlang bis zum Paß, denn ich sah auf ihr sehr viel Verkehr. Die beiden Straßen schienen sich irgendwo weiter südlich zu treffen – das konnte ich nicht sehen.

Meiner Ansicht nach konnten wir nicht weit von der Front entfernt sein, denn der Lärm der Geschütze klang sehr nahe, sowohl der scharfe Knall der Feldgeschütze wie auch das tiefere Dröhnen der Haubitzen. Mehr noch, ich konnte das Knattern der Maschinengewehre hören, Elsterngeschwätz zwischen dem Gebell von Jagdhunden. Ich sah sogar das Bersten der russischen Granaten, die es augenscheinlich auf die Hauptstraße abgesehen hatten. Eine ganz dicke, eine achtzöllige, schlug östlich von uns ein, nicht einmal zehn Meter von einer Eskorte entfernt, und eine andere in der Niederung, durch die wir heraufgekommen waren. Das waren deutlich gezielte Abschüsse, und ich überlegte, ob wohl die Russen Beobachtungsposten auf den Höhen hatten, die ihnen das Ziel angaben. Wenn dem so war, so würden sie bald versuchen, einen Feuervorhang zu legen, und dem würden wir dann sehr nahe sein; es würde eine groteske Ironie sein, wenn wir das Ziel befreundeter Granaten würden.

»Bei Gott!« hörte ich Sandy sagen, »wenn wir ein paar Maschinengewehre hätten, könnten wir diesen Platz gegen eine ganze Division halten!«

»Was kosten solche Granaten?« fragte ich. »Wenn sie ein Geschütz hier heraufschaffen können, dann können sie uns innerhalb von zehn Minuten zu Atomen zerschießen.«

»Gebe Gott, daß die Russen sie in Atem halten!« gab er zur Antwort.

Besorgt beobachtete ich unsere Feinde auf der Straße. Es schienen mehr geworden zu sein. Auch sie signalisierten; denn eine weiße Flagge flatterte. Dann rollte der Nebel wieder auf uns herab, und wir konnten nicht weiter als zehn Meter Dunst sehen.

»Nun mal langsam!« sagte ich. »Jeden Augenblick können sie versuchen, uns zu überfallen. Jetzt muß jeder Mann genau den Nebel im Auge behalten und beim geringsten Anlaß schießen.«

Fast eine halbe Stunde, das sah ich auf meiner Uhr, warteten wir in dieser sonderbaren weißen Welt. Die Augen taten uns weh von der Anstrengung, sie zu durchdringen. Der Lärm der Geschütze schien gedämpft, und alles rings herum war totenstill. Blenkirons Quietschen, als er mit seinem verwundeten Bein irgendwo anstieß, ließ jeden in die Höhe fahren.

Dann kam aus dem Nebel eine Stimme.

Es war eine Frauenstimme, hoch, durchdringend und wohllautend, aber sie sprach in einer Sprache, die ich nicht kannte. Nur Sandy verstand. Er machte eine plötzliche Bewegung, als müsse er sich gegen einen Schlag verteidigen. Die Sprecherin wurde auf dem Glacis deutlich sichtbar, einen Meter oder zwei entfernt. Das erste Gesicht, das sie sah, war das meine.

»Ich möchte gern Verhandlungen mit Ihnen führen«, sagte sie auf englisch. »Wollen Sie mir erlauben, daß ich eintrete?«

Ich konnte nichts anderes tun, als die Mütze abnehmen und sagen: »Natürlich, gnädige Frau.« Blenkiron, der sich's an der Brustwehr so bequem wie möglich gemacht hatte, fluchte wütend und kaum hörbar.

Sie kletterte über den *kranz* so geschickt wie ein Reh. Ihre Kleidung war sonderbar – Stiefel mit Sporen und Reithosen, über die ein kurzer grüner Kittel fiel. Eine kleine Mütze war mit einer juwelenbedeckten schrägen Nadel auf ihrem Kopf befestigt, und ein Cape aus grobem, ländlichem Gewebe hing über ihren Schultern. Sie trug grobe Reithandschuhe und als Waffe eine Reitpeitsche. Die Nebelkristalle hingen ihr im Haar, das weiß ich noch, und silbrig gefrorener Nebel lag auf all ihren Kleidern.

Nie zuvor hatte ich gedacht, sie sei schön. Sonderbar, unheimlich, wunderbar, wenn man so will, aber das Wort Schönheit klang zu lieb und menschlich für ein solches Gesicht. Aber als sie so dastand, mit geröteten Wangen, mit Augen, die wie Sterne strahlten, souverän wie ein in Freiheit lebender Vogel, mußte ich zugeben, daß sie auf ihre eigene Art sehr schön war. Sie mochte ein Teufel sein, aber sie war auch eine Königin. Ich überlegte mir, ob es nicht doch der Mühe wert wäre, an ihrer Seite in Jerusalem einzureiten.

Sandy stand wie versteinert, sein Gesicht war sehr ernst, er verzog keine Miene. Sie streckte beide Hände nach ihm aus und sprach leise zu ihm auf türkisch. Ich bemerkte, daß die sechs Freunde aus der Kasserolle verschwunden waren und sich irgendwo hinter der andern Seite versteckten.

Ich weiß nicht, was sie sagte, aber aus ihrem Tonfall und vor allem aus ihren Augen erkannte ich, daß sie ihn anflehte – anflehte, zurückzukommen und in ihrem großen Abenteuer ihr Partner zu sein; sie flehte, nach allem, was ich erkennen konnte, um seine Liebe.

Sein Gesicht war starr wie eine Totenmaske: seine Augenbrauen ein wenig finster und abweisend zusammengezogen, die Kiefer hart aufeinandergepreßt.

»Gnädige Frau«, sagte er, »ich bitte Sie, Ihr Anliegen schnell und auf englisch mitzuteilen. Meine Freunde müssen es genauso hören wie ich.«

»Deine Freunde!« rief sie aus. »Was hat ein Prinz mit diesen Mietlingen zu tun? Deine Sklaven vielleicht, aber nicht deine Freunde!«

»Meine Freunde«, wiederholte Sandy grimmig. »Sie müssen wissen, gnädige Frau, daß ich ein englischer Offizier bin.«

Das war zweifellos ein umwerfender Schlag ins Gesicht. Was sie von seiner Herkunft gedacht hatte, weiß Gott allein, aber dies hätte sie sich nie träumen lassen. Ihre Augen wurden größer und leuchtender, ihre Lippen öffneten sich, als ob sie sprechen wolle. Aber die Stimme versagte ihr; dann nahm sie sich mit großer Anstrengung zusammen, und aus ihrem sonderbaren Gesicht verschwand jeder Zug von Jugend und Inbrunst. Es war wieder die teuflische Maske, die ich zuerst gesehen hatte.

»Und diese andern?« fragte sie mit gleichgültiger Stimme.

»Einer ist ein Offizier aus meinem Regiment, und der andere ist ein amerikanischer Freund. Aber wir haben alle drei die gleiche Aufgabe. Wir kamen nach dem Osten, um Grünmantel und Ihre teuflischen Pläne zu zerstören. Sie haben selbst Ihre Propheten umgebracht, und jetzt ist die Reihe an Ihnen, Ihre Niederlage einzusehen und zu verschwinden. Irren Sie sich nicht, gnädige Frau: diese Narrheit ist vorbei; ich werde dies heilige Gewand in tausend Fetzen zerreißen und sie in den Wind streuen. Die Menschen warten heute auf die Offenbarung, aber es wird keine geben. Bringen Sie uns um, wenn Sie können, aber wenigstens haben wir eine Lüge vernichtet und unserem Lande einen Dienst erwiesen.«

Für ein Königreich hätte ich die Augen nicht von ihrem Gesicht abgewandt. Ich habe geschrieben, daß sie eine Königin war, und daran gibt es nicht den geringsten Zweifel. In ihr wohnte die Seele eines Eroberers, denn nicht ein Flakkern von Schwachheit oder Enttäuschung verunzierte ihre Miene. Nur Stolz und überlegenste Entschlossenheit sprachen aus ihren Augen.

»Ich sagte, ich sei gekommen, um Verhandlungen anzubieten. Ich will sie noch immer anbieten, obwohl sie anders sind, als ich sie mir vorstellte. Was den dicken Amerikaner angeht, so will ich ihn ohne Gefahr nach seinem eigenen

Land zurücksenden. Mit solchen Leuten führe ich nicht Krieg. Er ist Deutschlands Feind, nicht der meine. Sie«, sagte sie und wandte sich wütend an mich, »werde ich vor Abend noch aufhängen.«

Nie in meinem Leben bin ich so vergnügt gewesen. Endlich hatte ich meine Rache. Diese Frau hatte mich als Gegenstand ihre Zorns auserwählt, mehr als die andern. Und beinah liebte ich sie deswegen.

Sie wandte sich an Sandy. Die Wildheit schwand aus ihrem Gesicht.

»Sie suchen die Wahrheit«, sagte sie, »genau wie ich. Und wenn wir eine Lüge anwenden, so geschieht es nur, um eine noch größere zu zerstören. Sie gehören im Geist zu den Meinen, und Sie allein von all den Männern, die ich gesehen habe, sind es wert, mit mir meine Mission zu erfüllen. Deutschland mag verlieren, aber ich werde nicht verlieren. Ich biete Ihnen die bedeutendste Karriere an, die je ein Sterblicher gekannt hat. Ich biete Ihnen eine Aufgabe an, die jedes Atom von Gehirn und Kraft und Mut erfordert. Wollen Sie dieses Schicksal ablehnen?«

Ich weiß nicht, welche Wirkung diese Hirngespinste in einem heißen, mit Wohlgerüchen erfüllten Raum oder der wohligen Schlaffheit eines üppigen Gartens gehabt hätten; aber auf diesem kalten Berggipfel waren sie so gegenstandslos wie der Nebel, der uns umgab. Sie klangen nicht einmal eindrucksvoll, nur verrückt.

»Ich bleibe bei meinen Freunden«, sagte Sandy.

»Dann will ich noch mehr anbieten. Ich will auch Ihre Freunde retten. Auch sie sollen an meinem Triumph teilhaben.«

Dies war zu viel für Blenkiron. Mühsam krabbelte er sich hoch, um den Protest auszudrücken, der seiner Seele abgezwungen war, vergaß sein verwundetes Bein und rollte stöhnend zurück auf den Boden.

Dann schien sie einen letzten Versuch zu machen. Sie sprach jetzt türkisch, und ich weiß nicht, was sie sagte. Aber meiner Ansicht nach war es das flehentliche Bitten einer Frau an ihren Geliebten. Wieder war sie die stolze Schönheit, aber in ihrem Stolz war ein Beben zu spüren – beinah hätte ich geschrieben: eine Zärtlichkeit. Ihr zuzuhören, war wie böser Verrat, wie ein unbefugtes Zuhören, wo nichts als Mitleid am Platz war. Ich weiß, daß ich errötete und daß Blenkiron den Kopf abwandte.

Sandys Gesicht veränderte sich nicht, er sprach englisch.

»Sie können mir nichts anbieten, was ich begehre«, sagte er. »Ich diene meinem Land, und seine Feinde sind die meinen. Ich kann mit Ihnen nichts zu tun haben. Das ist meine Antwort, Frau von Einem.«

Da brach ihre stahlharte Beherrschung zusammen. Es war, wie wenn ein Damm bricht, weil sich hinter ihm zu viel eiskaltes Wasser angesammelt hat. Sie riß sich einen ihrer Reithandschuhe ab und schleuderte ihn in sein Gesicht. Unversöhnlicher Haß sprühte ihr aus den Augen.

»Mit Ihnen bin ich fertig!« schrie sie. »Sie haben mich verhöhnt, aber Sie haben sich das eigene Grab gegraben.«

Sie sprang auf die Brustwehr und war in der nächsten Sekunde auf dem Glacis. Wieder einmal hatte der Nebel sich gelichtet, und jenseits der Senkung sah ich ein Feldgeschütz und Leute dabei, die keine Türken waren. Sie winkte ihnen zu und lief den Berg hinunter.

Aber in dem Augenblick hörte ich das Pfeifen einer aus großer Entfernung kommenden russischen Granate. Zwischen den Felsblöcken gab es einen dumpfen Knall und einen Pilz aus roter Erde. Es war alles in einem Augenblick vorbei: ich sah die Kanoniere auf der Straße hindeuten und hörte sie rufen; ich hörte auch ein Aufschluchzen von Blenkiron – alles dies, ehe ich selber begriff, was geschehen war. Das nächste, was ich sah, war Sandy, der schon außerhalb des

Glacis war und mit Riesensprüngen den Berg hinuntersauste. Sie schossen auf ihn, aber er beachtete sie nicht. Etwa eine Minute lang war er außer Sicht, und wo er war, wurde nur durch den Einschlag der Kugeln angezeigt.

Dann kam er zurück – sehr langsam kam er das letzte bißchen der Anhöhe herauf, und er trug etwas in den Armen. Der Feind feuerte nicht mehr. Die da unten hatten begriffen, was geschehen war.

Vorsichtig legte er seine Last in einer Ecke der Kasserolle nieder. Die Mütze war heruntergefallen, und das Haar hing lose ums Gesicht. Dieses war sehr weiß, aber es war keine Wunde oder Prellung zu sehen.

»Sie war sofort tot«, hörte ich ihn sagen. »Ein Granatsplitter hatte das Rückgrat durchschlagen. Dick, wir müssen sie hier begraben ... Verstehst du ... sie liebte mich. Ich kann ihr nur damit meinen Dank abzahlen.«

Wir riefen die Freunde heran, daß sie Wache hielten, und unendlich langsam, mit Händen und Taschenmessern, gruben wir ein flaches Grab unter der östlichen Brustwehr. Als es fertig war, bedeckten wir ihr Gesicht mit dem leinenen Gewand, das Sandy an diesem Morgen angehabt hatte. Er hob die Leiche auf und legte sie ehrerbietig an ihren Platz. »Ich habe nicht gewußt, daß irgend etwas so leicht sein kann«, sagte er.

Es gehörte sich nicht, daß ich dieser Szene zusah. Ich ging mit Blenkirons Fernglas an die Brustwehr und betrachtete unsere ›Freunde‹ auf der Straße. Kein Türke war dabei, und ich erriet, warum. Denn es würde nicht leicht sein, Mohammedaner gegen jemanden einzusetzen, der den grünen *ephod* trug. Die Feinde waren Deutsche oder Österreicher, und sie hatten ein Feldgeschütz. Sie schienen es auf unsere Befestigung eingestellt zu haben; aber sie warteten ab. Als ich noch hinsah, bemerkte ich hinter ihnen eine massige

Gestalt, die ich zu kennen glaubte. Stumm war gekommen, um die Hinrichtung seiner Freunde mitzuerleben.

Im Osten sah ich ein anderes Geschütz im Gelände gerade hinter der Hauptstraße. Von beiden Seiten hielten sie uns in Schach, und es gab keinen Ausweg für uns. Hilda von Einem sollte eine noble Feuerbestattung haben und eine stattliche Eskorte auf ihrer letzten Reise.

Jetzt wurde es dunkel, es war eine klare, leuchtende Dämmerung, und die Sterne erstrahlten auf dem Hintergrund eines amethystfarbenen Himmels. Rings um den Horizont war die Artillerie in Aktion, und in der Nähe des Passes, auf der anderen Straße, wo die Festung Palantuken stand, sah ich den Staub und den Rauch eines wütenden Artillerieangriffs. Es schien mir auch, daß die Geschütze an den anderen Fronten näher vorgerückt waren. Deve Boyun war durch einen Bergausläufer verdeckt, aber oben im Norden hingen weiße Wolken wie Streifen am Abendhimmel über dem Euphrattal. Das ganze Firmament summte und schwirrte wie eine straffgespannte Saite, die jemand berührt hat...

Als ich noch hinschaute, gab das Geschütz im Norden Feuer, das Geschütz, bei dem Stumm sich befand. Das Geschoß fiel etwa zehn Meter rechts von uns entfernt nieder. Eine Stunde später schlug ein anderes hinter uns ein.

Blenkiron hatte sich bis zur Brustwehr vorgeschleppt. Ich glaube nicht, daß er je Geschützfeuer erlebt hatte, aber sein Gesicht drückte eher Neugier als Furcht aus.

»Ziemlich jämmerliche Schießerei, finde ich«, sagte er.

»Im Gegenteil«, antwortete ich, »die wissen schon, was sie tun. Die klammern uns ein ...«

Ich hatte den Satz noch nicht vollendet, als eine Granate in unserer Mitte herunterkam. Sie fiel auf den entferntesten Rand der Kasserolle, zertrümmerte den Felsen, aber explodierte hauptsächlich draußen. Wir duckten uns alle, und außer ein paar kleinen Kratzern bekam niemand etwas ab.

Ich weiß noch, daß der meiste Schutt auf Hilda von Einems Grab fiel.

Ich zog Blenkiron über die Brustwehr und rief den andern zu, sie sollten uns folgen; meine Absicht war, auf der unzugänglicheren Seite des Berges Schutz zu suchen. Aber sobald wir uns sehen ließen, kamen Schüsse von unserer Front, Schüsse, die abgefeuert waren aus einer Entfernung von ein paar hundert Metern. Es war leicht, zu erkennen, was geschehen war. Gewehrschützen waren heraufgeschickt worden, um uns in Schach zu halten. Sie würden nicht angreifen, solange wir in der Kasserolle blieben; aber sie würden jeden Versuch, draußen Sicherheit zu finden, blockieren. Stumm und sein Geschütz hatten uns in der Gewalt.

Wir duckten uns wieder unter die Brustwehr. »Wir hätten genausogut darum würfeln können«, sagte ich. »Es gibt nur zwei Möglichkeiten – hierzubleiben und durch das Geschützfeuer erledigt zu werden, oder zu versuchen, durch die Burschen hinter uns durchzubrechen. Beides ziemlich ungesund!«

Aber ich wußte, es gab keine Wahl. Da Blenkiron verwundet war, waren wir auf die Kasserolle angewiesen. Unsere Stunde hatte geschlagen – ganz sicher.

22

DIE GESCHÜTZE IM NORDEN

Aber es kamen keine Granaten mehr.

Die Nacht wurde dunkel, und eine Menge glitzernder Sterne erschien, denn die Luft wurde wieder kalt und ließ Frost erwarten. Wir warteten noch eine Stunde, hinter die äußerste Brustwehr geduckt, aber das unheildrohende Pfeifen der Granaten blieb aus.

Dann stand Sandy auf und reckte sich. »Ich habe Hunger«, sagte er. »Gib uns mal was aus deinem Knappsack, Hussin! Wir haben seit Tagesanbruch nichts gegessen. Was mag wohl diese Pause bedeuten?«

Ich glaubte es zu wissen.

»So ist Stumm«, sagte ich. »Er will uns quälen. Er will uns stundenlang in Spannung halten, während er da drüben sitzt und genießt, was wir seiner Meinung nach ausstehen. Er hat gerade genug Phantasie dafür ... Er würde stürmen, wenn er die Leute hätte. Wie's nun aber ist, wird er uns kaputtschießen, aber er wird es langsam tun und dabei mit den Lippen schmatzen.«

Sandy gähnte. »Wir werden ihn enttäuschen, denn wir lassen uns nicht einschüchtern, mein Lieber. Wir drei sind jenseits dieser Art von Furcht.«

»Inzwischen werden wir unser Bestes tun«, sagte ich. »Er hat seine Geschütze genau auf uns eingestellt. Wir müssen irgendwo unmittelbar außerhalb der Kasserolle ein Loch finden und irgend etwas, was unsere Köpfe schützt. Wir werden sicherlich was abkriegen, was auch immer geschieht, aber wir werden bis zum Ende durchhalten. Wenn die glauben, daß sie uns erledigt haben, und unsre Stellung stürmen, dann könnte noch einer von uns am Leben sein, um unserem Freund Stumm eine Kugel zu verpassen. Was meint ihr dazu?«

Sie waren einverstanden, und nachdem wir gegessen hatten, krochen Sandy und ich hinaus, um uns zu orientieren; die andern ließen wir als Wache zurück im Falle, daß ein Angriff käme. Wir fanden eine Höhlung im Glacis etwas südlich der Kasserolle, und indem wir geräuschlos daran arbeiteten, gelang es uns, sie zu vergrößern und eine Art von flacher Vertiefung im Berg auszuschachten. Gegen einen Volltreffer würde sie keinen Schutz bieten, aber sie würde Deckung geben gegen herumfliegende Splitter. Wie ich nun die ganze Sache beurteilte, konnte Stumm in die Kasserolle selbst so viele Granaten hineinschießen, wie er nur wollte, und er würde sich nicht bemühen, auch das Drumherum zu beachten. Wenn das böse Geschützfeuer begann, würde es für einen oder zwei Zuflucht geben in unserm Deckungsloch.

Unsere Feinde beobachteten uns genau. Die Gewehrschützen im Osten schossen in regelmäßigen Abständen Leuchtkugeln ab, und Stumms Leute schickten eine große Sternrakete hinauf. Ich weiß noch, daß gerade vor Mitternacht die Hölle losbrach rings um die Palantuken-Festung. In unsre Höhle kamen keine russischen Granaten mehr, aber die ganze Straße nach dem Osten lag unter Geschützfeuer, und in der Festung selbst gab es eine fürchterliche Explosion und ein sonderbares scharlachfarbenes Glühen, das so aussah, als sei das Magazin selbst getroffen worden. Ungefähr zwei Stunden lang wurden wir heftig beschossen, dann hörte die Beschießung langsam auf. Jedoch sah ich ständig nach Norden; da schien etwas anderes vor sich zu gehen. Es war ein Unterschied in dem Klang, eine andere Schärfe im Schall der Geschütze, als ob die Granaten in einem engen Tal niederfielen, dessen steile Felswände das Echo verdoppelten. Hatten die Russen durch einen glücklichen Zufall sich um die Flanke herumgefunden?

Es gelang mir, Sandys Aufmerksamkeit zu erregen, aber er schüttelte den Kopf. »Die Geschütze sind ein Dutzend Meilen weit entfernt, sie sind heute noch nicht näher als vor drei Tagen. Aber es sieht so aus, als ob die ›Sportler‹ im Süden noch eine Chance haben. Wenn die durchbrechen und das Tal herunterkommen, werden sie einen Augenblick lang sich wundern, was denn aus uns geworden ist. Wir sind nicht mehr drei Abenteurer im Feindesland. Wir sind die Vorhut der Verbündeten. Unsere Freunde wissen nicht, was aus uns geworden ist. Und wir werden isoliert werden, wie so manche Vorhuten vor uns. Trotzdem halten wir unsere eigene Front. Macht dir das nicht Spaß, Dick?«

Und was für Spaß mir das machte! Denn ich wußte jetzt, was mir so schwer auf dem Herzen gelegen hatte, seit ich Sir Walters Auftrag übernommen hatte. Es war die Einsamkeit. Ich kämpfte weit von meinen Freunden entfernt und weit von der wirklichen Front. Es war eine nebensächliche Angelegenheit, so wichtig sie auch war, und hatte keineswegs die Begeisterung für den Hauptkampf gemindert. Aber jetzt waren wie wieder zu Hause. Wir waren wie die Hochländer, abgeschnitten bei der Stadt St. Auguste am ersten Tag von Loos, oder wie die schottische Garde bei Festubert, von der ich gehört hatte. Nur wußten die anderen nichts davon und würden nie etwas davon hören. Wenn Pieter Erfolg hatte, konnte er vielleicht die ganze Geschichte erzählen, aber wahrscheinlich lag er jetzt schon irgendwo tot im Niemandsland zwischen den Fronten. Von uns würde nie mehr jemand etwas hören; aber was wir geleistet hatten, das blieb bestehen. Sir Walter würde das wissen, und er würde unsre wenigen Verdienste, die wir im Dienst unsres Landes uns erworben hatten, bekanntmachen.

Wir waren zurück in der Kasserolle und saßen unter der Brustwehr. Derselbe Gedanke mußte Sandy beschäftigt haben, denn plötzlich lachte er.

»Ein sonderbares Ende, Dick. Wir verschwinden einfach ins Unendliche. Wenn die Russen durchbrechen, werden sie nie herausfinden, was im Getümmel der Schlacht von uns übrig geblieben ist. Der Schnee wird uns bald bedecken, und wenn der Frühling kommt, gibt es nur noch ein paar gebleichte Knochen von uns. Bei meiner Seel', das ist der Tod, den ich mir immer gewünscht habe!« Und leise sagte er den Vers einer alten schottischen Ballade vor sich hin:

»Von Mony dem einzigen hat man geschrieben,
Doch niemand kann sagen, wo er geblieben. –
Und Jahr' um Jahre im Sonnenschein
Kost zärtlich der Wind sein bleiches Gebein ...«

»Aber was wir getan haben, das lebt!« rief ich aus mit einem plötzlichen, gewaltigen Seufzer der Erleichterung. »Es ist der Auftrag, der etwas bedeutet, nicht die Männer, die ihn ausführen. Und wir haben unseren Auftrag ausgeführt. Wir haben gewonnen, mein lieber Freund – gewonnen, ohne auch nur einen Finger zu rühren –, und das läßt sich nicht rückgängig machen; auf jeden Fall haben wir gewonnen, und wenn Pieter auch nur ein bißchen Glück gehabt hat, dann ist ja alles gut ... Schließlich haben wir nie geglaubt, daß wir lebendig aus diesem ganzen Schlamassel herauskommen würden.«

Blenkiron, der sein Bein steif vor sich hinstreckte, summte vergnügt in sich hinein, wie er es oft tat, wenn ihm gut zumute war. Er kannte nur ein Lied: ›John Brown's Body‹; für gewöhnlich wußte er jeweils nur eine Zeile, aber jetzt sang er einen ganzen Vers:

»Er schnappte Harpers Fähre
Mit seinen 19 Mann,
Dann griff er ohne Zagen
Die Brigg VIRGINNY an,
Daß innerst sie erbebte ...
Allein nicht lang er lebte,
Es henkt' ihn seine Crew,
Sie henkt' ihn als Verräter;
Doch er, verruchter Täter,
Lebt glorreich immerzu ...«

»Wie geht's?« fragte ich.

»Wunderbar, ich bin so ungefähr der glücklichste Mensch auf Gottes Erde, Herr Major. Ich habe mir immer gewünscht, in ein wirkliches Abenteuer zu geraten; aber ich konnte mir nicht vorstellen, wie das einem einfachen Bürger wie mir, der in einer dampfgeheizten Wohnung lebte und jeden Morgen in die Stadt hinunterging, geschehen könnte. Ich bin neidisch auf meinen alten Vater gewesen, der bei Chattanooga mitgekämpft hat und mir immer wieder davon erzählt hat. Aber ich glaube, Chattanooga war im Vergleich dazu wie eine Rauferei in einem Stehausschank. Wenn ich dem alten Herrn im Himmel begegne, dann wird er mir eine Weile zuhören müssen.«

Gerade nachdem Blenkiron gesprochen hatte, bekamen wir etwas zur Erinnerung an die Gegenwart von Stumm. Das Geschütz war gut gerichtet, denn eine Granate fiel auf den uns nächst gelegenen Rand der Kasserolle. Sie tötete einen der Freunde, der auf Wache war, und verwundete einen anderen schwer; und ein Granatsplitter verletzte meinen Oberschenkel. Wir nahmen in dem flachen Unterstand Zuflucht, aber ein wütendes Geschieße von Osten her brachte uns zur Brustwehr zurück, denn wir befürchteten einen Angriff. Es kam aber keiner, noch kamen mehr Granaten, und wieder einmal war die Nacht still.

Ich fragte Blenkiron, ob er irgendwelche nahen Verwandten habe.

»Wieso, nein, außer dem Sohn einer meiner Schwestern, der auf dem College ist und seinen Onkel nicht braucht. Glücklicherweise haben wir drei keine Frauen; das tut mir auch weiter nicht leid, denn ich habe genug vom Leben mitgekriegt. Heute morgen dachte ich, es sei eigentlich schade, daß es mit mir zu Ende gehe, wenn ich gerade meinen Zwölffingerdarm zur Vernunft gebracht habe. Aber ich glaube, das ist eine weitere Gnade, die mir zuteil wurde. Der liebe Gott hat den Schmerz in meinem Magen fortgenommen, daß ich mit einem klaren Kopf, mit einem dankbaren Herzen zu ihm gehen kann.«

»Wir haben Glück«, sagte Sandy, »wir haben alle unsere Keile schon abgekriegt. Wenn ich mich an die glücklichen Zeiten erinnere, die ich durchlebt habe, so könnte ich ein

Danklied singen. Wir haben lange genug gelebt, um uns selbst zu kennen und uns zu irgendeiner Art von Anständigkeit zu erziehen. Aber denkt doch an die Jungens, die ihr Leben gegeben haben, als sie noch kaum wußten, was Leben bedeutet! Sie waren gerade am Anfang des Lebensweges, und sie wußten nicht, was für trübe Stunden ihnen bevorstanden. Alles war Sonnenschein und schöne Farben, und trotzdem gaben sie alles auf, ohne einen Augenblick zu zögern. Und denkt auch an die Männer, die Frauen und Kinder und ein Heim hatten, die in ihrem Leben das Wichtigste waren. Für uns wäre Kneifen schwarze Feigheit. Es ist kein großes Verdienst für uns, wenn wir dies durchhalten. Aber die andern, wenn die die Zähne aufeinanderbissen und angriffen, dann waren sie wirkliche Helden ...«

Darnach schwiegen wir. In einer solchen Situation sind die Gedanken eines Mannes sehr gewichtig, und die Erinnerung ist sehr klar und deutlich. Ich weiß nicht, woran die anderen dachten, aber ich weiß, woran ich dachte ...

Ich glaube, daß nicht die Leute, die das meiste aus dem Leben herausholen und immer vergnügt und heiter sind, die größte Angst vor dem Sterben haben. Vielmehr sind es die schwächlichen Seelen, die mit trüben Augen herumgehen, die am zähesten am Leben hängen. Sie haben nicht die Lebensfreude, die eine Art wahrhaftiger Unsterblichkeit ist ... Ich weiß, daß ich hauptsächlich an all das Schöne dachte, was ich gesehen und getan hatte; kein Bedauern, nur Dankbarkeit. Das Panorama des blauen Mittaghimmels auf dem *veld* entrollte sich vor mir. Und die Nächte, die ein Jäger im Busch verbringt, der Geschmack von Nahrung und Schlaf, die bittere Notwendigkeit des Erwachens, die Freude eines verrückten Abenteuers, die Stimmen lebenslanger Freunde. Bisher hatte der Krieg einen Einschnitt bedeutet gegenüber allem, was vorangegangen war; jetzt aber war der Krieg nur ein Teil des Gesamtbildes. Ich dachte an mein Bataillon und an die guten Kameraden dort, von denen viele an der Brustwehr von Loos gefallen waren. Ich selber hatte nie versucht, mich zu drücken. Aber ich war verschont geblieben und bekam die Möglichkeit eines größeren Einsatzes, und ich hatte es geschafft. Das war eine überwältigende Tatsache, und ich empfand demütige Dankbarkeit gegen Gott und war ungeheuer stolz. Dafür mit dem Tod zu zahlen, war ein geringer Preis. Wie Blenkiron gesagt hätte, hatte ich in diesem Handel gut abgeschnitten ...

Die Nachtluft wurde bitter kalt, wie das oft vor dem Morgengrauen der Fall ist. Es gab wieder Frost, und da der so heftig war, wurden wir wieder hungrig. Ich holte die Überreste des Proviants und Wein heraus, und wir nahmen ein letztes Mahl ein. Ich weiß noch, wie wir uns einander zutranken.

»Wir haben unser Abendmahl gegessen«, sagte Sandy. »Wann erwartest du das Ende?«

»Sobald es hell wird«, sagte ich. »Stumm braucht Tageslicht, um seine Rache voll auszukosten.«

Langsam wurde der Himmel von elfenbeingrau zu tiefgrau, und schwarze Konturen von Bergen standen dagegen. Ein Wind blies das Tal herunter, brachte den säuerlichen Geruch von Brand, aber auch etwas vom frischen Morgen. Der stöberte seltsame Erinnerungen in mir auf und weckte die altvertraute morgendliche Kraft des Blutes, die ich nie mehr erleben würde. Zum ersten Mal während dieser langen Nachtwache zerriß mich fast der Kummer.

»Wir müssen in den Unterstand hinein, ehe es ganz hell ist«, sagte ich. »Eigentlich sollten wir darum würfeln, welche zwei von uns sich dahin flüchten dürfen.«

Das Los fiel auf einen der Freunde und Blenkiron.

»Mich könnt ihr ignorieren«, sagte der letztere. »Wenn ihr euch wünscht, daß noch ein Mann am Leben ist, wenn unsere Freunde heraufkommen und ihre Beute zählen, dann, glaube ich, bin ich der schlimmste. Ich würde es vorziehen, wenn Sie nichts dagegen haben, hierzubleiben. Ich habe mit meinem Schöpfer meinen Frieden gemacht, und ich möchte gern still auf seinen Ruf warten. Zum Zeitvertreib werde ich inzwischen eine Patience legen.«

Er ließ sich nicht davon abbringen, also losten wir noch einmal, und Sandy zog das Los.

»Wenn ich zuletzt gehe«, sagte er, »kann ich versprechen, daß ich nicht danebenschieße. Stumm wird mir bald folgen.«

Er gab uns allen mit einem heiteren Lächeln die Hand, und er und der Freund schlüpften über die Brustwehr in den Schatten, ehe der Morgen anbrach.

Blenkiron legte seine Patiencekarten auf einen flachen Felsen und gab sie aus für einen Doppelten Napoleon. Er war ganz ruhig und summte vor sich selbst die einzige Melodie hin, die er kannte. Ich selber schlürfte zum letzten Mal die Höhenluft ein. Langsam ließ meine fatalistische Stimmung nach. Plötzlich kam es mir schrecklich vor, daß ich sterben sollte.

Ähnliches mußte bei Blenkiron vor sich gegangen sein. Er sah plötzlich auf und sagte: »Schwester Anna, Schwester Anna, sehen Sie jemanden kommen?«

Ich stand nahe an der Brustwehr und beobachtete jede Einzelheit, die sich in der Landschaft zutrug, da die Morgendämmerung mir das Licht dazu gewährte. Oben auf den Seitenhängen des Palantuken glitten Schneewehen über die Kanten des Abgrunds. Ich dachte, wann wohl richtige Lawinen herunterkommen würden. An einem Abhang befand sich eine kleine Farm, und aus einer Hütte stieg gerade der erste Rauch vom Frühstücksherd auf. Stumms Feldgeschütz-Mannschaft war schon auf, und anscheinend berieten sie sich. Tief unten kam eine Eskorte die Straße entlang – ich hörte das Quietschen der Räder aus einer Entfernung von zwei Meilen, denn die Luft war totenstill.

Dann, als wäre eine Feder entspannt worden, wurde die ganze Welt plötzlich fürchterlich lebendig. Mit Getöse eröffneten die Geschütze den ganzen Horizont entlang das Feuer. Besonders wütend war es im Süden, wo ein Trommelfeuer im Gange war, wie ich es noch nie in meinem Leben gehört hatte. Der eine Blick, den ich zurückwarf, zeigte mir die Schlucht in den Hügeln, die mit Rauch und Staub erfüllt war.

Aber meine Augen waren nach Norden gerichtet. Aus dem Stadtkern von Erzerum schlugen an einem Dutzend Stellen Flammenzungen empor.

Von jenseits, etwa da, wo der Euphrat aus den Hügeln heraustrat, hörte man das scharfe Krachen der Feldgeschütze. Ich spähte und horchte mit größter Anspannung, fast verrückt vor Ungeduld; plötzlich war mir alles klar.

»Sandy!« brüllte ich, »Pieter hat's geschafft! Die Russen sind um die Flanke herum. Die Stadt brennt. Gott sei gepriesen! Wir haben gewonnen, wir haben gewonnen!«

Während ich noch sprach, schien sich der Erdboden neben mir zu spalten, und ich wurde nach vorn geworfen auf den Kies, der Hilda von Einems Grab bedeckte.

Als ich mich aufraffte und zu meinem Erstaunen fand, daß ich keinerlei Verletzung davongetragen hatte, sah ich, wie Blenkiron sich den Staub aus den Augen rieb und eine verrutschte Karte wieder geradelegte. Jetzt summte er nicht mehr, sondern sang laut:

»Er schnappte Harpers Fähre mit seinen neunzehn Mann,
Dann griff er ohne Zagen
Die Brigg VIRGINNY an ...«

»Hören Sie, Herr Major«, rief er, »ich glaube, diese Patience geht auf!«

Jetzt war ich ziemlich verrückt. Der Gedanke, daß der

gute Pieter, daß wir über unsre kühnsten Träume hinaus gewonnen hatten, daß – wenn wir fielen – die andern kommen würden, uns erbarmungslos rächen würden, alles dies beschäftigte fieberhaft mein Hirn. Ich sprang auf die Brustwehr und winkte Stumm herausfordernd zu. Gewehrschüsse knallten von hinten, und ich sprang gerade rechtzeitig zurück, um den Einschlag der nächsten Granate nicht zu versäumen.

Sie mußte aus kurzer Entfernung gekommen sein, denn sie fiel weit vom Ziel und landete irgendwo auf dem Glacis. Die nächste war schon besser und explodierte auf der nahen Brustwehr und hinterließ ein großes Loch in den Felsen vom *kranz*. Diesmal hing mein Arm schlaff herunter, ein Steinsplitter hatte ihn gebrochen, aber ich empfand keinen Schmerz. Blenkiron schien einen besonderen Schutzengel zu haben, denn er war in Staub gehüllt, aber unverletzt. Sehr vorsichtig blies er den Staub von seinen Karten weg und fuhr mit seiner Patience fort.

»Schwester Anna«, fragte er, »siehst du irgend jemanden kommen?«

Dann kam ein Einschlag, der genau in dem weichen Erdboden landete. Ich war entschlossen, ins offene Gelände auszubrechen und das Gewehrfeuer in Kauf zu nehmen; wenn Stumm so weitermachte, bedeutete die Kasserolle den sicheren Tod. Ich nahm Blenkiron um die Mitte, wobei seine Karten in alle Winde flogen, und sprang über die Brustwehr.

»Du brauchst dich nicht zu entschuldigen, Schwester Anna!« sagte er, »das Spiel war so gut wie gewonnen. Aber um Gottes willen laß mich fallen, denn wenn du mich wie eine Fahne flattern läßt, dann werde ich sicherlich gründlich zerschossen werden.«

Mein einziger Gedanke war, für die nächsten Minuten Deckung zu finden, denn nach meinem Gefühl war unsere ›Nachtwache‹ fast vorüber. Die Befestigungen von Erzerum zerkrümelten wie Sandburgen, und es war ein Beweis für die Anspannung meiner Nerven, daß ich nichts davon hörte. Stumm hatte gesehen, wie wir über die Brustwehr hinüberkamen, und begann, die ganze Umgebung der Kasserolle mit Schüssen einzudecken.

Blenkiron und ich lagen wie ein Arbeitstrupp, der von Maschinengewehrfeuer zwischen den Linien erwischt worden ist, und versuchten, uns bei Laune zu halten. Sandy hatte eine Art von Unterschlupf, aber wir lagen auf dem nackten Abhang, und die Gewehrschützen auf der Seite konnten mit uns machen, was sie wollten.

Aber kein einziger Schuß fiel. Als ich nach Osten blickte, war der Abhang, den kurz zuvor unsere Feinde besetzt hatten, so leer wie die Wüste, und dann sah ich auf der Hauptstraße etwas, was mich zum zweiten Mal aufschreien ließ wie ein Verrückter. Das Tal hinunter kam ein Haufen von Menschen und leichter Artillerie im Galopp – eine sich drängende Menge in voller Auflösung, die über die Straße hinaus auf die Hänge überquoll und viele schwarze Flecken hinter sich ließ, die auf dem Schnee deutlich zu sehen waren. Die Schranke gegen den Süden war zusammengebrochen, und unsere Freunde kamen hindurch.

Bei diesem Anblick vergaß ich völlig, in welcher Gefahr wir selber uns befanden. Ich scherte mich keinen Deut um Stumms Granaten. Ich glaubte nicht, daß er mich treffen konnte. Das Schicksal, das uns gnädig für den ersten Vorgeschmack des Sieges aufgespart hatte, würde uns bis zum Schluß bewahren.

Ich weiß noch, wie ich Blenkiron den Berg entlang schleppte, um Sandy zu finden. Aber unsere Nachrichten wurden überholt; denn in unserem eigenen Seitental kam dasselbe Menschengewühl heruntergeflutet. Mehr noch, denn hinter ihnen, oben in der Paßenge, sah ich Reiter, die Reiter der verfolgenden Truppe. Der gute Nikolaus hatte seine Kavallerie eingesetzt.

Sandy stand aufrecht da. Seine Lippen waren fest geschlossen, und seine Augen hatten einen abwesenden Blick. Wäre sein Gesicht nicht von Wetter und Wind so gebräunt gewesen, so wäre es so bleich gewesen wie ein Tischtuch. Ein Mann wie er entschließt sich nicht, in den Tod zu gehen, um dann sein Leben neu zum Geschenk zu erhalten, ohne daß er aus der Fassung gerät. Ich glaubte, er habe nicht verstanden, was vor sich ging, deshalb schlug ich ihm auf die Schulter.

»Mensch, siehst du das!« schrie ich, »die Kosaken! die Kosaken! Mein Gott, wie die den Hang heraufkommen! Jetzt sind sie schon mitten in der Menge der Flüchtenden. Beim Himmel! Wir wollen mitreiten! Wir nehmen die Pferde von den Feldgeschützen!«

Ein kleiner Vorsprung im Berg hinderte Stumm und seine Leute daran, zu sehen, was weiter oben im Tal vor sich ging, bis die erste Welle der Auflösung auf sie stieß. Er hatte weiterhin die Kasserolle und ihre Umgebung bombardiert, während die Welt über seinem Kopf zusammenbrach. Die Geschütze mit ihrer Mannschaft waren in der Senkung unterhalb der Straße, und wir krochen zwischen den Felsblöcken den Berg hinunter, Blenkiron wie eine lahme Ente und ich mit einem schlaff herabhängenden linken Arm.

Die armen Tiere waren sehr unruhig und schnupperten die Morgenluft, die den dichten Rauch eines gewaltigen Bombardements und das unbeschreibliche, unartikulierte Geschrei eines geschlagenen Heeres heruntertrug. Ehe wir sie erreichten, hatten sich die disziplinlos Fliehenden auf sie gestürzt, Männer, die vom Fliehen außer Atem waren; viele davon hatten blutende Wunden, und viele schwankten im ersten Stadium von Zusammenbruch und Tod. Ich sah, wie die Pferde von einem Dutzend Händen ergriffen wurden und ein verzweifelter Kampf um ihren Besitz stattfand. Aber als wir dort anhielten, waren unsere Augen auf die Batterie auf der Straße über uns gerichtet. Denn um sie herum fluteten die ersten Wellen des Rückzugs.

Ich habe nie zuvor eine solche wilde Flucht gesehen, bei der starke Männer am Ende ihrer Kraft sind und nur ihre erschöpften, schattenhaften Gestalten zu einer Zuflucht hinwanken, die sie niemals finden werden. Stumm, der arme Teufel, hatte so etwas noch nie gesehen. Ich war ihm nicht mehr böse, obwohl ich, als ich den Berg hinabstieg, hoffte, daß wir beide noch eine Auseinandersetzung zum Schluß haben würden. Er war ein brutaler und herrischer Mensch, aber bei Gott! er war ein Mann. Ich hörte sein gewaltiges Aufbrüllen, als er den Tumult sah. Und als nächstes sah ich, daß seine Riesengestalt mit dem Geschütz etwas vornahm. Er drehte es nach Süden und zielte auf die Flüchtenden.

Aber zum Feuern kam er nicht. Der Druck der herandrängenden Masse war zu stark, und das Geschütz wurde nach der Seite hinübergeschoben. Er stand auf, einen Fuß größer als jeder andere, und es sah aus, als wolle er den Ansturm mit seiner Pistole aufhalten. Es ist eine Kraft in der Masse, selbst wenn jede militärische Einheit auseinandergefallen und auf der Flucht ist. Für eine Sekunde war Stumm für diese wilde Menge der Feind, und sie hatte genug Kraft, um ihn zu vernichten. Die Welle flutete um ihn herum und dann über ihn hinweg. Ich sah Gewehrkolben auf seinen Kopf und seine Schultern niedersausen, und in der nächsten Sekunde war der Strom über seine Leiche hinweggegangen ...

Das war das Gottesurteil über den Mann, der sich über seinesgleichen erhoben hatte.

Sandy griff mich bei der Schulter und schrie mir ins Ohr: »Sie kommen, Dick. Schau dir diese grauen Teufel an! ... O Gott sei Dank, es sind unsere Freunde!«

In der nächsten Minute stolperten wir den Abhang hinunter, Blenkiron hopste auf einem Bein zwischen uns beiden. Ich hörte undeutlich, daß Sandy aufschluchzte: »Oh, das habt ihr gut gemacht, Kameraden!« und daß Blenkiron die Sache von Harpers Fähre rezitierte; aber ich selber hatte überhaupt keine Stimme und keinen Wunsch. Ich weiß, daß ich Tränen in den Augen hatte; und wär' ich allein gewesen, so hätte ich mich wohl niedergesetzt und aus reiner Dankbarkeit geheult. Denn jetzt kam eine Wolke grauer Kavallerie auf kleinen Steppenpferden das Tal heruntergebraust, eine Wolke, die sich beim letzten Trupp der Fliehenden nicht aufhielt, sondern weiterfegte, wie ein Schwarm von Regenböen, der Stahl ihrer Lanzenspitzen glitzerte in der Wintersonne. Sie ritten nach Erzerum.

Man muß bedenken, daß wir uns drei Monate lang beim Feind herumgetrieben und noch nie das Gesicht eines bewaffneten Verbündeten gesehen hatten. Wir waren abgeschnitten von allen Kameraden, die mit uns für die große Sache kämpften, wie eine Festung, die von einer Armee belagert wird. Und jetzt waren wir befreit und freuten uns, daß die Kameraden da waren, und waren begeistert über den Sieg.

Wir waren nicht mehr vorsichtig und gerieten völlig außer uns; Sandy, der noch seinen grünen Überwurf und Turban trug, kletterte den hinteren Abhang der Senkung hinauf und schrie sein Willkommen in jeder nur denkbaren Sprache laut heraus. Der Anführer sah ihn, hielt mit einem kurzen Befehl seine Leute für einen Augenblick an – es war herrlich zu sehen, wie die Pferde mitten in einem solch halsbrecherischen Galopp sofort standen –, und von der Schwadron selbst bog ein halbes Dutzend Reiter ab und ritt auf uns zu. Dann stand ein Mann in grauem Mantel mit einer Mütze aus Schaffell neben uns und schüttelte uns die Hände.

»Ihr seid in Sicherheit, Freunde« – das war Pieters Stimme –, »ich will euch zu unserem Heer zurückführen und dafür sorgen, daß ihr Frühstück bekommt.«

»Nein, bei Gott! das wirst du nicht«, schrie Sandy. »Wir haben das Schlimmste hier mitgemacht, und jetzt wollen wir auch den Spaß miterleben. Kümmere dich um Blenkiron und um meine Freunde hier, und ich will mit deinen Kameraden Knie an Knie zur Stadt reiten.«

Pieter sagte nur ein Wort, und zwei der Kosaken stiegen ab. Das nächste, was mir bewußt wurde, war, daß ich mitten in der Wolke die Straße hinauf galoppierte, die wir am Morgen zuvor mühsam zur Kasserolle hinaufgeklettert waren.

Das war die große Stunde meines Lebens, und sie zu erleben, das war ein Dutzend Jahre Sklaverei wert. Mit einem gebrochnen linken Arm hatte ich nur wenig Gewalt über mein Pferd – also ließ ich es laufen, wie es wollte, und vertraute ihm mein Leben an.

Schwarz vor Schmutz und Rauch, ohne Kopfbedeckung, ohne jede Art von Uniform, sah ich wüster aus als irgendein Kosak. Bald war ich von Sandy getrennt, der zwei gesunde Hände und ein besseres Pferd hatte und entschlossen zu sein schien, unter den ersten zu sein. Für mich hätte das Selbstmord bedeutet, denn ich mußte alle Kraft aufbieten, um in dem Trupp, mit dem ich ritt, zu bleiben.

Aber großer Gott! was war das für eine Stunde! Es kamen vereinzelte Schüsse von der Seite her, aber nichts, was uns etwas anhaben konnte, obwohl die Kanoniere einer österreichischen Haubitze, die sich an einer Brücke verzweifelt wehrten, uns ein bißchen zu schaffen machten. Alles glitt an mir vorüber wie Rauch oder wie das verrückte Finale eines Traumes gerade vor dem Erwachen. Ich spürte die lebendige Bewegung unter mir und die Verbundenheit mit den Kameraden, aber alles war undeutlich, denn im Inneren war ich allein und bemühte mich, die neue Existenz zu begreifen. Ich spürte die Schatten des Palantuken-Tals weichen, und ich empfand die überwältigende Lichtfülle, als wir ins breitere Tal hinausritten. Irgendwo vor uns war eine große Rauchwolke, an deren Rand rote Flammen züngelten, und dahinter die Dunkelheit noch höherer Berge. Die ganze Zeit träumte ich, summte irgendwelches dummes Zeug vor mich hin und war so glücklich, so fieberhaft glücklich, daß ich nicht wagte nachzudenken. Andauernd murmelte ich eine Art Gebet vor mich hin, Bibelworte, die an Ihn gerichtet waren, der mir im Land der Lebendigen Seine Güte erwiesen hatte.

Aber als wir aus den Ausläufern der Berge herauskamen und die lange Anhöhe zur Stadt hinaufritten, erwachte ich wieder zu klarem Bewußtsein. Ich roch den Geruch der Schaffelle und der schweißdampfenden Pferde und stärker als alles das den bitteren Gestank des Feuers. Drunten in der Mulde lag Erzerum, das jetzt an vielen Stellen brannte. Und vom Osten her, an den verstummten Befestigungen vorbei, kamen die Reiter heran. Ich schrie meinen Kameraden zu, daß wir am nächsten daranwaren, daß wir zuerst in der Stadt sein würden, und sie nickten glücklich und stießen ihr seltsames Kriegsgeschrei aus. Als wir auf den letzten Bergkamm hinaufkamen, sah ich unter mir die Vorhut unseres Angriffs – eine schwarze Masse im Schnee, während der besiegte Feind auf beiden Seiten die Waffen fortwarf und sich in die Felder flüchtete.

Ganz vorn, jetzt den Wällen der Stadt sich nähernd, war ein einziger Mann. Er war wie die Spitze eines Speeres, der bald sein Ziel treffen würde. In der klaren Morgenluft konnte ich erkennen, daß er nicht die Uniform der Angreifer trug; er trug einen Turban und ritt wie ein Besessener, und gegen den Schnee sah ich einen Augenblick das dunkle Blitzen des Smaragds. Als er so dahinritt, schien es, als ob die fliehenden Türken wie vom Schlag gelähmt seien. Sie sanken beiderseits der Straße nieder, und ihre Augen waren nur auf seine ihrer nicht achtende Gestalt gerichtet...

Da wußte ich, daß die Prophezeiung richtig gewesen war und daß ihr Prophet sie nicht im Stich gelassen hatte. Die langerwartete Offenbarung war da. Grünmantel hatte sich endlich dem harrenden Volk offenbart.

John Buchan im Diogenes Verlag

Die neununddreißig Stufen
Roman. Aus dem Englischen von Marta Hackel
Mit Zeichnungen von Edward Gorey
detebe 20210

Grünmantel
Roman. Deutsch von Marta Hackel
Mit Zeichnungen von Topor
detebe 20771

Mr. Standfast oder Im Westen was Neues
Roman. Deutsch von Marta Hackel
Mit Zeichnungen von Topor
detebe 20772

Die drei Geiseln
Roman. Deutsch von Marta Hackel
Mit Zeichnungen von Tatjana Hauptmann
detebe 20773

Der verhaßte Gegner
In *Das Diogenes Lesebuch englischer Erzähler*
detebe 20272

Basilissa
Roman. Deutsch von Otto Bayer
detebe 21249

Mehr Spionagegeschichten

Von John Buchan bis Ian Fleming
Herausgegeben von Eric Ambler
Deutsch von Peter de Mendelssohn
detebe 21420

»Die Prostitution mag, wie es heißt, das älteste Gewerbe der Welt sein, aber der Beruf des Spions kann nicht sehr viel jünger sein.« *Eric Ambler*

Die Erzählungen in dieser Auswahl von Spionagegeschichten von Eric Ambler sind atemberaubender als manches lange Agentenepos, und in seiner Einleitung legt Ambler, ein Kenner des Genres, seine nicht weniger unterhaltenden Ansichten über die Spionagegeschichte dar. John Buchan, Somerset Maugham, Compton Mackenzie, Ian Fleming und Michael Gilbert geben mit ihren Geschichten einen weiteren Einblick in diese schillernde Berufswelt.